Simon van de Loo

The Marybeth Chronicles 2

Simon van de Loo

The Marybeth Chronicles 2

Einsam

"Martyria Stories" - Roman

Dieses Buch entstand in Kooperation mit dem ChaosBooks Syndicate.

Dieses Buch widme ich (neben meiner Tochter Ylvie) jedem
Menschen, dem ich in meinem Leben Schlechtes getan habe, ob
wissentlich oder unwissentlich. Ich gebe stets mein Bestes, doch es
wird niemals genug sein.

"Per reflexionem ad virtutem"

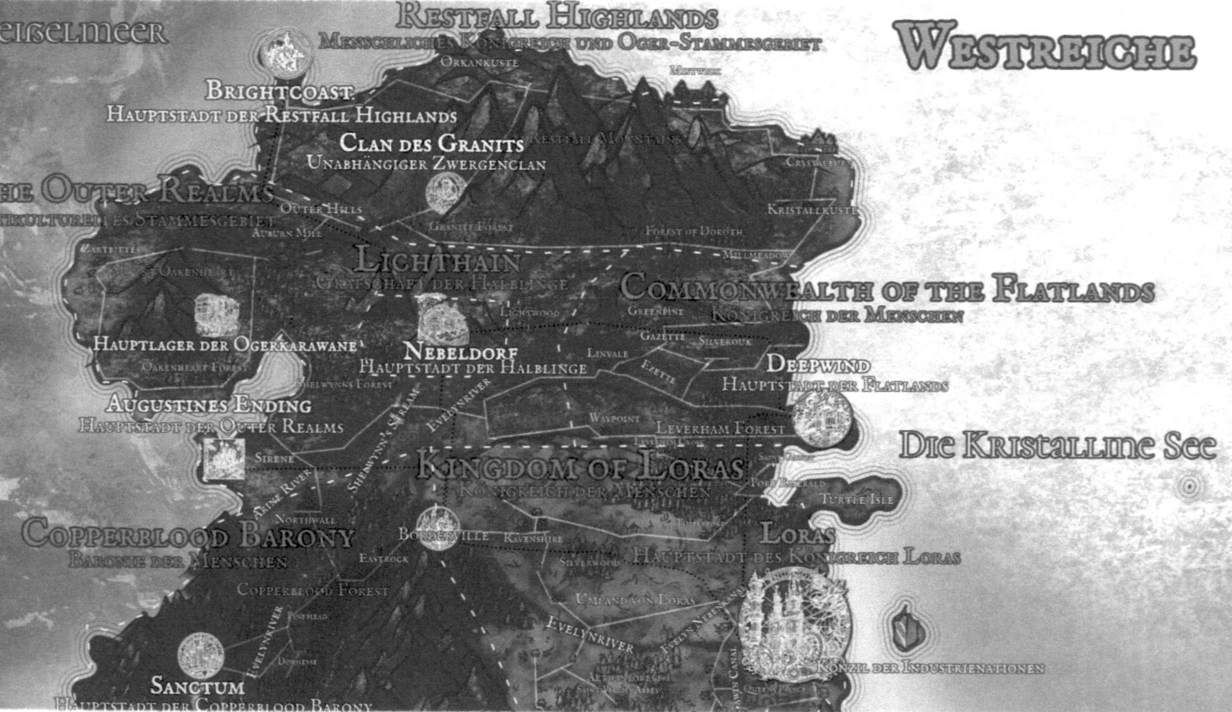

Westreiche
Geißelmeer
Restfall Highlands
Menschliches Königreich und Oger-Stammesgebiet
Orkanküste
Mistweir
Brightcoast
Hauptstadt der Restfall Highlands
Clan des Granits
Unabhängiger Zwergenclan
Restfall Mountains
Crystalbur
The Outer Realms
Multikulturelles Stammesgebiet
Outer Hills
Kristallküste
Auburn Mile
Granite Forest
Forest of Doroth
Zartbitter
Oskenhe
Lichthain
Grafschaft der Halblinge
Millmeadow
Commonwealth of the Flatlands
Königreich der Menschen
Lightwood
Greenpine
Gazette
Silverouk
Hauptlager der Ogerkarawane
Nebeldorf
Hauptstadt der Halblinge
Linvale
Ezette
Deepwind
Hauptstadt der Flatlands
Oakenheart Forest
Shelwynns Forest
Evelynriver
Waypoint
Leverham Forest
Augustines Ending
Hauptstadt der Outer Realms
Shelwynn's Stream
Leveron Cross
Die Kristalline See
Sirene
Arine River
Kingdom of Loras
Königreich der Menschen
Port Emerald
Turtle Isle
Northwall
Bordersville
Ravenshire
Loras
Copperblood Barony
Baronie der Menschen
Eastrock
Silverwood
Hauptstadt des Königreich Loras
Copperblood Forest
Umland von Loras
Evelynriver
Pinehead
Evelynriver
Evelyns Nere
Dornesse
Konzil der Industrienationen
Sanctum
Hauptstadt der Copperblood Barony

Prolog

1 **856 m.Z. Childrest Tag 26, Gelände des Shelwynn Sanatoriums, The Outer Realms** – Schwere Kutschräder bahnten sich ihren Weg durch feinen Kies, verdrängten unzählige der kleinen Steine. Zu Beginn hatte Marybeth sie gezählt, doch als aus der Zehn erst eine Neunzig und dann eine Fünfhundert wurde, hatte ihr junger Geist sich in die Tiefen ihres Inneren geflohen. Der Ort, der dort verborgen lag, war schon immer ihr liebstes Versteck gewesen. Wie viel Zeit hatte sie dort verbracht? Waren es nur wenige Momente oder ihr gesamtes Leben?

Ein Ruck ging durch die Kutsche. Sie stand still. Marybeth hörte ein dumpfes Geräusch, als die Stiefel des Fahrers krachend auf den Boden aufsetzten, eine Sekunde später wurde die Tür geöffnet.

»Wir sind da!«

Es dauerte einen Moment, bis Marybeth ihre Gedanken wieder mit der Gegenwart in Einklang bringen konnte. Sie war zurück. Die grauen Mauern des Shelwynn Sanatoriums entwuchsen in beinahe bedrohlicher Anmutung dem dunkelgrünen Gras zur Rechten ihres Gefährts. Vierhunderteinunddreißig Tage, solange war sie nun schon Patientin dieser Heilanstalt für Adelssprösslinge, die besser weit außerhalb der Öffentlichkeit verwahrt wurden. An einem Ort, an dem sie dem Ruf ihrer hoch angesehenen Familien keinen Schaden mehr zufügen konnten.

Aus dem Augenwinkel sah Marybeth, wie sich die massiven, festungsartigen Eichenpforten des Gebäudes öffneten und zwei Aufseher hinaustraten, bereit, ihre wohl prominenteste Insassin in Empfang zu nehmen.

Also gut, dachte Marybeth, schloss für eine Sekunde ihre Augen, dann stieg sie aus eigener Initiative aus dem Kutschwagen aus. Es war ihr lieber, ihr freiwilliges Mitwirken deutlich zu zeigen, zu schnell waren die Aufseher bereit, die Bewohner der Heilanstalt am Arm zu leiten. Zwar waren sie nie sonderlich grob, jedoch war Berührung das Letzte, was Marybeth wollte. Schon unter besten Bedingungen mochte sie das nicht, und die Erschöpfung einer mehrtägigen Reise durch ihr Königreich hatte dieses Empfinden nicht verbessert. Das war nun ihr Leben – Königin ohne Einfluss, unheilbare Geisteskranke ohne ein Recht auf Ruhe. Sie konnte George keinen Vorwurf machen. Aus seiner Sicht war alles logisch. Sie aus dem Weg zu räumen, hatte ihn zur mächtigsten Person der Westreiche gemacht.

»Hat Eure Reise Euch gefallen, Eure Majestät?«, fragte einer der Aufseher, ein großer Mann mit kurzen blonden Haaren und einem gründlich rasierten Gesicht.

»Nicht sonderlich.«

»Nicht sehr gesprächig heute?«

Was für eine dumme Frage. Wann hatte sie je Interesse an Belanglosigkeiten gezeigt? Sie schwieg.

Der Blonde zuckte die Achseln. »Soll mir recht sein, Hoheit. Solange Ihr nicht vorhabt, gegen die Auflagen seiner Königlichen Hoheit, Prinzregent George, zu verstoßen.«

Marybeths Augen verengten sich zu Schlitzen, doch weiterhin sagte sie nichts.

Sie wurde von den Aufsehern ins Innere des Sanatoriums geleitet. Verglichen mit den kalten, unnahbaren Außenmauern wirkte das Interieur der Anstalt wesentlich freundlicher, jedoch noch immer vergleichsweise karg. Nicht, dass Marybeth etwas daran auszusetzen gehabt hätte. Ihr war es schlicht egal, die Anstalt musste kein Zuhause sein, ein solches hatte sie nicht mehr. Es war ein Aufbewahrungsort – ein Aufbewahrungsort für eine nützliche Sache, die man herausholen und dem Volk präsentieren konnte, wenn es sich alle paar Monate fragte, was eigentlich aus seiner Königin geworden war. Sie war nun ein Werkzeug, das war ihre Bürde. Allein und der wenigen Menschen beraubt, die ihr wichtig waren. *Arthur...* Aber all das war in Ordnung für sie. Das musste es doch sein, oder? Es war ihre Schuldigkeit dem Volk gegenüber. Gefühle konnten ignoriert, schmerzliche Gedanken vertrieben werden.

Das Kichern einiger Mitpatienten riss Marybeth aus ihren Gedanken. Wunderbar, ihre Rückkehr war bemerkt worden. Sie blickte sich um und sah eine kleine Gruppe junger Adelstöchter. Trotz des Jahres, das sie bereits an diesem Ort verbracht hatte, kannte sie nur eine von ihnen namentlich. Eleanor Harrington. Sie und ihre Freundinnen schienen äußerst amüsiert über Marybeth zu sein. *Eine Außenseiterin, selbst bei den Irren,* dachte Marybeth bei sich, doch es störte sie nicht wirklich. Sie hatte niemals beabsichtigt, hier Freunde zu finden.

»Ich werde nun auf mein Zimmer gehen«, teilte sie dem blonden Aufseher mit, dann machte sie sich auf den Weg dahin. Ruhe. Einfach etwas Ruhe. Das und eines ihrer Bücher waren genau die Dinge, die sie in diesem Moment benötigte, und mit nichts anderem wollte sie sich jetzt befassen.

Nachdem sie ihre Räumlichkeiten im dritten Stock erreicht und sich auf das lachsfarben bezogene und mit reichlich Stickereien verzierte Bettzeug niedergelassen hatte, glitten ihre Gedanken trotz des Buches immer wieder ab. Eigentlich war es sehr interessant. Es war ein informatives Werk über die Geschichte der Outer Realms. Besonders der Sieg der Kirche gegen den Oakenheart Stamm und die Neubesiedlung der Stadt Zartbitter waren äußerst spannende Themen, doch Marybeths Gedanken füllten sich mit dem Nachklang von Musik, von sinnlich gestrichenen Violinen, wie an jenem Abend im Sommer des vergangenen Jahres. Wie es Arthur wohl ergangen war? Ging er in seinem neuen Amt als Viscount der Copperblood Barony auf? Hatte er sich gut in Sanctum eingelebt? Onkel George hatte kaum etwas über ihn verlauten lassen und auch auf Fragen nur sehr abweisend reagiert. Es hatte eine Zeit gegeben, da wäre das für Marybeth undenkbar gewesen, aber sie vermisste ihren Cousin. Sie vermisste ihn und dachte oft an die Tage, die sie gemeinsam in Loras verbracht hatten.

ৡ ৡ ৡ

1858 m.Z. Blossomtide Tag 13, Borderville, Copperblood Barony – Arthur reckte prüfend seinen Kiefer in die Höhe, um besser sehen zu können, doch es gab nichts zu beanstanden. Der Barbier hatte ganze Arbeit geleistet, sein Kinn war so glatt wie die Gnadenbrücke von Loras im Mittwinter. Arthur zupfte seinen Kragen zurecht, während er aufstand. Es war wichtig, einen perfekten Schein zu wahren, wenn man mit den wichtigsten Männern der Westreiche verhandelte, das hatte er unterdessen gelernt. Gerade jetzt, wo der Krieg gegen das Bündnis der weißen Flamme die Industrienationen ein weiteres Mal beschäftigte, konnte er sich nicht erlauben, in seiner Funktion als Viscount der Copperblood Barony als zögerlich oder schwach wahrgenommen zu werden. Das war ohnehin schwierig genug.

»Arthur, die Versammlung beginnt gleich. Bist du jetzt fertig oder hast du weitere Eitelkeiten eingeplant?«, fragte George, Arthurs Vater, während er ungeduldig auf seine goldene Taschenuhr blickte.

11

Tja, du hast es ja nicht mehr nötig, alter Mann, dachte Arthur und betrachtete das struppige Kinn des Prinzregenten. »Ich bin bereit. Und Ihr tätet gut daran, nicht zu vergessen, dass ich ein erwachsener Mann und Viscount dieser Region bin, Vater.«

»Du bist immer noch mein Sohn.«

»Richtig. Außer Blut verbindet uns nichts, und wie wenig Euch das bedeutet, habt ihr vor drei Jahren eindrucksvoll unter Beweis gestellt. Verhaltet Euch mit dem gebührenden Respekt.«

»Du vergisst, dass du nicht nur zu deinem Vater, sondern zu deinem König sprichst.«

»Meine Königin heißt Marybeth. Ihr seid lediglich ihr Regent und nun geht mir aus dem Weg. Ich habe Geschäfte zu erledigen. Das habt Ihr übrigens ebenfalls, wenn Euch Euer eigener Stolz nicht ein weiteres Mal wichtiger ist als der Zustand Eures Reichs.«

»Du wagst es-«

Den Rest des Satzes hörte Arthur nicht mehr, er hatte das Etablissement bereits verlassen. Es tat gut, nicht mehr von seinem Vater abhängig zu sein. In den letzten drei Jahren war viel geschehen. George hatte nicht nur seine Pläne in die Tat umgesetzt und Marybeth in ein unfreiwilliges Exil geschickt, er hatte das Königreich Loras in eine Wirtschaftskrise und in einen Krieg geführt. Ein Offensivschlag auf die Schule des Fades, was hatte er sich nur gedacht? Was auch immer George als Herrscher glaubte zu haben, das Land war nicht mehr dasselbe, seit König Harold gestorben war.

Gerade hatte sich Arthur in den Sattel seines Pferds geschwungen, als George wütend aus dem Barbiergeschäft stürmte. »Würdest du bitte einen Moment stehen bleiben und mit mir sprechen, Sohn?«

»Ich wüsste nicht, worüber.«

»Über deinen Hass mir gegenüber.«

Arthur schenkte seinem Vater seinen abweisendsten Blick. »Ich hasse Euch nicht, ich will lediglich nichts mit jemandem zu tun haben, der Macht über Verwandtschaft stellt.«

»Darum geht es also? Um die Verrückte?«

»Sie ist nicht verrückt, Vater, und sie hat einen Namen!«

»Von mir aus. Dann eben Marybeth. Was ist mit ihr?«

Arthur fühlte, wie sein Puls sich erhöhte. »Wenn Ihr das erst fragen müsst, dann haben wir wahrlich nichts zu bereden.«

»Sohn. Deine Cousine ist kein normales Mädchen, und das war sie auch nie. Gerade du solltest das wissen, genügend Zeit hast du ja mit ihr verbracht.«

»Marybeth ist anders, aber sie ist nicht verrückt. Ihr habt ihr alles genommen, habt ihr nie eine Chance gegeben. Wegen Euch versauert sie im Nirgendwo – ohne Krone, ohne Familie. Wenn Ihr also wissen wollt, was ich will, Vater, so ist meine Antwort nur ein Wort: Gerechtigkeit! Ich will Gerechtigkeit für Marybeth«, erwiderte Arthur fest und gab seinem Pferd einen kleinen Stoß, damit es sich in Bewegung setzte.

Sein Vater seinerseits stand wie angewurzelt da und machte keine Anstalten, in seine Droschke zu steigen. Er senkte leicht sein Haupt. Seine Stimme klang bei den nächsten Worten heiser und erschöpft, und Arthur hatte das Gefühl, Anflüge eines schlechten Gewissens zu hören. »Das ist das eine, was ich niemals für dich tun kann, Arthur. Der Fortbestand des Reichs hängt davon ab. Wenn Marybeth die Krone trägt, dann werden die Westreiche untergehen.«

»Das Reich wird unter Euch untergehen, Vater, nicht unter Marybeth. Wir haben nichts mehr zu bereden. Ich sehe Euch bei der Versammlung.«

Mit diesen Worten gab Arthur seinem Reittier die Sporen.

$$\text{\LARGE ꙮ\ \ ꙮ\ \ ꙮ}$$

1860 m.Z. Twinwest Tag 18, Gelände des Shelwynn Sanatoriums, The Outer Realms – »Eure Hoheit, es ist an der Zeit aufzustehen.«

Marybeth schlug ihre Augen auf und strich sich lange, blonde Locken aus dem Gesicht. Schön, ein weiterer Tag. Nicht ihr Problem.

»Eure Majestät. Ich muss darauf bestehen, dass Ihr aufsteht. Heute ist Euer Badetag, und wie ihr wisst, folgen wir einem engen Zeitplan.«

Marybeth schloss ihre Lider wieder. 'Heute ist Euer Badetag.' Als wäre sie ein Säugling und könnte nicht selbst für ihre Körperhygiene sorgen. Sie war vierzehn Jahre alt und zudem eine Königin, auch wenn dieser Titel nicht mehr als eine hohle Floskel war.

»Bringt es etwas, wenn ich Ihnen mitteile, dass ich nicht den Wunsch verspüre, zu baden?«

»Leider nein, Majestät, wir haben unsere Anweisungen von-«

»Von meinem Onkel«, unterbrach Marybeth ihn, »ja, ich weiß. Schon gut, ich komme mit.«

Sie stand auf, zog sich ihren Morgenrock über und folgte dem jungen Aufseher in den Baderaum des Sanatoriums. Die Wanne war bereits mit heiß dampfendem Wasser gefüllt und man hatte auch nicht an kostbaren, exotischen Düften gespart. Sie sah ihren Begleiter einen Moment lang gehemmt an, als dieser jedoch keine Anstalten machte, zu verschwinden, entledigte sie sich ihrer Kleidung. Sie hatte bereits in der Vergangenheit gelernt, dass Diskussionen sinnlos waren. ›Wir haben unsere Anweisungen‹, die ewige Antwort.

Marybeth sah an ihrem blassen, dünnen Körper hinab, an dem sich langsam erste Knospen aufblühender Weiblichkeit zeigten. Erneut spähte sie eine Sekunde lang zu dem jungen Aufseher hinüber, der gelangweilt dreinblickte. *Fleisch. Fleisch, Muskeln und Haut. Organische Masse. Venen und Arterien, die mein Blut durch meinen Körper leiten,* beruhigte sie sich selbst und merkte, dass ihr Herzschlag es ihr dankte. Wenige Sekunden später saß sie in der heißen Badewanne und musste zugeben, dass der Badetag auch seine Vorteile hatte. Einige Schaumbläschen stiegen auf. Marybeth beobachtete ihren Flug. Wie lange es wohl dauern würde, sie über den Rand der Wanne zu pusten? Marybeth spitzte ihre Lippen und konzentrierte die Luft, die sie ausstieß.

»Wollt Ihr wissen, was es Neues in Eurem Königreich gibt, Eure Majestät?«, fragte der Aufseher, während er Marybeths Spielereien skeptisch beobachtete.

»Gerade nicht, ich bin beschäftigt«, antwortete Marybeth und versuchte ein weiteres Mal erfolglos, die Seifenblase über den Rand der Wanne hinauszubefördern.

»Mit Verlaub, eure Hoheit. Ich werde es Euch trotzdem erzählen. Es gab einen großen Erfolg im Krieg. Es ist unseren Soldaten gelungen, die Feenmutter, eine wichtige Anführerin des Feindes, in Gewahrsam zu nehmen und nach Loras zu bringen. Den Oberbefehl über diese Operation hatte Lord Admiral Kensington. Ich nehme an, dieser Name ist Euch ein Begriff?«

Marybeth nickte. »Ich kenne ihn persönlich.«

»Erstaunlich. Wie man sich erzählt, hatte Kensington einen Verräter in seinem Beraterstab, ein Halbling namens Jim Ernteflut, der zu den Truppen aus Zartbitter gehörte. Ziemlich peinlich für uns, dass gerade die Outer Realms einen solchen Lump gestellt haben. Aber, wie dem auch sei, dieser Ernteflut hatte wohl Verbindungen zum Untergrund von Highoak. Es gibt Untersuchungen dazu in Zartbitter, das hat mir heute erst meine Frau erzählt, die auf dem Markt einen alten Bek-«

»Was ist der Untergrund von Highoak?«, unterbrach ihn Marybeth sicherheitshalber, bevor er ihr noch den gesamten Tagesablauf seiner Frau berichten wollte. Außerdem interessierte sie das Thema. Hatte sie hierzu nicht in der Vergangenheit etwas gelesen?

»Nun, dieser sogenannte ›Untergrund‹ ist eine Verbindung von Kriminellen, Gottlosen und Vaterlandsverrätern, die der Meinung sind, die Kirche des Einen gehöre abgeschafft, die Outer Realms sollten sich von den Westreichen emanzipieren und der Oakenheart Clan sollte seine einstige Heimat zurückerhalten.«

Vom Oakenheart Clan hatte Marybeth natürlich schon gehört. Die Oakenhearts waren ein menschlicher Stamm, der an den alten Bräuchen und an seinem Druidenkult festhalten wollte, während die Kirche des Einen bereits zur Staatsreligion erklärt worden war. Während des großen Vernichtungskrieges, viele hundert Jahre in der Vergangenheit, hatte diese Gruppe sich gegen die Westreiche gestellt und war dafür verbannt worden. Sie hätte allerdings nicht gedacht, dass das heute noch für jemanden von großer Bedeutsamkeit wäre.

»Leben überhaupt noch Angehörige des Oakenheart Clans?«, fragte sie und stierte in die Leere des großen Baderaums.

Der Aufseher zuckte mit den Achseln. »Was weiß ich. Vielleicht ein paar, irgendwo unten in der Wüste bei den Kameltreibern.«

Marybeth erhob sich, und setzte sich vorsichtig auf den Rand der großen Keramikwanne. »Was spricht gegen die Zucht und Dressur von Kamelen? Ich bin sicher, das ist eine ehrbare Aufgabe.«

»Sicher, ...«, murmelte der junge Mann und reichte Marybeth ein weiches Handtuch. »Hört mal, ich mache mich auf den Weg, den nächsten Patienten für die Badewanne zu holen. Ihr macht doch in der Zwischenzeit keinen Unfug ...?«

»Natürlich nicht.«

»Gut, dann lasse ich Euch jetzt allein.« Mit diesen Worten verließ der Aufseher den Raum und überließ Marybeth sich selbst.

Verloren starrte sie an die weißgefliese Wand des Baderaums. Noch vor einigen Momenten hätte sie sich einen Augenblick der Privatsphäre gewünscht, doch eigentlich war es egal. Solange sie hier blieb, hatten eigene Wünsche und Ziele keinen Vorrang, war sie nur eine Marionette. Unbelebt und ungerührt. Nur einer hatte es je geschafft, ihr mit Freundschaft und Musik das Gefühl von Leben einzuhauchen, doch er war fort, unerreichbar für sie. Sie erstarrte und schüttelte sich. Diese Gedanken. Wie oft sie mittlerweile dazu neigte, inmitten der kargen Einsamkeit über sich selbst zu brüten, zu verstehen versuchte, weswegen sie so anders war. Vor einigen Jahren wäre ihr vieles davon nicht einmal aufgefallen.

Sie trocknete sich ab, zog sich an und ließ sich dann auf einer Bank im Korridor nieder, um sich zu sammeln. Ihr Reich versank also immer mehr im Chaos, wurde von Feinden geschwächt, sowohl von innen als auch von außen.

Ganze Arbeit, Onkel George, sinnierte Marybeth bitter. *Irgendwann ...*

1861 m.Z. Cycle's End Tag 30, Mistwick, Restfall Highlands – Zufrieden blickte Arthur von seinem Pergament auf. Er hatte sein schönstes Briefpapier gewählt, hatte einen Diener damit beauftragt, eine Blüte jener gelben Blumen zu beschaffen, die seine Empfängerin im Schlossgarten von Loras immer so geliebt hatte.

In den vergangenen sechs Jahren hatte Arthur so viel wichtige Korrespondenz geführt, hatte mit den wohlhabendsten Industriellen und den mächtigsten Anführern gesprochen, doch beim Schreiben dieses Briefes hatte ihn die gesamte Zeit über ein flaues Gefühl im Magen begleitet.

Er ließ seinen Blick erneut prüfend über die Seiten wandern.

Liebste Cousine Marybeth, ich hoffe, es geht Euch gut. Ich freue mich, Euch mitteilen zu können, dass wir uns an Eurem Geburtstag sehen werden. Derzeit bin ich aufgrund wichtiger politischer Verpflichtungen in den Restfall Highlands. Auf meinem Rückweg werde ich einen Zwischenhalt in Zartbitter einlegen, wo auch mein Vater zu uns stoßen wird, aufgrund der Festlichkeiten zum Jublıläum der Allianz mit den Halblingen und der Gründung der Stadt. Als offizielle Königin der Westreiche ist auch Eure Anwesenheit notwendig. Mein Vater hat diesbezüglich bereits alles in die Wege geleitet. Ich wiederum freue mich einfach, Euch nach all dieser Zeit endlich wiederzusehen. Mit Freundschaft und höchster Achtung, Arthur.

(Queen Marybeth, 1862, Oakenheart Memorial Zartbitter)

Kapitel 1 – Natur und Feuersbrunst

862 m.Z. Dawnbreak Tag 8, Bahnhof von Zartbitter, The Outer Realms – Marybeth betrachtete sich in einem der großen Spiegel in der Bahnhofshalle von Zartbitter, der im Vergleich zu jener in Loras geradezu leer und unbelebt wirkte. Nur sie und die Dienstboten, die ihr Onkel entsandt hatte, um sie abzuholen, waren hier. Das Mädchen, das ihr von der unsauberen Oberfläche entgegenblickte, hatte nur noch wenig mit dem Kind gemein, das sie einst gewesen war. Sie war größer geworden, wenngleich sie immer noch kleiner war als die meisten anderen Mädchen ihres Alters. Sie war schmal, eigentlich sogar zierlich, jedoch hatte der Fluch des Älterwerdens ihr kleine, aber deutlich sichtbare weibliche Kurven eingebracht, was sich noch immer fremd für sie anfühlte. Ihre Züge waren hagerer als früher, einige würden sie vermutlich sogar als anmutig bezeichnen. Ihre Lippen hatten eine schmale Form, aber eine gesunde rosa Farbe, ganz im Gegensatz zu ihrer stets eher blassen Haut. Was noch deutlich an die Marybeth von früher erinnerte, waren ihre meerblauen Augen und ihre hellblonde Lockenpracht, für die sie bereits als Kind unzählige Komplimente bekommen hatte. Marybeth jedoch hielt nichts von Beurteilungen aufgrund von Oberflächlichkeiten. Ihr Aussehen war keine Leistung ihrerseits. Sie hatte es nie verstanden, weder das noch die Komplimente zu ihrer Bekleidung. Das Lob sollte den Zofen und Schneidern gelten, schließlich hatten sie die Arbeit geleistet. Sie selbst hatte noch nie in ihrem Leben Nadel und Faden benutzt.

Marybeth wandte den Blick von ihrem Spiegelbild ab und blickte hoffnungsvoll nach hinten, nur um einen Moment später resigniert zu erschlaffen. *Natürlich, was habe ich erwartet.* Ihre ›Dienstboten‹ waren noch immer hier und behielten jede ihrer Bewegungen im Blick. Wehe dem, der es zuließ, dass sie auch nur einen Augenblick für sich allein hatte.

Enerviert betrachtete sie die große Uhr des Bahnhofs. Die vierzehnte Stunde war bereits um sechs Minuten überschritten worden, nicht zu vergessen die vielen Sekunden. *Tickedi-tickedi-tack. Sechsundfünfzig, siebenundfünfzig, achtundfünfzig, neunundfünfzig – die siebte Minute bricht an.* Die zunehmende Eskalation der Verspätung.

Marybeth konnte Verspätungen nicht leiden, schon gar nicht, wenn sie auf jemanden so Wichtigen wartete. Zudem verschwendete es ihre Zeit. Andererseits war jede Sekunde, die sie nicht eingeengt von den Wänden des Sanatoriums verbringen musste, ein Geschenk. Ja, dies war nun ihr Leben, ihre Pflicht, und sie würde diese stets erfüllen, doch ein tief in ihr verborgener Teil wollte wieder tanzen, schrie nach Anerkennung und Freiheit. Sie war seltsam – und sie wusste das. Man hatte es ihr oft genug gesagt, immer und immer wieder, George und sogar die anderen Insassen des Shelwynn Sanatoriums. Doch im Kern war sie doch einfach nur Marybeth, oder?

Aus einiger Entfernung hörte sie plötzlich das Pfeifen einer Dampflok und sofort fühlte sie eine ungewohnte Aufregung. Woher das nur kam? Irrelevant, sie würde ihn wiedersehen! Sie würde Arthur wiedersehen, den einzigen Freund, den sie jemals gehabt hatte.

Nachdem die Lokomotive gehalten hatte, lief Marybeth nervös den Bahnsteig entlang und sah sich in alle Richtungen um. Zuerst konnte sie ihn nicht finden, doch dann erkannte sie ihn unter den aussteigenden Passagieren.

Im Gegensatz zu ihr hatte er sich kaum verändert. Sein Gesicht war kantiger geworden, erwachsener, aber sein gepflegtes rotes Haar, welches er zu einem kurzen Pferdeschwanz zusammengebunden hatte, und der für ihn typische, eng geschnittene Anzug machten eine Verwechslung unmöglich.

Sie rannte auf ihn zu, im letzten Moment jedoch, kurz bevor sie ihn in die Arme schließen konnte, hielt sie an. Ein starker Impuls in ihr arbeitete dagegen an, die innere Stimme in ihrem Kopf, die mahnte, *du wirst nur wieder verletzt*. Was genau tat sie hier eigentlich? Sie hatte Arthur seit über sechs Jahren nicht gesehen. Einzig Briefe hatten sie sich stets geschrieben. Dass sie sich tatsächlich einmal bei etwaigen Staatsbanketten über den Weg liefen, sich vielleicht gar gegenseitig besuchten, hatten sowohl Arthurs Verpflichtungen als Viscount als auch Onkel George immer zu verhindern gewusst. *Seltsam.*

Arthur schien ihr Zögern nicht entgangen zu sein. Vorsichtig, wie bei einem verängstigten Tier, trat er näher und suchte sachte, aber nur kurz ihren Blick. Als sie weiterhin nicht zurückwich, lächelte er und umarmte sie herzlich.

»Es ist schön, Euch zu sehen, Cousine.«

Marybeths Gedankenstimme schwieg endlich. Es fühlte sich erstaunlich gut an. Keine Spur von ihrem sonstigen Fluchtinstinkt. Es war alles wieder wie damals.

»Die Jahre haben Euch gut getan«, flüsterte er. »Seht Euch nur an.«

»Spielt Ihr auf meinen Gesundheits- und Ernährungszustand an oder auf meine Attraktivität?«

Er stockte. Dann schüttelte er den Kopf und lachte. »Auf beides. Und zudem auf Eure reizende Persönlichkeit, die unverkennbar noch immer die Eure ist.«

»Ich wüsste nicht, wessen Persönlichkeit ich sonst haben sollte«, erwiderte Marybeth trocken.

»Und das, liebe Cousine, ist auch gut so. Ich freue mich, Euch heute hier zu treffen. Kommt, wir nehmen eine Droschke zu den Räumlichkeiten, die der Bürgermeister von Zartbitter uns freundlicherweise zur Verfügung gestellt hat. Diener-«

Marybeth unterbrach ihn. »Schulze.«

Arthur runzelte die Stirn. »Wie meinen?«

»Schulze«, wiederholte Marybeth ungeduldig. »Edgar Zwiebeltracht ist der Schulze von Zartbitter, nicht der Bürgermeister. Ihr solltet ihn mit seinem korrekten Amt ansprechen.«

Arthur verdrehte die Augen. »Schulze … diese Halblinge … Aber wie dem auch sei, teilen wir uns die Droschke oder nicht?«

»Nein.«

Arthur schmunzelte, wobei seine sonstigen Gesichtszüge sich langsam etwas spannten. »Und würdet Ihr mir auch erklären, wieso nicht?«

»Ja. Es fahren keine Droschken durch Zartbitter.«

»Also müssen wir zu Fuß gehen?«

»Das wäre eine Möglichkeit.«

Arthur seufzte. »Gut. Dann habe ich zwei Fragen. Zunächst: Das klingt, als gäbe es Alternativen. Welche wären das? Und zweitens: Woher wisst Ihr das alles?«

Marybeth zuckte die Schultern. »Als Euer Brief eintraf, habe ich mich gut auf unseren Aufenthalt in Zartbitter vorbereitet und alles darüber gelesen, was die Bibliothek des Sanatoriums zu bieten hatte.«

»Die Alternativen, Marybeth …«

»Es gibt Alternativen. Die Gesellschaft der freien Stadt Zartbitter besteht aus einem Geben und Nehmen zwischen den einzelnen Volksgruppen. Es ist möglich, dass einer der Anwohner sich bereit erklärt, uns gegen ein kleines Entgelt zu unserer Unterbringung zu fahren.«

»Ihr meint, wir sollen uns eine Mitfahrgelegenheit suchen?«, fragte Arthur skeptisch.

»Wir könnten auch einfach mit meinen Dienstboten fahren. Die haben mich schließlich auch mit einer Kutsche hergebracht.«

»Wieso habt Ihr das denn nicht gleich gesagt?«, fragte Arthur irritiert.

»Ihr habt nur nach den Alternativen zu öffentlichen Droschken gefragt.«

Arthur überlegte kurz und nickte dann. »In Ordnung. Das mit deinen Aufpassern soll mir recht sein. Es sind verschrobene Leute hier in den Outer Realms. Ich würde nur ungern mit jemand Fremdem fahren.« Er richtete sich an seine Diener. »Lawrence, Harrison, ihr kümmert Euch um mein Gepäck. Marybeth-«, er schaute wieder zu seiner Cousine, »-wir machen uns auf den Weg.«

❧ ❧ ❧

Arthur saß aufrecht. Seine Augen schlossen sich, als er das Violoncello umarmte wie in alten Zeiten. Seine Aufgaben in der Barony ließen ihm viel zu wenig Zeit für die Musik. Nun hatte er viel aufzuarbeiten, an einem Abend ohne weitere Verpflichtungen in den luxuriösen Räumlichkeiten, die der Schulze ihnen in seinem Privatanwesen zur Verfügung gestellt hatte.

Mit zärtlichen Fingern strich er den Hals des Instruments entlang. Sein Bogen glitt sanft über die Saiten, während er dem Resonanzkörper mit tiefen Tönen neues Leben einhauchte. Arthur drückte den Finger auf das Griffbrett und erzeugte den Ton C, kraftvoll und resonant – eine reiche, emotionale Klangfarbe. Dann wechselte er zu einem ruhigen Streichen über die A-Saite, spielte den Ton E, gefolgt von einem Anschlag auf der D-Saite für das A.

Er lächelte, als er den Blick hob und in den blauen Augen seiner Cousine denselben verträumten Ausdruck sah wie damals. Ihre Locken wippten im Takt der Musik, auch wenn sie aufmerksam sitzen blieb. Früher hatte sie getanzt, wenn er für sie gespielt hatte. Dennoch … es war eine Erleichterung, dass die Jahre, die Marybeth in der Isolation verbracht hatte, ihren Kern unberührt gelassen hatten.

In den ruhigeren Passagen der Melodie nutzte Arthur die Technik des Legato, um nahtlose Übergänge zwischen den Noten zu schaffen. Das Roßhaar seines Bogens liebkoste die Saiten, während er die Töne mit einer fast schwebenden Leichtigkeit spielte.

Arthur verlor sich in der Musik, ließ seine Seele mit jedem Ton mitschwingen. Seine Finger bewegten sich geschmeidig über das Griffbrett, während er die Melodie mit Leidenschaft und Hingabe spielte, erfüllt von jener Atmosphäre von Hoffnung, welche er in das Herz seiner Cousine säen wollte.

Als er die letzte Note spielte und sich der Nachklang des Tons allmählich verlor, sah er Marybeth direkt in die Augen. Eine Träne lief an ihrer Wange hinunter. Er hatte sie bisher nur ein einziges Mal weinen gesehen, und das war in einem Moment völliger emotionaler Überforderung gewesen. Hatten die Jahre im Sanatorium ihre inneren Schutzbarrikaden gebrochen, oder hatte sein Spiel sie wirklich so berührt? Als Marybeth langsam aufstand, mit holprigen Schritten auf ihn zukam, auf die Knie sank und ihre Stirn an sein Schlüsselbein drückte, kannte er die Antwort: Es war beides wahr.

Mit der Vorsicht eines Künstlers, der auf seiner Leinwand die letzten filigranen Pinselstriche zu einer frisch erblühten Lilie zieht, legte Arthur eine Hand auf Marybeths Schulter. Sie ließ es zu. Dadurch ermutigt, strich er ihr sorgsam über den Rücken.

Sie verharrten einige Minuten in dieser Position. Arthur spürte, wie Marybeths Körper sich langsam entspannte.

»Ich will nicht zurück«, flüsterte sie irgendwann beinahe tonlos.

Was sollte er ihr antworten? Er verstand sie und teilte ihre Gefühle, und doch wusste er, dass sein Vater sie niemals würde gehen lassen. Selbst jetzt standen ihre ›Dienstboten‹, speziell für diese Aufgabe ausgebildete Mitglieder der Royal Guards, vor der Tür und sorgten dafür, dass niemand sie unerlaubt durchschritt, weder herein noch hinaus. Zu sehr benötigte der Prinzregent die Unterdrückung der rechtmäßigen Königin für seine eigenen Ambitionen.

»Ich weiß, Marybeth, ich weiß«, antwortete er schließlich und erhöhte den Druck, mit dem er seine Hand über ihre Schulterpartie gleiten ließ. »Es wird alles gut werden. Ich werde immer für dich kämpfen.«

Ein lautes Klopfen durchbrach die Intimität des Moments.

»Herein«, brummte Arthur genervt, während Marybeth sich ruckhaft von ihm zurückzog und in eine Ecke des Raumes entwich.

Ein Diener betrat das Zimmer. »Eure Majestät, Königin Marybeth, Prinz Arthur, Viscount der Copperblood Barony,-«

Arthur winkte ab. »Schon gut, weiter im Text, bitte.«

»Der Prinzregent hat mich beauftragt, Euren Königlichen Hoheiten eine Nachricht zu übermitteln. Ihr werdet dazu angehalten, Euch morgen zur dreizehnten Stunde am Highoak Memorial bei der großen Eiche von Zartbitter einzufinden. Des Weiteren soll ich Euch diese-«, er legte zwei versiegelte Umschläge auf einem Sekretär an der Ostwand des Raumes nieder, »-Entwürfe für Eure Reden anlässlich der Feierlichkeiten überreichen. Prinz George hat verdeutlicht, dass er keine starken Abweichungen wünscht.«

»Sie haben Ihre Aufgabe erfüllt. Danke schön. Richten Sie meinem Vater bitte aus, dass ich selbst entscheide, welche Worte ich an die Bevölkerung richte.«

Der Diener verbeugte sich und verließ das Zimmer. Arthur seufzte, während er die Umschläge nahm und sich zu Marybeth auf den Boden setzte. Auf einem der Dokumente stand ihr Name. Er reichte es ihr und überflog seinen eigenen Text.

»Dass ich nicht lache. ›Als Sohn und vorderster Unterstützer unseres geliebten Prinzregenten George Ravenwood« … wenn er glaubt, dass ich das so aufsage, sollte vielleicht er die nächsten Jahre an Eurer statt in dem Sanatorium verbringen.« Arthur hatte auf ein Lächeln gehofft oder wenigstens den Hauch eines Schmunzelns, aber Marybeths Miene blieb steinern, während sie aufmerksam ihre Anweisungen las.

»Ein Sanatorium ist ein Ort für geistig Verwirrte und unheilbar Kranke. Onkel George ist keines von beiden – er ist lediglich arrogant.«

»Was hat er eigentlich in Eure Rede geschrieben? Ich nehme an, denselben hochtrabenden Dung?«

Marybeth reichte ihm das Papier. »Ihr könnt es lesen, wenn Ihr möchtet.«

Arthur nickte und schaute es sich an. Schon nach wenigen Zeilen ballte er seine Hände zu Fäusten. »Das kann er nicht ernsthaft von Euch verlangen.«

Marybeth zuckte die Achseln. »Er ist der Regent. Ich bin nur die Königin.«

»Das ist unfassbar. Eine Dreistigkeit. Hier: ›Ich bin froh, dass meine große geistige Fehlbarkeit das Land ebenso wenig spalten konnte wie seinerzeit der Oakenheart Stamm. Beides verdanken wir den starken Händen großer Männer. Damals war es der Held der Industrienationen, Marshall Jeremiah Augustine, gewesen, doch heute verdanken wir die Stabilität unseres Landes niemand anderem als meinem Onkel, dem Bruder meines verstorbenen Ziehvaters, Prinz George Ravenwood von Loras.‹ Dieser aufgeblasene-«

»Er ist der Regent. Er tut, was er tun muss, um als starker Führer seines Landes wahrgenommen zu werden.«

»Nein, Marybeth. Ihr könnt mir nicht weismachen, dass es Euch nicht verletzt, derart denunziert und für seine Zwecke missbraucht zu werden. Ihr solltet dieses Land regieren. Es waren seine Intrigen, die ihn dahin gebracht haben, wo er jetzt steht. Und er ist nicht einmal gut in dem, was er tut. Schaut Euch den Zustand des Reichs doch an …«

»Wir befinden uns im Krieg. Das Volk braucht einen starken Anführer. Es ist meine Pflicht, ihn zu unterstützen.«

Arthur schnaubte gehässig. »Das haben sie Euch also eingeredet? Und wenn es nur der Krieg wäre … Der Konflikt mit dem Bündnis ist die eine Sache, ebenso wie der Vertragsbruch, der ihn herbeigeführt hat. Zudem liegt unsere Wirtschaft beinahe brach, obwohl die Industriellen mehr Einfluss und Macht haben als jemals zuvor. Die Restfall Highlands stehen kurz davor, sich von den Westreichen abzuspalten. Und nun die Spitze des Eisbergs: Wir sind längst nicht mehr die stärkste Kraft in den Industrienationen: Der Amarriniumclan im hohen Norden hat uns längst überholt, militärisch wie wirtschaftlich.«

»Ich verstehe«, antwortete Marybeth langsam. »Onkel George benötigt eine bessere Strategie.«

Arthur lachte. »Nein, mein Vater braucht überhaupt nichts. Das Volk braucht einen besseren Herrscher. Es braucht seine Königin.«

»Es ist meine Pflicht, mein Leben dem Volk zu widmen.«

»Eure Pflicht, die mein Vater Euch genommen hat. Und genau deshalb ist dieser Mist hier eine Frechheit.« Er betrachtete das Papier in seiner Hand mit einem Blick, als hätte er soeben davon erfahren, dass der Diener, der es gebracht hatte, es zuvor zur Bereinigung der Überreste seiner Notdurft verwendet hatte.

»Ich verstehe«, murmelte Marybeth nachdenklich, griff das Thema jedoch nicht wieder auf.

Den Rest des Nachmittags und den Abend verbrachten sie mit leichteren Gesprächen, und obgleich Arthur sich erst wieder an die Eigenheiten seiner Cousine gewöhnen musste, war er froh, endlich etwas Zeit mit ihr verbringen zu können. Als sie einander eine gute Nacht wünschten und sich Arthur in sein eigenes Quartier zurückzog, hatte schon längst die Mitternachtsstunde geschlagen. Müde legte er sich in sein Bett, doch seine Gedanken verhinderten, dass er friedlich einschlafen konnte. Keines der Worte, die er Marybeth gesagt hatte, war gelogen. Sein Vater war als Herrscher der Westreiche eine Zumutung, ebenso wie Marybeths Isolation im Shelwynn Sanatorium. Eines Tages musste er etwas unternehmen. Er wusste lediglich noch nicht wie oder was.

»Alles Gute zu Eurem Geburtstag, Cousinchen.«

Marybeth schlug ihre Augen auf und blickte auf einen wirren Urwald aus roten Strähnen, die Arthurs grinsendes Gesicht verdeckten.

»Ihr seht unordentlich aus.«

Arthur zog kurz überrascht eine Augenbraue hoch, doch dann grinste er noch breiter. »Ich freue mich auch, Euch zu sehen, Marybeth. Und nur damit Ihr es wisst, ich habe nach dem Aufstehen keine Zeit verloren und bin sofort zu Euch gekommen. Ich habe später noch genügend Zeit, mich zurechtzumachen. Aber seht, ich habe ein Geschenk für Euch.«

Arthur winkte einen Diener herbei, der einen kleinen Kasten aus rotbraunem Holz in der Hand hielt.

»Was ist das?«, fragte Marybeth. Sie wirkte weniger euphorisch, als Arthur es gehofft hatte, schien jedoch trotzdem neugierig zu sein.

»Ihr erinnert Euch sicher, dass Ihr mir damals mein wunderschönes Cello geschenkt hattet, nachdem mein Vater mein altes Instrument zerstört hatte.«

»Ja, natürlich.«

»Ich dachte mir, ihr würdet Euch vielleicht freuen, wenn ich diesen Gefallen nun erwidere.«

Marybeth sah skeptisch auf das Kästchen. »Das ist deutlich zu klein für ein Violoncello.«

Arthur lachte. »Nun, ich dachte mir, das Violoncello ist vielleicht nicht das richtige Instrument für Eure zarten Hände.« Er stand auf, nahm dem Diener das Geschenk ab und öffnete es für Marybeth.

Sie starrte ihn mit offenem Mund an, als sie die kleine Violine herausnahm. »Das ist-«

»Eine Violine, ich weiß«, unterbrach Arthur sie und beendete lächelnd ihren Satz.

»Nein, das hatte ich nicht sagen wollen. Sie ist wunderschön«, hauchte Marybeth ernsthaft verzückt.

Arthur wirkte freudig überrascht. »Ich muss zugeben, mit dieser Reaktion hatte ich nicht gerechnet. Es tut gut, ein Strahlen auf Eurem Gesicht zu sehen, und ich freue mich, wenn sie Euch gefällt. Probiert sie doch einmal aus. Es gibt ein paar Dinge zu beachten, bevor Ihr eine Violine benutzt. Beispielsweise muss der Bogen gelegentlich mit Kolophonium vorbereitet werden – diesem Harz hier. Das habe ich aber bereits für

Euch erledigt.« Er hielt inne und beobachtete, wie Marybeth das Instrument anzulegen versuchte. »Ihr müsst Euer Kinn auf diese schwarze Stütze auflegen, ja genau so. Dann nehmt Ihr den Bogen und stabilisiert den Griff mit Eurem Zeigefinger. Genau. Nun streicht einfach über die Saiten.«

Marybeth tat wie geheißen und zuckte zusammen. »Das klingt furchtbar.«

Arthur nickte. »Daran werdet Ihr Euch am Anfang leider gewöhnen müssen. Die Violine hat ungeübt einen grauenhaften Klang. Mit Übung und Fleiß jedoch wird sie zu einer Wonne für die Ohren eines jeden Zuhörers.«

»Ich bin sehr fleißig.«

»Das weiß ich. Und genau deshalb bin ich sicher, dass Ihr schon bald bereit seid, zur Abwechslung einmal mir Eure Kompositionen vorzuspielen.«

»Ich werde mir die größte Mühe geben.«

Marybeth und Arthur ließen sich ein gemeinsames Frühstück bringen und unterhielten sich noch eine kurze Zeit, dann verabschiedeten sie sich, um sich von den Dienstboten und Zofen in einen vorzeigbaren Zustand für die Feierlichkeiten bringen zu lassen. Wenige Stunden später saßen sie bereits in einer Kutsche, die eigens dazu beauftragt war, die beiden Mitglieder der Königsfamilie zur Highoak Gedenkstätte zu bringen, an welcher der Regent seine große Rede halten sollte.

Die verregnete Stadt, die an ihnen vorüberrauschte, sah so anders aus als Loras. Kleiner, wenn auch ebenfalls sehr groß. Insbesondere der architektonische Stil der Häuser beider Metropolen war jedoch ein Unterschied wie Tag und Nacht.

Warum denke ich darüber nach?, fragte sich Marybeth kurz, doch die Antwort lag eigentlich auf der Hand. Ihre Wiedervereinigung mit Arthur weckte die Erinnerungen an ihr früheres Leben. Instinktiv umklammerte sie ihren Geigenkasten. Sie hatte es nicht gewagt, ihn unbeaufsichtigt zu lassen. Auch die Einwände ihrer Dienstboten hatten sie nicht davon abbringen können, das Instrument mitzunehmen.

Sie blickte aus dem Fenster der Kutsche. Viele der Häuser hatten graue oder weiße Außenmauern. Sie standen weiter auseinander als in ihrer Heimatstadt und breite Straßen führten zwischen ihnen hindurch. Die vertrauten Gaslaternen waren zwar auch hier vorhanden, jedoch weitaus seltener als in Loras.

Zu Marybeths Überraschung vermochte es sogar die Bevölkerung, ihr Interesse zu wecken. Beinahe sprichwörtlich für die Outer Realms war diese bunt aus allen Völkern und sozialen Schichten zusammengewürfelt – ein Potpourri der Westreiche. Nirgends sonst konnte man hochgewachsene, glatzköpfige Oger-Gentlemen mit Zylinderhüten und Monokeln neben verarmten Halblingen oder lorasianischen Bauern über die Gehwege schreiten sehen. Zartbitter, die Stadt für alle, und offenbar war dieser Leitspruch mehr als nur Propaganda.

Sie erreichten das Highoak Memorial nach ungefähr einer halben Stunde. Bei der Gedenkstätte handelte es sich um einen kleinen hölzernen Pavillon, eine Art Kapelle, die unter den Zweigen der großen Eiche errichtet worden war. Allerhand Schnitzereien, Überbleibsel des Oakenheart Stammes, zierten die knorrigen, braunen Wände der Struktur und Efeu wuchs daran empor. Es erweckte den Eindruck, das Bauwerk wäre ein natürlicher Teil dieses Ortes. Er fügte sich perfekt in die Kulisse des gewaltigen, einsamen Baums auf der Flanke einer überwucherten Anhöhe. Den Fuße dieses Hügels verunzierten bereits die ersten Ausläufer der Stadt.

Eine Atmosphäre des Friedens und der Ruhe umgab den Platz auf eine angenehm subtile Weise trotz des Gemurmels der Menschen. Vögel zwitscherten, aber es war schön und unaufdringlich. Kleine Eichhörnchen kletterten über die Äste des mächtigen, uralten Baums.

Eine Tribüne, vor der sich bereits eine beeindruckende Masse an Menschen versammelt hatte, war vor dem Pavillon errichtet worden. Samtene Vorhänge und ein opulenter Bodenbelag aus Brokat verzierten neben den üblichen Flaggen und der Heraldik der königlichen Familie das Rednerpult, an dem Onkel George bereits mit missmutigem Gesichtsausdruck stand. Noch weniger begeistert wirkte er, als er seine Nichte erblickte, die das Geschenk seines Sohns noch immer fest in ihren Händen hielt.

»Vater«, begrüßte Arthur ihn knapp.

Marybeth machte einen formellen Knicks.

»Arthur, da bist du ja endlich. Ich dachte schon, ich müsste ohne euch beginnen. Womit hat Marybeth euch diesmal aufgehalten?«

Arthur zog eine Taschenuhr aus dem Inneren seiner Weste und warf einen kurzen Blick darauf. »Wir haben zwölf Uhr siebenunddreißig. Euer Diener nannte uns die dreizehnte Stunde. Hat er eine falsche Zeit genannt?«

Darauf erwiderte George nichts.

»Habe ich mir gedacht«, setzte Arthur nach und zog Marybeth mit sich auf das Podest.

Marybeth fühlte sich verloren. All diese Menschen und schlimmer noch ihr Onkel, alle waren sie hier und erwarteten, dass sie sich ein weiteres Mal erniedrigte, während sich Arthur das exakte Gegenteil von ihr wünschte. Froh, sich bislang im Hintergrund halten zu können, beobachtete sie aus dem Schatten des Pavillons heraus die Zugvögel am Himmel, die Tiere in der Baumkrone und die Würdenträger, die sich einige Meter entfernt auf der Tribüne tummelten, bis Arthur ihr einen leichten Stups gab. Sie blickte ihn verwirrt an und er nickte verdrossen in Richtung von George.

Bis die dreizehnte Stunde schlug, füllte sich der Vorplatz der Gedenkstelle weiter mit der Bevölkerung Zartbitters. Schließlich trat ein älterer Mann winziger Statur, der in einen altmodischen und etwas zerknitterten, roten Frack gekleidet war, an das Rednerpult. Das war Edgar Zwiebeltracht, der amtierende Schulze von Zartbitter.

»Werte Damen, werte Herren, verehrtes Volk von Zartbitter, der Outer Realms und der Restfall Highlands. Heute feiern wir den zweihundertsechzigsten Jahrestag unseres Sieges gegen den Oakenheart Stamm und der Gründung unserer wunderbaren Stadt. Ich habe die große Ehre, Ihnen folgende Gäste vorzustellen: Prinz George Ravenwood von Loras, der amtierende Regent der Westreiche, ebenso wie seine Nichte Königin Marybeth Victoria Ravenwood von Loras und seinen Sohn Prinz Arthur Ravenwood, Viscount der Copperblood Barony.«

Marybeth hörte ein leises Pochen, eine Art Vibration, die den Boden unter ihr erschütterte. Es war nur ganz leicht, aber sie nahm es deutlich wahr.

»Als erster Redner des heutigen Tages begrüße ich hiermit Prinz Arthur, verehrte Freunde. Lassen wir uns überraschen, was die Stimme unserer Nachbarn aus der Barony an diesem geschichtsträchtigen Tag zu sagen hat.«

Mit einem falschen Lächeln trat Arthur vor, beugte sich hinunter und schüttelte Zwiebeltracht die Hand. »Vielen Dank.« Dann sah er auf und richtete sich direkt an das Volk. »Verehrte Freunde und Nachbarn. Euer Schulze hat es bereits gesagt, heute ist ein wichtiger Tag für uns alle. Mit dem Ende der

Schlacht um Highoak wurde auch das Ende des großen Vernichtungskriegs eingeläutet. Eure Stadt stand im Zentrum der Ereignisse und der Gewalt, doch sie hat überlebt und steht noch heute da als ewiges Denkmal ihrer Selbst.«

Das Publikum klatschte und auch der alte Halbling machte einen zufriedenen Eindruck, einzig Onkel George wirkte noch schlechter gelaunt als zuvor. Wahrscheinlich, weil Arthur den Teil über ihn zur Gänze aus der Rede gestrichen hatte.

Das Pochen wurde lauter. Auch einige der Zuschauer schienen sich unbehaglich zu fühlen und blickten sich besorgt um.

Zwiebeltracht trat wieder ans Rednerpult. Er dankte Arthur überschwänglich, dann breitete er freundschaftlich seine Arme aus, als wollte er damit seine gesamte Bürgerschaft umarmen. »Ich weiß, meine Freunde, wir alle haben darauf gewartet, Königin Marybeth zu sehen, doch als unser Ehrengast wird sie selbstredend erst zum Schluss vor uns treten. Begrüßen wir also als Nächstes Prinzregent George Ravenwood von Loras. Ich bitte um Applaus.«

Diesen bekam er auch.

»Vielen Dank, Bürger der Outer Realms. Ich freue mich, heute als Ihr demütigster Diener vor Sie alle treten zu dürfen.«

»Dass ich nicht lache. ›Demütig‹«, flüsterte Arthur, der sich wieder nahe an Marybeth gestellt hatte, doch seine Worte gingen in einem plötzlichen Donnergrollen unter.

Mit einem Mal ging alles furchtbar schnell. Das Vibrieren des Bodens wurde heftiger. Eine Ranke, dunkelgrün und breiter als die Oberschenkel eines Pferds, brach aus der Erde und schlug wie der Arm eines Kraken in die Menge aus.

Die meisten Bürger sprangen schreiend zur Seite, doch einige wurden unter dem grauenhaften Fangarm der Natur begraben.

»Was ist hier los? Royal Guards!«, schrie George und machte einen panischen Satz von der Tribüne, einen Augenblick bevor sie von der Pflanze zerschlagen wurde.

Holzsplitter und Trümmer verschiedener Größe flogen überall umher. Die Verletzten schrien. Eine Ogerfrau brüllte wie ein wütender Löwe, als sie auf dem Boden kriechend ihre zerquetschten Beine hinter sich her zog.

Von der Anhöhe erklangen weitere Schreie, doch lauter und aggressiver als die der Bevölkerung. Die Geräusche von gezogenen Schwertern und entsicherten Gewehren erklangen, während sich Stadtwachen und Royal Guards gefechtsbereit machten. Marybeth wandte sich schnell um, war von der Situation und dem Lärm überfordert. Wo war Arthur?

Erst nach einigen Sekunden sah sie ihn. Mit erschrockenem und gehetztem Ausdruck kauerte er mit einer Gruppe älterer Menschen hinter der großen Eiche und bemühte sich, sie zu beruhigen und anzuleiten. Aber woher kamen die wütenden Rufe?

Es knallte. Ein Schuss verfehlte knapp ihr Gesicht und traf George in den Arm, der fluchend zusammenbrach. »Royal Guards, bringt mich hier raus!«

Ordne dich, Marybeth, Angst ist nur eine natürliche Reaktion deines Körpers. Sie ist nicht zweckdienlich. Woher war der Schuss gekommen?

Sie musste nicht lange suchen. Vermummte Gestalten, einige mit Gewehren, andere mit Knüppeln oder Messern bewaffnet, kamen von der Hügelspitze hinabgelaufen und lieferten sich bereits ein erbittertes Feuergefecht mit den Uniformierten.

»Für Highoak! Für die Tradition! Für den Stamm! Für unseren gefallenen Bruder Ernteflut! Beschützt die große Eiche vor der Verderbnis der Westreiche!«

Granaten und Brandsätze wurden geworfen – zielsicher und weit genug entfernt von der Gedenkstätte und dem Baum.

Schmerzensschreie und hastig gebrüllte Anweisungen mischten sich unter die panischen Rufe. Rauch verteilte sich binnen Sekunden, tauchte die gesamte Szenerie in einen Mantel der Unsicherheit.

Inmitten des Chaos stand Marybeth und ordnete ihre Gedanken. Alle um sie herum waren beschäftigt. Sie halfen den Verletzten oder brachten sich selbst in Sicherheit. Sogar ihre Wachen. *Sogar meine Wachen*, realisierte sie und ihre Augen weiteten sich. Keine Wachen inmitten der Feuersbrunst und des Unheils. George war kein guter Herrscher. Das Volk brauchte seine Königin. Sie hatte eine Pflicht. Sie hatte die Pflicht, ihr Leben ihrem Volk zu widmen. Arthur hatte es ihr gesagt. Sie atmete einmal ein und klemmte sich den Geigenkasten unter den Arm. Warten war unangebracht, ihre innere Stimme der Effizienz schrie lauthals ›Jetzt!‹

»Geben Sie mir Ihre Hand«, rief Arthur gegen den Lärm an und half dem verängstigten Mann auf die Beine. »Nun fort hier, schnell!«

Er hatte längst realisiert, was geschehen war. Ein Anschlag des Untergrunds. Jemand von ihnen hatte gewusst, dass Mitglieder der königlichen Familie heute hier sein würden.

Sein Vater hatte sich bereits in Sicherheit gebracht. *Egoistischer Feigling*, dachte Arthur verächtlich. Nicht einmal nach ihm, seinem Sohn, hatte der Prinzregent sich umgesehen, als er begleitet von einem Bataillon Royal Guards vom Platz gebracht wurde. Aber wo war Marybeth?

Er rollte sich unter einem weiteren Peitschenhieb der verhexten Ranke weg und blickte sich um. Sie war nirgends zu sehen. Eilig hastete er durch die Menschengruppe.

»Marybeth! Marybeth, wo bist du?«, rief er verzweifelt, doch er bekam keine Antwort.

Ihm war schlecht. War sie den Angreifern etwa in die Hände gefallen? Er stoppte, atmete kurz durch und schloss einen Augenblick seine Augen, um sich zu sortieren. Als er sie wieder öffnete, fiel ihm ein dunkelgrüner Fleck auf, der sich langsam von ihnen fort bewegte. Dunkelgrün wie Marybeths Kleid.

»Marybeth, warte!«, schrie Arthur und rannte ihr hinterher. Gerade wollte er ein weiteres Mal rufen, als er bemerkte, dass man ihm folgte. Er blickte sich um. Die als Diener gekleideten Royal Guards, die dazu abgestellt waren, Marybeth zu bewachen, hatten ihre Angreifer niedergerungen und folgten ihm. Auch sie suchten nach ihrem Schützling. Er blickte verzweifelt von ihnen zu dem weit entfernten, grünen Punkt. Marybeth musste schreckliche Angst haben. Noch schien ihr niemand zu folgen, aber das war keine Garantie. Was, wenn einer der Angreifer die Flüchtende entdeckte oder weitere von ihnen am Fuße des Berges warteten? Aber wenn er Marybeth jetzt folgte, würde er sie in ein Leben zurückholen, das sie hasste. Durfte er ihr diese flüchtige Gelegenheit auf Selbstbestimmung nur aus Sorge um sie zunichtemachen? Sie war ein kluges Mädchen, er durfte nicht denselben Fehler machen wie sein Vater und Marybeth unterschätzen. Im Bruchteil einer Sekunde traf Arthur eine Entscheidung.

»Marybeth!«, rief er laut genug, damit Marybeths Bewacher es hören konnten, dann rannte er los – in die entgegengesetzte Richtung den Hang hinauf. Er musste sich nicht umsehen, um zu wissen, dass die Wächter ihm folgten. Davon bestätigt lief er weiter, doch jeder Schritt war wie ein Messerstich in seine Magengrube und sein Herz. *Leb wohl, Marybeth. Du wirst es schaffen. Du wirst alles schaffen, was du willst. Ich glaube an dich.*

Kapitel 2 – Blut und Verschleierung

Mit jedem Schritt die steile, matschige Anhöhe hinab wurde Marybeth etwas schneller. *Gravitation, Reibung und Luftwiderstand*, zählte sie in Gedanken auf, während sie sich bemühte, die Kraft ihrer Beine gegen die genannten Kräfte zu konzentrieren. Etwas knackte hinter ihr wie ein Stiefel, der einen Zweig zerbrach. Ruckartig drehte sie sich um. Ein großer Fehler. Sie verlor den Halt, stürzte auf den lehmigen Boden und geriet den Hang hinab ins Schlittern. Die Äste niedriger Sträucher zerkratzten ihr Gesicht, rissen einzelne Haare aus ihrem Lockenmeer heraus. Sie schloss instinktiv die Lider, um das empfindliche Innere ihrer Sehorgane zu schützen, hatte den Impuls zu schreien, biss aber stur die Zähne zusammen. Sie war noch zu nahe an der Versammlung, man würde sie hören können. Sie spürte, wie der Stoff ihres Kleides an mehreren Stellen nachgab und der Boden ihre Haut aufschürfte. Allmählich wurde sie langsamer und die Neigung des Hangs flachte ab.

Als sie endlich zum Liegen kam, würgte sie die Erde auf, die sich in ihrem Mund gesammelt hatte und strich ihre verklebten Locken aus dem Gesicht. Als sie vorsichtig die Augen öffnete, wanderte ihr erster Blick nach oben zu der Stelle, wo sie eben das Geräusch gehört hatte, doch da war niemand. Sie ließ sich wieder zurücksinken, blieb einen Moment regungslos liegen und wartete darauf, dass ihr Herzschlag sich normalisierte. Alles tat ihr weh, sämtliche Muskeln und jeder einzelne Knochen. *Tibia, Brachium, Costae-*, begann Marybeth augenblicklich mit der gedanklichen Bestandsaufnahme ihres Skeletts, hielt dann jedoch inne. *Meine Violine!*

Sie richtete ihren Blick nach unten. Ihr extravagantes, grünes Brokatkleid, welches ihr speziell für die heutigen Festlichkeiten angefertigt worden war, hing an mehreren Stellen in Fetzen herab und war ebenso wie ihr Gesicht von Schlamm besudelt. Für eine Königin hätte sie in diesem Moment sicher niemand gehalten. *Irrelevant.* Nach kurzem Suchen entdeckte sie den Geigenkasten einige Meter entfernt auf dem Boden und hob ihn sorgsam auf. Wenigstens ihm war nichts passiert.

Tapfer, dem Schmerz in ihren Gliedern zum Trotz, humpelte sie weiter in Richtung Zartbitter. Sie wusste nicht, wohin sie sonst gehen konnte, ohne Verpflegung in einem ihr unbekannten Terrain.

Das Stadtviertel am Ausläufer des Hügels war völlig anders als jenes, in dem Arthur und sie residiert hatten. Es wirkte heruntergewirtschaftet, beinahe schäbig, die Straßen waren weniger gepflegt, ihre Gehsteige von altmodischen Fackellaternen gesäumt. Die Menschen, die sich auf den Straßen herumtrieben, trugen grobe, oft geflickte Bekleidung und wirkten verhärmt. Ihre Gesichter waren eingefallen und schmutzig, ihre Körperhaltung gezeichnet von schwerer körperlicher Arbeit.

Marybeth hielt inne und atmete durch. Die Geräusche des langsam einsetzenden Regens, die Schritte der Stadtbewohner und der Lärm naher Maschinen irritierten sie ebenso wie die Erkenntnis, überhaupt keinen Plan zu haben. Was sollte sie nun tun? Noch nie hatte sie sich in einer Lage gesehen, in der sie ihre Handlungen nicht gründlich im Vorfeld überdacht hatte.

Das Geräusch von Stiefelschritten auf dem Gehweg. *Einer, zwei, drei, vier… Marybeth, konzentrier dich!*

Wohin sollte sie gehen? Sie kannte niemanden. Und wie sollte gerade sie, die Königin von Loras, unbemerkt bleiben?

Ein Kutschwerk fuhr vorbei. *Wie geschmeidig die Räder sich drehen, jedes einzelne: Die Vorderräder, die Hinterräd- … Reiß dich zusammen!*

Marybeth warf ihren Kopf in den Nacken und blickte in den trüben Himmel. Ihre völlige Überforderung frustrierte sie beinahe ebenso wie die Situation selbst.

Ein Habicht! Er dreht seinen Kreis. Seine Flügel schla-, Marybeth schüttelte sich. *Ich muss hier weg, ich muss hier weg. Ruhe!*

Unwissend, wo sie genau war, stürmte Marybeth in die nächste kleine Gasse, weg von der aufgeregten Hauptstraße und ziellos ins Innere des heruntergekommenen Wohngebiets. Ohne auf ihre Umgebung zu achten und vollkommen versunken in ihrer eigenen Welt, stolperte sie den Weg entlang. Die dunklen Häuserfassaden wirkten so bedrohlich, als kämen sie auf sie zu, beabsichtigten, sie zu verschlingen.

»Na, sieh mal einer an.«

Marybeth riss sich gewaltsam aus ihrer Träumerei und richtete den Blick auf einen bulligen, jungen Mann, vermutlich Halboger, der dem Aussehen nach nur wenig älter war als sie selbst. Sie hatte sofort ein ungutes Gefühl. Sein Gesicht machte einen brutalen Eindruck, nicht zuletzt durch seine augenscheinlich in der Vergangenheit mehrfach gebrochene Nase und die Narbe, welche seine linke Augenbraue spaltete. Sie wich unwillkürlich zurück, aber schweres Stampfen zu beiden Seiten machte ihr bewusst, dass sie schon längst flankiert worden war.

»Na, sieh mal einer an«, wiederholte der Kerl und grinste sie unverschämt an. »Ein reiches Mädel in unser'm Viertel.« Er bleckte heimtückisch seine abgebrochenen, gelben Zähne. »Was suchst'n hier? Haste dich etwa verlaufen, weg von Papas Villa in Flussseit, mh?«

»Keiner meiner Angehörigen besitzt eine Villa in Zartbitter«, hörte Marybeth sich antworten. Ihr Verstand hatte sich sofort gesträubt, doch nichts hatte verhindern können, dass die Worte über ihre Lippen glitten. Nervös nahm sie eine Haarlocke und wickelte sie um ihren Finger.

»Ein Mädchen von außerhalb also«, frotzelte der Fiesling weiter, »noch besser. Bedeutet weniger Ärger.«

»Sie dürfen mir nicht zu nahetreten. Ich bin Königin Marybeth von Loras. Mich anzugreifen, wäre Hochverrat und wird mit dem Galgen bestraft.«

Er zog beide Augenbrauen hoch und wirkte reichlich belustigt. »Oho! Dann verzeiht bitte, Eure Majestät. Und fürs Protokoll: Lass dir beim nächsten Mal etwas Glaubwürdigeres einfallen, kleine Mistkröte. Oder lern überzeugender zu lügen. Dein Sprüchlein wirkte ja wie einstudiert aus ’nem verdammten-.« Er blickte sich hilfesuchend zu seinen Kumpanen um.

»Theaterstück?«, schlug einer von ihnen vor.

Der Bullige nickte. »Fein, ja. Aus einem Theaterstück.« Er setzte sich in Bewegung, trottete langsam auf Marybeth zu.

»Sei vorsichtig! Nicht, dass sie es doch ist. Angeblich ist die Königin gerade in der Stadt.«

»Red’ keinen Unsinn, Llayne. Die Königin ist heute bei diesem piekfeinen Fest, oben auf dem Hügel, und hält eine Rede. Das Gör hier kann’s gar nicht sein.« Er machte ein paar weitere Schritte auf sie zu.

Sie blickte sich um. Ihr Puls raste. Wohin konnte sie fliehen? Von allen Seiten drohte Gefahr. Panik machte sich in ihr breit. Sie schrie laut. Es geschah nichts, weder Tür noch Fenster öffneten sich.

Reiß dich zusammen, Marybeth, schrie ihre eigene Stimme in ihrem Kopf, doch es gelang ihr nicht. Von der Situation erdrückt, floh sie sich in ihr Inneres. Wurde kalt und teilnahmslos, obwohl sie wusste, dass ihr das nicht half.

Der Schläger hielt erst an, als er unmittelbar vor ihr stand, so nahe, dass sie den Geruch von starkem Alkohol in seinem Atem wahrnehmen konnte. »Netter Klunker«, spottete er, riss ihr goldenes Collier vom Hals und warf es einem seiner Spießgesellen zu.

Marybeth spürte, wie sie zu zittern begann und Tränen ihre Wangen hinabliefen.

»Ach, Kleines, du brauchst nicht weinen. Papa kauft dir bestimmt ein Neues.«

Doch es ging Marybeth nicht um das Collier. Sie hatte es nur getragen, weil der Kammerdiener sie dazu gedrängt hatte. Sie hasste es, unnötige Lasten mit sich zu tragen, und waren sie noch so klein. Außerdem gab ihr Halsschmuck immer das Gefühl von Ersticken. Es war die unangenehme Nähe des Schlägers, die sie in Beklemmung und Angst versetzte.

Nachdem er ihr auch ihre beiden Armbänder abgenommen hatte, richtete er seinen Blick auf den Violinenkasten, den Marybeths schlanke Finger so fest umklammerten, wie es ihnen möglich war. »Und was haste hier Schönes, Kleine? Ein Leierkasten?«

»Es ist eine Violine, und sie gehört mir. Ich gebe sie nicht her«, antwortete Marybeth intuitiv.

»Ach, so ist das also …«, bemerkte der Straßenräuber mit Häme in seiner Stimme. Dann, wie aus dem Nichts, rammte er ihr seine Faust in den Magen.

Marybeth keuchte, ihre Augen tränten noch stärker und ihr Griff löste sich.

Im Nu befreite der Halunke das Instrument aus ihrem Griff und warf es einem seiner Komplizen zu. »Bring das hier ins Haus, Joe. Und sei vorsichtig. So Dinger bringen Kohle, das sag' ich dir.«

»Jupp, mach' ich, Greggo«, brummte der Joe genannte Mann und verschwand in einem nahen Eingang.

Greggo richtete seine Aufmerksamkeit wieder auf Marybeth. »So, Mädchen. Dein Kleid ist leider hinüber, aber der Stoff sieht aus, als könnte er noch ein paar Kröten bringen…« Er zog ein dünnes Gerbermesser aus einer Tasche seiner Hose. Es brauchte nur wenige kleine Schnitte, von denen einer eine kleine, blutige Furche in der zarten Haut von Marybeths Schulter hinterließ, und sie stand entblößt in ihren Unterkleidern zwischen ihren Peinigern.

Marybeth verharrte noch immer gebeugt und hielt sich den schmerzenden Bauch. Die Szenerie wurde zunehmend grau und unwirklich. Alles war so dumpf. Einige Schornsteine qualmten in der Ferne. Zwischen zwei Fassaden gespannte Wäsche wehte im Wind, schwerfällig – sie war völlig durchnässt vom Regen. Einer der Kerle sagte etwas. Irgendeine Anspielung auf das, was unter ihren Röcken verborgen lag. Er fragte, ob der Anblick es wohl lohnenswert machen würde, ihr auch diese zu nehmen. Die anderen lachten. Es war egal. Es war alles egal, auch die Schritte hinter ihr. Vor allem diese Schritte.

»Greggo, du Spatzenhirn, was glaubst du eigentlich, was du hier tust?«

Marybeth traute ihren Ohren nicht, als sie die harsche Stimme einer jungen Frau vernahm.

»Miss Feri! Also da kam dieses Mädchen – verwöhntes, reiches Gör. Sie machte den Eindruck, dass-«

»Seh' ich so aus, als interessiert mich, was du zu sagen hast? Lass sie in Frieden und verpiss dich!«

Greggo zögerte, doch dann ließ er von Marybeth ab. »Ja, Miss Feri.«

»Und wenn du sie noch einmal siehst, dann lässt du sie in Frieden. Habe ich mich für dein verkorkstes Hirn klar genug ausgedrückt?«

Der Schläger knurrte etwas Unverständliches, winkte jedoch seine Freunde zu sich und machte sich gemeinsam mit ihnen vom Acker.

Der Neuankömmling blickte ihnen schweigend nach, bis sie hinter einer Ecke verschwanden, dann widmete sie sich der noch immer am ganzen Leib zitternden Marybeth. »Armes Ding. Ich bin dir gefolgt, als ich gesehen hab', dass du in die Gasse eingebogen bist. Gefährliche Gegend hier für ein hübsches Mädchen wie dich.«

Marybeth hob den Blick etwas, antwortete aber nicht.

»Bist ganz schön verstört, mh? Kann ich dir nicht verübeln. Greggo und seine Jungs sind ganz schön grobe Bastarde. Wer weiß, was sie mit dir angestellt hätten, wäre ich nicht gekommen.« Sie spähte nachdenklich auf Marybeths entblößten, nur noch von den dünnen Unterröcken verdeckten Körper. »Wenn ich's mir recht überlege … so bleiben solltest du wahrscheinlich nicht.« Sie schnipste mit den Fingern. »Weißt du was? Ich nehm' dich jetzt erstmal mit zu mir. Da mache ich dir eine heiße Tasse Tee und gebe dir etwas Vernünftiges zum Anziehen.«

Marybeth beäugte schweigend eine Hausfassade zu ihrer Seite. Der Schimmel, der sich das feuchte Mauerwerk entlangzog…

»Vielleicht sollten wir uns einander vorstellen«, schlug ihre Retterin vor, als Marybeth noch immer keine Regung zeigte. »Ich bin Feri.« Sie streckte freundschaftlich eine Hand aus.

Marybeth sagte nichts und blickte weiter ins Leere. Die ihr hingehaltene Hand ignorierte sie.

Die Fremde wartete kurz, dann klopfte sie Marybeth auf die Schulter, was diese mit einem abrupten Zusammenzucken quittierte. Die junge Frau seufzte. »Dann sag mir zumindest deinen Namen, damit ich dich irgendwie ansprechen kann.«

»Marybeth.«

Feri zog eine Augenbraue hoch. »Marybeth… wie die Königin Marybeth?« Ihr Blick verdunkelte sich für den Bruchteil einer Sekunde lang, doch dann lächelte sie. »Also gut, Marybeth. Dann folge mir bitte. Ich bringe dich in mein Zuhause.«

Marybeth nahm einen großen Schluck aus ihrer dampfenden Tasse und verzog sofort das Gesicht. Grüner Tee. Ekelhaft.

Sie fühlte sich besser. Nachdem Feri sie wenige Straßen entlang in ihre kleine Wohnung in der Augustine Road geführt und ihr einen Moment der Ruhe, sowie frische Kleidung gegeben hatte, war die Überforderung Stück für Stück von Marybeth abgebröckelt.

Sie blickte sich um. Eine Kerze auf dem Tisch und ein halb verhangenes Fenster waren die einzigen Lichtquellen in der nur aus einem Raum bestehenden Unterkunft. Es roch nach Feuchtigkeit und altem Staub. Der Wohnraum selbst war nur spärlich eingerichtet. Ein alter, mehrfach geflickter Ohrensessel, auf dem Marybeth Platz genommen hatte, ein offener Kohleherd mit einem Kessel und mehreren kleinen Töpfen, zwei Stühle, ein Tisch und ein Bett. Sanitäre Anlagen gab es nicht, laut Feri existierte aber ein Plumpsklo im Hinterhaus, welches von allen Bewohnern genutzt wurde. Besonders überraschte Marybeth etwas, das hinter dem Bett an eine Wand gelehnt stand: Eine Bastardlaute, zwar ein Instrument des einfachen Volkes, aber dennoch ein unerwarteter Fund in diesem abgründigen Teil der Zivilisation.

Die hölzerne Wohnungstür öffnete sich quietschend. Feri trat hinein und reichte Marybeth ein Stück Ingwerbrot. Anschließend setzte sie sich ihr gegenüber und knabberte an ihrer Hälfte.

Marybeth beäugte ihre Gastgeberin. Sie war so derart verstört gewesen nach dem Vorfall in der Gasse, dass sie bislang noch gar nicht wirklich auf sie geachtet hatte.

Feri war eine hochgewachsene Frau mit Sommersprossen und einem tiefroten Haarschopf, dessen Strähnen ihr bis kurz über die Wangen reichten, und der Marybeth ein wenig an ihren Cousin Arthur vor sieben Jahren erinnerte, bevor er sich die Haare hatte wachsen lassen. Ihre Augen hatten einen stechenden, hellen Grünton, die Brauen waren dicht und präsent. Ihrer Garderobe nach zu urteilen, legte sie Wert auf praktischen Nutzen, hatte aber nicht sehr viel Geld zur Verfügung. Ebenso schien es sie wenig zu stören, dass einige der Kleidungsstücke eher für einen männlichen Träger gemacht zu sein schienen. Im Gegenteil, ihre lederne Schiebermütze verstärkte diesen Eindruck noch auf kecke Weise.

Normalerweise gab Marybeth nicht viel auf andere Menschen und ihr Äußeres, aber etwas an dieser Frau gefiel ihr. Möglicherweise war es nur ihre Ähnlichkeit zu Arthur, aber was es auch war, es trug dazu bei, dass sie ungewohnt schnell bereit war, einen seltenen Vertrauensvorschuss zu gewähren. Eine Frage brannte ihr allerdings auf der Seele.

»Wieso haben die Männer Sie ›Miss‹ Feri genannt und einen solchen Respekt vor Ihnen gehabt?«

»Mh?«, machte Feri zur Antwort und legte ihre Stirn in Falten.

»Sie haben Sie ›Miss‹ genannt und sind gegangen, als Sie es sagten.«

»Ach was, Respekt… Ich wohne schon ewig in dieser Gegend und kenne viele von hier, ja sogar die Mutter von einem von ihnen. Wir sind hier so gesehen eine riesige Familie. Natürlich eine furchtbare und sehr fragwürdige Familie, die man lieber nicht seinen Freunden vorstellt. Deshalb hat er auf mich gehört.«

»Aber er-«

»Nun, ich habe auch noch ein paar Fragen an dich, Marybeth …, du bleibst ja dabei, dass das dein Name ist, oder?«

Marybeth nickte.

»Dann frag' ich dich jetzt ganz direkt: Bist du Königin Marybeth?«

»Ich bin Königin Marybeth.«

»Und was macht eine Königin hier in Bergseit?« Sie wirkte skeptisch und beobachtete deutlich Marybeths Mienenspiel.

»Ich bin geflohen.«

»Vor dem, was oben auf dem Hügel passiert ist?«, fragte Feri unumwunden.

»Nein.«

»Wovor dann?«

»Das geht Sie nichts an. Ich diene meinem Volk.«

Feri seufzte. »Gut, du musst es mir nicht sagen, wenn du nicht willst. Aber wenn du untertauchen willst, dann solltest du nicht so freizügig mit deinem Namen umgehen. Nenne ihn lieber keinem.«

»Es ist aber mein Name.«

»Na und?«

»Ich heiße so.«

»Das bedeutet nicht, dass du für alle so heißen musst, Kleine.«

Marybeth war entgeistert. Sie antwortete nicht, sondern dachte gründlich über die Worte nach.

»Hast du einen zweiten Namen?«, überlegte ihre Gastgeberin nach einigen Sekunden.

»Ja. Mein voller Name ist Marybeth Victoria Ravenwood von Loras. Wozu benötigen Sie diese Informationen?«

Feri knirschte mit den Zähnen. »Also zuerst einmal: Spar dir den förmlichen Ton. Kein Sie oder Ihr – du! So sprechen wir alle hier, klar? Wenn du nicht auffallen willst, passt du dich besser an. Und zu deiner Frage: Ich überlege, wie wir dich nennen können. Victoria ist nicht schlecht, so heißen viele. Allerdings vielleicht doch etwas zu edel. Wie wäre es mit einer Kurzform? Vicky.«

Marybeth verzog ihr Gesicht. »Ich mag es nicht, wenn man meinen Namen abkürzt. Mein Name ist Marybeth Victoria Ravenwood von Loras.«

»Hab' ich schon beim ersten Mal verstanden, meine Ohren sind gut«, erwiderte Feri, »aber, Marybeth Victoria Ravenwood von Loras, jeder hier wird nach Euch suchen, sobald Euer Hochwohlgeboren Verschwinden auffällt. Nach meiner kleinen Schwester Vicky Byrne sucht aber keiner.«

Nun war Marybeth vollkommen perplex. »Wer ist Vicky Byrne?«

Feri stöhnte. »Meiner Treu, was binde ich mir hier ans Bein?«, murmelte sie zu sich selbst, dann wandte sie sich wieder Marybeth zu. »Du bist Vicky Byrne. Zumindest, wenn du schlau bist. Viele werden nach dir suchen. Wenn du unerkannt bleiben willst, benutzt du einen falschen Namen.« Sie blickte nachdenklich auf Marybeths blonde Locken. Sie stieß einen bedauernden Laut aus, dann zog sie die Schiebermütze von ihrem Kopf und reichte sie ihrem Gast. »Und die hier sorgt vielleicht dafür, dass du etwas weniger auffällig bist, *Vicky*.«

Kapitel 3 – Gräten und Rachegelüste

Feris Missmut war so deutlich, dass es selbst Marybeth nicht entging. Offenbar schätzte ihre Gastgeberin es nicht, derart früh aus dem geteilten Bett geworfen zu werden, schon gar nicht mit den Worten: »Ich benötige Geld.« Nun vergolt sie ihr den wenig diplomatischen Weckruf mit übellaunigen Blicken und Schweigen.

Marybeth war bereits in aller Frühe erwacht und hatte ihre Situation überdacht. Wieso war ihr der Gedanke nicht schon früher gekommen? Die Menschen hier mussten arbeiten, wie überall. Auch sie würde Geld benötigen, um zu überleben.

»Lass mir ein paar Minuten«, murmelte Feri schließlich, während sie sich gähnend auf die Bettkante setzte. »Zieh dich derweil doch an und iss was. Danach kannst du von mir aus mit mir zur Arbeit kommen.«

Nachdem Marybeth die Kleidung angezogen hatte, die Feri ihr am Vorabend zurechtgelegt hatte – ein knöchellanges, einfaches Baumwollkleid in einem grau-karierten Muster, ein paar abgetragene Schuhe aus Schweinsleder und die Schiebermütze – nahmen sie gemeinsam ein dürftiges Frühstück ein.

»Wo arbeitest du?«, fragte Marybeth, während sie einen Kanten Brot mit unappetitlichem, gelblichem Schmalz beschmierte.

»Wasserkant. In der Kantine der Fischverarbeitungsfabrik«, antwortete Feri wortkarg und stopfte sich ein Stück Speck vom Vortag in den Mund.

Fisch. Marybeth mochte keine Fische. Sie wirkten unkoordiniert und primitiv, Eigenschaften, die Marybeth Unbehagen bereiteten. Außerdem waren sie glitschig.

»Die brauchen immer Leute. Der Vorarbeiter stellt keine Fragen und Geld gibt's am Ende jedes Tages auf die Hand.«

Marybeth schauderte, aber es war besser als nichts. »Danke. Ich will mein Bestes geben, wenngleich ich im Umgang mit Meeresgetier nicht geschult wurde.«

Feri seufzte. »Wenn du nicht auffallen möchtest, empfehle ich dir dringend, etwas weniger ›königlich‹ zu reden.«

»Ich bin königlich.«

»Ja, ich weiß. Versuch's einfach.«

Sie aßen schweigend zu Ende. Nachdem Feri den Abwasch erledigt und Marybeth ihr bestmöglich geholfen hatte, verließen sie das Gebäude. Die Straßen von Bergseit waren überaus geschäftig um diese frühe Morgenstunde. Menschen, Halblinge und Oger liefen eilig in die verschiedenen Richtungen und auch einige Pferdewagen waren bereits auf der Straße unterwegs.

Feri packte Marybeth an der Hand. »Damit wir uns nicht verlieren.«

Seltsam, dachte Marybeth, doch nach einem kurzen Abwehrimpuls fühlte es sich für sie in Ordnung an. Sie folgte Feri durch die Gassen des Armenviertels hin zu einer großen Backsteinbrücke, die über den Heartripple Stream führte, ein unbedeutendes Rinnsal von einem Fluss, das auf den meisten Karten nicht einmal eingezeichnet war.

Am Ende der Brücke wurden sie bereits erwartet. Fünf Uniformierte standen vor einer improvisierten Barrikade und kontrollierten die Passanten.

»Name und Ziel?«, fragte einer der Männer, ein Halbling älteren Semesters, gelangweilt.

»Feri Byrne. Ich arbeite in einer Fischfabrik in Wasserkant.«

»Können Sie sich ausweisen, Miss Byrne?«

»Fragen Sie einfach ihren Kameraden da vorn«, antwortete sie mit einem amüsierten Unterton und deutete auf einen hageren, jungen Wachtmeister mit struppiger, brauner Haartolle und einem dünnen Schnauzer. »Wir hatten schon ein paar Mal das Vergnügen.«

Der Halbling drehte sich zu seinem menschlichen Kollegen. »Ist das wahr, Kenneth?«

Der Angesprochene brummte. »Ich kenne das Mädel. Hat zwar einiges auf'm Kerbholz, ist aber sicher nicht die, die wir suchen.«

»Wen suchen Sie denn überhaupt hier zu so einer Stunde? Gab es eine kleine Feier auf der Wachstube, während der einer eurer Stadtbüttel besoffen entlaufen ist?«, fragte Feri frech, während sie provokant von einem zum anderen blickte.

»Schwachsinn«, echauffierte sich der Kenneth genannte Mann sofort, »Königin Marybeth ist gestern nach einem Attentat des Untergrunds verschwunden. Die ganze Stadt ist abgeriegelt. Sie können sie nicht weit verschleppt haben.«

Zornesröte stieg in das Gesicht des älteren Halblings. »Du unsäglicher Hornochse, kannst du mir mal sagen, was das irgendein dahergelaufenes Weibsbild aus Bergseit angeht?«

Der Jüngere trat nervös von einem Bein aufs andere. »'Tschuldigung, Wachtmeister, dachte nicht, dass es schaden würde.«

»Überlass das Denken in Zukunft besser Klügeren. Meine Güte, heutzutage ist man wirklich nur noch von Schwachköpfen umgeben.«

»Ich kenne dieses Gefühl«, klinkte Marybeth sich in das Gespräch ein. Sie hatte gar nicht darüber nachgedacht. Nach der Aussage des Mannes hatte sich ihre Antwort einfach richtig angefühlt.

Der Wachmann kniff seine Augen zusammen und trat näher an Marybeth heran. »Und Sie sind?«

»Ich bin–«

»Das ist Vicky, Vicky Byrne, meine kleine Schwester, die aus den Restfall Highlands zu mir gereist ist.«

»Aus den Restfall Highlands, behaupten Sie. Stimmt das?«

Marybeth blickte vorsichtig zu Feri.

Diese nickte kaum merklich.

»Ja.«

»Und woher aus den Restfall Highlands kommen Sie, wenn ich fragen darf?«

Marybeth spürte ihren Puls in die Höhe schnellen und Schweiß ausbrechen. Was sollte sie jetzt sagen? Sie hatten das vorher nicht besprochen. Die Restfall Highlands. Sie brauchte einen Ort aus den Restfall Highlands. *Mistwick, Crystalburn, Brightcoast, Millmeadow…*

»Miss, ist Ihnen nicht gut? Ich habe Ihnen eine Frage gestellt und hätte gerne eine Antwort darauf.«

»Brightcoast, ich komme … aus Brightcoast«, stotterte Marybeth. Ihr Geist stand bereits wieder in den Startlöchern zur Flucht.

Der Wachtmeister sah sie prüfend an. »Kenneth! Hat diese Feri Byrne tatsächlich eine Schwester?«

Der junge Mann zupfte sich nachdenklich am Schnurrbart. »Bestimmt. In Bergseit pflanzen sie sich fort wie Ratten.«

Der Halbling seufzte. Ganz zufrieden schien er damit nicht zu sein. »Also gut, Miss Byrne. Ihr beide könnt durchgehen. Guten Tag.« Mit diesen Worten gab er den Weg durch die Barrikade frei und ließ Marybeth und Feri hindurchschlüpfen.

Der restliche Weg verging ohne Zwischenfälle und es dauerte nur noch wenige Minuten, bis die beiden jungen Frauen vor dem bedrückend aussehenden Ziegelgebäude mit den schmiedeeisernen Toren und den roten Dachziegeln standen. Ein dicklicher Mann, gekleidet in einen ramponierten, braunen Anzug, stand mit einer Liste vor der Tür und schien Namen abzuhaken.

»Feri Byrne. Köchin. Ich bringe meine Schwester mit, Vicky Byrne. Sie will ebenfalls in der Fabrik arbeiten.«

Der Mann beäugte Marybeth kurz, dann nickte er. »Gut. Wir können noch jemanden an den Fließbändern gebrauchen. Mehr Hände, mehr Produktivität. Strohschleiers Leitspruch. Aber wenn sie Ärger macht, stehen Sie dafür gerade.«

»Entspannen Sie sich, Vorarbeiter Burch. Ich hab's im Griff.«

Burch nickte erneut.

Ohne weitere Worte zog Feri Marybeth an dem Vorarbeiter vorbei in die große Fabrikhalle hinein. Sogleich wurden sie von einer Schar Werktätiger empfangen.

»Feri, da bist du ja. Kannst du mir schon verraten, was es heute zu futtern gibt?«

»Feri, wie schön, dich zu sehen.«

»Feri, hast du nachher einen Augenblick Zeit für mich?«

Feri ignorierte die vielen Zurufe und bahnte sich, Marybeth an ihrer Seite, stoisch den Weg durch das Gebäude.

»Du bist sehr beliebt«, stellte Marybeth fest und fühlte sich mulmig durch die ungewollte Aufmerksamkeit.

Feri lachte. »Du hast nie in einer Fabrik gearbeitet, mh?«

»Um ehrlich zu sein, doch, das habe ich.«

Feri blickte Marybeth verblüfft an. »Aber wieso solltest du… ach, egal jetzt. Was ich eigentlich sagen wollte: Wenn du verstehst, mit einem Kochtopf und einem Löffel umzugehen, bist du jedermanns bester Freund an einem Ort wie diesem.«

»Warum?«

Feri lachte. »Du stellst Fragen … Unser aller Lohn ist abhängig von unserer Produktivität und unserer Arbeitskraft. Wenn jemand nicht ganz auf der Höhe ist, kostet es Zeit. Das wiederum sorgt für weniger Umsatz. Wenn der Gewinn nicht passt, muss irgendwann unsere Bezahlung gesenkt werden und das mag keiner. Ich bin dafür zuständig, die Leute hier aufrecht zu halten. Im Zweifel rette ich also unsere Löhne. Außerdem schmeckt den Jungs wohl mein Essen.«

»In den Fabriken, die ich kenne, gibt es weder Köche noch Kantinen. Die Arbeiter müssen sich selbst versorgen«, bemerkte Marybeth.

»Strohschleier, mein Boss, macht vieles anders. Er hat in vielen Punkten gute Ansichten, ist so`ne Art Idealist. Ein Heiliger ist er trotzdem nicht. Wenn die Zahlen nicht stimmen, zieht auch er irgendwann Konsequenzen.«

»He, Feri«, unterbrach eine tiefe Männerstimme ihr Gespräch und ein muskelbepackter, grauhäutiger Hüne, eindeutig ein Oger, näherte sich lächelnd, wobei sein auffälliger blauer Kilt eindrucksvoll in der Zugluft flatterte. Sein Kopf war komplett haarlos. Es fehlte nicht nur das Haupthaar, sondern auch Bart, Augenbrauen und sogar Wimpern. Wie Marybeth gelesen hatte, war das ein Zeichen für einen Oger besonders reinen Blutes.

»Barro!«, rief sie und ihr Tonfall klang aufrichtig erfreut. Sie lief zu ihm und schüttelte ihm schwungvoll die Hand. »Wie geht's Frau und Kindern?«

Der Oger lachte laut. »Verstärken soweit ich weiß weiterhin die Truppen im Süden und wollen nichts von ihrem alten Herr'n wissen, seit ich die Karawane verlassen und den Kriegshammer an den Nagel gehängt hab'. Aber man kommt irgendwie durch, hä? Viel mehr geht auch nich' bei dem Hungerlohn, den wir hier kriegen.« Er bemerkte Marybeth, die sich ein wenig im Schatten von Feri aufhielt. »Wer is'n die? Freundin von dir?«

Feri schaute zu Marybeth und nickte dann. »Ja, eine Freundin. Du kannst sie Vicky nennen – für's Erste.«

Marybeth erstarrte. »Ich dachte, wir sagen, ich sei deine Schwester.«

Feri zwinkerte ihr zu. »Ja, allgemein hast du recht. Aber das hier ist Barro. Er ist einer von den Guten, wir können ihm vertrauen. Er darf die Wahrheit ruhig wissen.« Sie grinste schalkhaft. »Zumindest diesen Teil davon.«

Barro grunzte amüsiert. »Geht mich ja auch nix an, hä? Was soll's, Vicky, wenn Feri dich 'ne Freundin nennt, tue ichs auch.« Er streckte eine monströse Hand zu ihr aus. »Barro, sehr erfreut.«

Marybeth blickte auf die ihr dargereichte Hand, reagierte aber nicht.

Feri stupste sie mit dem Ellenbogen an. »Etwas Freundlichkeit kann dir nicht schaden, Vicky. Na los, schüttle seine Hand.«

Zögerlich nahm Marybeth die Riesenpranke und drückte sie zaghaft.

»Ein Händedruck wie 'n kleines Mädchen«, schnaubte Barro, dann lächelte er aber zufrieden. »Na ja, strenggenommen biste das ja wohl auch.«

»Wo ihr euch jetzt schon kennengelernt habt«, überlegte Feri, »wie wäre es, wenn du Mary- … Vicky mitnimmst und ihr zeigst, wie man den Viechern die Schuppen und die Flossen abnimmt? Dann kümmere ich mich um den Eintopf.«

Barro salutierte in einer gespielt übertriebenen Geste. »Geht klar, Boss Feri. Barro meldet Gehorsam.«

»Trottel«, frotzelte Feri und boxte ihrem riesenhaften Freund spielerisch in die Seite.

»Oger«, antwortete Barro gelassen und zuckte die Achseln. »Bin also schon als Trottel gebor'n.«

Der Arbeitstag verging schneller als gedacht. Marybeth bekam ein eigenes Messer, ein dünnes Werkzeug mit einer ungemein scharfen Klinge, und lernte, wie man im ersten Arbeitsschritt mit den Meerestieren verfuhr, ehe sie zum Räuchern und Salzen kamen. Die Arbeit war zwar eklig und stellte keine geistige Herausforderung für sie dar, war aber machbar und brachte gutes Geld.

Als Feri und sie sich von dem Vorarbeiter aus der Liste austragen ließen, erhielt jede von ihnen ganze dreißig Copper, aufgeteilt in fünf 6-Copper-Münzen.

Sie bedankten sich und traten mit erschöpften Energiereserven den Heimweg an.

Die meiste Zeit schwiegen sie, doch eine Frage brannte Marybeth auf der Seele und verlangte danach, ausgesprochen zu werden. Kurz nach dem Überqueren der Brücke fasste sie sich ein Herz. »Bin ich wirklich deine Freundin?«

Feri stockte und hielt an. Sie blickte Marybeth überrascht in die Augen. »Wieso fragst du das?«

»Du hast es vorhin zu Barro gesagt. Ich wäre deine Freundin. Stimmt das?«

Feri trat unbehaglich von einem Bein aufs andere. »Na ja, also eigentlich … warum auch nicht? Möchtest du denn meine Freundin sein?«

Marybeth starrte in die Luft, ohne die Frage direkt zu beantworten. »Ich hatte noch nie eine Freundin. Ich habe nur einen Freund, meinen Cousin Arthur. Ich darf ihn nicht oft sehen.«

Feri schwieg einen Augenblick, legte dann aber einen Arm über Marybeths Schulter. »Du musst sehr einsam sein, Kleines. Also gut. Jetzt hast du eine Freundin. Fühlt sich das gut an?«

Einerseits ja, dachte Marybeth. Doch sie wusste nicht, ob das die richtige Antwort auf die Frage war. Derlei Dinge überforderten sie. Wollte sie überhaupt eine Freundin haben? »Ich kann es nicht beurteilen«, antwortete sie schließlich wahrheitsgemäß.

Feri lächelte und nahm Marybeths Hand. »Sag mir Bescheid, wenn du das kannst.«

Marybeth befreite ihre Finger aus dem Griff ihrer Begleiterin und richtete den Blick wieder auf den Boden. Diese Dinge waren alle so neu für sie. Berührung, Vertrauen, Freundlichkeit. Sie fühlten sich an wie Fremdkörper in ihrem Dasein. Niemand war je aufrichtig an ihr interessiert gewesen. Niemand außer Arthur. Sie vermisste ihn. Und sie vermisste sein Geschenk an sie. »Woher kennst du diesen Straßendieb Greggo?«, fragte Marybeth einem tiefen Drang folgend, der über die letzten Gedanken in ihr gewachsen war.

»Wie kommst du denn jetzt auf den Schwachkopf? Bist du etwa immer noch sauer auf ihn? Bergseit ist ein dreckiges Eck, da passieren solche Dinge täglich. Nachtragend zu sein, wird dir wenig bringen.«

»Er ist mir egal«, flüsterte Marybeth, »aber er hat etwas von mir, das ich wiederhaben möchte.«

»Den Schmuck, den er dir geklaut hat? Den wird er längst irgendwo verscherbelt haben.«

»Nein. Die Violine, die mein Cousin Arthur mir zum Geburtstag geschenkt hat. Sie gehört mir und ich will sie zurück.«

»Feri seufzte. »Ich werd' meine Lauscher aufhalten, würde mir an deiner Stelle aber nicht zu viele Hoffnungen machen.

Greggo ist ein Dummkopf, aber Hehlerware kriegt er schneller unter die Leute, als er seinen Namen buchstabieren kann.«

»Es ist sehr wichtig.«

Das rothaarige Mädchen knirschte mit den Zähnen. »Ich tue, was ich kann. Versprochen.«

Gedankenverloren zupfte Feri die Saiten ihrer Laute, während sie den schlafenden Lockenkopf auf ihrem Bett betrachtete.

Sie war nicht das erste Mädchen, dem sie hier beim Schlafen zusah, dafür allerdings die erste Königin. Und niemals hätte sie damit gerechnet, dass eine Adelige wie sie am Ende nur dasselbe sein konnte, was bereits der oberflächlichste Blick preisgab: ein einfaches Mädchen. Ein Mädchen, das verloren in dieser Welt war. So wie sie. Sicher hatte sie viele innere Schmerzen. Auch das konnte sie bestens nachempfinden.

Natürlich hat sie die, Idiotin, rief sie sich selbst in Erinnerung. Es war bekannt, dass Marybeth aufgrund ihrer exzentrischen Art von ihrem Onkel in ein Irrenhaus gesteckt worden war. Seltsam. Dieses Mädchen war vielleicht ein wenig eigen, aber von Wahnsinn hatte Feri an ihr noch keine Spur bemerkt.

Feri klemmte die Saiten ihrer Laute unter ihren Fingern ein, damit sie nicht versehentlich einen Laut von sich gaben, der Marybeth weckte. Dann schlich sie leise zu ihr ans Bett und setzte sich auf die Kante. Sie hörte den ruhigen Atem des Mädchens.

Sanft hob Feri eine Hand und legte sie auf Marybeths Schulter. Sie zuckte leicht, erwachte aber nicht. Mit aller Vorsicht, die sie aufzubringen vermochte, strich sie über den Arm der jungen Königin und über ihre Seite bis zur Hüfte und denselben Weg anschließend wieder hinauf. Dann legte sie einen Finger auf den Kehlkopf des blonden Mädchens. Das Blut, das durch die Halsschlagader floss, pulsierte. Sie spürte es, das blaue Blut der Königin von Loras, hier bei ihr in einer kümmerlichen Wohnung in Bergseit. Wie sehr ein einziger fester Griff das Schicksal des Landes würde verändern können. Sie kannte Menschen, die viel für eine solche Gelegenheit gegeben hätten. Doch das war nicht ihr Weg! Sie zog ihre Finger zurück, entspannte sich und strich erneut über Marybeths Arm.

Armes Ding, dachte Feri und schüttelte leicht den Kopf. Nein, so hatte sie sich die Herrscherin von Loras sicher nicht vorgestellt. Und die anderen sicher auch nicht. Hätten sie das getan, hätten sie seit Langem anders über sie gedacht.

Marybeth erzitterte und drehte sich auf die andere Seite. Sie war unruhig geworden. Feri zog ihre Hand weg und begann stattdessen erneut die ruhige Melodie zu zupfen, bei der Marybeth zuvor eingeschlafen war. Die Wirkung zeigte sich schnell, das blonde Mädchen wurde ruhiger und schlummerte friedlich weiter.

Feri lächelte und lehnte die Bastardlaute vorsichtig an die Wand, ehe sie sich neben ihren Gast aufs Bett legte. Sie zog die Decke über ihren Körper, sorgsam darauf bedacht, dass Marybeth dabei weder freigelegt wurde, noch aufwachte. Dann kuschelte sie sich Stück für Stück näher an sie heran, sodass sie beide ausreichend von der Wärme der dicken Wolle profitierten.

»Schlaf gut, Vicky«, flüsterte Feri leise und strich Marybeth eine Haarsträhne aus dem Gesicht. Dann schloss sie ihre Augen und schlief ebenfalls ein.

Fünf Tage. Wenn er diese Zahl noch einmal hören musste, die skeptischen Blicke seines Vaters auf sich gerichtet sah, zu einer weiteren Befragung ins Rathaus zitiert würde ... »Nein, verdammt, wenn ich es Euch doch sage«, wetterte Arthur wütend in die Versammlung. »Weder habe ich etwas von ihr gehört, noch hat jemand versucht, mich ihretwegen zu kontaktieren. Sie ist wie vom Erdboden verschluckt.«

»Aber du bist der Letzte gewesen, der Zeit mit ihr verbracht und sie gesehen hat«, flüsterte Prinz George mit einer selbst für seine Verhältnisse außerordentlichen Kälte in seiner Stimme. »Sie muss dir irgendetwas gesagt haben. Ich glaube, dass du sie deckst.«

Der Schulze von Zartbitter, Edgar Zwiebeltracht, klopfte auf seinen Schreibtisch, um die Aufmerksamkeit der erhitzten Gemüter zurückzugewinnen. »Wir dürfen nicht vergessen, dass der Untergrund durchaus ein Interesse daran gehabt haben könnte, Königin Marybeth zu entführen. Ich habe zusätzliche Patrouillen angeordnet, zudem wird jeder Ausgang und jeder wichtige Schlüsselpunkt Zartbitters von unseren Truppen bewacht. Bisher haben wir noch keine Spur, aber das ist nur eine Frage der Zeit. Diesmal sind diese Unruhestifter zu weit gegangen.«

»Wenn Sie das Balg nicht finden, Zwiebeltracht, dann mache ich Sie persönlich dafür verantwortlich«, fuhr George den kleinwüchsigen Mann scharf an. »Marybeth ist außer Kontrolle. Sie ist eine Gefahr für ihr Königreich. Nicht auszudenken, was geschähe, wenn sie in die Hände unserer Feinde geraten würde.«

»Ihr habt doch nur Angst um Eure eigenen Privilegien«, bemerkte Arthur spöttisch. »Seit Onkel Harolds Tod klammert Ihr Euch an Eure Macht wie ein Trunkenbold an seine Flasche.«

»Vergiss nicht, mit wem du redest, Sohn.« Georges Stimme hatte einen drohenden Nachklang, als stünde er kurz davor, vollends auszurasten.

»Sicher nicht«, versprach Arthur und verbeugte sich theatralisch. »In diesem Sinne werde ich mich nun verabschieden, eure Hoheit. Wichtige Staatsgeschäfte… Ihr wisst ja.«

»Ja, mach das. Geh mir aus den Augen. Seit Marybeth diesen Raum in deinem Kopf einnimmt, bist du als Sohn eine Enttäuschung.«

»Ich danke Euch für dieses Kompliment, denn es zeigt mir, dass ich auf dem richtigen Weg bin.«

»Raus!«

Ohne weitere Provokationen verließ Arthur das Zimmer. Er kannte seinen Vater. So gereizt wie er jetzt war, fehlte nicht mehr viel, und er würde ihm ernsthafte Probleme bereiten. George war ein Wichtigtuer und Lügner. Man durfte ihn aber nicht unterschätzen. Arthur dachte an Marybeth. Hoffentlich ging es ihr gut, wo auch immer sie gerade war.

Als er aus dem Rathaus hinaus an die frische Luft trat, atmete er tief ein. Die Stadt schmeckte nach Regen und Salz. Sie erinnerte ihn fast ein wenig an Loras, nur ohne die vertraute Note von Schwerindustrie. Auf jeden Fall war es völlig anders als Sanctum.

Kurz überlegte Arthur, einen der anfahrenden Kutscher um eine Mitfahrgelegenheit zu bitten, doch dann entschied er sich spontan für einen Spaziergang durch die Stadt. Er legte einen Zwischenhalt vor dem nahegelegenen Anwesen des Schulzes von Zartbitter ein, wo die Diener bereits dabei waren, sein Gepäck aus seinem Zimmer auf einen überdachten Wagen zu verräumen. Der Zug, der ihn zurück nach Sanctum bringen sollte, würde jedoch erst am frühen Abend abfahren. Er wandte sich an Lawrence, seinen eigenen Diener noch aus Kindheitstagen, der daneben stand und die Angestellten des Schulzes bei ihrer Arbeit keine Sekunde aus den Augen ließ.

»Ich muss auf andere Gedanken kommen, wegen meiner Sorge um Marybeth, und würde mir gern noch ein wenig die Beine vertreten. Würden Sie mich begleiten?«

Lawrence sah ihn skeptisch an. »Seid Ihr sicher, Eure Hoheit? Ich vertraue diesen Outer Realm Bürgern nicht. Ich befürchte, wenn ich Euch begleite, öffnen sie Eure Koffer und stehlen Eure Habseligkeiten.«

»Darauf lasse ich es gern ankommen«, entgegnete Arthur schmunzelnd.

Der Diener verzog das Gesicht. »Wie Ihr wünscht, Sir. In diesem Fall lege ich die Sicherheit Eures Hab und Guts in die Hände des Einen und hoffe, dass es um die Ehrlichkeit der Bürger des Outer Realms besser steht als um ihren Ruf.«

Über Politik schwadronierend, wanderten sie die Straße in Richtung Marktplatz entlang. Zartbitter hatte wirklich etliche schöne, kleine Gässchen und vielen Häusern sah man an, welchem Volksstamm ihre ursprünglichen Besitzer angehört hatten. Entlang einer Allee reihten sich hübsche, kleine Anwesen dicht aneinander, ihre weißen Wänden und die Fachwerkbauweise grenzten sie deutlich vom Rest der Bauwerke ab. Einige verfügten über aufwendig geschnitzte Holzbalkone und bunte Eingangstüren, welche eine durchschnittliche Manneshöhe oftmals unterschritten. Diese Häuser waren von den Halblingen erbaut worden und wurden vermutlich auch heute noch vornehmlich von diesen bewohnt. Die Gebäude an der angrenzenden Nebenstraße sahen bereits völlig anders aus. Sie entsprachen der typischen, lorasianischen Bauweise, die auch im Rest des Königreichs überwog. Hohe Backstein- oder Ziegelhäuser mit ausladenden Fenstern, die zwar von den Menschen erbaut, heutzutage aber von allen Völkern gleichermaßen genutzt wurden. Die spannendsten Bauwerke allerdings waren jene, die bereits vor dem großen Zerstörungskrieg und der Umbenennung der Stadt hier gestanden hatten. Die mit Runen und mysteriösen Symbolen beschnitzten Holzhäuser, die beinahe so wirkten, als wäre das Holz bereitwillig aus dem Boden in diese Form gewachsen. Diese Häuser waren, wie Arthur aus seinen Geschichtsstunden wusste, von den Oakenheart Druiden errichtet worden. Ebenso wie die große Eiche galten sie selbst heute noch, wo die Magie auf dem gesamten Kontinent verpönt und verboten war, als Wahrzeichen der Stadt Zartbitter – oder Highoak, wie es damals noch genannt wurde.

Gerade blickte Arthur durch eine schmutzige Glasscheibe eines Ladenlokals, welches sich in genau so einem Gebäude befand, als ihm etwas ins Auge fiel. Er warf einen kurzen Blick auf das große Holzschild über dem Eingang. ›Maggie's Pfandleihe‹ stand darauf geschrieben. Er kniff seine Augen zusammen.

»Warte hier«, wies er seinen Diener an und öffnete die mit Ornamenten verschnörkelte Weidentür.

»Sir?«

»Ich komme sofort wieder, ich muss nur etwas … überprüfen.« Mit diesen Worten betrat Arthur das Geschäft. Der Innenraum des Ladens war schlecht beleuchtet und alles wirkte ein wenig staubiger, als er es von einem seriösen Händler erwartete. Verschiedene Uhren tickten in unterschiedlichen Rhythmen, Skulpturen aus aller Herren Länder standen auf dem Boden und säumten der Weg zum Verkaufsthresen, doch Arthur interessierte nur eines. »Wo haben Sie das her?«, fragte er die vierschrötige, alte Besitzerin der Pfandleihe, wahrscheinlich Maggie, und deutete auf den verzierten Holzkasten.

»Oh, Sir. Ihr habt offenkundig Geschmack. Das hier ist ein ganz wunderbares Schmuckstück. Ich habe es neu, es wurde mir erst gestern Abend gebracht. Soll ich es euch einmal zeigen?«

»Nicht nötig. Ich kenne das Instrument. Es ist eine Violine, die ich für meine Cousine anfertigen ließ.«

Der Tonfall der Verkäuferin änderte sich schlagartig. »Wollt Ihr mir etwa unterstellen, dass ich mit zwielichtigen Gütern handle?«

Arthurs Unterlippe bebte. Eigentlich hätte er nichts lieber getan, aber er war auf ihre Kooperation angewiesen. »Nein, natürlich nicht. Verzeihen Sie, wenn dies so rüberkam. Sagen Sie, können Sie mir vielleicht etwas mehr darüber erzählen, woher Sie dieses Prachtstück haben?«

Die alte Frau verzog ihr Gesicht. »Über so etwas sprechen wir Pfandverleiher nicht. Berufsehre. Sie verstehen sicher.«

Arthur rollte mit den Augen. »Natürlich verstehe ich. Würden fünf Silvers den Verlust der Berufsehre ausgleichen?«

Maggie tat, als dachte sie darüber nach, doch viel zu schnell grinste sie über beide Ohren und verstaute das Geld in ihren Taschen »Ihr bringt mich in eine wirklich schwierige Lage, junger Mann. Aber Ihr macht einen netten Eindruck und ich habe eine Schwäche für hübsche Rotschöpfe.«

Leicht angewidert trat Arthur einen Schritt zurück. »Bitte sagt mir, war es ein Mädchen? Ungefähr sechzehn Jahre alt, klein und zierlich gebaut, blonde Haare und blaue Augen?«

Die Alte schüttelte den Kopf. »Nein, ein solches Mädchen habe ich hier nicht gesehen. Würde mich daran erinnern. Der Kasten mitsamt dem Instrument wurde mir von einem Jungen gebracht. Greggo, Halboger. Einer der Lumpenkerle aus Bergseit.«

»Gehört er zum Untergrund?«

»Junge, Junge, woher soll ich das denn …«

Arthur wedelte mit einer weiteren Münze vor ihrer Nase. »Noch einmal: Gehört Greggo zum Untergrund?«

Die Ladenbesitzerin seufzte und nahm die Münze. »Zumindest nich', dass ich wüsste. Er ist einfach nur ein Gauner aus den Slums, nur ein kleiner Fisch im großen Haifischbecken.«

Verdammt. Diese Informationen brachten ihn für den Augenblick nicht weiter. Dieser Greggo konnte Marybeth geholfen haben, er konnte sie aber genauso gut beraubt haben – oder Schlimmeres.

Arthur holte ein weiteres Mal seine Börse heraus und zählte drei Thanat ab, die er missgelaunt auf den Tisch legte. »Zwei davon sind als Bezahlung für die Violine gedacht. Der Dritte dafür, dass Sie sie hier lagern, bis ein Mädchen sie abholen kommt, das auf die Beschreibung passt. Sind wir uns einig?«

Die Frau nickte eifrig und die Gier stand ihr ins Gesicht geschrieben.

»Oh, und noch etwas: Wenn meine Cousine die Violine in ihren Händen hält, werde ich Ihnen weitere zwei Thanats bringen lassen. Wenn ich aber mitbekomme, dass Sie die Violine anderweitig verkauft haben, dann werden Sie bald ganz andere Sorgen haben. Haben Sie das verstanden?«

Maggie nickte, sah diesmal aber deutlich weniger begeistert aus.

Arthur verließ den Laden und blickte sich nach seinem Diener um. Dieser stand ein wenig abseits an eine Wand gelehnt und rauchte seine große, dickbauchige Pfeife.

»Lawrence, es gibt eine Planänderung.«

»Oh, wie unerwartet«, verkündete dieser in einem Ton, bei dem Arthur sich fragte, ob er sarkastisch sein sollte.

»Ich habe eine Aufgabe für Sie. Ich möchte, dass Sie sich in der Stadt nach einer Absteige umhören. Es muss nichts besonderes sein, nur bitte halbwegs diskret.«

»Eine Absteige? Aber was ist mit Eurer Abreise heute Abend, Sir?«

»Oh, ich werde abreisen«, bekräftigte Arthur, sein Gesicht war jedoch von einem grimmigen Lächeln gezeichnet. »Doch statt in Borderville, werde ich bereits in Auburn Mill aussteigen. Sie werden mir eine Kutsche organisieren, die mich von dort abholt, und in mein neues Domizil bringt.«

»Was ist mit Eurem Gepäck – und mit mir?«

»Ich werde Ihnen später einige Anweisungen mit auf den Weg geben, Lawrence. Es ist wichtig, dass niemand ahnt, dass ich in Zartbitter bin. Wir könnten vorgeben, ich sei zeitweilig erkrankt. Sie werden natürlich in meiner Abwesenheit als mein Stellvertreter agieren, wie sonst auch, wenn ich verhindert bin. Mein Besitz darf samt und sonders nach Borderville fahren und von dort aus nach Sanctum in mein Haus zurückgebracht werden, wie geplant. Doch vorher werden Sie mir einige unauffällige Garnituren in meine neue Unterbringung liefern lassen. Es soll alles so bleiben, wie es ist. Mit Ausnahme von mir.«

»Darf ich fragen, wozu die ganze Mühe nötig sein soll?«

»Nein«, sagte Arthur fest, »aber ich habe einen Plan und nichts in der Welt kann mich daran hindern, ihn umzusetzen.«

Kapitel 4 – Ermittler und laute Katzen

rthur besah sich im Spiegel. Er erkannte sich kaum wieder – und das war gut so. Es war ein Kampf gewesen, Eitelkeit und Stilempfinden abzulegen, aber je unerkannter er blieb, desto ungestörter konnte er nach seiner Cousine suchen. Zum Glück war er als Viscount der Copperblood Barony ohnehin weniger im Fokus der Menschen, hier im Norden des Landes, als Marybeth oder gar sein Vater.

Er strich sich über den struppigen Dreitagebart, der ihm seit seiner vorgetäuschten Abreise gewachsen war. Es fühlte sich ungewohnt an, als berührte er ein völlig fremdes Gesicht. Seine glatten, roten Haare fielen ihm unordentlich und lang über seine Schultern, er hatte die vergangenen Tage darauf verzichtet, sie wie gewohnt zusammenzubinden.

Er versuchte mit mäßigem Erfolg die Falten aus seinem zerknitterten, hellbraunen Anzug zu streichen. Dann setzte er den abgewetzten Bowler, den er am Vortag erstanden hatte, auf seinen Kopf und nahm den langen, schwarzen Überzieher vom Haken.

Wie unfassbar altmodisch, dachte er unglücklich, als er den Schnitt des Kleidungsstücks besah, der Ähnlichkeit mit einem Frack aufwies. Er zog das unliebsame Kleidungsstück dennoch an. Es war kalt draußen und es schneite.

Nachdem Arthur den Inhalt seiner Taschen überprüft und etwas Geld aus der Schachtel unter seinem Bett genommen hatte, verließ er die kleine, unauffällige Wohnung, die Lawrence ihm beschafft hatte. Er stieg eine enge Treppe hinab, hob kurz höflich seinen Hut vor einer älteren Dame, die den Boden vor ihrer eigenen Wohnungstür fegte, dann stand er schon auf dem Gehweg und atmete die frische Abendluft. Es war Zeit für einen Spaziergang zu der Stelle, wo er Marybeth das letzte Mal gesehen hatte.

Der Weg vom Stadtzentrum zur Oakenheart Gedenkstelle dauerte zu Fuß über eine Stunde. Arthur hatte das unterschätzt, andererseits hätte er ohnehin keine Alternative gehabt. Der Mangel an öffentlichen Vehikeln und seine Bemühungen, unerkannt zu bleiben, machten einen Fußmarsch beinahe unumgänglich. Doch jetzt war er da, nachdem er beschwerlich die matschige und vom Schnee durchweichte Flanke des Mount Oakenheart hinaufgestapft war. Der noch immer dekorierte Zeremonienplatz lag still und verlassen im Schatten des großen Eichenbaums vor ihm da.

Er betrachtete den schlammigen Riss im Boden an jener Stelle, aus der die mörderische Ranke hervorgebrochen war. Bis auf sie und Überreste von zerstörten Holzaufbauten deutete nichts mehr auf die Geschehnisse dieses Tages hin. Die Verletzten waren fort, ihr Blut längst von Regen und geschmolzenem Schnee fortgewaschen worden.

Wonach er suchte, wusste Arthur nicht, dennoch wanderte er aufmerksam den gesamten Platz ab. Er suchte nach der Stelle, an der er gestanden hatte, als er Marybeth zuletzt gesehen hatte, und blickte in die Richtung, in die sie geflüchtet war. Geradewegs auf die Stadt zu, wo sie seinen Informationen nach aber immer noch nicht gesichtet worden war.

Womöglich möchte sie gar nicht gefunden werden, musste Arthur sich eingestehen und rieb seine durchfrorenen Hände. *Zumindest nicht von den Speichelleckern meines Vaters.*

Einer inneren Eingebung folgend, drehte er sich und blickte in die entgegengesetzte Richtung den Hügel hinauf. Von dort waren die Angreifer herunter geprescht ... was war das auf der Bergspitze?

Arthur kniff seine Augen zusammen. Etwas bewegte sich dort oben, eine menschliche Silhouette im Schatten.

Er überprüfte seinen Revolver, den er sehr zum Unmut seines Dieners mit auf seine selbst auferlegte Mission genommen hatte, dann ließ er die Ebene der Gedenkstätte hinter sich und schlich mit einem mulmigen Gefühl den Hang hinauf.

So konzentriert und vorsichtig Arthur auch voranschritt, es gelang ihm nicht, sämtliche Laute zu unterdrücken. Einmal schien der Schatten kurz innezuhalten, als würde er sich suchend umsehen. Arthur hatte sich fallen lassen und war ein kurzes Stück hinabgeschlittert, der Schnee durchnässte seine Kleidung, seine Haare und sein Gesicht waren voller Schlamm. Er wischte mit seinem Ärmel den Dreck von Augen, Nase und Mund und presste sich dann flach auf den Grasboden. Das war es dann mit unauffälliger Kleidung, wenn er sich nicht sogar eine Lungenentzündung holte.

Er hatte Glück. Nach wenigen quälenden Sekunden des Wartens widmete sich der Schemen wieder seinen Machenschaften. Arthur blieb am Boden, kroch Stück für Stück weiter die Bergflanke hinauf. Nass war er schon, was sollte ihm jetzt noch passieren? Hier unten war es sicherer für ihn.

»Verflixt und zugenäht, warum geht das blöde Teil nicht auf?«, hörte Arthur den Schatten fluchen, als er nur noch wenige Meter von ihm entfernt war. Er wusste selbst nicht, wie es ihm gelungen war, doch er hatte es geschafft, bis hierhin unentdeckt zu bleiben. Vermutlich half es ihm, dass die stämmige Gestalt hoch konzentriert und in gebückter Haltung an etwas vor ihm auf dem Boden herumfingerte.

»Schon wieder einer abgebrochen!« Der Schatten warf den Kopf in den Nacken, stöhnte laut und fuhr sich durch seine krausen Haare. Danach stand er auf und suchte etwas in den Taschen seiner Jacke.

Dieser Mantel, Arthur erkannte die Aufmachung. Er stand auf. »Guten Abend.«

Der Mann schreckte auf und fuhr erschrocken herum. Seine Hände griffen suchend nach etwas an seinem Gürtel, doch seine Waffe lag auf dem Boden neben ihm.

»Beruhigen Sie sich. Was verschlägt ein Mitglied des Loras Vigilance Bureau hier raus in die Outer Realms?« Arthur glaubte, die Antwort zu kennen, wollte sie jedoch von ihm selbst hören.

»Verzeihen Sie, Sir, ich wüsste nicht, was Sie das angehen soll. Und Ihr eigenes Erscheinen an diesem Ort erscheint mir mehr als verdächtig, verstohlen und schmutzig wie Sie sind.«

»Beruhigen Sie sich. Ich führe nichts im Schilde. Und das mit dem Schmutz habe ich mir auch nicht so ausgesucht.«

»Was machen Sie dann hier, spätabends an einem Ort wie diesem?«

»Lange Geschichte. Die Kurzfassung ist, dass ich seit dem Attentat des Untergrunds während der königlichen Ansprache zu den Festlichkeiten vor einigen Tagen mit meiner Cousine hier war. Sie ist seither verschwunden und ich bin auf der Suche nach ihr.«

Der Mann räusperte sich. »Es tut mir leid, das zu hören. Doch verzeihen Sie, wenn mir das nicht einfach so reicht. Wie heißen Sie überhaupt und von woher stammen Sie?«

»Für den Augenblick reicht Arthur. Und ich stamme aus Borderville, Copperblood Barony.«

»Detective Ian Fletcher vom Loras Vigilance Bureau, wie Sie bereits treffend festgestellt haben«, stellte sich der kräftige Mann vor und klopfte sich dabei auf den Bauch. »Nun, Arthur, ich habe Grund zur Annahme, dass diese Einlassung im Boden der Zugang ist, von dem der Untergrund aus angegriffen hat. Es ist seltsam, dass Sie gerade an diesem Ort auftauchen, finden Sie nicht?«

Arthur überlegte. Er hatte gar nicht darüber nachgedacht, wie sein eigenes Erscheinen an diesem Ort wirken musste. »Eigentlich war ich unten an der Gedenkstätte und bin die Plätze abgegangen, an denen ich meine Cousine zuletzt gesehen hatte. Ihre Silhouette war es gewesen, die mich überhaupt hierauf aufmerksam gemacht hat.«

Der Fremde in der Uniformjacke kratzte sich an seinem stoppeligen Kinn. »Tja, viel zu verlieren habe ich gerade nicht, ich habe ohnehin keine intakten Dietriche mehr. Zumal das Teil dort definitiv verhext ist.« Er zeigte auf die störrische Falltür. »Was halten Sie davon, wenn wir uns gemeinsam zurück in die Stadt aufmachen? Auf dem Weg können Sie mir mehr über ihre verlorene Cousine erzählen. Sollte Ihre Geschichte für mich einen Sinn ergeben, habe ich vielleicht ein paar Ratschläge für Ihre Suche nach ihr. Ansonsten …« Nicht besonders subtil deutete er auf die an seinem Gürtel befestigten Handschellen. »Und so oder so erzählen Sie mir selbstverständlich alles über Ihre Beobachtungen vom Überfall des Untergrunds.«

Darüber musste Arthur nicht lange nachdenken. »Einverstanden.«

Der Fremde sammelte seine auf dem Boden verstreuten Habseligkeiten ein und verstaute sie in den diversen Taschen seiner Kleidung, dann machten sie sich vorsichtig gemeinsam auf den Weg die Anhöhe hinab. Sie sprachen währenddessen nicht, ohnehin war es schwierig, auf dem rutschigen Untergrund nicht den Halt zu verlieren. Als sie jedoch auf etwas ebenerem Boden ankamen, tippte der Fremde Arthur auf die Schulter.

»Dann erzählen Sie mal. Was genau ist Ihnen an dem Tag aufgefallen?«

»Wie bereits gesagt, waren meine Cousine Mary-«, Arthur stockte. Er sollte vielleicht doch nicht alles erzählen. »Also, meine Cousine Mary und ich waren bei der königlichen Ansprache an der Gedenkstätte. Der Boden wurde erschüttert und eine riesige Ranke ist aus dem Boden gewachsen. Sie hat wild um sich geschlagen und viele Menschen verletzt.«

Der Mann nickte. »Davon habe ich gehört. Schlimme Sache, sicherlich Hexenwerk. Haben Sie die Angreifer gesehen?«

»Einige. Sie kamen von der Spitze des Hügels heruntergerannt. Als ich Sie dort oben sah, dachte ich, ich hätte einen von ihnen gefunden.«

»Seien Sie froh, dass Sie es nicht haben. Mit dem Untergrund ist nicht zu spaßen. Erst kürzlich hat einer von ihnen, ein gewisser Halbling namens Jim Ernteflut, den sie beim Militär eingeschleust haben, beinahe den Krieg gegen das Bündnis für den Feind entschieden. Und der Drecksack kam genau von hier. Aus Zartbitter. Sie haben sicher bereits darüber gelesen.«

»Ich bin darüber informiert. Sind Sie deswegen hier? Ermitteln Sie gegen den Untergrund?«, fragte Arthur, für den sich langsam ein Bild zusammensetzte.

»Ich darf Ihnen keine Informationen über meine Ermittlungen geben. Ich streite es allerdings nicht ab.«

»Dann haben wir einen gemeinsamen Feind. Ich habe die Befürchtung, dass der Untergrund etwas mit dem Verschwinden meiner Cousine zu tun hat.«

Sie erreichten eine Straßenlaterne, die erste, an der sie seit dem Abstieg von dem Hügel vorbeikamen. »Unfug. Wieso sollte der Untergrund das tun? Die wollen die Bevölkerung einschüchtern und demonstrieren, dass die Industrienationen schwach sind und sie nicht aufhalten können. Alles für ihren großen Plan, den mächtigen Oakenheart Stamm zurückzubringen. Ich bin nicht einmal sicher, ob überhaupt noch einer von dieser Sippe lebendig ist. Aber wie dem auch sei, davon irgendwelche Mädchen zu entführen, haben die nichts.«

»Sagen wir, sie hätten durchaus Gründe.«

Der Ermittler kniff seine Augen zusammen und wandte sich Arthur zu. Er musterte ihn im Fackelschein der Laterne von Kopf bis Fuß. »Moment einmal, Sie sind doch … das heißt, ihre Cousine ist …« Er machte eine hektische Verbeugung. »Verzeiht meinen ruppigen Tonfall, Eure Königliche Hoheit.«

Arthur seufzte. Es brachte nichts, jetzt noch zu lügen. »Es stimmt. Ich bin Prinz Arthur Ravenwood von Loras und meine verschwundene Cousine ist Königin Marybeth. Aber bitte, bevor Sie irgendjemandem davon erzählen; es gibt gute Gründe, weshalb ich so vorgegangen bin, wie ich vorgegangen bin. Bitte hören Sie mich zuerst an, bevor Sie irgendjemandem auch nur ein Wort sagen. Offiziell bin ich bereits vor einigen Tagen abgereist.«

Der Ermittler schwieg einen kurzen Augenblick lang, dann nickte er. »Also gut. Ich werde Eure Anwesenheit vorerst für mich behalten. Überdies möchte ich Euch meine volle Unterstützung zusichern, ganz egal, was Ihr braucht, Eure Hoheit.«

»Sparen Sie sich bitte die ›Königliche Hoheit‹. Ich bin inkognito hier. Bleiben wir einfach bei Arthur.« Er hielt ihm die Hand hin.

»In Ordnung, Sir.« Der Ermittler schlug ein. »Es ist mir eine Ehre, mit Euch zusammenzuarbeiten. Ihr könnt auf mich zählen.«

»Vielleicht lassen Sie besser auch das ›Ihr‹. Die lorasianische Etikette ist gerade nicht von Relevanz. Belassen wir es beim ›Sie‹, das ist unauffälliger.«

»Wie Sie wünschen, Arthur. Nun, ich mache Ihnen einen Vorschlag. Ich habe ein kleines Büro in der Wachtmeisterei von Zartbitter, welches mir die hiesigen Büttel freundlicherweise geräumt haben. Wie wäre es, wenn wir uns morgen dort treffen, am Nachmittag, so gegen sechzehn Uhr? Bis dahin bringe ich mich auf den aktuellen Kenntnisstand, was die Untersuchungen bezüglich des Verbleibs der Königin betrifft.«

»Das klingt vernünftig«, antwortete Arthur. »Dann können wir besprechen, wie wir einander am besten unterstützen können.«

Fletcher lächelte. »Wissen Sie, für einen Adeligen scheinen Sie mir ein angenehm praktisch veranlagter Mann zu sein.«

Ϭ Ϭ Ϭ

Die Finsternis der Nacht umspielte die Dachgiebel der Häuser von Bergseit. Marybeth hatte sich tief in einen dunklen Kapuzenmantel gewickelt, den sie sich von Feri geliehen hatte. Nun war sie nichts als ein weiterer nächtlicher Schatten im Armenviertel der Stadt.

Diese abendlichen Spaziergänge waren ihr mittlerweile in Fleisch und Blut übergegangen. Sie empfand keine Angst mehr vor den Unabwägbarkeiten von Zartbitter, schließlich hatte sie alle Werkzeuge an der Hand. Sie hatte einen neuen Namen, eine Freundin und angebliche Schwester, auf die sie sich berufen konnte, und vielleicht eines Tages sogar die Fähigkeit, beides glaubhaft vorzubringen.

Sie lief über die Hauptstraße. Nicht viele waren außer ihr noch unterwegs. Sie bog ab, hatte ihren Zielort fast erreicht, und wie es schien, hatte sie heute Glück. Den bulligen Körper und die spärlichen kurzen Haare auf seinem rot aufgedunsenen

76

Hinterkopf erkannte sie schon von einiger Entfernung. Er war gerade im Gespräch mit einem anderen Jungen.

»Guten Abend, Greggo«, sagte Marybeth kühl und blieb etwa einen Meter vor ihm stehen.

Der Angesprochene grunzte und drehte sich um. Er brauchte einen Moment, dann aber starrte er sie ungläubig an. »Du? Was willst'n du hier?«

»Sie haben etwas, das mir gehört. Ich möchte es zurück.«

Greggo stemmte seine massigen Pranken in seine Hüften. »Du bist ganz schön frech, Kleine, weißt du das?«

»Ich erachte mein Verhalten als angemessen. Sie haben mich bestohlen und nun möchte ich meinen Besitz zurück.«

»Du hast ganz schön Eier, Mädel«, grölte der Halboger lachend und wirkte köstlich amüsiert. »Aber mal im Ernst, ich könnte dich auch einfach umhauen. Hast du keinen Schiss?«

»Nicht im Geringsten. Ich zähle 'Miss Feri' zu meinen Freunden.«

Greggo knirschte mit seinen kaputten Zähnen. »Darf ich dir'n Tipp geben? Du hast keine Ahnung, auf wen du dich da einlässt. Sei vorsichtig mit dem Teufelsweib. Mehr sach ich nich' dazu.«

»Warum fürchten Sie Feri?«

»Keine Chance. Ich hab' schon viel zu viel gesagt. Lass mich bitte in Frieden, Mädchen. Ich hab' keinen Streit mit dir und mach' dir auch keinen Ärger mehr.«

»Ich will meine Sachen wiederhaben.«

Greggo stöhnte entnervt. »Hör mal, so langsam gehst du mir auf die Nerven, Mädel. Deinen Krempel hab' ich längst verkauft. Und selbst wenn nicht, würd' ich ihn dir nicht geben. Ich brauche die Kohle. Jetzt verpiss dich endlich.«

Marybeth machte keine Anstalten zu gehen. »Unter den entwendeten Habseligkeiten war auch ein Kasten mit einer

Violine. Der Schmuck ist mir egal, aber ich will meine Violine zurück.«

»Sach mal, hörst du schlecht?«, fragte der Rüpel sichtlich erzürnt. »Ich habe deinen Kram nicht mehr. Ist verkauft. Weg. Oder bist du zu blöde, das zu begreifen?«

»Wo haben Sie meine Violine hingebracht?«

Greggo sah Marybeth lange an, sein Blick wirkte gleichermaßen resigniert wie bewundernd. Schließlich ließ er pfeifend die Luft zwischen seinen Zähnen entweichen und nickte. »Also gut. Wenn ich's dir sage, lässt du mich dann endlich in Ruhe?«

»Ja. Es sei denn, ich finde eine Möglichkeit, Sie für ihre Verbrechen zur Rechenschaft zu ziehen.«

»Meinetwegen, schräges Weibsbild. Du kannst mir eh nix. Meine Weste ist weiß wie dein Unterrock letztens.« Er grinste dümmlich, wurde dann aber wieder ernst. »Du suchst ›Maggie's Pfandleihe‹, Innenstadt, im Altmühlenweg. Ist so ein kleiner, heruntergekommener Laden, aber die Besitzerin nimmts bei der Warenannahme nicht so genau. Und jetzt zieh' Leine, sonst vergess' ich mich und deine Beschützerin, und schlag' dir deine hübschen Beißer ein.«

Marybeth neigte sanft ihr Haupt. »Vielen Dank, Greggo. Ich wünsche Ihnen eine angenehme Nachtruhe.«

꧁ ꧂ ꧁

»Na, wo hast du dich heute Abend wieder herumgetrieben?«, fragte Feri grinsend, als Marybeth heimkam.

»Ich habe Greggo gefunden«, antwortete Marybeth knapp.

Der positive Ausdruck auf Feris Gesicht erstarb. »Erzähl mir bitte nicht, dass er dich wieder bedrängt hat.«

Marybeth schüttelte den Kopf. »Ich habe ihn selbst aufgesucht«, erklärte sie ihrer erleichterten Zimmergenossin. »Er hat mir gesagt, wohin er meine Violine gebracht hat.«

Feri schaute Marybeth verdutzt an. »Wieso hat er das denn getan?«

»Ich habe ihm gedroht.«

Feri runzelte die Stirn. »Und das hat ihn beeindruckt?«

»Erst als ich dich erwähnt habe.«

Die Miene der rothaarigen, jungen Frau verfinsterte sich einen Hauch. »Du hast ihm mit mir gedroht?«

»Ja, war das falsch?«

»Du solltest mich zumindest vorher fragen, bevor du mich in so etwas mit hineinziehst«, merkte Feri säuerlich an. Als sie Marybeths beschämten Ausdruck wahrnahm, fügte sie aber milder hinzu: »Ist jetzt nicht dramatisch. Mach dir keinen Kopf darum. Dennoch: Auf kurz oder lang musst du lernen, eigene Lösungen zu finden, wenn jemand dir übel mitspielt.«

»Wenn ich ihn den Stadtbütteln gemeldet hätte, hätte er mir bestimmt nicht mehr gesagt, wo meine Violine ist.«

Feri schnaubte. »Also die habe ich mit ›eigene Lösung‹ auch nicht gemeint.« Sie dachte kurz nach. »Weißt du was? Wir beide machen einen kleinen Spaziergang. Ich möchte dir einen Ort zeigen, den ich kenne. Ich bin mir sicher, es wird dir gefallen.« Sie packte schnell einige Gegenstände zusammen, darunter Zündhölzer und einen Gegenstand, der aussah, wie ein mehrfach gebogener Draht. »Geh mal an den Schrank da vorne, Vicky. In der obersten Schublade findest du ein Messer. Steck dir das ein.«

Marybeth tat wie geheißen.

»Wunderbar. Das könnten wir noch gebrauchen. Bist du warm genug angezogen? Ach, du hast ja ohnehin noch deinen Mantel an, perfekt. Dann folge mir.«

Sie ging los, lief das Treppenhaus herab und bereits einen Augenblick später befanden sie sich im Freien. Die Nacht war ruhig, aber leicht bewölkt, das schwache Licht des schwarzen Mondes zeichnete die Hausfassaden Bergseits in einem blaugrauen Schimmer nach, als wären sie allesamt mit einem wundersamen Geflecht bewachsen.

Gemeinsam liefen sie die fast menschenleere Hauptstraße in Richtung Südseite des Viertels, bis Feri vor einem großen, heruntergekommenen Gebäude stehen blieb.

»Wo sind wir hier?«, fragte Marybeth und fingerte am Kragen ihrer Jacke herum.

»Die ›Erzbischof Marcus I. Bibliothek‹. Der einzige halbwegs zivilisierte Ort in Bergseit, aber darum gehts nicht. Komm mit.«

Sie blickte sich prüfend um, dann hechtete sie zur Eingangstür. Sie holte den Draht aus ihrer Tasche, der sogleich in dem altmodischen Türschloss verschwand.

»Ich glaube nicht, dass das, was du tust, legal ist«, teilte Marybeth ihrer Mitbewohnerin mit.

»Das glaube ich auch nicht.«

»Dann sollten wir das nicht tun. Gesetze sind da, damit sie eingehalten werden. Es ist wichtig, sich an die Regeln zu halten.

»Das stimmt nicht. Das ist es nur so lange, wie die Regeln uns dienen. Wenn sie das nicht mehr tun, zum Beispiel weil jemand anderes sich frech darüber hinwegsetzt, dann gelten sie auch für uns nicht mehr. Warte, ich zeige es dir.«

Es dauert einige Augenblicke, dann knackte das Schloss laut und die Tür sprang auf. Feri huschte hinein und zog Marybeth mit sich. Sie standen in einem langen Flur, an dessen Wänden sich verstaubte Bücherregale türmten. Es war ungefähr das, was Marybeth erwartet hatte.

»Danke, dass du mich hergebracht hast. Ich mag Bücher. Aber warum machen wir das so spät? Wenn wir zu wenig Schlaf bekommen, sind wir morgen weniger effizient.«

»Weil du jetzt etwas für mich tun wirst. Schau mal da vorne um die Ecke. Was siehst du da?«

Marybeth ging an die genannte Stelle. Sie musste sich nicht lange umsehen. »Da hängt ein Bild meines Onkels«, sagte sie, während sie das opulente Gemälde, das oberhalb einer Vitrine mit Schriftrollen lag, mit finsterem Blick taxierte.

Feri nickte. »Das stimmt. Vermutlich hat er dem Laden mal Geld gegeben oder sie wollen sich lediglich bei ihm einschleimen. Wie dem auch sei … du hast das Messer. Zerstöre es.«

Marybeth trat geschockt einen Schritt zurück. »Das ist eine Sachbeschädigung. Das ist verboten.«

»War das, was dein Onkel dir im Verlauf deines Lebens angetan hat, nicht auch verboten? Verleumdung, Diebstahl, Missachtung der Krone? Hat sich darum jemand geschert? Und haben wir beide nicht gerade bereits verbotene Dinge getan, als wir hier eingebrochen sind? Ich sehe keine Büttel.«

»Das war nicht meine Idee«, erwiderte Marybeth sehr nervös.

»Darum geht es nicht. Es geht darum, solchen Gefühlen ihren Lauf zu lassen. Dein Onkel hat dir sehr übel mitgespielt. Und du hast ein Messer dabei. Zeig's ihm, indem du dieses furchtbare Gemälde zerstörst.«

Marybeth zögerte noch immer.

»Mach schon. Ich bestehe darauf. Der Bibliothek wirds nicht wehtun. Es geht also nur um dich und um deinen Onkel.

»Ich … ich kann es versuchen …«, stammelte Marybeth, der die Situation zutiefst unangenehm war. Sie hielt einen Augenblick inne, warf Feri einen zweifelnden Blick zu. Dann zog sie ihr Messer und näherte sich dem Bild.

»Mach es!«, rief Feri.

Marybeth hob zitternd ihre Hand, zielte – das Gesicht ihres Onkels war ihr Fokus, das musste es sein – dann ließ sie die Klinge auf die Leinwand hinabsausen. Es war … befreiend. Sie holte zu einem weiteren Schlag aus. Das Gefühl wurde stärker. Von rechtschaffener Genugtuung berauscht stieß sie wieder und wieder zu, bis Feri irgendwann eine Hand auf ihren Oberarm legte.

Marybeth schauderte, beruhigte sich aber sogleich wieder. Eigentlich fühlte es sich gut an.

»Ich denke, du hast ausreichend Schaden angerichtet. Seine hässliche Fratze wird niemanden mehr wehtun … zumindest nicht auf diesem Bild«, flüsterte Feri und nahm Marybeth sanft das Messer weg. Gemeinsam setzten sie sich auf den Boden und betrachteten ihr Werk. Die Leinwand war komplett zerschnitten. Ihre bunten Fetzen hingen wild aus dem Rahmen und waren teilweise auf dem Fußboden im Umkreis des Bildes verstreut.

»Weißt du was, Vicky?«, hauchte Feri Marybeth zu. »Ich bin stolz auf dich.« Dann legte sie vorsichtig ihren Kopf auf Marybeths Schulter.

Diese erstarrte einen kurzen Moment, lehnte sich dann ihrerseits aber ebenfalls an. Es fühlte sich richtig an, vertraut, beinahe wie bei Arthur. In dieser Berührung lag nichts Schlechtes oder Unangenehmes. »Danke«, wisperte sie leise und schloss ihre Augen. Sie war der zerschnittenen Visage ihres Onkels überdrüssig. Lieber wollte sie sich einzig auf den Moment konzentrieren.

Kurze Zeit später rannten Marybeth und Feri lachend die Hauptstraße entlang in Richtung ihrer Wohnung. Feri hatte recht behalten. Es hatte gut getan, den Rahmen der Gesetze zu beugen und das Antlitz ihres Onkels mit dem Messer umzugestalten.

»Und wie fühlst du dich?« Fragte Feri.

»Besser!«

Sie erreichten den Eingang zu ihrem Wohnhaus. Feri schloss auf und gemeinsam schlichen sie das Treppenhaus hinauf.

»Ich hoffe, du konntest heute etwas daraus lernen. Es gibt immer mehr als einen Weg, für Gerechtigkeit zu sorgen. Wenn die öffentlichen Institutionen versagen, dann nimmt man sein Recht selbst in die Hand, wenn man klug ist. Gelegentlich ist es gut für das Seelenheil, die Regeln der Gesellschaft zu missachten und nach seinen eigenen zu leben, verstehst du?«

»Tust du das denn auch?«, fragte Marybeth.

Feri kicherte still vor sich hin, während sie sich, in der Wohnung angekommen, aufs Bett fallen ließ. »Ich tue nichts anderes, Vicky!«

»Ich finde dich sehr faszinierend. Es gibt vieles, was ich von dir lernen kann.«

Feri zwinkerte und streckte gähnend ihre Beine aus. »Hoffen wir es. Diese Lektionen können dir in Zukunft – auch als Königin – noch sehr nützlich sein.«

Ein dunkler Vorhang. Er verhinderte, dass Marybeth etwas erkennen konnte. Nicht, dass in der Finsternis viel zu erkennen gewesen wäre. Sie hielt ihre Violine in der Hand. Ein Blick nach rechts offenbarte das aufbauende Lächeln von Arthur. Er saß neben ihr auf einem Hocker auf der spärlich beleuchteten Bühne. Sein Cello lehnte an seiner Schulter. Sinnlich schloss er seine Augen und zog den Bogen über die Saiten. Ein wunderschöner, tiefer Klang ertönte. Marybeth wollte es ihm gleichtun. Auch sie hob das mit Rosshaar bespannte Werkzeug und ließ es über ihr Instrument gleiten, doch es ächzte und schrie. Der Missklang war so schrecklich, dass sie die Violine fallen ließ. Auf dem Boden vor ihr zerbarst sie und schockiert wollte sie zu Arthur blicken. Er war nicht dort. An seiner statt saß Onkel George gehässig grinsend auf dem Hocker. Er hielt einen blutigen Dolch in seiner Hand und zog ihn, tiefe Furchen im gewachsten Holz hinterlassend, über die Darmsaiten. Eine nach der anderen gab nach und zerriss, während das schöne Instrument, das Marybeth einst ihrem Cousin geschenkt hatte, unter seinen Misshandlungen entstellt wurde.

»Eure Hoheit«, murmelte jemand von der anderen Seite.

Erschrocken drehte sie ihren Kopf in die Richtung und sah Greggo, der boshaft grinsend an einer Kordel zog.

Marybeth hörte ein Krachen von dem Hocker, auf dem Onkel George saß. Sie wandte sich wieder ihm zu und musste mit ansehen, wie eine grausame Ranke aus dem Boden geschossen kam, ihn packte und seinen Hals umschloss.

»Eure Hoheit«, sagte Greggo erneut, doch er klang verändert.

Verwirrt blickte Marybeth wieder zu ihm, doch anstelle von Greggo stand dort Barro. Er zog an derselben Kordel. Der riesige Vorhang öffnete sich und gab den Blick auf einen leeren Tanzsaal und eine zweite Bühne frei, auf der jemand kaum hörbar sang.

Marybeth sah sich nach Barro und George um. Sie waren fort. Irritiert setzte sie sich in Bewegung und durchquerte den Raum. Der Gesang wurde lauter. Es war die ›Hymne der roten Freiheit‹, ein bekanntes Stück, das Marybeth bereits zu verschiedenen Gelegenheiten gehört hatte. Es war aus der Sicht einer Hexe zu Zeiten des großen Krieges geschrieben und handelte von ihrem Tod durch das reinigende Feuer der Kirche des Einen. Die Sängerin hatte ihr den Rücken zugewandt, doch kurzes rotes Haar stand wild von ihrem Hinterkopf ab.

Marybeth näherte sich, während die Musikerin ihre letzten Verse sang. Sie waren nicht der echte Text. In dieser Version entsprang die Hexerin ihren Peinigern und fing in Freiheit ein neues Leben an.

Auf einmal hörte Marybeth ein unangenehm lautes Glockengeläut und der Raum wurde schlagartig duster. Sie kannte dieses Geräusch. Die Glocken der Kapelle des Einen. Sie wollte sich der Sängerin nähern, in ihr Gesicht blicken, doch der Raum vor ihren Augen verschwamm.

Marybeth erwachte. Regungslos, aber mit geöffneten Augen wartete sie die Glockenschläge ab, welche die Ruhe der Nacht brachen und ihren Schlaf gestört hatten. Eins. Zwei. Drei. Danach kam eine kurze Pause und die Glocke wurde erneut geläutet. Eins. Zwei. Drei. Vier. Fünf. Sie hatten fünf Uhr. Ihr blieb nicht mehr viel Zeit, dann würden Feri und sie aufstehen und zur Arbeit in der Fabrik gehen müssen. Ob sie bis dahin noch einmal einschlafen würde?

Sie wandte den Blick zu Feri. Ihr Schlaf war durch den Lärm nicht gestört worden. Sie lag friedlich da. Ihr Atem ging flach und ruhig. Wie schön sie aussah. Marybeth kannte solche Gedanken kaum von sich. Sie bewertete die Menschen nach vielen Kriterien, aber niemals nach ihrem Äußeren. Es hatte so wenig Aussagekraft, erforderte keinerlei eigenen Einsatz oder Können. Und doch empfand sie Feri als hübsch. Als eine Frau, die sie gerne ansah ... oder zu der sie aufsah.

Nie hätte Marybeth gedacht, jemals eine Freundin zu haben. Schon gar keine Freundin wie Feri. Jemanden, der sich so gut im Leben auskannte und ihrer dennoch nicht überdrüssig wurde. Soweit Marybeth das beurteilen konnte, war sie zum ersten Mal seit langer Zeit wirklich glücklich. Ihre Situation hatte sich so verändert. Nichts war mehr so, wie es noch vor wenigen Wochen gewesen war und eigentlich verabscheute sie Veränderungen. Aber diese hier waren gut. Diese hier boten ihr ein Leben, von dem sie niemals gedacht hätte, es führen zu können. Doch nun, da sie es hatte, bekam sie nicht genug davon.

Es war gut. Es war rein. Sie hatte eine Freundin. Sie war nicht mehr allein.

Marybeth schaute von dem Förderband auf. Hatte sie jemand gerufen? Sie spähte durch die Fabrikhalle und sah eine winkende, rothaarige Gestalt. Feri!

»Feri möchte etwas von mir. Kannst du kurz für mich übernehmen?«, fragte sie Barro, der direkt neben ihr arbeitete.

»Geht klar, Vicky.«

Sie wischte ihr Fischmesser als ihrem Kittel ab und legte es auf den Rahmen der Maschinerie. Dann stieg sie die kleine Treppe hinab in die Halle und begrüßte ihre Freundin.

»Ja, danke, ich freue mich auch dich zu sehen, ‚Schwesterherz‘. Es geht um deine Violine. Der Vorarbeiter hat mich in die Stadt geschickt, ein paar Besorgungen zu machen, und ich kam an dem Laden vorbei, von dem du mir gestern Abend erzählt hast. Die Besitzerin, schmierige Tante, sag’ ich dir. Erst wollte sie mir allerhand Zeug andrehen, hat etwas von echten Marellidensaphiren aus dem Geißelmeer gefaselt. Auf Nachfrage hat sie mir die Geige dann gezeigt, wollte sie aber nicht hergeben. Nicht einmal einen Preis wollte sie mir nennen. Sie sagte nur, ein hübscher rothaariger Bursche hätte dafür bezahlt, dass sie das Instrument zurückhält.«

Marybeth wurde ganz aufgeregt. »Arthur, das muss Arthur gewesen sein.«

Feri zog eine Schnute. »Ja, kann sein. Auf jeden Fall hat sie deine Fidel nicht rausgerückt. Vielleicht solltest du selbst mal da vorbeischauen. Wir könnten nach deiner Schicht hingehen.«

»Das ist eine gute Idee«, antwortete Marybeth viel gelassener, als sie sich fühlte.

»Etwas mehr Euphorie hätte ich schon erwartet«, bemerkte Feri trocken, lächelte aber.

»Ich bin sehr euphorisch.«

Feri schüttelte grinsend den Kopf. »Manchmal möchte ich in deinen Kopf reingucken, Vicky. Also dann. Ich mach' mich wieder ans Werk. Wir sehen uns dann nach der Schicht.«

Sie verabschiedeten sich und Marybeth begab sich wieder an ihre Arbeit. Barro tat die restliche Zeit sein Bestes, Marybeth zu unterhalten und ihr ein Lächeln abzuringen. Sie mochte den Oger. Er hatte etwas zutiefst Herzliches und durch seine einfach gestrickte und bodenständige Art, konnte selbst sie erkennen, dass die Freundlichkeit nicht aufgesetzt war.

Die Zeit verging wie im Fluge. Als das Ende der Schicht geläutet wurde, legte Marybeth ihre Schürze und das Messer sorgsam in ihr Fach, verabschiedete sich und machte sich schnurstracks auf den Weg zu Feri, die in ihrer Kantine gerade in ein Gespräch mit einer aschblonden Fabrikarbeiterin vertieft war.

»Ah, Vicky. Darf ich dir Noisy Cat vorstellen? Sie ist eine alte Freundin von mir. Cat? Das ist das Mädchen, von dem ich dir erzählt habe.

»Noisy Cat? Ist das ein Name?«, fragte Marybeth überrascht.

Feri presste die Lippen aufeinander, wie sie es oft tat, wenn sie etwas, das Marybeth tat, als unangebracht empfand, doch Noisy Cat lächelte.

»Eigentlich Catriona McDougal. Und ja, bevor du fragst, meine Familie stammt aus den Restfall Highlands, ich selbst bin aber in Zartbitter geboren und aufgewachsen. Ich kenne Feri schon sehr lange und wir haben mehr miteinander erlebt, als ich heute noch zusammenkriegen würde. Es ist schön, eine andere gute Freundin von Feri kennenzulernen, Vicky. Sehr erfreut.«

»Ich verstehe. Cat ist eine Kurzform von Catriona. Ich mag keine Abkürzungen. Und das Noisy steht für dein gehobenes Redebedürfnis?«

Noisy Cat zog überrascht eine Braue nach oben, aber Feri hakte ein. »Alles klar, Vicky, genug geplaudert. Ich glaube, wir hatten heute noch etwas vor. Entschuldige bitte, Cat. Vicky weiß manchmal nicht so recht, wie man sich anderen Leuten gegenüber benimmt, aber sie hat ein gutes Herz.«

Cat lächelte versöhnlich. »Kein Problem, Feri. Deine Freunde sind auch meine Freunde, je verschrobener, desto besser.«

Feri warf ihr dennoch einen entschuldigenden Blick zu, setzte sich in Bewegung und zog Marybeth mit sich. Sie verließen die Fabrik und Wasserkant und überquerten die Brücke zur Ostseite der Stadt. Sie unterhielten sich kurz mit Stadtbüttel Kenneth, zu dessen Glück oder Pech diese Brücke nun zu seinem regulären Posten auserkoren worden war. Interessanterweise schien er sich ohne den Wachtmeister im Nacken bestens mit Feri zu verstehen. Anschließend nahmen sie die Straße ins Stadtzentrum, anstelle ihres üblichen Weges nach Bergseit.

Kurze Zeit später befanden sie sich schon in der Pfandleihe. Marybeth sah sich neugierig um. So viele Sachen, die den Besitz ihrer früheren Eigentümer verlassen hatten. Bei wie vielen war das wohl ebenso unfreiwillig geschehen wie bei ihr?

»Kann ich helfen?«, fragte eine rauchige Frauenstimme, die Marybeth sogleich der Besitzerin des Ladens zuschrieb. »Wir haben alles. Von Perlen aus den Flatlands über echte Saphire aus dem Geißelmeer-«, sie tätschelte prahlerisch eine kleine Kiste, die vor ihr auf der Ladentheke stand, »-bis zu einem

Kristallbecher aus der Sa'Talbin-Wüste, der einst dem namenlosen Sultan selbst gehört haben soll.«

»Ich suche meine Violine«, sagte Marybeth unverwandt.

Die Händlerin betrachtete sie prüfend. »Ja, du musst das Mädchen sein, von dem der schöne Rotschopf gesprochen hatte. Einen Moment bitte.« Sie drehte sich um und verschwand in einem Hinterzimmer. Marybeth hörte, wie sie quietschend etwas öffnete, was nach einer schweren Schranktür klang. Kurz danach kehrte sie mit dem vertrauten Geigenkasten zurück.

»Schau hier. Es ist alles wie neu. Kommen wir zum geschäftlichen Teil. Dein rothaariger Freund hat mir eine Anzahlung gegeben, damit ich das gute Stück lagere und nicht verkaufe.« Sie taxierte Marybeth erneut von oben bis unten. »Er sagte, den restlichen Betrag würdest du bezahlen, wenn du es abholst. Ein Thanat und drei Silvers wären das dann bitte.«

Marybeth war überrascht. Damit hatte sie nicht gerechnet. Wieso hatte Arthur so etwas gesagt? Konnte er sich nicht denken, dass sie kein Geld zur Verfügung hatte?

Feri zupfte an ihrem Ärmel. »Vicky, auf ein Wort bitte.«

Marybeth entschuldigte sich für einen Augenblick und ging mit Feri in eine andere Ecke des Ladens.

»Was hast du für ein Gefühl, Kleines?«

Marybeth dachte darüber nach. »Ich fühle mich verwirrt. Warum sollte Arthur für die Lagerung bezahlen, aber mir die Kosten für die Abholung aufbürden? Das sieht ihm gar nicht ähnlich.«

Feri nickte. »Ganz genau. Es ist gut, dass du das bemerkst. Diese Frau will dich ganz eindeutig übers Ohr hauen. Ich kenne solche Leute. Denen musst du klare Kante zeigen.«

»Das heißt, ich gebe ihr kein Geld?«

»Nein, du gibst ihr kein Geld.«

»Das ist gut, ich habe nicht ansatzweise genug.«

Vom Tresen des Ladens kamen Schritte auf sie zu. »Ist alles in Ordnung, bei euch beiden? Was ist nun, wollt ihr die Geige mitnehmen oder nicht?«

Marybeth wandte sich um und ging ihr entgegen. »Ich glaube, Sie versuchen mich reinzulegen. Es wäre sehr unüblich für Arthur, wenn er die Rechnung nicht vollständig begleicht.«

»Tja, Kind, so ist es aber gewesen. Du kannst bezahlen und deine Geige mitnehmen, oder du lässt es bleiben.«

»Ich habe nicht genügend Geld, nicht einmal, wenn ich wollte.«

»Das ist sehr schade, Kind. Dann solltest du vielleicht versuchen, das Geld irgendwo aufzutreiben. Und beeil dich besser, ich werd' das Ding nicht ewig hierbehalten, nur weil du deine Schulden nicht bezahlen kannst. Versuchs mal unten an den Docks von Wasserkant. Für ein hübsches, junges Ding wie dich würden einige der Kerle dort bares Silber bezahlen.«

Angewidert verzog Marybeth den Mund, doch bevor sie etwas antworten konnte, legte Feri schützend den Arm um sie. »Komm, wir gehen, Vicky. Und sie, Miss, sie sollten sich schämen, Profit aus dem Unglück eines ehrlichen Mädchens zu machen. Muss in diesem Land heute wirklich jeder so verkommen sein? Unehrlichkeit oder handfeste Nachteile?« Sie richtete ihren Blick auf die Frau, die nun etwas verlegen wurde. »Vicky und ich werden unseren Weg gehen, ohne uns in eure schmutzigen Spielchen zu verwickeln.«

Sie verließen den Laden und Feri schlug demonstrativ so fest die Eingangstür zu, dass beinahe die Glasscheibe in deren Mitte zersprang. »Widerliche Pute«, fluchte sie. »Es tut mir leid, Vicky. Ich wünschte, du hättest mehr Glück gehabt. Ich glaube, ich knöpfe mir eines Tages diesen Greggo vor, dass er seine Hehlerware ausgerechnet zu dieser Schnepfe bringt ...«

Marybeth antwortete nichts. Ihr Blick wanderte sehnsüchtig über die Fassade des schmuddeligen Pfandhauses, in dem ihr teuerster Besitz verborgen lag. Sie würde wiederkommen. Wenn es sein musste mehrmals. Noch wollte sie ihre Violine nicht aufgeben.

Sie folgte Feri teilnahmslos durch die Straßen von Zartbitter und bekam fast nicht mit, dass sie bereits wieder in Bergseit angekommen waren. Einige Minuten später öffneten sie die Tür zu Feris Wohnung und traten herein. Den Rest des Tages unterhielten sie sich. Feri war brennend interessiert an dem Leben, das Marybeth als Prinzessin von Loras geführt hatte, von Festmählern und Palästen, Sommerschlössern und edlen Kutschen. Später legten sie sich gemeinsam ins Bett, aber während Feri bereits einschlief, tanzten Marybeths Geige und die gierige Pfandleiherin unaufhörlich in ihren Gedanken herum. Was könnte sie tun? Wie würde sie zu ihrem Recht kommen?

Marybeth schreckte auf. Sie war eingenickt, doch ihre Gedanken hatten ihr Netz weiter gesponnen. War es ein Traum gewesen oder nur eine Imagination ihrer Überlegungen? Sie war sich nicht sicher, doch sie wusste genau, wie sie jetzt vorgehen musste.

Ungeachtet der Uhrzeit drehte sie sich zu Feri um und rüttelte heftig an ihrem Arm. Es dauerte einen Moment, bis sie erwachte.

»Mensch, Vicky. Ich habe gerade erst geschlafen! Was ist'n los?«

»Ich weiß, was ich tun muss, ich weiß, was ich tun muss«, blubberte Marybeth hervor und ihre Stimme überschlug sich fast vor für sie vollkommen untypischer Euphorie.

»Glück für dich, dass du in deiner Aufregung gerade wirklich niedlich bist.« Feri schüttelte sich und öffnete mühsam die Augen. »Du bist ja völlig aus dem Häuschen. Und das kann sicher nicht bis morgen warten, nein? Also gut, wenn es dir so wichtig ist, dann erzähl' mal.«

Und das tat Marybeth. Als sie fertig war, blickte Feri sie überrascht an. »Als ich vorhin sagte, dass du deinen Weg ohne diese Spielchen gehst, habe ich mich ganz eindeutig geirrt. Ich hätte nicht gedacht, dass sowas in dir streckt. Und dein Plan könnte sogar funktionieren.« Sie fuhr sich durch den eigenen roten Schopf und strich Haarsträhnen von ihrer Nase weg. Dann legte sie Marybeth eine Hand auf den Oberschenkel. »In Ordnung, Kleines. Ich bin dabei. Klär mich auf, was meine Rolle dabei sein wird.«

Kapitel 5 – Spinnenweben und Rauschzustände

o könnte er sein, fragte sich Marybeth, während sie die Gassen von Bergseit absuchte. Sie hatte Greggo nirgends finden können, dabei war es von ungeheurer Wichtigkeit, ihn noch heute zu treffen.

Immerhin fand sie sich mittlerweile in den Stadtvierteln zurecht und noch immer hatte niemand Verdacht geschöpft, wer sie in Wirklichkeit war, oder ihn zumindest nicht geäußert. Bei den wenigen Menschen, die sich überhaupt für sie interessierten, hatte sich der unerwartete Familienbesuch bei Feri längst herumgesprochen, sodass jeder in ihr nur Vicky Byrne, das Mädchen aus den nahegelegenen Highlands, sah.

»Entschuldigen Sie«, sprach sie unverwandt den blonden Jungen an, der gerade mit einer sperrigen Kiste im Gepäck an ihr vorbeigehen wollte. Sie hatte ihn sofort erkannt. »Ihr Name ist Llayne, oder?«

Der Halbstarke erstarrte und blickte sich langsam zu ihr um. »Wer möchte das wissen und warum?«

»Ich bin überrascht, dass Sie mich nicht erkennen. Vor einer Weile haben Sie und Ihr Freund Greggo mich um meine Habseligkeiten und meine Kleidung beraubt.«

Llayne wirkte nervös. »Richtig, das reiche Mädchen. In den abgetragenen Klamotten da siehst du völlig anders aus. Was willst du von mir?«

»Von dir? Nichts«, antwortete Marybeth gelassen. »Ich suche nach deinem Freund Greggo.«

Behutsam stellte der Blondschopf seine Kiste auf dem Boden ab. Er schien sich etwas zu entspannen, doch sein Gesichtsausdruck zeigte weiterhin deutliche Skepsis. »Wenn du vorhast, dich für neulich zu rächen, muss ich dich warnen. Mit Greggo legst du dich besser nicht an.«

Marybeth verzog den Mund zu einem falschen Lächeln, das erste Mal in ihrem Leben, doch ihr Inneres blieb kühl.

»Diese Angelegenheit habe ich längst mit ihm besprochen. Ich suche ihn, um ihm einen Vorschlag zu machen. Unnötig zu erwähnen, dass auch Miss Feri Byrne darin involviert ist.«

Llayne zog beide Brauen hoch. »Du hast dir hier aber wirklich schnell große Freunde gemacht, Mädchen. In dir steckt wohl 'ne Menge mehr, als man sehen kann. Hör zu: Greggo muss selbst entscheiden, was er tut oder lässt. Ist nicht mein Bier. Wenn du ihn hier nirgends gefunden hast, hab' ich eine Idee, wo er wahrscheinlich steckt. Kennst du das Seelenfeuer?«

Marybeth runzelte die Stirn. »Seelenfeuer. Der Begriff ist mir fremd.«

Llayne verdrehte die Augen. »Wohlbehütet aufgewachsen, mh? Das Seelenfeuer ist ein Rauschmittel, das man aus zerstoßenen Seelensteinen macht. Ich glaube, im Süden nennt man es Mentis Lapis. Aber egal. Das Zeug hat's in sich. Wenn du es in Schnaps löst und trinkst, hast du das Gefühl gleichzeitig vor den Pforten des Einen zu stehen und auf deinem eigenen Geburtsbett zu liegen. Und natürlich braucht man immer mehr davon, wenn man es einmal genommen hat.«

Was wollte Llayne ihr damit sagen? Marybeth war irritiert. »Ich habe keine Ahnung, worauf Sie hinauswollen, Llayne.«

»Liegt das nicht auf der Hand? Greggo liebt dieses thanatische Dreckszeug, wenn er also hier nirgends zu finden ist, dann ist er bestimmt gerade unterwegs, sich seinen Schluck für diese Woche zu holen.«

Marybeth nickte. »Und wo besorgt er sich dieses Seelenfeuer?«

»Denk nach, Mädchen. Wer ist groß, ständig überall dort unterwegs, wo es etwas zu plündern gibt, dumm genug, eine solche Ware mit in die Westreiche zu schmuggeln und zudem eng genug mit Greggo verwandt, um ihm nicht bei Sichtkontakt die Fresse zu polieren?«

Marybeth ging ein Licht auf. »Die Oger.«

Llayne nickte ihr leicht zu.

»Und wo finde ich die Oger?«

Er lachte spöttisch. »Da fragst du den Falschen. Sieh mich an. Normale Größe, Haare auf dem Schädel. Eindeutig kein Oger.«

»Also wissen nur Oger, wo sich andere Oger befinden?«

»Unsinn. Aber bei denen steh'n die Chancen besser, denn ich weiß es nicht.«

Marybeth hätte gern weitere Fragen gestellt, aber die Zeit drängte – und das scheinbar auf beiden Seiten, denn Llayne hatte seine Kiste bereits wieder gepackt und sah sie ungeduldig an.

»Wenn's weiter nichts gibt ...« Er deutete mit seinem Kinn auf die Last in seinen Händen.

Marybeth winkte ab. »Danke für Ihre Hilfe.«

Auch sie setzte sich wieder in Bewegung, diesmal in Richtung Wasserkant. Wenn am ehesten ein Oger helfen konnte, dann wusste sie genau, welchen sie darum bitten wollte.

Den penetranten Fischgeruch nahm Marybeth mittlerweile kaum mehr wahr. Sie hatte bereits ausreichend Zeit in der Fabrik verbracht, um ihre durch das privilegierte Leben verwöhnte Nase an die strenge Duftnote zu gewöhnen. Allerdings hatte sie nicht damit gerechnet, sich ihr nun auch noch außerhalb ihrer Schicht auszusetzen.

Sie winkte gedankenverloren Feri zu, die sich nahe einem riesigen Lastenkran mit zwei Gebäck kauenden Arbeitern unterhielt, dann näherte sie sich zielsicher dem Förderband, an dem auch sie sonst arbeitete. Wie erwartet stand Barro vor einem großen Haufen Meeresgetier und schälte pfeifend die Schuppen von ihren glitschigen Leibern.

»Guten Tag, Barro«, grüßte ihn Marybeth und setzte sich auf einen freien Hocker in seiner Nähe.

»Vicky, was machst'n du hier? Feri sagte doch, du hättest dir heute freigenommen?«

»Allerdings«, antwortete Marybeth ruhig, »aber ich habe ein Anliegen.«

Barro kratzte sich an seiner ledrigen Kopfhaut. »Ein Anliegen also, mh? Und wie kann der alte Barro dir helfen?«

»Ich muss die Oger finden.«

Er schmunzelte. »Du hast einen Oger gefunden, Mädchen. Gratuliere.«

»Nein, ich meine die anderen Oger.«

»Es gibt 'ne Menge Oger in Zartbitter, Vicky.«

Marybeth seufzte frustriert. »Ich suche Greggo, den Halboger aus Bergseit. Mir wurde gesagt, er befände sich bei den Ogern, um Seelenfeuer zu kaufen.«

Barro machte große Augen. »Ach die Oger meinst du!«

»Hilfst du mir?«

Barro schwieg einen Moment, ehe er leise antwortete. »Ich weiß nich', Vicky. Ist ein ganzes Stück dahin und ich bin bei der Karawane echt nich' mehr gern gesehen.«

»Bei der Karawane?«

»Du weißt schon, die Söldnerkarawane. Zu denen gehören die meisten von uns. Arbeiten für das Militär, für die Kirche …«

»Kannst du mich hinbringen?«, unterbrach ihn Marybeth, die bereits begriffen hatte, was Barro meinte. Natürlich hatte sie schon von der Söldnerkarawane gehört, wenngleich sie bislang kaum Kontakt zu den wilden Kämpfern aus dem Norden ihres Reiches gehabt hatte.

»Hör mal, Kleine«, stöhnte Barro. »Die mögen da keine Außenseiter. Sogar ich bin kein echter Oger mehr für Mralk, seit ich beschlossen hab', ein sesshaftes Leben zu führen.«

»Wer ist Mralk?«

»Kleiner Bruder von mir, der Führer der Karawane. Und wenn du ihn nich' sauer machen willst, nennst du ihn besser ›Boss‹ Mralk, das is' nämlich sein Titel.«

»Ich verstehe. Also wirst du mich zu ihm bringen?«

Barro brummte abweisend einen unartikulierten Laut, doch dann wandte er sich wieder Marybeth zu. »Sag' mir erst, was du von dieser Schweinshaut willst, dass du solche Mühe für ihn auf dich nimmst.«

Marybeth blickte ihn verwirrt an. »Schweinshaut?«

Barro zeigte provokant seine gelben Zähne. »Unser Wort für die Brut von denen, die meinen, sich mit Menschen vergnügen zu müssen.«

»Gut«, erwiderte Marybeth und ignorierte den Seitenhieb auf ihr eigenes Volk. »Greggo hat mir etwas Wichtiges gestohlen und es verkauft. Ich benötige seine Hilfe, um es zurückzuerlangen.«

»Was hat er dir geklaut?«

»Eine Violine.«

»Eine Violine? Du meinst 'ne Geige? Und dafür machst du dir so viel Arbeit?«

Marybeth nickte ernst. »Sie gehört mir und es stand ihm nicht zu, sie zu nehmen.«

Barro blickte sie zweifelnd an, dann grinste er über beide Ohren. »Das ist nich' alles, oder? Von wo hattest du die Geige? Wette, jemand Besonderes hat sie dir gegeben, richtig?«

Marybeth nickte stumm.

Barro legte Marybeth eine seiner riesigen Hände auf die Schulter. Sie zuckte zusammen und wich einen Schritt zurück.

»Ich helf' dir, Kleine. Freunde von Feri sind auch meine Freunde und du bist 'ne ehrliche Haut. Ich mache in einer Stunde Feierabend. Du sagst Feri, dass sie heute früher Schluss machen soll, dann holen wir nachher gemeinsam meinen Karren.«

»Wozu brauchen wir den Karren?«, fragte Marybeth.

Barro zog eine seiner wulstigen, haarlosen Brauen in die Höhe. »Das Karawanenlager is' auf der anderen Seite vom Mount Oakenheart. So weit willste nicht wandern. Mit dem Pferdekarren sind wir schneller und es ist auch bequemer.«

Marybeth tat wie geheißen, dennoch verging die Zeit nur langsam. Um die Langeweile zu überwinden und weil sie ohnehin nichts anderes tun konnte, half sie, nachdem sie mit Feri gesprochen hatte, dem alten Oger beim Abschuppen der Fische. Als Barros Schicht beendet war, folgten sie ihm auf sein Grundstück am Rande von Wasserkant. Das Gelände war mit einem groben Holzzaun umrandet. Anstatt des erwarteten Hauses fiel Marybeth ein alter verwitterter Wohnwaggon mit gelbgeblümten Vorhängen ins Blickfeld. Am Rande des Geländes gab es zudem einen kleinen Schuppen, in dem eine klobige Transportkutsche aufbewahrt wurde, und einen Unterstand für Barros Pferde.

Feri und Marybeth halfen ihm, die beiden Gäule in das Kutschwerk einzuspannen und schon kurz darauf hatten sie die Stadt hinter sich gelassen. Um den Wachleuten an den Stadttoren zu entgehen, hatten sie sich für den etwas längeren

Weg über Bergseit entschieden. Man konnte nicht vorsichtig genug sein. Zwar war Feri durchaus versiert darin, sich selbst und Marybeth aus allerhand Situationen herauszureden, da sich ›Vicky‹ jedoch im Zweifel nicht ausweisen konnte, wollten sie lieber kein Risiko eingehen.

Auf halbem Weg durch die Wäldner, die den Mount Oakenheart umgaben, begegneten sie dennoch einer Wachpatrouille, die auf der Suche nach Verbrechern des Untergrunds und der entführten Königin war. Glücklicherweise gelang es Feri problemlos, die Büttel davon zu überzeugen, dass sie geschäftlich im Auftrag der Fischfabrik nach Augustines Ending reisen würden. Barro, der angeblich zu ihrem Schutz angeheuerte Ogersöldner, bestätigte dabei jedes ihrer Worte.

In solchen Momenten bewunderte Marybeth ihre Freundin und Mitbewohnerin, wie sooft. Wie sie mit Worten spielen und die Menschen umgarnen konnte. Sie wusste immer, welchen Ton sie anschlagen musste. Sie selbst war in derlei Dingen vollkommen unbegabt, das wusste sie. Während fast jeder Feri zu lieben und zu bewundern schien, erntete sie weiterhin fragende Blicke und wurde gemeinhin für ›etwas sonderbar‹ gehalten. Liebend gern wäre sie ein klein wenig mehr wie Feri gewesen.

Der Rest der Fahrt verging ohne Zwischenfälle, und Barro erzählte den Mädchen Geschichten über das Volk der Oger. Offenbar sahen sie sich als die natürlichen Bewohner der Restfall Highlands und der Outer Realms. Die Menschen waren für sie Invasoren, die ihnen ihr Land und einen Teil ihrer Freiheit genommen hatten. Letztere war ohnehin ein großes Thema für die Oger. Ihrem legendären Pragmatismus folgend, hassten die Oger die Menschen aber nicht, sondern arrangierten sich mit der Situation. Anstatt gegen sie zu kämpfen, kämpften sie *für* sie und ließen sich diese Dienste teuer bezahlen. So wurde aus dem vertriebenen, heimatlosen Nomadenvolk die Söldnerkarawane, die größte käufliche Armee der gesamten Welt.

Als sie die Ausläufer des Karawanenlagers nebst einer improvisierten Pferdekoppel endlich erreichten, neigte sich der Nachmittag bereits seinem Ende zu und der Abend brach an. Die Karawane selbst war ein sagenhafter Anblick. Hunderte, wenn nicht Tausende von riesigen, reichlich verzierten Wohnwagen aus mit kunstvollen Schnörkeln bemaltem Holz ruhten in kreisförmigen Reihen aufgestellt um einen gewaltigen Kern. Dieser bestand aus einem mit Fellen behangenen Versorgungszelt, einem Richtblock, einer Art Kampfarena und einem Podest, von dem aus Boss Mralk vermutlich zu seinen Untergebenen sprach.

Sie stellten den Karren etwas abseits vom Lager ab und banden die Pferde an einem Baum fest, bevor sie sich zu Fuß auf den Weg ins Lager machten.

»Halt. Was sucht ihr hier, der Deserteur und seine geliebten Menschlinge?« Ein schwer bewaffneter Oger, der aussah, als wäre mit ihm nicht gut Kirschen essen, versperrte ihnen den Weg, noch bevor sie die erste Wagenreihe erreichten, und spuckte vor ihre Füße.

»Familienbesuch, Udu«, knurrte Barro, der sich offenbar nicht beirren lassen wollte, zurück. »Und ich bin kein Deserteur, Schwachkopf. Nur im Ruhestand. Lass mich durch.«

»Und was is' mit den anderen beiden? Ha'm dir die Weiber der Menschen jetzt schon den Kopf verdreht? Hast du einer von ihnen 'nen Braten in die Röhre geschoben? Bist du deshalb hier?«

»Udu, ich warne dich. Ich bin vielleicht kein Söldner mehr, aber ich kann dir immer noch aufs Maul hauen.«

Ein anderer Oger stampfte zu ihnen und gab Udu unvermittelt eine Kopfnuss, sodass dieser taumelte. »Du weißt, was

Mralk dir beim letzten Mal gesagt hast. Er hat das Kommando. Du hast kein Mitspracherecht, wer ins Lager kommt oder nich', das hat nur der Boss.« Er wandte sich an Barro. »Ihr könnt durchgehen, aber sprecht zuerst mit Boss Mralk.«

Keine der anderen Wachen hielt sie auf, während sie zwischen den Wagen auf den Mittelpunkt zuliefen. Die Blicke der Oger und ihr gehässiges Raunen sprachen jedoch Bände. Einer von ihnen, ein besonders monströser Kerl mit warziger, grauer Haut, rempelte Barro sogar grunzend mit der Schulter an.

Als sie den zentralen Platz beinahe erreicht hatten, wurde es schlagartig still im Lager. Ein bulliger Krieger mit bläulicher Haut, einem ledernen, mit verschiedenen Pelzen vernähten Kilt und einer Augenklappe streckte seinen kahlen Kopf aus einem Wagen, der mittig hinter dem kleinen Podest stand. »Bruder. Du hast mir gerade noch gefehlt.«

Sie saßen gemeinsam an mehreren aneinandergestellten Tischen im Versorgungszelt und stierten sich in gegenseitigem Argwohn an. Barro, Marybeth und Feri saßen auf der einen, Boss Mralk und ein verträumt dreinblickender, vor sich hin brabbelnder Greggo auf der anderen Seite des Möbelstücks.

»Ihr erzählt also weiterhin, ihr seid den ganzen Weg von Highoak hierhergekommen, nur um dieses Stück Abfall von hier wegzuholen.« Er deutete grimmig auf den benommenen Halboger.

»Wir erzähl'n es nicht nur, es stimmt sogar«, beteuerte Barro und nahm einen großen Schluck aus dem Bierkrug, den Mralk ihm hatte bringen lassen, während Marybeth und Feri leer ausgingen. Ein offensichtliches Zeichen dafür, was Boss Mralk von seinen menschlichen Nachbarn hielt.

»Warum soll ich dir glauben?«, brummte der Karawanenführer und legte betont lässig seine Beine auf die Tischplatte, während er sich eine große, unförmige Pfeife anzündete.

»Wozu sollten wir denn herkommen, zwei junge Mädchen und ein alter Oger?«

»Oger…«, brummte Greggo und schielte gegen eine Wand des Zeltes.

Mralk kniff seine Augen zusammen. »Vielleicht seid ihr Spione. Seit unserer Weigerung, den Industrienationen als Juniorpartner ohne Rechte vollständig beizutreten, brechen die Menschen alle Verträge. Sie geben uns nicht mal mehr Aufträge, und das, obwohl die Sache in den Manalanden ein voller Erfolg war. Is' nur 'ne Frage der Zeit, bis dieser Schwächlingsregent George uns offiziell zu Feinden erklärt.«

Barro schnaubte. »Bruder, du verarschst mich. Du weißt, wie ich dazu stehe.«

»Du vielleicht, aber was ist mit deinen Menschenfreundinnen?«

Noch bevor Feri sie daran hindern konnte, meldete Marybeth sich zu Wort. »George verübt seine Aufgabe als Regent mangelhaft. Er ist ein schlechter Herrscher.«

Mralk blickte sie stirnrunzelnd an. »Seh' ich auch so. Und eigentlich ginge mir das am Arsch vorbei. Menschenpolitik is' Menschenpolitik, wir Oger ha'm unsere eigenen Probleme. Aber wenn so ein Teebeutellutscher uns aushungern will, dann wird's mein Problem, verstehst du?«

»Absolut«, antwortete Marybeth. »Ein guter Anführer dient seinem Volk und tut, was auch immer das Beste dafür ist. Offenbar sind Sie ein guter Anführer.«

Mralk schaute überrascht zu seinem Bruder. »Die gefällt mir, die Kleine. Endlich mal'n Mensch, der was Vernünftiges zu sagen hat.«

Barro nickte wohlwollend. »Jepp, unsere Vicky ist schon 'n Goldstück.«

»Ich sage nur ehrlich meine Meinung«, widersprach sie. »Ich wüsste nicht, weshalb ich das nicht sollte.«

Mralk richtete sein verbliebenes Auge wieder auf Marybeth. »Vicky, mh, also seid ihr wegen dir hier? Du wolltest etwas von dem benebelten Halbblut hier?«

»Das ist richtig.«

»Warum?«

»Er hat etwas gestohlen, was einen großen Wert für mich hatte.«

Mralk knurrte. »Nicht nur ein Süchtiger, sondern auch ein Dieb. Nehmt diesen Taugenichts bloß mit, einer wie er hat in meinem Lager nix verloren.«

»Sie bevorzugen strikte Regeln, damit Ihre Karawane stark bleibt. Das ist klug«, bemerkte Marybeth und kassierte dafür ein weiteres breites Lächeln des Ogeranführers.

»Ganz genau.«

Greggo murmelte etwas Unverständliches, aber keiner schenkte ihm Beachtung.

»Entschuldigt die Frage, Boss Mralk, aber wieso verkauft ihr hier Seelenfeuer, wenn ihr keine Süchtigen unter euch wollt?«, beteiligte sich Feri erstmals an dem Gespräch.

Mralk blickte sie fragend an. »Is' doch klar, oder? Wir verkaufen es, aber wir nehmen es nicht. Das magische Zeugs ist etwas für Schwächlinge, für rückgratlose Würmer, wie die Schweinshaut da. Und warum soll'n wir es auch nicht verkaufen? Kohle ist Kohle, wir brauchen alles, was wir kriegen können, um uns hier draußen über Wasser zu halten.«

»Ihr könntet ›das magische Zeugs‹ einfach liegenlassen«, antwortete Feri abrupt und etwas in ihrem Tonfall wirkte verärgert. »Man spielt nicht mit sowas, wenn man nichts davon versteht.«

»Wer bist du, kleine Menschenfrau, dass du mich belehr'n willst?«

»Das ist Feri«, entgegnete Barro mit beschwichtigender Stimme und klopfte seinem Bruder auf den Oberarm. »Ich habe dir von ihr erzählt.«

»Feri«, polterte der einäugige Oger und betrachtete sie von Kopf bis Fuß. »Ja, ich erinnere mich. Von dir habe ich schon viel gehört. Die Unruhestifterin, die Barro überzeugt hat, in der Stadt zu bleiben. Mein Bruder redet manchmal so von dir, als wollte er viele kleine Schweinshäute mit dir in die Welt zu setzen!«

»Danke, das reicht«, gab Feri zur Antwort. »Kein fragwürdiges Lob, keine Schweinshäute. Überhaupt, Oger oder nicht, der Tag, an dem ich mich für einen Mann interessiere, ist der, an dem der namenlose Sultan zum neuen Hochinquisitor der Kirche ernannt wird.«

Mralk schlug amüsiert mit der flachen Hand auf den Tisch und feixte Feri provokant an. »Tja, so ein Pech aber auch. Schätze, mein Bruder mag dich, vielleicht ist er sogar ein klein-wenig verliebt!«

»Zurück zu dem Taugenichts«, versuchte Barro das Thema zu wechseln – mit Erfolg. »Können wir ihn haben? Es ist spät. Bis Zartbitter ist's ein weiter Weg. Wir werden-«

»Genug Worte«, unterbrach ihn Mralk. »Ihr könnt ihn haben. Bin froh, wenn er weg ist. Außerdem glaub' ich nicht mehr, dass ihr Spione seid. Die Kleine da-«, er deutete auf Marybeth, »-scheint schwer in Ordnung zu sein. Mir gefällt, wie sie denkt.«

»Danke, Boss Mralk«, sagte Marybeth und senkte leicht ihr Haupt vor dem großen Oger, was seine Laune zusätzlich zu verbessern schien.

»Nicht der Rede wert.« Mralk stand auf und reckte seine muskulösen Arme. »Jetzt seht zu, dass ihr mir diesen Plagegeist aus dem Lager schafft.«

»Natürlich«, beteuerte Feri, während Barro sich daran machte, den schwerfälligen Greggo von seinem Stuhl zu hieven. »Wir werden jede Sekunde brauchen, um Vickys Plan in seinen seelenfeuertrunkenen Schädel zu hämmern.«

⚛ ⚛ ⚛

Arthur blickte auf seine silberne Taschenuhr. Der kleine Zeiger näherte sich zunehmend der verschnörkelten Vier, also der Uhrzeit, an der das Treffen stattfinden sollte. Er schaute prüfend an dem alten Gemäuer hoch, an dessen Fassade groß das Schild ‚Wachtmeisterei‘ angebracht worden war. Er hätte vieles als Hauptstützpunkt der Gesetzeshüter von Zartbitter erwartet, eine ehemalige Windmühle jedoch nicht. Arthur schüttelte den Kopf und zog sich den Hut tief ins Gesicht. Je weniger man von ihm drinnen erkannte, desto besser.

So leise wie möglich öffnete er die ausladende, schwere Metalltür und trat ein. Sofort trat die Rezeptionistin vor, eine junge Halblingsdame mit einem für ihr Volk untypisch feinen Gesicht, und beäugte ihn geschäftsmäßig.

»Name und Anliegen?«

»Ich möchte bitte zu Detective Ian Fletcher.«

Die kleine Frau verschränkte selbstbewusst die Arme und schaute ihn weiterhin fordernd an.

105

Beeindruckend, befand Arthur im Stillen, musste nun aber überlegen, wie er argumentieren konnte. »Hören Sie, ich habe einen Termin mit dem Detective. Es geht um die Angelegenheit Ernteflut und seine Verbindungen zum Untergrund.« Arthur biss sich auf die Lippe. Hoffentlich war seine Lüge nicht zu plump, er hatte einfach das Erstbeste gesagt, was ihm eingefallen war.

»Natürlich hat es mit Ernteflut zu tun. Fletchers Arbeit konzentriert sich nun einmal auf dieses Thema. Dennoch benötige ich Ihren Namen, Sir, sonst kann ich Sie leider nicht durchlassen.«

»Lassen Sie ihn durch, Ruth, er sagt die Wahrheit. Ein verdeckter Informant, der aus strategischen Gründen anonym bleiben muss«, erlöste ihn just in dem Moment Fletchers Stimme von der unangenehmen Situation. »Und stellen Sie ihm bitte einen Besucherpass aus, da er sicher noch öfter kommen wird. Nennen Sie ihn-«, er schien einen Augenblick zu überlegen, »-nennen Sie ihn ›Mr. Prince‹.«

Ruth sah ihm zweifelnd in die Augen. »Mr … Prince, Detective?«

»Na, irgendwie muss er ja heißen.« Fletcher winkte eilig ab und führte Arthur durch einen eng mit Kommoden und Tischen zugebauten, gewundenen Flur. »Wir sind gleich da. Mein Büro ist lediglich die Treppe runter.«

Als sie das Zimmer erreicht hatten, bot Fletcher Arthur erst einen Stuhl, dann eine Tasse frisch aufgebrühten Schwarztee an. Beides nahm er dankend an.

»Schön, dass Sie es geschafft haben, Arthur«, begann Fletcher. »Wie versprochen habe ich mich ein wenig umgehört, und ich habe einen Kontakt in Bergseit, der behauptet, Ihre Cousine in der entsprechenden Nacht gesehen zu haben. Wie der Zufall es will, haben die Stadtbüttel heute Morgen ganz in der Nähe des Wohnorts des besagten Zeugen ein Waffenversteck gefunden, das dem Untergrund gehören soll. Dort Ermittlungen zu führen, ist im Interesse der Industrienationen selbstredend außerhalb der Kompetenz einer örtlichen Wachtmeisterei und fällt allein in meinen Zuständigkeitsbereich. Diese Angelegenheit erfordert dringlichst meine Aufmerksamkeit. Wenn Sie möchten, können Sie mich aber dorthin begleiten, sobald Sie Ihren Tee getrunken haben.«

Arthur traute seinen Ohren nicht. »Das sind ja wunderbare Neuigkeiten. Ich danke Ihnen, dass Sie Ihren Worten gleich Taten folgen ließen. Natürlich werde ich Sie begleiten. Ich versichere Ihnen, dass Sie auch in Ihren Angelegenheiten bezüglich des Untergrunds mit meiner Hilfe rechnen können, sofern mir dies möglich ist.«

Fletcher strahlte. »Das weiß ich sehr zu schätzen, Sir. Ich bin bereits zu lange hier oben im Norden. Ich vermisse Loras und die richtige Zivilisation.«

Kurze Zeit später befand sich Arthur mit Fletcher in einer Polizeikutsche auf dem Weg nach Bergseit.

»Was wissen wir über den Kontakt, der Marybeth gesehen haben will?«, fragte Arthur den Detective, während dieser sich einige Notizen machte. »Ist er vertrauenswürdig?«

»Nicht mehr und nicht weniger als alle anderen in Bergseit.« Als Arthur nicht antwortete, fügte er nach einem kurzen Augenblick der Stille hinzu: »Oh, Pardon. Sie kennen sich hier ja bislang nicht aus. Bergseit ist ein heruntergekommenes Armenviertel, ungefähr wie zu Hause in Loras der Hafen. Kriminelle, Süchtige, hoch verschuldete Halsabschneider ... der Kontakt, zu dem wir fahren, ist zum Glück nichts davon, allerdings ist er wohl ein grantiger, alter Mistkerl, der versuchen wird, Profit aus der Situation zu schlagen.«

Arthur zuckte mit den Achseln. »Wenn er Informationen über Marybeth hat, gebe ich ihm gern ein paar Kupfer dafür.«

»Behalten Sie sich das im Kopf.«

Die Kutsche hielt an. Sie hatten ihr erstes Ziel erreicht: Die versteckte Waffenkammer. Arthur stieg an der Seite des Detectives aus. Sie befanden sich vor einem verfallenen Wohnkomplex aus Schieferstein, dessen Außenwand von einem klaffenden Loch verunziert wurde, durch das man direkt in eine der schäbigen Wohnungen sehen konnte.

»Ist das Lager hier drin?«, fragte Arthur, dessen Verstand durch die Groschenromane seiner Jugend eine ebensolche Kulisse erwartet hatte.

Fletcher schmunzelte. »Wäre passend, nicht wahr? Aber nein, bedaure. Für das Waffenlager müssen wir ein Stockwerk tiefer.« Er beugte sich vor und öffnete mühsam einen mit einem Wachssiegel der Wachtmeisterei gesicherten Kanalisationsschacht, der in die Straße eingelassen war. »Folgen Sie mir.«

Arthur fühlte sich zwar nicht ganz wohl dabei, dennoch zwängte er sich durch die enge Öffnung.

»Ich bin angekommen, alles sicher«, rief Fletcher ein Stück weiter unten. Wenige Sekunden später berührten auch Arthurs Füße den glitschigen Kanalisationsboden.

»Wo genau sind wir?«, fragte er und versuchte, in der Dunkelheit etwas zu erkennen.

»Das ist ein versiegelter Teil der Kanalisation, nur über diesen Schacht zu erreichen. Die Verbindung zu den restlichen Teilen des Abwassersystems ist schon sehr lange zugemauert worden. Offenbar hat dieses Gewölbe nun seinen verdienten Ruhestand beendet, um dem Untergrund zu dienen. Ziemlich passend, wenn Sie mich fragen.« Fletcher zündete ein Streichholz und setzte damit seine mitgebrachte Gaslaterne in Gang.

Als das Licht den Raum flutete, pfiff Fletcher anerkennend. Auch Arthur staunte. Hier gab es beinahe alles: Repetiergewehre, amarriniumverstärkte Waffen der Zwerge aus dem hohen Norden, Wurfchakrams aus der Sa'Talbin-Wüste, Sprenggranaten. Es sah aus, als hätte Fletcher den Hauptgewinn gezogen.

Tatsächlich schien sich die Laune des Detectives schlagartig verbessert zu haben. »Euch werde ich alle aus dem Verkehr ziehen, ihr Schönen«, säuselte er und strich fast zärtlich über die Oberfläche eines doppelläufigen Gewehrs. »Die Welt wird so viel sicherer sein, wenn es euch nicht mehr gibt.« Dann schien etwas anderes seine Aufmerksamkeit an sich zu reißen. »Was ist das?«

»Was meinen Sie?«, fragte Arthur neugierig, aber er bekam keine Antwort.

Fletcher lief zu einem Stuhl hinüber und hob vorsichtig etwas davon auf, das aus einem zerknitterten, roten Stoff zu bestehen schien. Er musterte es einen Augenblick und fluchte dann. »Dieser Mistkerl, ich hätte es wissen müssen! Mir hätte klar sein müssen, dass der Untergrund über jemanden in einer hohen Position verfügen muss. Das erklärt auch, warum sie immer alles schon im Vorfeld wissen und uns somit immer einen Schritt voraus sind.«

Arthur kam näher und betrachtete das kleine, rote Kleidungsstück. »Ich kann nicht ganz folgen.«

Fletcher drückte ihm den Stoff in die Hand. Arthur besah es sich genauer, fand aber nichts Außergewöhnliches, bis er auf der Innenseite eine unauffällige Stickerei bemerkte. Er kniff die Augen zusammen und las verblüfft und erschrocken vor. »Besitz von Edgar Zwiebeltracht, Schulze von Zartbitter.«

Marybeth tippte Feri auf die Schulter, während der spätabendliche Winterwald an ihnen vorüberzog. »Darf ich dich etwas fragen?«

»Seit wann fragst du zuerst, ob du eine Frage stellen darfst, Vicky? Ist das in deinen Augen nicht höchst ineffektiv?«, entgegnete Feri prompt.

»Es ist etwas Persönliches.«

»Auch gut. Frag ruhig, ich bin ein offenes Buch.«

»Wieso wirst du dich für einen Mann interessieren, wenn der namenlose Sultan sich entschließt Hochinquisitor zu werden?«

Feri lachte laut auf. »Vicky, du Dummerchen, das ist doch nicht wörtlich gemeint!«

»Es ist auch kein besonders wahrscheinliches Ereignis.«

»Nein, genau deshalb habe ich es ja gewählt. Ich wollte damit sagen, dass ich mich nicht für Männer interessiere.«

»Oh«, sagte Marybeth. »Warum nicht?«

Feri zuckte die Achseln. »Ich habe andere Vorlieben. Ist halt so. War es auch schon immer. Stört dich das?«

Marybeth dachte darüber nach. Eigentlich fühlte es sich … faszinierend an. »Nein«, sagte sie schließlich wahrheitsgemäß.

Feri lächelte. »Gut. Hast du sonst noch Fragen zu dem Thema?«

»Wenn der namenlose Sultan tatsächlich Hochinquisitor wird, bedeutet das, dass du deine Meinung über Männer dann änderst?«

Feri lachte erneut. »Meinst du diese Frage ernst?«

»Nein«, erwiderte Marybeth und konnte sich ihrerseits ein winziges und für sie unübliches Grinsen nicht verkneifen.

Feri verschluckte sich fast. »Warte!« Sie machte eine bedeutsame Pause. »Vicky, bedeutet das etwa, dass du soeben einen Witz gemacht hast?«

Marybeth strahlte.

Feri wuschelte ihr kichernd über die Locken. »Ich bin richtig stolz auf dich!«

Marybeth lehnte sich zufrieden im hinteren Teil des Wagens zurück, in dem Greggo schnarchend seinen Rausch ausschlief. Sie hatten alles gegeben, um ihm klarzumachen, worin seine Aufgabe bestand. In einem lichten Moment schien er zumindest einen Bruchteil begriffen zu haben, denn er murmelte etwas von ›einfacher Job‹ und ›viel Kohle‹. Kurz darauf war er allerdings eingeschlafen. Irrelevant. Sie würden ihn vorerst bei sich behalten und ihm später alles erneut erklären. Es war wichtig, dass alles genauestens funktionierte.

Ebenfalls wichtig war es, dass Marybeth am nächsten Tag zwischen Arbeit und der Umsetzung ihres Vorhabens noch Gelegenheit dazu bekam, einen kurzen Spaziergang in Richtung Wasserkant zu unternehmen. Das diente alles der Vorbereitung. Sie war gespannt, ob alle Zahnräder des Uhrwerks ihres Plans ineinandergreifen würden. Ebenso war sie froh, dass ihre Freundin sie hierbei unterstützte – und sie freute sich auf ihre Violine, ihre einzige Verbindung zu Arthur.

❦ ❦ ❦

»Sind Sie sich sicher?«, fragte Arthur bestimmt schon zum achten Mal. »Sechzehn Jahre alt, blonde Locken, schlank und eher klein. Sie trug ein grünes Kleid.«

»Na, sie hat's ja selbst gesagt. 'Ich bin Königin Marybeth', hab's selbst gehört, mit eigenen Ohren. Von dem Kleid war übrigens zuletzt nicht mehr allzu viel übrig«, erläuterte der Alte grinsend. Für das Geld, das er für seine Aussage hatte haben wollen, waren seine Angaben reichlich vage und teilweise sehr unhöflich.

Was er hörte, empfand Arthur als äußerst bedenklich. Er wollte sich gar nicht ausmalen, weshalb Marybeths Garderobe am Ende so zerrissen gewesen war. Er brauchte weitere Informationen. »Und sie war freiwillig dort, allein?«

»Ja, also zumindest kam sie allein. Eine Gruppe Straßenjungs hat ihr übel mitgespielt und sie um all ihre schönen Sachen erleichtert.«

»Und was ist dann passiert?«, drängte Arthur. Der Mann und die Art, wie er sich alles einzeln aus der Nase ziehen ließ, gingen ihm allmählich auf die Nerven.

»Na, dann kam die Frau. Rothaarig. Sah auf den ersten Blick aus wie ein Junge. Keine Ahnung, wer sie war, aber die Jungs schienen sie zu kennen. Wahrscheinlich eine der Huren aus dem Viertel. Sie hat ihnen ein paar ordentliche Takte gesagt und das Mädchen dann mitgenommen. Mehr weiß ich wirklich nicht.«

Verdammt, das reichte nicht! »Sie sind sich sicher, dass sie nichts vergessen haben? Denken Sie nach! Es ist wichtig, dass sie sich an alles erinnern.«

Fletcher legte ihm eine Hand auf die Schulter. »Lassen Sie gut sein, Arthur. Wir sind das jetzt viermal mit ihm durchgegangen. Er weiß nicht mehr. Und das ist auch nicht nötig. Wir wissen, dass sie hier war. Und sie ist nicht in der Gewalt des Untergrunds. Ich würde einen Thanat darauf wetten, dass sie immer noch irgendwo in Bergseit ist, wir müssen sie nur finden.«

Arthur scharrte niedergeschmettert mit dem Fuß auf dem Boden. »Und wie sollen wir das tun?«

»Ich nehme an, der offizielle Weg ist nicht erwünscht?«

Arthur schüttelte den Kopf. »Es wäre vorerst nicht gut, wenn jemand davon erfährt.«

Fletcher dachte einen Augenblick lang nach, dann wanderten seine Mundwinkel kaum merklich nach oben. »Ich hab's. Wir lassen Ihre Cousine und diese burschikose Frau in Bergseit als mutmaßliche Terroristinnen suchen. Die Informationen zu ihrem Aussehen sollten genügen.«

»Sie wollen ... was?« Arthur starrte auf Fletcher, als hätte dieser den Verstand verloren.

»Hört doch erst einmal zu. Wir denken uns Identitäten aus, auf die die Beschreibungen passen. Dringender Tatverdacht auf Zusammenarbeit mit dem Untergrund. Niemand muss wissen, dass es Königin Marybeth ist, die wir suchen. Sobald wir sie haben, können wir den Verdacht noch immer fallenlassen, warum aber nicht die vorhandenen Ressourcen nutzen?«

Arthur dachte nach. Der Plan gefiel ihm nicht, aber Marybeth ganz allein mitten in den Slums von Zartbitter, das gefiel ihm noch viel weniger. »Also gut, wir machen es.«

Fletcher nickte ihm anerkennend zu. »Gute Wahl, Arthur. Sie werden sehen, schon morgen wird ganz Bergseit voller Büttel sein, welche die Augen nach Eurer Cousine offen halten.

Kapitel 6 – Katharsis und der erste Streich

Die Aufregung breitete sich mehr und mehr in Marybeth aus. Mit jedem Schritt, den sie ihrem Treffpunkt am Marktplatz von Zartbitter näherkam, wuchs die Anspannung, aber auch die Erwartung in ihr. Würde alles so funktionieren, wie sie es sich ausgemalt hatte?

Schritt Eins von ihrem Plan hatte sie bereits abgearbeitet. Sie hatte der richtigen Person ein paar relevante Informationen gegeben und musste diese nun lediglich für sich arbeiten lassen. Marybeth spürte einen Anflug von Stolz in sich aufsteigen. Hoffentlich machte Greggo ihr keinen Strich durch die Rechnung.

Die Aussicht, mit Feri gemeinsame Sache machen zu müssen, hatte ihm überhaupt nicht gefallen, als er aus seinem Seelenfeuerdelirium erwacht war. Was auch immer es war, etwas an ihr verunsicherte ihn offenkundig. Auf der anderen Seite stand jedoch seine Gier. Die Optionen, die Marybeth ihm aufgezeigt hatte, hatten ihre Wirkung nicht verfehlt. Hoffentlich reichte das.

Immerhin bildet Feri eine Konstante, dachte Marybeth in einem Versuch, sich selbst zu ermutigen.

Marybeth erreichte den Treffpunkt als Erste. Ein Blick auf die Turmuhr der Kapelle von Zartbitter, einem der neueren Gebäude der Stadt, verriet ihr, dass sie noch deutlich zu früh war. Die Anstrengungen der letzten Tage lasteten schwer auf ihren Schultern. Sie setzte sich auf eine Bank und zog die Schiebermütze tief in ihr Gesicht. Das gewaltige Uhrwerk in ihrer Nähe klackerte vernehmlich. Die erste Sekunde, die zweite Sekunde, die dritte Sekunde, die vierte Sekunde ...

Als sie ihre Augen öffnete, schaute Marybeth auf eine Wand mit edlen Holzvertäfelungen. Sie kannte diesen Ort, wenngleich sie ihn nur einmal besucht hatte. Manchmal begegnete er ihr in ihren Träumen und Erinnerungen: der ›Penningham Park Gentlemens Club‹, wo einst ein neuer Setzling des vertrockneten Strauchs ihres Innenlebens gepflanzt worden war. Sie sah sich um. Die Menschen, die hier tranken, sich über politische Geschehnisse unterhielten und die gehobene Gesellschaft genossen, sahen seltsam aus. Ihre Gesichter fehlten, ihre Körper waren verzerrt. Einige von ihnen hatten sechs oder acht Extremitäten wie Spinnen. Und plötzlich hielten sie inne in ihrem Treiben und blickten in ihre Richtung. Der Boden vibrierte wie vor dem Angriff der Dornenranke. Die Wände setzten sich in Bewegung, kamen bedrohlich näher. Die Spinnenwesen krochen geifernd auf sie zu, getrieben von den Begrenzungen des Raums.

Marybeth schrie und blickte sich panisch um, doch die Tür, die aus dem Lokal hinausführen sollte, war mit Gittern und schweren Ketten gesichert.

Sie hörte die Stimme ihrer eigenen Gedanken, doch sie war laut um sie herum, als spräche jemand Fremdes sie aus. »Sie dürfen mich nicht erreichen, mich nicht berühren. Sie dürfen nicht. Sie dürfen nicht. Sie dürfen nicht. Sie dürfen nicht. Sie dürfen nicht.«

Der Abstand verringerte sich. Marybeth griff in ihre Haare, wie sie es als Kind immer getan hatte, eine Strähne, dann eine zweite. Erst der dritte Strang, den sie um ihren Finger wickelte, sorgte für Befriedigung, doch dann, einem inneren Impuls folgend, riss sie an ihm. Die Turbulenzen des Raums um sie herum verschwammen, als sie die ausgerissenen Locken in ihrer Hand betrachtete. Sie betastete ihren Kopf. Sie war kahl, fand kein einziges Haar mehr darauf.

Die Wände hatten sie fast erreicht, die Spinnen reckten ihre klebrigen Beine nach ihr aus. Sie kreischte, rannte los. Sie wusste nicht, wohin sie fliehen sollte. Plötzlich hörte sie eine leise Melodie. Die Klänge eines Cellos.

Sie preschte in seine Richtung, stolperte durch die Tür des Tanzsaals, verlor das Gleichgewicht und landete unsanft auf dem Boden. Verzweifelt warf sie einen Blick zurück. Die Wände bewegten sich nicht mehr und es schien, dass die Spinnen ihre Verfolgung eingestellt hatten.

Marybeth richtete sich mühsam auf und instinktiv suchten ihre Augen nach der Musik. Ein Violoncello stand verwaist auf der schmalen Bühne, aber seine Saiten schwangen im sanften Takt der Musik. Sie spürte einen Finger, der von hinten ihre Wange streichelte und drehte sich erschrocken um.

Arthur blickte sie an. Er hatte kurze, rote Haare wie damals und trug denselben Anzug, der von der Arbeit in der Fabrik zerknittert war. Er lächelte. In einer eleganten Geste nahm er ihre Hand und ließ sie eine Umdrehung vollziehen.

Marybeth fühlte sich verwirrt und überfordert, doch sie tanzte. Sie tanzte wie ein Schmetterling in der Sturmböe des Moments, und sie fühlte, wie Angst, Druck und seelischer Schmerz von ihr abfielen. Einzig ein junges Mädchen in der Leere, ein verlorenes Kind in einem rechten Winkel der Zeit.

Sie warf ihren Kopf zurück. Locken flogen wirr und frei durch die Luft. Sie waren wieder da, waren zu Marybeth zurückgekehrt.

Als sie ihre Lider aufschlug, galt ihr dankbarer Blick dem einsamen Cello, doch es war verschwunden. An seiner statt stand Barro auf der Bühne, zupfte ein virtuoses Fingerspiel auf einem wuchtigen Kontrabass. Er lächelte.

Bevor Marybeth weiter darüber nachdenken konnte, spürte sie Arthurs tiefe Umarmung. Einen Augenblick lang wollte sie protestieren, doch sie genoss es zu sehr. Es fühlte sich warm an. Liebevoll und erfüllend. Tränen schossen Marybeth in die Augen. Als sich Arthur wieder löste, schaute sie auf, wollte in sein Gesicht sehen.

Ihre Augen wanderten langsam über die roten Haare, die sommersprossige Stirn ... dann setzte ihr Herz sprichwörtlich einen Schlag lang *aus. Das war nicht Arthur, der sie in seinem Arm hielt und wärmte. Es war Feri.*

»Da biste ja«, grunzte eine Stimme und eine massige Hand schüttelte ihren Leib. »Bin schon dreimal an dir vorbeigegangen. Wär nich' draufgekommen, dass du vor so'ner Aktion pennst.«

Marybeth schüttelte mühsam den Schlaf ab und schaute durch die anbrechende Abenddämmerung überrascht in Greggos unrasiertes Gesicht. »Sie sind gekommen.«

»Hab' bis zuletzt drüber nachgedacht, wenn ich ehrlich sein soll. Aber die Beute is' zu gut, um sie mir durch die Lappen gehen zu lassen. Marellidensaphire, weißt du, was sowas wert ist, wenn du die richtigen Leute kennst?«

»Ich habe mich mit den genauen Preisen nicht befasst. Wenn Sie Informationen dazu benötigen, würde ich mich an einen Juwelier wenden.« Sie gähnte vernehmlich.

Greggo schaute sie irritiert an. »Das war nur so eine Redensart. Ich weiß, was die Scheißteile wert sind. Du bist echt merkwürdig, Mädchen. Aber egal, nicht mein Problem.«

»Hey«, keuchte es von der Seite.

Marybeth drehte den Kopf und erblickte Feri, die schwer atmend auf sie zutrat. Greggo wich einen Schritt zurück.

»'Tschuldige, dass es etwas länger gedauert hat. Ich hab' so schnell gemacht, wie ich konnte, aber in letzter Sekunde hatten die in der Fabrik noch ein Problem und ich konnte nicht weg. Ist alles in Ordnung bei dir, Vicky? Du siehst irgendwie … verpennt aus.«

»Ich war eingenickt.«

»Du hast Nerven«, grummelte Feri. »Und ich habe mich so beeilt, weil ich dachte, dass ihr euch schon ohne mich ins Getümmel schmeißt.«

»Können wir dann anfangen?«, drängte Greggo, der das gemeinsame Vorhaben scheinbar schnellstmöglich hinter sich bringen wollte.

»Ja«, antwortete Marybeth.

»Nur zur Sicherheit, weiß jeder, was seine Aufgabe ist?«, fragte Feri und blickte in die Runde.

»Mh«, brummte der Halboger, »ich warte, bis Miss Feri die Hehlerin von der Theke weggelockt und ausreichend abgelenkt hat, dann stürme ich in den Laden, schnappe mir die Saphire und hau ab. Ich bringe die Teile zu einem meiner Kontakte und bringe euch euren Anteil. Und nicht vergessen: Ich krieg' die Hälfte, ihr jeder ein Viertel, sonst mach' ich nich' mehr mit.«

»Keine Sorge, wir haben es nicht vergessen«, antwortete Feri zuckersüß.

Greggo warf ihr einen misstrauischen Blick zu, zuckte dann aber mit den Achseln. »Gut.«

»Vicky? Du hältst dich draußen auf. Für dich ist es zu gefährlich nahe mit dabei zu sein, das siehst du selbst ja genauso. Sobald dir etwas auffällt, was uns Probleme bereitet, pfeifst du.« Sie trat näher zu Marybeth und legte ihr sorgsam einen Arm um die Schultern. »Alles klar bei dir?«

Marybeth erschauderte einen kurzen Moment, entspannte sich dann aber. Auf eine ungewohnte Weise beruhigte sie die Berührung und erinnerte sie an das Ende ihres Albtraums. Feri war ihre erste Freundin, ein besonderer Mensch, wie Arthur. Und doch irgendwie anders.

»Vicky? Ist alles in Ordnung?«

Marybeth nickte. »Es ist alles gut.«

Feri tätschelte sie aufbauend. »Perfekt. Dann los.«

Arthur saß betrübt auf der Bettkante in seiner Unterkunft. So viele neue Fragen, die ihn heimsuchten, und auf keine davon wusste er eine Antwort. Wie ging es Marybeth? Passte sie auf sich auf? Der Zeuge hatte von einer Frau erzählt, die ihr geholfen hatte. War sie bei ihr? Kümmerte sie sich gut um Marybeth? Vielleicht gab es in dieser Geschichte ja einen versteckten guten Kern und sie schenkte seiner Cousine die Chance, frei zu sein und sich zu entfalten. Sollte er sich überhaupt einmischen?

Andererseits würde eines Tages, früher oder später, jemand auf ihre wahre Herkunft aufmerksam werden. Es war bitter, aber er musste dennoch leicht schmunzeln: Bei Marybeth würde das wohl eher heute als morgen geschehen. Es lag nicht in ihrer Natur, sich zu verstecken oder zu lügen, geradlinig und eigen, wie sie war.

Arthur seufzte. Er durfte sich jetzt nicht damit befassen. Es dämpfte seine Stimmung und beeinträchtigte seine Konzentration. Vielleicht war es besser, sich zunächst auf Probleme zu konzentrieren, die etwas ... ferner der eigenen Haustür waren.

Zwiebeltracht, dieser unscheinbare Heuchler. Was hatte er mit den Machenschaften des Untergrunds zu tun? Es war unfassbar. Nach außen hin wirkte dieser Halbling so unauffällig und königstreu, wie ein Mann nur sein konnte. Und dann spielte er ein solch falsches Spiel. Es war gut, dass Fletcher auf der Stelle seine Befugnisse genutzt und den Schulze noch am Abend desselben Tages hatte festnehmen lassen. Die Gefahr, dass er geflohen wäre, unmittelbar nachdem die Entdeckung des Waffenlagers die Runde gemacht hatte, wäre einfach zu groß gewesen. Natürlich beteuerte der Halbling seine Unschuld und weigerte sich, Verbindungen zum Untergrund zu gestehen oder die Identitäten seiner Komplizen offenzulegen. Damit war natürlich zu rechnen gewesen.

Arthur selbst hatte Fletcher in der Nacht noch dabei geholfen, einen Brief an seine Vorgesetzten zu verfassen. »Sie waren dabei und vier Augen sehen mehr als nur zwei«, war sein Argument gewesen. Das war zwar nicht falsch, hatte Arthur jedoch um einen großen Teil seines Schlafes beraubt, weswegen er sich heute müde und gerädert fühlte.

Er stand auf, zog seinen Morgenmantel über und setzte eine Kanne mit Tee auf. Als diese ausreichend erhitzt war, nahm er sich eine Tasse und ließ sich erschöpft in den einzigen Sessel fallen, den das winzige Apartment zu bieten hatte. *Nur ein wenig die Beine hochlegen …*

Marybeth beobachtete die mit einem seidenen Kopftuch verschleierte Feri durch das Schaufenster der Pfandleihe. Sie unterhielt sich angeregt mit der Verkäuferin. Offenbar hatte Feri bereits einen Zugang zu ihr gefunden, denn sie schienen ausgiebig über etwas zu lachen. Als sie dann zu einem Regal weiter vorn im Geschäft gingen, nickte Marybeth Greggo zu, der in der schmalen Gasse neben der Pfandleihe auf ihr Zeichen wartete. Sie war angespannt und hätte gern eine Strähne um ihren Finger gewickelt, doch das war unmöglich. Ihre Haare waren zu einem festen Dutt zusammengebunden und unter der Schiebermütze verborgen.

Greggo holte etwas Schwarzes aus seiner Tasche, eine Maske mit Sehschlitzen, wie sich herausstellte, und zog es sich über den Kopf. Danach rannte er ohne Umschweife in den Laden und an Feri und der Verkäuferin vorbei zur Theke. Marybeth hörte überraschte Ausrufe, Zetern. Dann stürmte Greggo schon wieder hinaus. Auf seinem Weg nach draußen, warf er die Ladenbesitzerin um, die sich mühsam aufrappelte und ihm fluchend hinterherlief. Greggo blickte suchend zu Marybeth, damit sie ihm signalisierte, ob der geplante Weg sicher war. Sie blickte in die entsprechende Richtung. Kenneth, begleitet von zwei weiteren Stadtbütteln, winkte ihr fröhlich zu, ganz wie geplant. Aus dem Augenwinkel sah Marybeth, wie Feri in den Hinterraum des Ladens entschlüpfte. Dann gab sie Greggo den Fingerzeig: 'Der Weg ist frei'.

Der Halboger hastete die Straße entlang, genau in die Arme der Gesetzeshüter. Er versuchte, sich ihnen zu entreißen, und kurz schien es, als würde es ihm gelingen. Kenneths Waffe an seiner Schläfe überzeugte ihn schließlich davon, den Widerstand aufzugeben. Verwirrt, als könnte er die Situation nicht fassen, drehte er sich zu Marybeth, während die Büttel ihm die Fesseln anlegten. Sie verbeugte sich leicht vor ihm und aus der Bestürzung in Greggos Gesicht wurde hasserfüllte Gewissheit.

Marybeth hatte keine Zeit, ihre Rache auszukosten. Die Pfandleiherin hatte das Aufgebot erreicht und erklärte wütend, was geschehen war. Lange würde sie sich nicht aufhalten lassen. Marybeth musste nach Feri sehen.

Eilig spurtete sie in die Gasse, in welcher der Halboger vor einigen Minuten noch gestanden hatte. Sie passierte das Gebäude und fand sich auf dessen anderer Seite wieder. Unterhalb des leicht geöffneten Fensters, das Feri und sie gefunden hatten, als sie das Gebäude am frühen morgen inspiziert hatten, blieb sie stehen.

»Feri, bist du da?«

Sie hörte etwas rascheln und der Spalt weitete sich. »Ich bin hier, aber wo ist das blöde Ding?«

»Meine Violine ist nicht blöd«, antwortete Marybeth abweisend.

»Schon gut, war nicht so gemeint, aber hast du eine Idee, wo sie sein könnte?«

»Etwas hatte geknarrt, als sie sie uns das letzte Mal gezeigt hatte. Ich vermute, es war ein Schrank oder eine Truhe.«

Marybeth hörte Schritte im Inneren, dann wie einige Schubladen und Schranktüren geöffnet wurden.

»Ja, verdammt! Hab sie! Ich gebe sie dir jetzt nach draußen.«

Einen Augenblick später öffnete sich das Fenster des Hinterzimmers komplett und Feri reichte den Geigenkasten nach draußen. Marybeth nahm ihn überglücklich an.

»So, jetzt kletter ich raus zu-« Sie erstarrte.

»Dieb! Verdammtes Diebespack! Als würde einer von euch Halunken nicht reichen!«, plärrte es aus dem vorderen Teil des Ladens. »Hilfe, Hilfe. Stadtwache! Hier ist eine weitere Diebin!«

Mit einem Satz sprang Feri aus dem Fenster. »Scheiße, das hat uns gerade noch gefehlt. Weg hier!«

Sofort sprintete sie los und Marybeth lief verständnislos hinter ihr her.

»Wieso fliehen wir?«

»Machst du Witze? Wir wollen nicht verhaftet werden, Vicky.«

»Aber wir haben nichts gestohlen. Wir haben etwas zurückgeholt, was mir genommen wurde.«

»Das wird der Wachtmeister aber anders sehen ... außerdem stimmt das nicht ganz.«

»Wie meinst du das? Es ist meine Violine.«

»Später! Vertrau mir, Vicky. Wir haben jetzt keine Zeit. Lauf erstmal!«

Da sie wussten, wo die Stadtbüttel waren, rannten sie in die entgegengesetzte Richtung, an der Kirche, dem Rathaus und der Stadtbibliothek vorbei.

»Kannst du noch?«, rief Feri nach hinten, die deutlich schneller als Marybeth lief.

»Ja«, antwortete Marybeth. Es fühlte sich so sonderbar an. Verboten, wie etwas, das gegen alles verstieß, was sie je gelernt und für richtig gehalten hatte. So als würde sowohl etwas in ihr zerbrechen, etwas anderes damit aber in die Freiheit übergeben. Es war großartig.

Mittlerweile war es dunkel und nur noch das Licht vereinzelter Gaslaternen oder Fackeln erhellte die Straßen von Wasserkant. Feri lachte. Es war wie der glockenhellen Singsang eines Jahrmarktkarussels, mit dem Marybeth in ihrer Kindheit gefahren war. Onkel Harold hatte sie einfach darauf gesetzt, hatte ihre Widerrede unbeachtet gelassen – und es war wunderbar gewesen. Es gab nicht viele Erinnerungen an ihre Kindheit, die Marybeth mit einem positiven Gefühl zurückließen, doch diese war eine davon.

Obwohl sie längst jedwede Verfolger abgehangen haben mussten, rannten sie Hand in Hand den Gehweg am Ufer des Heartripple Streams entlang, bis sie keuchend unter einem Baum stehen blieben, dessen lichtes Blattwerk noch immer der Kälte des Winters trotzte. An einem seiner dicken Äste war ein stählerner Ring befestigt, der eine Laterne hielt, welche die Szenerie in einem weichen, orangefarbenen Licht erscheinen ließ.

»Das hat Spaß gemacht!«, japste Feri und grinste Marybeth breit an.

Marybeth lächelte zurück. Sie konnte nicht anders. Sie hatte ihre Violine zurück und noch besser: Ihre Freundin hatte ihr dabei geholfen. »Feri. Ich muss mich bei dir bedanken. Noch nie hat jemand so etwas für mich gemacht.«

»Du musst dich nicht bedanken. Das habe ich gern für dich getan.«

Ein warmes Gefühl durchflutete Marybeths Bauchgegend, aber sie musste es einfach genauer wissen. »Warum? Wir haben scheinbar die Gesetze gebrochen. Das ist nicht richtig und führt zu Strafe. Wieso tust du so etwas für mich?«

»Vielleicht weil du meine Freundin bist, Dummerchen?«

Marybeth wandte ihr Gesicht ab. Den Kampf gegen ihre nach oben wandernden Mundwinkel konnte sie nicht gewinnen. »Und wieso bist du meine Freundin? Ich bin sonderbar. Niemand mag mich. Niemand außer Arthur – und dir.« Sie spürte eine warme Hand auf ihrer durchfrorenen Schulter.

»Du bist nicht sonderbar, Marybeth. Du bist etwas Besonderes.«

Dieses Gefühl. Wie die Drachen aus den Legenden, die Marybeth als Kind oft gelesen hatte, stieg es in ihr empor und verbrannte ihren Leib in einem wohlig warmen Feuer nie gekannter Geborgenheit. Es verbrannte ihren Verstand, dessen logische und analytische Stimme zum ersten Mal seit sechzehn Jahren schwieg und Marybeths Handlungen ihrem Instinkt überließ. Es verbrannte ihr Herz, das seine Arbeit schneller und schneller vollzog. Es verbrannte ihre Augen, die sich ohne Grund mit Tränen füllten. Und es verbrannte ihre Lippen, als sie sich in einem Inferno der Gefühle auf Feris legten. Diese weitete überrascht ihre Augen, zögerte nur einen Augenblick, dann legte sie die Arme um Marybeths Hüfte und erwiderte den Kuss.

Es war schön, es war intensiv, und alles in Marybeth, was sie stets vor Berührung und Nähe hatte zurückweichen lassen, ruhte endlich in der Stille der Vergangenheit. Sie hatte es geschaft. Sie hatte sich getraut und die Initiative ergriffen. Sie war so mutig gewesen wie Feri.

Einst hatte es eine Zeit gegeben, in der Marybeth allein gewesen war, betäubt, ungerührt. Doch diese Zeit war nicht jetzt, und ein Teil von ihr hoffte, dass sie nie wieder einen Raum bekommen würde.

Ihre Lippen lösten sich voneinander, doch nur kurz, denn Feri stahl sich einen weiteren Kuss von Marybeth.

»Marybeth … ich hätte nie gedacht, dass ich …«

Ihre Worte wurden von dem lauten Pfiff einer Trillerpfeife unterbrochen. »Schaut nur, die Rothaarige! Sie passt auf die Beschreibung! Und die Kleine mit der Mütze ist sicher ihre Komplizin. Ergreift sie!«, hallte es aus einiger Entfernung.

Feri wich einen Schritt zurück, ihr Mund vor Schreck weit geöffnet. »Scheiße, das bedeutet nichts Gutes! Marybeth, du musst hier weg. Wenn sie dich kriegen, wissen sie sehr bald, wer du bist und du wirst wieder eingesperrt.« Sie kramte in ihrer Tasche, holte einen kleinen Lederbeutel und einen Schlüssel hervor und reichte beides an Marybeth, die vollkommen perplex dastand. »Lauf zu Barro, er wird dir helfen! Der Schlüssel ist für unsere Wohnung, in dem Beutel ist etwas Geld. Mach dir um mich keine Sorgen, ich komme zurecht, versprochen!« Sie gab Marybeth einen flüchtigen Kuss auf die Stirn, dann wandte sie sich in die Richtung der aus einiger Entfernung antrabenden Stadtbüttel.

Marybeths Herz fühlte sich an wie gelähmt. Sie wusste nicht, was sie tun sollte, konnte keinen klaren Gedanken fassen.

»Lauf, Marybeth. Sie dürfen dich nicht bekommen! Tue es für mich. Los jetzt!«

Noch immer war Marybeth nicht in der Lage, klar zu denken, doch sie tat wie geheißen. Sie verstaute Schlüssel und Beutel in ihrem Mantel, griff den Geigenkasten und rannte los, während Feri stoisch auf ihre Verfolger zulief. Marybeth floh und widerstand dem Drang, sich umzusehen. Sie rannte so schnell sie konnte immer weiter, durchquerte in einem unberechenbaren Wirrwarr die Gassen von Wasserkant, ehe sie sich endlich orientieren und einen bewussten Weg einschlagen konnte. Einmal dachte sie, dass ihr jemand auf den Fersen war, und versteckte sich hinter einem knorrigen Gebüsch, doch da war niemand. Erst als sie atemlos vor Barros Wohnwagen zusammenbrach und der Oger sie verdutzt hineinbat und ihr einen heißen Grog vorsetzte, fand ihr gehetzter Lauf durch die Nacht ein Ende.

Arthur schreckte auf. Irgendetwas hatte ihn aus seinem Schlaf gerissen. Er blickte aus seinem schmutzigen Fenster und richtete sich verwundert auf. Es war komplett düster, er hatte den gesamten Tag verschlafen.

Gerade wollte er sich zurück in seinen Sessel fallen lassen, als es an der Tür klopfte. Wahrscheinlich hatte ihn ebendies geweckt.

Schlaftrunken wankte er zur Tür und öffnete sie.

Ein Halbling in der gelben Uniform der Wachtmeisterei von Zartbitter stand da und salutierte. »Ich entschuldige mich für die späte Störung, Herr Prince. Ich bin auf Anweisung des Detektivs Fletcher hier. Er bat mich, Ihnen mitzuteilen, dass er Sie morgen früh in seinem Büro erwartet.«

Arthur vergaß seine höfische Erziehung und kratzte sich in seiner Verwunderung wenig elegant am Kopf. »Was will er denn so früh von mir?«

»Es scheint, als wurde eine der gesuchten Terroristinnen gefunden. Er möchte sie morgen befragen und legt dabei Wert auf Ihre Anwesenheit.«

Ein kaum zu bändigender Tatendrang stieg in Arthur empor und es war schwer, diesen zurückzuhalten. »Diese Terroristin. Wissen wir etwas über sie? Ist sie blond?«

Der Halbling starrte ihn irritiert an. »Ähm, nein. Sie ist rothaarig. Merkwürdige Frage, wenn Sie mir das Urteil erlauben. Eine Fabrikarbeiterin aus Bergseit, wie es scheint. Und eine Kleinkriminelle. Es weist einiges darauf hin, dass sie erst heute in einen Raubüberfall verwickelt war. Ein Glücksgriff, könnte man so sagen.«

Arthur drängte seine Enttäuschung zurück. *Durch diese Frau bin ich Marybeth vielleicht trotzdem einen Schritt näher gekommen.*

»Na ja, wie dem auch sei. Ihr Name ist Feri Byrne. Bekannt wie ein bunter Hund und ein Urgestein in ihrem Viertel, wie ich gehört habe. Mehr kann ich im Augenblick leider nicht zu ihr sagen.«

»Schon gut. Vielen Dank. Richtet dem Detective aus, dass ich mich morgen in aller Frühe mit ihm treffe. Sobald er sein Büro aufschließt, werde ich da sein. Ich gebe mein Wort darauf.«

Der Halbling nickte. »Dann wünsche ich Ihnen noch eine gute Nacht.«

»Schönen Abend«, murmelte Arthur abgelenkt, während er die Tür schloss und über die neuen Informationen nachdachte.

Wenn diese Feri Byrne eine Kriminelle war, hoffte er umso mehr, dass es Marybeth gut ging. Andererseits bedeutete ihre Gefangennahme, dass Marybeth jetzt möglicherweise auf sich allein gestellt war, wenn dies nicht schon zuvor der Fall gewesen war. Dieser Gedanke behagte ihm gar nicht.

Arthur zog Morgenmantel und Nachtgewand aus und ersetzte sie durch einen unscheinbaren Anzug. Danach nahm er seinen Hut vom Ständer und öffnete gähnend die Tür. Es war an der Zeit, sich ein wenig die Beine zu vertreten.

Es war schon weit nach zwei Uhr in der Nacht, als Arthur seinen Spaziergang beendete und den Heimweg antrat. Umso überraschter war er, als er vor der Wachtmeisterei einem großen Schwarm Menschen begegnete, die aufgeregt miteinander tuschelten.

»Was ist hier los?«, fragte Arthur einen der Büttel, einen älteren Mann mit einer mehrfach geflickten Uniform und einem Zylinder.

»Ach herrje. Sie sind doch der junge Mann, der mit dem Detective aus Loras zusammenarbeitet, Herr Prince, richtig? Ich habe Sie bereits gesehen.« Der Mann lächelte freundlich, wurde dann aber schlagartig ernst. »Ich sollte eigentlich nicht mit Zivilisten darüber sprechen, aber da Sie mit dem Detective zusammenarbeiten und an dem Fund in der Waffenkammer beteiligt gewesen waren, geht das wohl in Ordnung. Heute Abend hat es hier einen Mord gegeben. Stellen Sie sich nur vor, einen Mord in unserer Wachtmeisterei!«

Arthur schwante Übles. »Wer ist denn ermordet worden?«, fragte er vorsichtig. *Bitte lass es nicht die einzige Spur sein, die mich zu meiner Cousine führt.*

»Sie haben ihn eben rausgetragen. Es war Zwiebeltracht. Unser alter Schulze Zwiebeltracht, der wegen Verdachts auf Unterstützung des Untergrunds seit gestern hinter Gittern saß.«

Eine Erleichterung, für die er sich sogleich schämte, machte sich in Arthur breit. Es war nicht die mysteriöse Miss Byrne. Die Spur zu Marybeth war noch immer greifbar. Er richtete sich wieder an den alten Mann. »Wissen wir schon, wer es gewesen ist? Wie ist es überhaupt geschehen?«

»Das ist ja das Verrückte. Es gab nur eine andere Gefangene in diesem Trakt, die einige Zellen entfernt einsaß, und sie hat nichts mitbekommen. Auch ein Büttel war währenddessen anwesend, konnte sich aber an keinerlei Auffälligkeiten erinnern. Es scheint, als wäre irgendetwas einfach in die Wachtmeisterei gehuscht, hätte den Schulze getötet, und wäre dann wieder verschwunden.«

Sofort überkamen Arthur die Assoziationen der verbrannten Leiber vor den Pforten der Kathedrale des Einen in Loras. Unheilvolle Magie. Hexerei. »Wie ist er denn ermordet worden, wenn ich fragen darf?«

»Sie sind überaus neugierig, junger Mann. Aber ich verstehe Sie. Ich fühle mich auch nicht wohl in meiner Haut, wenn ein Mörder hier sein Unwesen treibt. Er ist erstochen worden. Ganz klassisch mit einem Messer. Die Tatwaffe, ein Langdolch, wurde noch in seiner Kehle steckend gefunden. Ich sollte das wahrscheinlich nicht herumtratschen, aber der oberste Wachtmeister behauptet, es könnte sich um Selbstmord handeln. Unter uns: das halte ich für Unfug. Niemand rammt sich selbst ein Messer in den Hals. Außerdem werden unsere Gefangenen gründlich nach Waffen durchsucht.«

Das wurde ja immer seltsamer. Einen Selbstmord hielt Arthur ebenso für unwahrscheinlich. Magie wäre zumindest eine Erklärung gewesen, aber ein ganz profaner Mord mit einer Klinge …

Noch eigenartiger war, dass keiner der Anwesenden sich einen Reim darauf machen konnte, weder die Gefangene noch der Vertreter des Gesetzes, obwohl es nur wenige Meter von ihnen entfernt passiert sein musste. Einfach alles daran war sonderbar.

Arthur bedankte sich bei dem redseligen Alten und machte sich auf den Weg nach Hause. Es gab viel, worüber er nachdenken musste, und er sollte dringend noch etwas schlafen. Morgen würde ein langer Tag werden und die Geschehnisse des Abends würden diesen sicher nicht einfacher gestalten.

Marybeth starrte trüb in das Feuer der kleinen Kochstelle im Wohnwaggon des Ogers. Feri war fort, von ihr genommen in einem Moment, in dem sie so tief in ihr Inneres vorgedrungen war, wie noch niemand zuvor. So sehr Marybeths Verstand ihr auch versicherte, dass Feri gewusst hatte, worauf sie sich einließ, eine andere Seite in ihr gab allein sich selbst die Schuld, schließlich hatte sie den Violinenraub erst initiiert. Sie wusste, dass das nicht rational war, dass sie sich selbst täuschte, aber … sie vermisste Feri.

*Wir haben uns geküsst, wirklich geküs*st, realisierte Marybeth. Nie hatte sie zuvor auch nur darüber nachgedacht, einem anderen Menschen derart nah zu sein, weder Mann noch Frau. Doch am Abend zuvor war es einfach geschehen. Es war einfach über sie gekommen. Als war es nicht schon schwierig genug, aus anderen Menschen schlau zu werden. Jetzt konnte sie nicht einmal mehr sich selbst verstehen.

Das Quietschen der riesigen Eingangstür der Ogerbehausung riss sie aus ihren Gedanken. Barro trat ein. Er war vollkommen außer Atem.

»Is' die Hölle los, da draußen.« Keuchend ließ er den Wohnungsschlüssel vor Marybeth auf den Tisch fallen, den sie ihm zuvor am Morgen gegeben hatte. »Hab' einen befreundeten Büttel besucht. Musste ihn aus dem Bett holen, hatte wohl 'ne harte Nacht. Egal. Wie wir schon dachten, sitzt Feri wohl im Bau. Die Straßen sind voller Gelbjacken, die lassen einen kaum von einem ins andere Viertel. Und ich habe noch eine weitere schlechte Nachricht …«

»Was sind Gelbjacken?«, fragte Marybeth, konnte sich aber nur mäßig auf das Gespräch konzentrieren.

»So nennen wir die Büttel manchmal. Wegen ihrer gelben Uniform. Aber das ist jetzt nicht wichtig. Du kannst nicht mehr zurück nach Bergseit, Vicky. Als ich in Feris Wohnung deine Sachen geholt habe, wurde ich blöd von der Seite angemault. Du glaubst nicht von wem.«

Marybeth schwieg. In der gegenwärtigen Situation waren die Auseinandersetzungen eines Ogers das Letzte, was sie interessierte.

Barro räusperte sich. Als er weiterhin keine Antwort erhielt, überging er die unangenehme Pause und sprach einfach weiter. »Die kleine Schweinshaut, die wir bei der Karawane eingesammelt ha'm, dieser Greggo, er ist auf freiem Fuß. Vielleicht hat er Freunde bei den Gelben. Is' aber auch egal. Punkt ist, er ist frei. Und er sucht nach dir, ebenso wie seine Truppe aus Nichtsnutzen. Schätze, mit der Aktion gestern, hast du es dir völlig mit ihm versaut.«

Marybeth ließ den Kopf hängen. Greggo war frei, das hatte gerade noch gefehlt.

»Vicky, alles in Ordnung?« Der massige Oger ließ sich rücklings auf dem einzigen anderen Stuhl nieder.

»Meine Situation ist sehr problematisch«, antwortete Marybeth wahrheitsgemäß und zwirbelte nervös eine ihrer Locken. »Ich kann nirgends unterkommen, außer in Feris Wohnung. Aber Feri ist im Gefängnis. Greggo wird mich umbringen.«

»Wieso bleibst du nicht einfach eine Weile hier bei mir?«

Marybeth schaute sich in dem Wagen um und richtete den Blick dann auf ihren Gesprächspartner. »Zu klein für uns beide. Außerdem könnten die Stadtbüttel hier nach mir suchen, wenn sie erfahren, dass Feri mit dir befreundet ist.«

Barro nickte nachdenklich. Auf seinem plumpen Ogergesicht wirkte die Mimik unfreiwillig komisch.

Marybeth lächelte zaghaft.

Barro bemerkte es sofort. »Ist etwas?«

»Du siehst seltsam aus, wenn du nachdenkst.«

Der Oger zog eine der brauenlosen Hautwülste hoch, die über seinen Augen saßen. »Manchmal bist du schrullig, Vicky.«

»Ja, ich weiß, das sagt man mir schon mein Leben lang.«

Barro zuckte die Achseln. »Mir soll's recht sein, wenn es dich zum Lachen bringt.« Er rieb sich über sein breites Kinn. »Ich habe 'ne Idee, aber ich weiß nicht, ob Feri damit einverstanden wäre.«

»Feri ist nicht hier.«

»Ja, stimmt schon. Trotzdem … es geht vielleicht zu weit.«

Marybeth, die keine Ahnung hatte, worüber er sprach, wartete schweigend ab.

Barro rang noch einige Sekunden mit sich selbst, dann legte sich ein resignierter Ausdruck auf sein Gesicht. »Ach, ich hab' keine Ahnung. Mir fällt nichts anderes ein. Machen wir's.«

»Ich brauche Informationen, worum es geht, um etwas dazu sagen zu können.« Allmählich ging Marybeth das Herumgedruckse des Ogers auf die Nerven.

»Schätze, ich werd' dir ein paar Leute vorstell'n, Freunde von Feri und mir. Dafür muss ich aber nochmal los. Muss es absprechen.«

»Du sagtest, draußen ist alles voller Stadtbüttel«, erinnerte Marybeth ihren hünenhaften Gastgeber.

»Ja, stimmt auch. Aber dafür lass' ich mir was einfallen.« Er stand auf und schlurfte wieder zur Eingangstür. »Wir seh'n uns später, Vicky.«

Arthurs Kopf fühlte sich an, als hätte er den Abend nicht mit einem Spaziergang, sondern mit einem ausgiebigen Besuch der hiesigen Tavernen ausklingen lassen. *Schlaf, nur etwas mehr Schlaf* … doch dafür war es zu spät. Er befand sich bereits in einem schlecht ausgeleuchteten Verhörraum und wartete, hörte das missmutige Getuschel der Wachleute im angrenzenden Flur.

Es kam ihm vor wie Stunden, da öffnete sich langsam die Tür und Fletcher betrat den Raum. In seiner Begleitung befand sich eine Frau von neunzehn oder zwanzig Jahren, deren Hand- und Fußgelenke in Ketten lagen. Mit ihren kurzen, roten Haaren und den vielen Sommersprossen hätte sie gut als seine Schwester durchgehen können. Das musste die berüchtigte Miss Byrne sein, und auch sie sah übernächtigt aus. Kein Wunder, bei dem, was in der letzten Nacht an diesem Ort geschehen war. Sie blickte Arthur an, und ein verstehender Ausdruck trat in ihr Gesicht.

»Ich wünsche Ihnen einen guten Morgen, Miss Byrne.«

Der Detective bot seiner Gefangenen einen Stuhl, stellte eine Tasse vor ihr auf den Tisch und schenkte ihr aus einer großen Porzellankanne Tee ein. »Fühlen Sie sich wie zu Hause, Miss Byrne.«

Sie starrte Arthur einige Sekunden lang an, dann sagte sie mit einem Nicken in Richtung des Detectives: »Schicken Sie ihn raus.«

Arthur sah sie fragend an. »Er ist involviert und vertrauenswürdig.«

»Das ist egal. Wenn Sie Antworten über Ihre Cousine wollen, dann schicken Sie ihn raus. Ansonsten sag' ich kein Wort.«

Fletcher warf Arthur einen Blick zu. »Ich schätze, sie meint das ernst. Mir behagt es nicht, Sie mit der Gefangenen alleinzulassen, schließlich ist sie trotz allem eine Kriminelle, aber es ist Ihre Entscheidung. Was wollen Sie tun?«

»Könnten Sie dafür Probleme mit den einheimischen Gesetzeshütern bekommen?«

Fletcher überlegte kurz, schüttelte dann aber bestimmt den Kopf. »Nein, das wird kein Problem sein. Ich führe meine eigenen Ermittlungen und Sie fungieren bekanntermaßen als mein Berater. Das Vigilance Bureau untersteht direkt den Industrienationen und steht somit über den örtlichen Behörden. Sie würden es nicht wagen, unsere Arbeit offiziell infrage zu stellen.«

Arthur nickte. »Gut, dann mache ich das. Wenn es für Sie in Ordnung ist, dann würde ich Sie bitten, uns einen Augenblick lang unter vier Augen sprechen zu lassen.«

Fletcher verzog verstimmt das Gesicht. »Dann gehe ich mir wohl ein wenig meine Beine vertreten.« Er verließ den Raum und Arthur schloss demonstrativ die Tür hinter ihm ab.

Byrne wartete einige Sekunden, bis die Schritte des Detectives im Gang verklungen waren, dann taxierte sie Arthur aus tiefen, grünen Augen. »Sie sind Arthur, der Vetter von Marybeth.«

Arthur nickte überrascht und ignorierte dabei die nach höfischen Maßstäben falsche Anrede. »Woher wissen Sie das?«

»Von der Pfandleiherin wissen wir, dass Sie noch in der Stadt sind und die Kosten für Vickys Geige hinterlegt haben. Der Rest ist einfach.«

»Vicky?«

»Marybeth. Ich nenne sie so.«

Oh …, dachte Arthur verwundert, *Marybeth hatte Spitznamen und Abkürzungen doch immer verabscheut?* »Haben Sie einen guten Draht zu Marybeth?«

Feri Byrne blickte ihn aus zusammengekniffenen Augen an. »Einen besseren als ihre Familie, schätze ich.«

»Sie sind also ihre Freundin?«

Die Gefangene schwieg.

»Hören Sie, ich will Marybeth nur finden, sicherstellen, dass es ihr gut geht. Ich bin ebenfalls ihr Freund. Wenn Sie sich nahestehen, wird Marybeth Ihnen von mir erzählt haben.«

»Hat sie. Von ihrem gemeinsamen Kampf um die Gerechtigkeit, ihrer Musik, dem Abend bei dem Streichorchester. Aber Marybeth denkt nicht so wie ich. Sie erinnert sich an die schönen Momente, in denen Sie als Einziger für sie da waren. Sie versteht aber nicht, dass auch Sie sie jahrelang in einem Irrenhaus haben verrotten lassen.«

Arthur hatte das Gefühl, ihm klappe die Kinnlade herunter. In einem solchen Ton hatte noch keine Fremde zu ihm gesprochen. Schon gar nicht wegen Marybeth. »Entschuldigen Sie, aber ich kann Ihnen versichern …«

»Schmieren Sie es sich in ihren piekfeinen Pferdeschwanz. Mitglieder der Krone sind alle gleich. Feige Kriecher der Kirche und Betrüger ihres Volkes. Alle, bis auf Marybeth.«

Arthur atmete tief durch. »Miss Byrne. Ich bitte Sie, nein, ich flehe Sie an, sagen Sie mir, wie es Marybeth geht!«

Sie betrachtete ihn einen Moment lang ausgiebig, als studierte sie sein Mienenspiel. »Sie sorgen sich wirklich um sie, oder?«

»Selbstverständlich sorge ich mich um sie. Marybeth ist meine Cousine, ich möchte einfach nur, dass es ihr gut geht!«

Feri wiegte bedächtig den Kopf hin und her. »Es geht ihr gut, sie brauchen sich keine Sorgen machen, ich habe mich gut um sie gekümmert. Und ja, wir sind Freunde, wenn Sie die Antwort auf ihre anfängliche Frage beruhigt.«

»Dem Einen sei Dank! Wo ist sie, wie komme ich zu ihr?«

Die Gefangene überlegte kurz, schüttelte dann aber den Kopf. »Ganz sicher weiß ich das gerade selbst nicht, aber selbst wenn, ich würde es Ihnen nicht sagen. Diese Zeit jetzt gerade ist gut für Marybeth. Sie lernt, auf eigenen Beinen zu stehen, eigene Entscheidungen zu treffen. Ich werde nicht zulassen, dass Sie ihr das nehmen.«

Arthur fuhr sich gereizt durch die Haare. »Ich habe nicht vor, ihr irgendetwas zu nehmen. Und ich muss mich weder vor Ihnen beleidigen lassen, noch mich rechtfertigen oder verantworten!«

Feris Blick blieb eisern. »Nein. Aber Marybeth ist meine Freundin und für den Moment muss ich sie beschützen. Auch vor Ihnen, Arthur Ravenwood von Loras.«

Arthur stöhnte. »Wie können Sie mir sagen, dass es Marybeth gut geht, wenn sie selbst hier im Gefängnis sitzen?«

»Ja, das ist beschissen. Können sie mich rauslassen?«

»Ich fürchte, das liegt nicht in meiner Macht.«

Byrne murmelte leise etwas wie einen Fluch, dann richtete sie sich wieder an Arthur. »Schon gut, einen Versuch war es wert. Hören Sie zu. Für Marybeth wird gesorgt. Ich habe Freunde und sie sind über Ihre Cousine im Bilde. Sie werden ihr helfen, solange ich hier bin. Mehr kann ich Ihnen wirklich nicht sagen.«

Arthur stand auf, kehrte der Gefangenen den Rücken zu und blickte aus dem Fenster. Er brauchte einen Moment. Er war so nahe dran gewesen …

Arthur schluckte. Es brachte nichts, daran festzuhalten. Er würde keine weiteren Informationen erhalten. Diese Miss Byrne erweckte nicht den Eindruck, als würde sie bluffen.

Als er sich ausreichend gefasst hatte, drehte sich Arthur wieder in Richtung des Schreibtischs, an dessen anderer Seite die junge Frau saß. »Ich danke Ihnen für ihre Informationen, Miss Byrne. Darf ich Sie um etwas bitten?«

»Sie dürfen es versuchen.«

Hinter seinem Rücken ballte Arthur die Hände zu Fäusten. Sie spielte wirklich mit seinen Nerven.

Er zwang sich, die Verärgerung loszulassen. »Ich werde tun, was ich kann, damit Sie freigelassen werden. Ich schenke Ihnen einen Vertrauensvorschuss. Wenn sich herausstellt, dass Sie mich hinters Licht geführt oder – der Eine bewahre – Marybeth wehgetan haben, werde ich Sie zur Rechenschaft ziehen, darauf gebe ich Ihnen mein Wort.« Arthur rieb seine Schläfen und atmete tief durch. »Sobald Sie auf freiem Fuß sind, möchte ich, dass sie sich um Marybeth kümmern. Sie vertraut Ihnen offenbar und jeder, der Marybeth kennt, weiß, dass sie das niemals leichtfertig tut. Seien Sie ihr eine Freundin. Können Sie das für mich tun?«

Byrne überlegte einige Augenblicke, bevor sie antwortete. »Gut. Ich verspreche es. Für Vicky, nicht für Sie.«

Es klopfte an der Tür.

»Kann ich wieder reinkommen?«, fragte Fletcher von draußen.

Arthur ignorierte ihn und sah Feri tief in die Augen. »Danke.« Dann stand er auf, ging zur Tür und ließ den Detective wieder hinein.

»Seid ihr beide durch?«, fragte Fletcher und biss beherzt in ein Stück Gebäck, welches er sich offensichtlich in der Zwischenzeit geholt hatte.

»Ich denke schon«, antwortete Arthur mit einem Blick auf Feri.

»Gut«, erwiderte Fletcher mit vollem Mund, »ich habe nämlich auch noch Fragen an sie.« Er setzte sich ihr gegenüber an den Tisch, wo soeben noch Arthur gesessen hatte.

»Und zwar zu letzter Nacht. Ich hörte, Sie waren die einzige Gefangene, die gleichzeitig mit Zwiebeltracht einsaß, als dieser ermordet wurde. Bitte erzählen Sie mir, was sie gesehen haben.«

Die Gefangene stöhnte enerviert. »Das habe ich bereits die halbe Nacht getan. Warum lesen Sie nicht einfach die Berichte Ihrer Büttelkumpels?«

»Das habe ich. Ich möchte es von Ihnen selbst hören.«

Sie schnaubte. »Gut, dann die Kurzfassung: Ich sitze in der Zelle. Werde müde. Schlafe. Auf einmal viel Krach und plötzlich stehen überall Büttel um mich herum und sagen: ›Den Schulze hat's erwischt‹. Das war' s, ich habe nichts mitbekommen.«

»Sie klingen sehr gefasst und ruhig dafür, dass ein Mord direkt neben Ihnen geschehen ist.«

»Soll ich deshalb heulen?«

Der Detective blickte ihr unverwandt fast eine Minute lang in die Augen, ohne zu antworten. Dann sagte er betont langsam: »Keine weiteren Fragen.« Er hob seine Stimme. »Schließer, bringen Sie die Gefangene zurück in ihre Zelle.«

Nur wenige Atemzüge später betraten zwei Gefängnisaufseher den Raum, nahmen die Gefangene an je einem Arm und zogen sie mit sich.

Kurz bevor sie aus dem Raum gezogen wurde, wandte Feri ihren Kopf nochmal in Arthurs Richtung. »Ach ja. Einen Tipp noch: Holen Sie sich Ihr Geld zurück von der Pfandleiherin. Sie hat die Violine nicht rausgerückt. Wir mussten anderweitig darankommen, das ist einer der Gründe, weshalb—«

Ohne, dass Arthur sie bis zum Ende anhören konnte, verklangen Feris Worte im Gang der ehemaligen Mühle.

Fletcher beobachtete Arthur neugierig. »Und? Was denken Sie?«

»Mh«, brummte Arthur, »besonders viel hat sie mir nicht gesagt, aber Marybeth scheint ihr wichtig zu sein. Es wäre gut, wenn sie nicht allzu lange einsitzen müsste. Können wir da irgendetwas tun?«

Fletcher schüttelte den Kopf. »Wahrscheinlich nicht. Damit muss sich ein Haftrichter befassen und die hören nicht einmal auf unsereins. Zumindest nicht, solange Sie Ihre wahre Identität geheim halten und ihren Geldbeutel verschlossen lassen.«

»Wenn Sie mir einen Termin bei dem Richter beschaffen, sehe ich, was ich machen kann. Im größten Notfall würde ich mich ihm zu erkennen geben und auf seine Verschwiegenheit hoffen.«

Fletcher nickte. »Dafür kann ich sorgen, es wird aber etwas Zeit brauchen.«

☙ ☙ ☙

Es war nicht leicht, ruhig zu bleiben, wenn man nichts außer grauen Wänden und Gitterstäben zu sehen bekam. Das Gespräch mit diesem Arthur und seinem Ermittlerfreund war beinahe das Angenehmste an diesem Tag gewesen, würden sie nicht einen Haufen potenzieller, neuer Probleme mit sich bringen, über die sie weder Marybeth noch ihre Freunde in Kenntnis setzen konnte.

Ruhig, Ferelith, was du nicht verändern kannst, das solltest du auch nicht zu deiner Angelegenheit machen, ermahnte sie sich selbst. Der Erfolg davon war dürftig. Sie kam dennoch nicht zur Ruhe.

Frustriert ließ sich Feri auf ihr hartes Bett sinken. Warum hatten sie es nicht gleich in den Stein geschlagen? Vermutlich wäre das sogar bequemer gewesen.

Hoffentlich ging es Vicky gut. Sie vermisste sie. Allein der Gedanke an sie half ihr, in der Einsamkeit dieser Zelle nicht verrückt johlend im Kreis herumzurennen. Der Impuls dazu war da.

Wie oft hatte Feri in der Vergangenheit über die Regentschaft von Loras und dessen Krone geflucht. Tausend Male? Sicher mehr. Und doch hatte die junge Königin dieses verhassten Landes es geschafft, sie binnen kürzester Zeit an all diesen Dingen zweifeln zu lassen. Es war derart sonderbar, dass Feri nicht einmal sicher war, ob dies nicht ein ausgefuchster Streich war, den die anderen ihr spielten. Oder ihr Verstand, ihr vermaledeiter, geschundener Verstand. Bei allem, was sie bereits erlebt hatte, wäre auch dies kein Wunder.

Bis jetzt war sie allerdings immer zurechtgekommen. Oder?

Die Tür des Gefangenentrakts ächzte laut metallisch und jemand schritt laut hörbar die Stufen hinab. Es dauerte nur wenige Sekunden, als die vollschlanke Gestalt eines Halblingwächters vor der Gittertür ihres neuen Zwangszuhauses erschien.

»Na, Kohldampf?«, fragte der Büttel frotzelnd.

»Für 'ne halbe Portion wie dich reicht es«, gab Feri zurück und stand seufzend auf.

»Pass bloß auf, was du sagst, Gefangene. Du sitzt ohnehin schon ganz tief in der Scheiße, verdirb es dir besser nicht mit uns.«

»Klappe zu, Schließer«, knurrte Feri und nahm einen Krug Wasser, eine Schale mit wässriger graugrüner Suppe und einem Kanten Brot entgegen.

»Du bist ganz schön vorlaut, rote Hure«, ätzte der Halbling weiter. »Kannst froh sein, wenn ich dir morgen nicht in die Suppe pisse.«

»Würde bei dem Fraß hier auch keinen nennenswerten Unterschied machen«, erwiderte Feri und setzte sich im Schneidersitz auf den Boden. Als sie bemerkte, dass der Halbling immer noch dort stand, kniff sie argwöhnisch ihre Augen zusammen. »Ist noch was?«

»Ach nichts«, antwortete der Wächter in einem belustigten Ton. »Ich habe mich nur gerade gefragt, wie du es wohl gemacht hast.«

»Was gemacht?«

»Na, den Schulze um die Ecke gebracht, natürlich. Wie hast du es gemacht?« Der Halbling feixte und rieb sich den dicken Bauch.

»Bist du wirklich so blöd oder siehst du nur so aus?«, fragte Feri erzürnt und schleuderte dem Büttel den mit Suppe gefüllten Löffel entgegen. »Dir ist schon klar, dass ich hier festsitze, Schließerchen?«

»Ja, ja, schon klar. Aber Fakt ist, du warst die einzige Gefangene hier und Zwiebeltracht hat sich sicher nicht allein abgestochen.«

»Lies die Akten, Schwachkopf«, grummelte Feri und nahm einen großen Schluck Wasser. »Einer deiner Kollegen war die ganze Zeit hier und hatte mich im Blick. Ich hätte nichts Verbotenes anstellen können. Du musst dir einen anderen Sündenbock suchen.«

»Weißt du was?«, giftete der Halbling erneut zurück. »Ich glaube dir trotzdem nicht. Weder du noch mein ›Kollege‹ wollt irgendwas gesehen haben. Die ganze Sache stinkt zum Himmel, wenn du mich fragst. Du bist hier, weil man dich für eine Terroristin hält. Ich glaube nicht an Zufall. Du wirst schon einen Weg gefunden haben, den alten Schulze umzubringen. Ich behalte dich im Auge, Rotschopf. Vergiss das besser nicht. Und solange ich hier im Dienst bin, wird der Knast für dich kein Spaß, das verspreche ich.«

»Jap«, entgegnete Feri und seufzte. »Das glaube ich dir sofort. Du gehst mir nämlich jetzt schon auf die Nerven.«

»Das freut mich. Dann kann ich mich jetzt wieder wichtigeren Dingen widmen als dir. Ich wünsche dir einen guten Appetit bei deiner letzten Mahlzeit ohne Spucke oder Pisse.«

»Fick dich.«

Lachend trottete der Halbling zurück zum Ausgang und ließ Feri mutlos und genervt zurück.

Sie griff sich die Schüssel und schlürfte sie in wenigen Zügen leer. Es war eine verwässerte Lauchsuppe und besonders gut war sie nicht. Sie selbst hätte sie nicht einmal dem schlechtesten Arbeiter vorgesetzt. Zukünftigen Speisen konnte sie jedoch nur mit viel Misstrauen entgegensehen.

Nachdem sie das schmutzige Geschirr vor das Gitter ihrer Zelle geschoben hatte, ließ sich Feri wieder auf ihr ungemütliches Bett fallen und schloss die Augen. Wenn sie ihre Zeit schon hier verschwendete, dann wollte sie wenigstens an etwas Positives denken. Die Erinnerung an den Kuss mit Vicky unter der Laterne stahl sich in Feris Bewusstsein und sie lächelte. In der Tat, das war etwas Schönes. Zufrieden ließ sie ihre Gedanken kreisen, versuchte, die Situation und die damit verbundenen Gefühle erneut zu durchleben. Hoffentlich würde sie Vicky bald wiedersehen. Es gab so vieles, was sie ihr schon längst hätte sagen sollen und jeder weitere Tag würde es nur umso schwieriger und schmerzlicher machen.

Dass sie sich unwohl fühlte, wäre eine grobe Untertreibung gewesen. Marybeth fühlte sich grauenhaft: angeekelt, irritiert, von der Berührung der vielen glitschigen Leiber gänzlich überfordert. Bei jeder noch so kleinen Unebenheit der Straße klatschten sie abermals an ihre Haut.

»Alles gut dahinten?«, fragte Barro vom Kutschbock des Wagens.

»Ja«, antwortete Marybeth knapp und versuchte, sich auf die Umdrehungen der Räder zu konzentrieren. Eines davon hatte eine kleine Unebenheit, sodass sie mit ein bisschen Konzentration jede vollständige Rotation erspüren konnte. *Dreihundertachtunddreißig, dreihundertneununddreißig, dreihundertvierzig …*

»Vicky?«

»Wenn du ständig mit den Fischfässern sprichst, werden die Leute irgendwann Fragen stellen«, bemerkte Marybeth. »Ein solches Verhalten gilt als untypisch und somit sonderbar.«

»Keine Sorge. Das spielt jetzt keine Rolle mehr. Wir sind da. Du kannst rauskommen.«

Erleichtert richtete sich Marybeth in ihrem Fass auf, schob mit dem Kopf etliche Fische und den Deckel nach oben und atmete die frische Luft. Noch einige Minuten länger, und sie hätte sich inmitten der toten Meerestiere übergeben müssen. Barros Einfall, eine Lieferung der Fabrik zu übernehmen und sie darin zu verstecken, war brillant — aber warum mussten es ausgerechnet Fische sein?

Bedächtig stieg Marybeth aus dem Fass und blickte bedauernd an ihrer Kleidung hinab. Den Geruch würde sie Tage nicht loswerden.

Nachdem sie vom Wagen geklettert war, beäugte Marybeth misstrauisch ihre Umgebung. Sie befand sich in einem schönen, gepflegten Innenhof. Er war mit einer roten Mauer, an der Efeu sauber gestutzt emporwuchs, und einem soliden, grünen Tor von den Straßen Zartbitters abgegrenzt. Ein gepflasterter und von Blumen umsäumter Weg führte zu einem schmucken Platz in der Mitte. Ein Springbrunnen plätscherte fröhlich vor sich hin. Dahinter reckte sich ein großes und imposantes Herrenhaus in den leicht bewölkten Himmel.

»Wo sind wir?«

Barro, der seinerseits von der Kutsche gestiegen war, klopfte ihr ungeschickt, aber dennoch beruhigend auf die Schulter. »Das ist Haus Strohschleier. Wir sind in Flussseit. Das ist das Viertel der Betuchten und alten Damen.«

»Und wer lebt hier?«

»Ein Freund von Feri und mir und seine … Diener. Es ist aber noch jemand hier, ein weiterer Bekannter, jemand, den du bereits kennen dürftest.«

»Und wer?«

Sie hatten die Eingangstür mittlerweile erreicht.

»Das siehst du ja gleich«, brummte der Oger und schlug einen mächtigen, opulent verzierten Türklopfer in Form eines Eichenblatts.

Es dauerte nur einen Moment, da öffnete ein Mann die Tür. Er war ungefähr in seinen Dreißigern, hatte rabenschwarzes Haar, das bis zu den Ellbogen über seine Schultern fiel, stechende, waldgrüne Augen und einen kurzen, gepflegten Spitzbart. In einer betont eitlen Geste strich er seinen makellosen, weißen Frack glatt. »Barro, mein Herr hat bereits mit Ihnen und Ihrer Begleitung gerechnet. Treten Sie ein.«

Sie betraten das Haus und folgten dem Diener durch einen langen Flur, der mit edlen Wandleuchten und Gemälden behangen war, dann betraten sie einen Raum, der offenbar das Raucherzimmer war. Auf einem Sessel vor dem großen, mit in den Stein gearbeiteten Löwen verzierten Kamin saß ein alter Halbling in einem teuer anmutenden Morgenmantel. Sein Gesicht war eingefallen und faltig, seine Haare ein gepflegter, weißer Kranz und er rauchte eine aufwendig dekorierte Pfeife.

An seiner Seite stand eine Menschenfrau. Ihre dunkle Hautfarbe und den langen, krausen Haaren nach zu urteilen, stammte sie aus der Sa'Talbin-Wüste. Eine Kuriosität. Insbesondere hier in der Provinz hätte Marybeth nicht mit einer Sa'Talbinerin gerechnet. Selbst in Loras waren ihr durch die Spannungen mit dem Bündnis und der Stigmatisierung durch die Kirche des Einen nur selten welche über den Weg gelaufen.

Ihnen gegenüber saß ein Mann, den Marybeth, wie Barro es prophezeit hatte, bereits kannte. Es war kein anderer als Stadtbüttel Kenneth, der schelmisch grinsend salutierte.

Der Halbling betätigte einen Hebel an seinem Sessel, eine Art Mechanismus, und dann, langsam und mit quietschenden Mechaniken, drehte sich das Sitzmöbel langsam in Richtung Tür. Marybeth zuckte zusammen.

Als er ihnen gänzlich zugewandt war, faltete der Halbling seine Hände und blickte sie gönnerhaft an.

»Mein Name ist Bram Strohschleier der Dritte. Meine Familie gehört zu den ältesten und einflussreichsten von Zartbitter. Die Frau an meiner Seite ist Noura Al-Quamar, meine Mätresse. Der Mann, der Euch die Tür geöffnet hat, wird Aschepfeil genannt. Ich heiße Euch herzlich in meinem Heim willkommen, Königin Marybeth von Loras.«

Kapitel 8 – Neue Freunde und feline Jämmerlinge

))**W**oher wissen Sie, wer ich bin?«, hörte Marybeth sich selbst sagen, während sie sich, einem Fingerzeig des Dieners Aschepfeil folgend, in einen der großen Ohrensessel fallen ließ. Positiv überrascht sank sie ins weiche Polster. Es kam ihr vor wie Jahre, dass sie das letzte Mal derart bequem gesessen hatte.

Der alte Halbling mit dem edlen Anzug beobachtete sie geduldig, bis sie mit ihrer Sitzposition zufrieden war, dann antwortete er ihr: »Ich bin ein geschäftiger Mann, Eure Majestät, ich weiß viele Dinge.«

Barro ließ sich in einem weiteren Sessel direkt neben Marybeth nieder.

Sie starrte ihn an. »Das heißt, du wusstest auch …?«

Barro nickte entschuldigend. »Feri hat's mir ziemlich früh gesagt.«

Marybeth verengte ihre Augen zu Schlitzen. »Wozu dann das Versteckspiel?«

Bram Strohschleier nahm das Wort wieder an sich. »Weil Miss Byrne die Information einzig ihren wichtigsten Kontakten gegeben hat. Es wäre kontraproduktiv, hätten mehr Personen als nötig davon erfahren. Und aufgrund Eurer … anderen Art zu denken … war es sicherer, wenn Ihr überall einfach Vicky bliebt.«

Marybeth konnte die Enttäuschung nicht in Worte fassen, die sich wie ein schwerer Stein in ihrer Magengegend ablegte. »Es stand Feri nicht zu, diese Information weiterzugeben. Sie hätte mit mir sprechen müssen.« Sie kämpfte gegen den Impuls an, eine Haarsträhne auf ihren Finger zu wickeln.

»Miss Byrne hat getan, was sie für das Beste hielt. Und ich stimme ihr zu. Nur aufgrund dieser Entscheidung sind wir dazu imstande, Euch jetzt und hier zu helfen.«

Ein lautes Klopfen hallte durch den anliegenden Flur. Mit einer kurzen Verneigung signalisierte Aschepfeil, dass er sich des Besuchers annahm, und verschwand. Wenige Sekunden später kam er zurück, im Schlepptau ein weiteres bekanntes Gesicht.

»Miss McDougal, Herr.«

Barro nickte der gesprächigen Highlanderin leicht zu und wirkte wenig begeistert über ihre Anwesenheit. »N'Abend, Cat.«

»Gut so«, murmelte Strohschleier und nahm einen tiefen Zug aus seiner Pfeife. »Dann sind wir vollzählig, einmal abgesehen von Miss Byrne.«

»Herr?«, fragte Aschepfeil, »soll ich Getränke vorbereiten?«

»Sehr zuvorkommend, Aschepfeil. Erledigen Sie das.«

Der Diener verbeugte sich abermals und entschlüpfte durch die Tür.

»Liebe Freunde, unser heutiges Gespräch verläuft, wie unschwer zu sehen, etwas anders als geplant. Wir haben einen Gast, der uns voraussichtlich auch noch einige Zeit vor Ort erhalten bleibt. Königin Marybeth von Loras, die aufgrund von Miss Byrnes Verhaftung und einem Disput mit einigen fragwürdigen Individuen aus Bergseit zeitweilig in meinem Haus nächtigen wird.«

»Königin Marybeth von … Vicky! Beim prall gefüllten Euter der Highlandziege! Ich wusste es! Ich wusste, dass Feri mir nicht alles gesagt hat!« Noisy Cat wirkte ernsthaft verstört.

Marybeth seufzte innerlich. Offenbar hatte es doch eine Person gegeben, die Feri nahestand, die nicht über ihre Person informiert gewesen war – zumindest bis jetzt. *Feri* … Ein Teil von ihr wollte sich zu Wort melden, sich erneut beschweren, doch ihre Vernunft sagte, dass es besser war, zunächst stille Zuschauerin zu bleiben und ihre Lage zu evaluieren.

»Hat wohl geglaubt, du kannst die Klappe nicht halten, Cat«, grunzte Barro ihr zu und erntete einen vernichtenden Blick.

»Ich kann ein Geheimnis für mich behalten!«

»Klar. Darum dein Name«, erwiderte der Oger der erzürnten Highlanderin.

»Mr. Barro, Miss McDougal, hören Sie bitte auf zu streiten. Kommen wir zum eigentlichen Thema des Abends. Einige von Ihnen werden es sicher bereits in der Zeitung gelesen haben, dennoch möchte ich Stadtbüttel Jameson bitten, von den jüngsten Ereignissen zu berichten.«

»Sehr wohl, Herr.« Kenneth stand auf und nickte dem alten Halbling kurz zu. »In der vergangenen Nacht hat es einen —«, er überlegte kurz, »—aufsehenerregenden Mord gegeben. Edgar Zwiebeltracht wurde in seiner Untersuchungshaft getötet. Es wurde kein Täter gefasst. Die anwesenden Zeugen, unsere Feri und ich selbst, haben leider nichts beobachtet. Die Wachtmeisterei tappt im Dunkeln.«

Feri ... Der Gedanke an ihre Freundin schmerzte und verwirrte Marybeth. Sie konnte sich kaum auf das Geschehen konzentrieren.

Ein kurzes Raunen ging durch den Raum, während Kenneth wieder Platz nahm.

»Gute Arbeit, Mr. Jameson«, lobte Strohschleier und richtete sich wieder an den Rest der Versammelten. »Aufgrund des bedauerlichen Dahinscheidens des Schulzes liegt auf der Hand, dass Zartbitter einen neuen Anwärter auf dieses Amt benötigt. Ich freue mich, zu verkünden, dass ich ab dem heutigen Tage in den Wahlkampf gehe.«

Großartig, dachte Marybeth, *ich bin der Politik entflohen, um bei Politikern Unterschlupf zu finden. Was ist mit Feri? Warum tun sie ihre Verhaftung ab wie eine Lappalie? Warum interessiert sich keiner ihrer Freunde für sie?*

»Das sind großartige Neuigkeiten«, verkündete Noisy Cat nach einem Moment der Stille. »Also abgesehen vom Tod des armen Zwiebeltracht natürlich. Andererseits hätte er wohl noch ewig auf seinem Amtsstuhl gesessen. Was Zartbitter braucht, ist ein fundamentaler Wandel und der ist jetzt zum Greifen nah.«

»Vielen Dank, Miss McDougal. Ich sehe es wie Sie. Wir haben jetzt die Gelegenheit, etwas zu erreichen, also müssen wir alle kommenden Schritte sorgsam plan-«

Sie konnte nicht mehr. Marybeth stand auf. »Feri sitzt im Gefängnis.«

Strohschleier runzelte seine Stirn und blickte sie an. »Bitte was?«

»Feri sitzt im Gefängnis«, wiederholte Marybeth langsam und betont. »Und Sie sitzen hier und sprechen über Politik. Wir müssen Feri helfen.«

»Marybeth, mein liebes Kind«, antwortete der Halbling schmunzelnd in einem Ton, als spräche er mit einem kleinen Mädchen. »Wir können gerade nicht mehr für Eure Freundin Miss Byrne tun, als wir ohnehin schon getan haben. Vertrauen Sie mir und geben Sie der Sache etwas Zeit.«

Marybeth atmete schneller und erhob die Stimme, während sie hektisch an ihren Locken herumfingerte. »Ich habe keine Zeit. Feri sitzt im Gefängnis.«

Strohschleier, Kenneth und Noisy Cat blickten sich an, offenbar unsicher, wie sie auf den Ausbruch reagieren sollten.

Die Mätresse Strohschleiers, deren Name Noura war, stand auf und lief zu Marybeth hinüber. Sie nahm ihre Hand. Marybeth spürte, wie ihr Puls in die Höhe schoss. Sie starrte nach unten, führte sich zwanghaft vor Augen, dass die Berührung nichts Schlimmes war. Viele Leute hatten sie in letzter Zeit so beiläufig angefasst. Sie hatte keinen Erfolg. Ihr Frust, ihre Panik und ihre Überforderung kochten hoch wie das brodelnde Wasser eines Geysirs, und entluden sich in einem hellen Schrei. Alles um sie herum verschwamm.

Aus dem Augenwinkel nahm sie wahr, wie die große Silhouette eines Mannes in den Raum huschte. Dann spürte sie bereits Hände an ihren Schultern, die versuchten, sie zu stützen. *Fremd. Fremd, fremd, fremd und allein!* Ihr Kreischen wurde lauter und sie schlug heftig um sich.

»Vicky!« Das war die Stimme von Barro.

Feri …

»Ihr müsste Euch beruhigen, Eure Majestät«, versuchte Bram Strohschleier auf sie einzuwirken.

Feri …

Der riesenhafte Körper von Barro stellte sich zwischen Marybeth und die auf sie einredenden Personen, als versuchte er, sie abzuschirmen. »Ich bring' sie auf ihr Zimmer und setz mich 'ne Weile zu ihr. Is' besser so. Bringt mich nachher auf den neuesten Stand.«

»Gute Idee, Spatzenhirn. Vor allem, dass du mit ihr oben bleibst. Dann können wir wenigstens offen und störungsfrei reden.«, frotzelte Cat und erntete einen warnenden Blick von Strohschleier.

»Achten Sie nicht auf sie. Ich bin ihnen sehr verbunden, Herr Barro. Da ich Aschepfeil gerade hier benötige, wird Noura euch gleich einen Tee bringen.«

Dann spürte Marybeth, wie sie hochgehoben wurde. Sie war heiser, hatte keine Luft mehr zum Schreien, also ließ sie zu, dass ihr Geist entglitt. Eine Technik, die sie mühsam erlernt hatte.

Sie hörte das sich von ihr entfernende Gerede ihrer Gastgeber, Barros schwere Stiefel, zuerst auf dem Parkett, dann auf den Treppenstufen. Tränen tropften von ihren Wangen auf den Boden. Hatte sie jemals zuvor so sehr geweint? Sie wusste es nicht. Gegen die Pein ankämpfend, zählte sie die Schritte des Ogers, jeden von ihnen, bis sie beim zweiundvierzigsten den Faden verlor und von vorn beginnen musste. Erst als Barro sie auf einem weichen Bett ablegte und das Gefühl von Berührungen auf ihrer Haut endlich abklang, versiegten ihre Tränen und ihr Herzschlag beruhigte sich wieder. Doch tief in Marybeths Kopf ratterten die Uhrwerke ihres Verstandes im unaufhörlichen Rhythmus des Lebens.

Die Situation war speziell und nur schwer greifbar. Sie war an einem fremden Ort, in einem fremden Haus, umgeben von mehr oder weniger fremden Personen. Sie alle kannten ihr Geheimnis, und sie war ihnen auf Gedeih und Verderb ausgeliefert. Warum hatte ihre Freundin es ihnen gesagt? Ihre Freundin, die nun in einer Zelle saß und sie nicht beschützen konnte. Ihre Freundin, die sie geküsst hatte. Ihre Freundin, der sie vertraute. Wo war ihre Freundin und wo war Arthur? Warum war sie hier? Warum war sie hier? Warum war sie hier?

Marybeths Kopf war tief in ihr Kissen vergraben. Sie wusste nicht, wie spät es war. Eigentlich kümmerte es sie auch nicht. Barro hatte längst das Handtuch geworfen und war zurück zu seinen Kameraden gegangen. Hingegen hatte Marybeth die letzten Stunden in einem wechselhaften Zustand verbracht. Nachdem sie den Fischgeruch abgewaschen hatte und in ein bereitgelegtes Nachthemd geschlüpft war, hatte sie geschlafen, hatte gewacht, hatte geweint und hatte gegrübelt. Doch nun verlangte ihr Körper eine allzu menschliche Pause vom Grübeln und Leiden. Sie musste dringend die sanitären Anlagen des Hauses benutzen. Bedachtsam stand sie auf und drehte prüfend am Knauf ihrer Zimmertür. Nicht abgeschlossen. Gut. Sie war keine Gefangene.

Auf leisen Sohlen schlich sie auf den Flur. Es war bereits alles dunkel. Die Lampen waren erloschen, die Türen allesamt verschlossen. Offenbar hatte sich der Hausbesitzer zur Ruhe gebettet.

Fast lautlos huschte Marybeth zur Treppe und bemühte sich, die Stufen so wenig knarzen zu lassen, wie es angesichts der alten Bauweise möglich war; dann stand sie auch schon im Erdgeschoss. Suchend lief sie den Gang entlang. Plötzlich knackte es laut und Marybeth zuckte zusammen. Neben ihr öffnete sich einen Spaltbreit eine Tür und offenbarte das angespannte Gesicht von Aschepfeil.

»Eure Majestät, Königin Marybeth. Warum seid ihr zu solch später Stunde auf den Beinen?«

»Ich habe ein Bedürfnis und suche einen Ort, mich diesem zu entledigen.«

»Das Abort befindet sich hinter dir dritten Tür auf der linken Seite, wenn Ihr hier weitergeht.«

»Danke. Finde ich auch irgendwo etwas zu trinken?«

Aschepfeil trat dienstbeflissen nach draußen. »Ich werde Euch selbstverständlich etwas zurechtmachen. Wünscht die Dame eine Tasse Tee?«

Marybeth nickte, fühlte sich aber zugleich unschicklich, angesichts des förmlichen Verhaltens des Dienstboten. Die Jahre im Sanatorium und die kurze Zeit bei Feri hatten sie beinahe vergessen lassen, wie sich das Leben als Angehörige eines privilegierten Standes anfühlte.

»Schwarzer Tee, grüner Tee, Tee aus Früchten und Beeren …«

Marybeth winkte ab. »Einfach schwarzer Tee, bitte.«

»Sehr wohl.«

Marybeth folgte der Anweisung des Dieners und erfüllte die Pflicht ihrem Körper gegenüber. Sie war überrascht, ausgerechnet hier in Zartbitter eine Wasserspülung vorzufinden, doch lange hielt sie sich mit dem Gedanken nicht auf. Als sie in den Flur zurückkehrte, wartete Aschepfeil bereits mit einer dampfenden Tasse Tee auf sie. »Wünscht Ihr etwas Gesellschaft, Eure Majestät?«

»Ich habe mich daran gewöhnt, dass Leute mich Vicky nennen.«

»Wünscht Ihr, dass ich Euch Vicky nenne?«

Marybeth nickte.

»Dann werde ich Eurem Wunsch entsprechen. Setzen wir uns doch etwas vor den Kamin, während Ihr Euren Tee trinkt.«

Dagegen hatte Marybeth nichts einzuwenden, also ließen Sie sich gemeinsam auf den bequemen Polstermöbeln nieder, auf denen zuvor Strohschleier und seine Versammlung gesessen hatten, und starrten ins Feuer.

»Bin ich hier sicher?«, fragte Marybeth nach einer Weile und schaute den Diener unverwandt an.

»So sicher, wie Ihr es nur sein könnt. Und umgeben von Freunden.«

»Ich weiß nicht«, gab Marybeth zu, »es ist sonderbar, dass alle hier über mich informiert sind. Und ich habe gelernt, dass Politiker stets zu ihrem eigenen Vorteil handeln.«

»Muss der eigene Vorteil denn immer schlecht für andere sein?«, entgegnete Aschepfeil ruhig. Dann stand er auf, ging zum Feuer und beugte sich nach dem Schürhaken. Seine langen, schwarzen Haare glitten zur Seite und legten für einige Sekunden sein Ohr frei, oder die Stelle, an dem sich das Ohr hätte befinden sollen. An seiner Stelle klaffte jedoch nur ein unansehnlicher, vernarbter Krater an der Seite seines Kopfes.

»Was ist mit Ihrem Ohr passiert?«, fragte Marybeth und dachte nicht einmal darüber nach, dass die Frage möglicherweise unangemessen sein könnte.

»Ohren«, korrigierte Aschepfeil sie. »Sie fehlen beide seit meiner Kindheit. Aber das ist keine Geschichte für diesen Abend. Ich kann Euch versichern, dass ich dennoch ausreichend gut hören kann.«

Er wollte nicht darüber reden. Das war sein gutes Recht. Marybeth wusste das, und hakte nicht weiter nach.

Als Aschepfeil fertig mit dem Kamin war, setzte er sich gegenüber von Marybeth wieder an den Tisch. »Um zum anfänglichen Thema zurückzukehren …«, begann er. »Es stimmt. Mein Herr, Bram Strohschleier, ist durch und durch Politiker und aller Wahrscheinlichkeit nach ist er der nächste Schulze von Zartbitter. Ist das für Euch als Königin, die um ihre Macht beraubt wurde, ein Problem? Ich wage zu sagen, ›Nein!‹«

»Woher wissen Sie, dass ich um meine Macht betrogen wurde?«

»Feri hat viel über Euch erzählt. Ihr mögt etwas exzentrisch sein, jedoch seid Ihr offensichtlich nicht die Verrückte, für die Regent George Euch ausgibt. Ohnehin hat keiner, der dieses Haus betreten darf, je viel von George gehalten. Das hier jedoch komplettiert das Bild über ihn. Um also zu meinem Herren zurückzukehren: Solltet Ihr je planen, Eure Macht zurückzuerlangen, werden Kontakte wie dieser Euch überaus nützlich sein.«

Marybeth nickte. »Sie haben gut gesprochen, Aschepfeil. Ich würde Sie gern anders nennen, aber leider hat man mir Ihren richtigen Namen nicht genannt.«

Der Diener lächelte grimmig. »Aschepfeil genügt. Niemand kennt meinen wahren Namen, nicht einmal mein Arbeitgeber.«

»Sie sind ein vorsichtiger und kluger Mann, Aschepfeil. Was raten Sie mir?«

»Haltet Eure Füße still. Lasst Gras über die Angelegenheit wachsen, und über die Aufmerksamkeit, die Ihr jüngst auf Euch gezogen hat. Die Gehirne der Menschen vergessen schneller, als ein Marellide ein Boot versenkt.«

»Und wie schnell ist das?«, fragte Marybeth neugierig.

»Ich habe keinen blassen Schimmer.«

»Wieso sagen Sie es dann?«

Aschepfeil schmunzelte. »Ihr wisst doch sicher, was eine Redewendung ist. Der wörtliche Sinn des Satzes schwindet zugunsten einer metaphorischen Bedeutung.«

»Und wie erkenne ich, was nun wörtlich gemeint ist und was metaphorisch?«

»Tja«, seufzte der Diener theatralisch, »da bin ich allerdings auch überfragt. Ich schätze, man lernt es einfach irgendwann aus der Körpersprache der Leute.«

Marybeth nickte nachdenklich. Das war ein guter Hinweis. Es konnte nicht schaden, etwas mehr darauf zu achten und gegebenenfalls ein paar Notizen zu machen. Eine wunderbare Aufgabe.

Sie unterhielten sich noch eine ganze Weile. Aschepfeil erwies sich als ein überraschend angenehmer und unaufdringlicher Gesprächspartner, der gut mit Marybeths Art zurechtkam. Als ihr jedoch allmählich die Augen zufielen, tat sie kund, ins Bett gehen zu wollen.

Aschepfeil begleitete sie auf den Flur und wünschte Marybeth eine angenehme Nachtruhe. Als er die Tür zu seinen Räumlichkeiten öffnete, erhaschte Marybeth einen kurzen Blick auf ihr Inneres. Der Raum war kärglich eingerichtet — nicht unerwartet für die Kammer eines Dieners. Womit sie aber nicht gerechnet hatte, war die Anzahl von Waffen, die an seiner Wand hingen. Die Sekunde, in der die Tür geöffnet blieb, war nicht lang genug, um sich ein genaues Bild verschaffen zu können. Was Marybeth jedoch unzweifelhaft hatte erkennen können, war ein Bogen mit einem Köcher, eine Sammlung von mindestens zehn Messern und ein schlankes, elegantes Schwert.

Eigenartig, grübelte Marybeth matt, bevor sie ihren eigenen Weg fortsetzte. *Was will ein Diener denn mit so vielen Waffen? Ist er zudem noch Strohschleiers Leibwächter?* Sie dachte einen Moment lang darüber nach. Ja, das klang eigentlich ganz sinnvoll. *So muss es sein.*

ᛋ ᛋ ᛋ

Das hier ist deutlich besser, als in meinem Schlupfloch zu sitzen und mir Sorgen zu machen, musste Arthur sich selbst eingestehen. Am Morgen hatte er Feri Byrne einen erneuten Besuch abgestattet — bereits zum dritten Mal, diesmal sogar mit Gebäck und Limonade. Ihre Meinung hatte es allerdings nicht geändert, wenngleich sie eine recht kurzweilige Unterhaltung geführt hatten.

Arthur verdrängte die Gedanken an Marybeth und Byrne aus seinem Kopf und beobachtete Fletcher dabei, wie er mehrere Schlüssel eines großen Bundes durchging, um die Tür zu der kleinen Halblingshütte zu entriegeln, vor der sie standen.

157

Es war spannend einem Ermittler des Vigilance Bureaus bei seiner Arbeit zuzusehen, insbesondere, wenn es um die Zuflucht eines so bekannten Verbrechers ging. Natürlich war das Gebäude bereits dutzende Male penibel durchsucht worden und Fletcher hatte ihm deutlich zu verstehen gegeben, dass er nicht erwartete, etwas Neues zu entdecken. Er hoffte lediglich auf eine weitere Perspektive.

»Ah, da ist er ja«, jubelte er endlich und mit einem befriedigenden Klicken sprang das Schloss auf. Das Haus des Hochverräters Jim Ernteflut stand ihnen offen.

Sie betraten das Gebäude. Die Luft war drückend und sauerstoffarm. Eine dicke Schicht Staub hatte sich auf sämtlichen Oberflächen gesammelt. Spinnweben hingen von Decke und Wänden.

»Hier ist aber schon lange keiner mehr gewesen«, bemerkte Arthur und hustete, als er etwas Staub in seine Lunge bekam.

»Ernteflut ist ja auch schon eine Weile tot. Die Wachtmeisterei hat das Gebäude hier damals zwei- oder dreimal auf Links gedreht und es dann zum Verkauf freigegeben. Aber natürlich möchte niemand etwas mit dem Wohnsitz eines Hochverräters zu tun haben.«

»Bei den Durchsuchungen wurde nie etwas gefunden?«

»Zumindest nichts, das uns bislang signifikant weitergebracht hätte. Damals hat das Bureau aber auch nicht ermittelt. Prinzregent George ist in diesen Hinsichten mehr als fahrlässig, hätte Lord Admiral Kensington sich nicht dafür eingesetzt …« Der Detective schaute Arthur erschrocken an. »Oh, verzeiht. Ich vergaß, mit wem ich spreche. Ich wollte nicht-«

»Schon gut«, unterbrach Arthur ihn gelassen. »Ich habe keine besonders hohe Meinung von meinem Vater oder seinen Entscheidungen als Regent.«

Fletcher überlegte kurz. Dann sagte er: »Wenn Sie mir die Bemerkung erlauben, Arthur, Sie scheinen nicht viel mit Ihrem Vater gemein zu haben.«

»Habe ich auch nicht.«

»Dann bleibt nur zu hoffen, dass Sie irgendwann an seiner statt das Sagen haben.«

»Bestenfalls als Berater meiner Cousine«, erwiderte Arthur, aber er lächelte.

Fletcher trat ungemütlich von einem Bein aufs andere. »Wäre das denn eine gute Idee?« Das Thema schien ihm unangenehm zu sein. »Ich weiß, Sie schätzen Ihre Cousine. Aber man hört viele Dinge. Es wird gesagt, sie wäre geistig nicht ganz auf der Höhe. Neige zu Ausrastern-«

Arthur hakte ein. »Man hört viele Dinge, die falsch sind. Viele der Informationen hat mein Vater in die Welt gesetzt und er verdreht die Tatsachen gern zu seinen Gunsten. Marybeth ist … anders. Das stimmt. Manchmal ist sie exzentrisch. Sie ist aber auch das klügste und verantwortungsbewussteste Mädchen, das ich je kennengelernt habe. Das war sie schon als Kind und nachdem ich sie jetzt zu den Feierlichkeiten wiedergetroffen habe, muss ich sagen, sie hat sich weiterentwickelt. Sie würde in ihre Aufgabe hineinwachsen und das Land mit Intelligenz und Würde regieren.«

Fletcher, der unterdessen angefangen hatte, staubige alte Bücher aus einem Wandregal zu ziehen, wandte sich kurz zu Arthur um. »Sie haben gut für sie gesprochen. Königin Marybeth kann froh sein, Sie an ihrer Seite zu haben.«

»Ich wünschte, ich hätte mehr für sie tun können.«

»Mein alter Herr hat immer gesagt, es bringt nichts, in den schlimmen Zeiten seines Lebens zu verharren, man sollte den Blick auf die Dinge richten, die einem wichtig sind.«

»Ihr alter Herr war offensichtlich ein weiser Mann, Ian.«

Er schmunzelte. »Würde ich nicht sagen. Er hat von morgens bis abends gesoffen und meine Schwester und mich regelmäßig verdroschen.«

»Oh«, machte Arthur peinlich berührt und ließ seinen Blick in die entgegengesetzte Richtung schweifen. Ein Klavier, das an der Außenwand des großen Wohnraums stand, fiel ihm sofort ins Auge. Er näherte sich dem Instrument und warf einen Blick auf das vergilbte Notenblatt, das noch immer auf der dafür vorgesehenen Halterung lag, ›Die stummen Kinder von Highoak‹. Arthur kannte das Stück. Es war eine klassische Ballade, die von der Vertreibung der Oakenhearts und dem Völkermord an ihrem Stamm handelte.

Arthur öffnete den Klaviaturdeckel und drückte leicht auf eine C-Taste in der mittleren Oktave. Der Ton erklang, war aber unangenehm verstimmt. Zeit und Verwahrlosung hatten wohl ihre Spuren hinterlassen. Er spielte ein D, dann ein E. Sie hörten sich etwas besser an, jedoch immer noch nicht gut.

Als er am tiefen H auf der rechten Seite des Klaviers angekommen war, spürte er einen Widerstand und kein Laut ertönte. Er versuchte es erneut, doch keine Chance. Etwas verhinderte, dass er die Taste hinabdrückte. Zufall? Wahrscheinlich nicht.

»Ian, ich glaube, ich habe hier etwas.«

Fletcher lief sofort zu ihm hinüber. »Was ist? Was haben Sie gefunden?«

»Schauen Sie sich das Klavier an. Das tiefe H klemmt.«

Der Detective starrte ihn irritiert an. »Ja, na und?«

»So ein Tasteninstrument kann sich über die Monate verstimmen, es bildet aber für gewöhnlich keine Blockaden unter seinen Tasten.«

»Vielleicht war es schon vorher kaputt?«, erwiderte der Ermittler unbeeindruckt.

»Das bezweifle ich. Dieses Notenblatt lag noch auf dem Ständer. Das Stück darauf ist recht komplex. Dieser Ernteflut muss ein begeisterter Pianist gewesen sein.«

»Mh«, stieß Fletcher aus und drängte Arthur beiseite. »Das sind gute Punkte. Sehen wir mal, ob an Ihrer Theorie etwas dran ist.« Er zog ein kleines Messer aus seiner Uniformjacke, schob es unter die Taste und hebelte sie mit Gewalt aus der Klaviatur.

Arthur wandte den Blick ab. Es tat ihm in der Seele weh, mitanzusehen, wie ein Musikinstrument beschädigt wurde.

»Ha, Sie hatten recht, Arthur. Sehen Sie nur!«

Arthur drehte sich zu dem Vigilance Officer herum. Dieser hielt grinsend einen kleinen Schlüssel in den Händen. »Jetzt müssen wir nur noch herausfinden, wozu der gehört.«

»Vielleicht zu der Falltür oberhalb der Gedenkstätte?«

Fletcher schüttelte den Kopf. »Nein, das würde nicht passen. Das Schloss war größer und sehr altbacken. Und trotz seiner einfachen Konstruktionsweise habe ich es mit meinen Dietrichen nicht aufbekommen. Da steckt mehr hinter. Dieser Schlüssel gehört wahrscheinlich zu einem kleineren Schloss.«

»Wieso benötigen wir für das Schloss überhaupt einen Schlüssel? Könnte man den Zugang nicht aufbrechen, sprengen oder dergleichen?«

Fletcher schüttelte den Kopf. »Meine Anweisungen sind klar. Nach dem Attentat auf unsere Truppen durch Ernteflut müssen wir mehr über den Untergrund erfahren. Das bedeutet, wir dürfen bei den Ermittlungen nicht zu viel Aufsehen erregen. Sicher könnte ich die Wachtmeisterei mit einbeziehen und sie die Falltür sprengen lassen. Es weiß aber keiner, was da unten ist. Dort könnte ein Stollen voller Fallen sein, eine geheime Basis, weiß der Teufel was. Wenn der Untergrund durch unbedachtes Handeln unsererseits alarmiert wird und seine

Mitglieder untertauchen, wird es umso schwieriger überhaupt etwas herauszufinden. Konzentrieren wr uns also erstmal auf unseren neuen, kleinen Schatz hier.« Er deutete auf den Schlüssel. »Wenn wir Glück haben, gehört er zu einer neuen Quelle für Informationen. Die Größe könnte passen. Möglicherweise ist es ein Briefkasten oder Tagebuch.«

Arthur seufzte. »Na, dann sehen wir wohl mal nach, ob wir hier dergleichen finden können.«

Marybeth saß an dem ausladenden Esstisch ihres Gastgebers und fühlte sich unwohl. Dabei hatte er weder Kosten noch Mühen gespart, alles zu ihrer Zufriedenheit anzurichten. Schon am Vormittag hatte Noura sie in ihrem Zimmer besucht und gefragt, welche Speisen sie gerne mochte.

Es war reichlich nach ihrem Geschmack gedeckt worden – Kleine Gurken-Sandwiches mit Butter und Salz, eine klare Geflügelsuppe mit feinen Gemüsestreifen und ein erfrischendes Limettensorbet warteten nur darauf, ihren Gaumen zu erfreuen. Den Hauptgang bildeten kandiertes Hühnerbrustfilet mit Estragon-Soße und muskatgewürztes Kartoffelpüree mit Mandeln. Auf einer Erhöhung in der Mitte thronte sogar ein kleiner Süßkuchen mit Clotted Cream und frischen Himbeeren, wie Marybeth ihn als Kind geliebt hatte. Der Hausherr hatte jeden einzelnen ihrer Vorschläge übernommen. Das beinahe perfekte Abendessen.

Beinahe, denn ein Umstand legte sich schwer auf Marybeths Gemüt: Sie alle waren da, alle, die ihren Ausbruch vom Vortag miterlebt hatten. Was dachten sie jetzt von ihr? Würde sie wieder einmal die Exzentrikerin der Runde sein? *Warum kann Feri nicht bei mir sein …?*

»Eure Majestät, wie Ihr Euch sicher gedacht habt, habe ich nicht nur aus reiner Nächstenliebe den großen Tisch decken lassen«, begann Strohschleier mit einem gönnerhaften Ausdruck auf seinem Gesicht. »Da Ihr als mein Hausgast und enge Freundin von Miss Byrne ein wichtiger Faktor in unseren zukünftigen Unternehmungen sein werdet, halte ich es für ungemein wichtig, dass wir einander besser kennenlernen. Möchtet Ihr beginnen, etwas von Euch zu erzählen?«

Ungern, dachte Marybeth, doch sie wusste, dass die Regeln der Höflichkeit geboten, auf den Wunsch ihres Gastgebers einzugehen. Es gab aber noch etwas, was sie vorher ansprechen musste. »Können wir zuerst über Feri reden?«

Der Halbling verzog kaum merklich den Mund. »Eure Majestät, ich kann Eure Aufregung diesbezüglich gut verstehen. Es ehrt Euch, dass Ihr Euch um Eure Freundin sorgt. Im Augenblick können wir aber leider nichts für sie tun. Ich verspreche Euch, dass ich sämtliche mir zur Verfügung stehende Hebel in Bewegung gesetzt habe und weiter setzen werde, um Miss Byrne auf legalem Wege aus dem Gefängnis zu holen. Für den Augenblick halte ich es aber für wichtig, dass wir uns alle etwas besser kennenlernen. Wenn Ihr also dazu bereit wärt …?«

»Was möchtet Ihr wissen?«

Stadtbüttel Kenneth hob seine Hand. »Man erzählt sich, Ihr habt vor einigen Jahren in einer Fabrik geschuftet, um mehr über das Leben der Arbeiter zu erfahren. Ist das wahr?«, fragte er mit vollem Mund.

Marybeth nickte. »Ja, das ist wahr. Mein Cousin Arthur war allerdings auch daran beteiligt.«

»Arthur. Das ist der junge Viscount, da unten bei den Stöckchensammlern, oder?«, wollte Noisy Cat wissen.

»Also hör mal. Is' ziemlich unhöflich, wie du die Frage gestellt hast, Cat«, bemerkte Barro, doch sie wischte den Vorwurf mit einer unflätigen Geste in seine Richtung beiseite.

»Kümmer dich um deinen Ogerkram, Barro.«

Marybeth hatte das Gefühl, etwas antworten zu müssen, ehe sich die beiden weiter in ihren Streit hineinsteigerten. Mehr als ein Redner zur selben Zeit war nahezu unerträglich. »Mein Cousin Arthur ist in der Tat Viscount. Allerdings sammelt er meines Wissens keine Holzreste. Er muss sich um politische Angelegenheiten der Copperblood Barony kümmern.«

Barro klopfte zufrieden auf den Tisch. »Siehste, da haste deine Antwort, Cat. Keine Holzreste. Zufrieden?«

»Ach, halt's Maul«, stöhnte die junge Frau genervt und widmete sich demonstrativ dem Wein, den Aschepfeil ihr einen Augenblick zuvor eingeschenkt hatte.

»Solltest du vielleicht selbst auch mal beherzigen, *Noisy Cat*.«

Strohschleier schlug seinen Löffel gegen sein Glas, sodass es klirrte und die Aufmerksamkeit sich auf ihn richtete. »Ruhe bitte, meine Damen und Herren. Barro, Miss McDougal, wieso müssen Sie beide bloß immerzu aneinandergeraten? Wir sind doch alle vernünftige Erwachsene. Außerdem waren wir gerade im Gespräch mit unserem Gast. Miss McDougal, wieso erzählen Sie uns nicht ein wenig über sich?«

Cat rümpfte die Nase. »Was gibt's da schon groß zu erzählen? Bin zwar in Zartbitter geboren, aber ein echtes Highland Mädchen.« Sie verschränkte die Arme, fügte dann aber hinzu: »Natürlich liebe ich unsere Stadt trotzdem über alles.«

»Sie könnten uns erzählen, was Sie so machen und über welche faszinierenden Fähigkeiten Sie verfügen«, moderierte Strohschleier das Gespräch weiter.

Noisy Cat dachte einen Augenblick nach und rieb sich dabei über eine Schläfe. »Also, was ich mache, weiß Vicky ja bereits. Ich arbeite in der Fischfabrik. Allerdings nicht an den Fischen selbst. Ich vertrete unsere Produkte bei wichtigen Geschäftspartnern. Das ist es eigentlich auch, was ich gut kann. Ich kann reden.«

»Offensichtlich«, stichelte Barro von der Seite.

»Fängst du schon wieder an ...«, begann Cat, aber Strohschleier unterbrach sie.

»Und, Miss McDougal, wie stehen Sie zur derzeitigen politischen Situation des Landes?«

»Also langsam reicht's mir mit der Fragerei«, nörgelte sie und strich ihr langes, aschblondes Haar zurück. »Wieso erzählen Sie nicht selbst ein bisschen über sich, alter Mann?«

Strohschleier kniff seine Augen zusammen. »Den letzten Teil habe ich überhört. Aber ja, warum nicht. Wie Ihr wisst, Königin Marybeth, ist mein Name Bram Strohschleier. Ich entstamme einer alteingesessenen Familie aus Zartbitter – oder Highoak, wie es früher einmal hieß. Wir waren bereits hier, bevor die Stadt meinem Volk zugesprochen wurde. Ihr würdet mich wohl einen Industriellen nennen. Einige der hiesigen Fabriken gehören meiner Familie, unter anderem auch die Fischfabrik, in der Ihr selbst Euch betätigt habt. Wie Ihr aber sicher festgestellt habt, ist es mir wichtig, meine Angestellten stets gerecht zu behandeln, ihnen gute Löhne zu bezahlen und sie nicht über Gebühr zu beanspruchen. All mein Bestreben gilt Highoak und seinen Bürgern. Das war immer so und das wird immer so bleiben.«

Barro klatschte, hielt aber nach einem kurzen Augenblick inne, als er bemerkte, dass er der Einzige war. »Das hat er gut gesagt, find' ich«, murmelte er.

»Danke, Barro. Ich weiß das zu schätzen.«

»Was ist mit Noura?«, fragte Marybeth, der aufgefallen war, dass sich die dunkelhäutige Geliebte Strohschleiers an diesem Abend noch überhaupt nicht zu Wort gemeldet hatte.

Alle Blicke richteten sich auf Noura.

»Ich weiß nicht, was ich erzählen soll«, flüsterte Noura mit einem starken, fremdländischen Akzent. »Ich stamme aus der Oasenstadt Bish'Tal in der Sa'Talbin-Wüste. Ich bin die siebte Tochter einer reinen Magierfamilie, wurde aber selbst von der blauen Sonne Manae nicht berührt.«

Barro raunte Noisy Cat etwas zu, aber Marybeth konnte keines seiner Worte verstehen.

»Das heißt, dass sie nicht zaubern kann, Spatzenhirn«, stöhnte Cat, als könnte sie nicht verstehen, wie Barro etwas derart Grundlegendes nicht begreifen konnte.

Nouras Mundwinkel zuckten leicht. »Das heißt es wohl.«

»Wie ist das Leben unter Magiern so?«, erkundigte sich Marybeth, die schon viel über Magie gelesen, jedoch nie die Gelegenheit gehabt hatte, mit jemandem darüber zu sprechen, dessen Informationen über die Lehren der Kirche des Einen hinausgingen.

»Als Mensch ohne magische Fähigkeiten führt man im Bündnis ein Leben zweiter Klasse. Man hat keine Möglichkeit, sich in der magiozentrischen Gesellschaft jemals hochzuarbeiten. Das war der Grund, warum ich meine Heimat verlassen habe.«

»Wie sind Sie auf die Outer Realms gekommen?«, fragte Marybeth interessiert.

»Das bin ich nicht. Ich bin nach Loras geflohen. Ich dachte, ich könnte mir dort schnell ein neues Leben aufbauen, da Magie dort doch ohnehin verpönt ist. Der Plan ist leider nicht aufgegangen. Allein wegen meiner Haut und meinen Haaren wurde ich dort nicht geduldet. Man hat mich beschimpft und beleidigt. Niemand wollte mir eine Arbeit geben, außer zuletzt in den Hurenhäusern im Hafenviertel. Aber dieses Leben hätte ich nicht ewig leben können. Eine andere Hure, sie war ein Halbling, hat mir von Zartbitter erzählt. Ein Ort, an dem alle möglichen Völker frei zusammenleben können. Es war zu schön, um wahr zu sein. Allerdings habe ich hier Bram gefunden. Er nahm mich trotz aller Anfeindungen unter seine Fittiche. Erst als Dienstmädchen, dann als Mätresse und schließlich wurde auch daraus mehr.« Sie zwinkerte dem Halbling zu und er lächelte mild.

»Sie haben ein aufregendes Leben geführt, Noura«, stellte Marybeth nüchtern fest. »Ich wünsche Ihnen, dass es sich zum Besseren wendet.«

Sie strahlte. »Das hoffe ich auch. Danke, Marybeth.«

Sie waren unterdessen beim Dessert angelangt. Der Kuchen war vorzüglich, wie Marybeth feststellte.

»Ein Talent unter vielen des besten Dieners, den je ein Mann beschäftigen durfte«, erklärte Strohschleier, nachdem Marybeth ihr Lob ausgesprochen hatte.

Aschepfeil verbeugte sich tief. »Es war mir wie immer eine Freude.«

Nach dem Essen hatte Marybeth sich von der Abendgesellschaft verabschiedet und war zurück in ihre Räumlichkeiten gegangen. Nach allem, was sie auf sich genommen hatte, um ihre Violine wiederzuerlangen, störte es sie zutiefst, dass sie noch immer nicht die Zeit gefunden hatte, ein wenig mit ihr zu üben.

Sie befreite das Instrument aus seinem hölzernen Gefängnis und legte es so an, wie Arthur es ihr gezeigt hatte. Mit einer sachten Bewegung spannte sie den Bogen und zog ihn über die Saiten. Es klang grauenhaft.

Ob Arthurs Cellospiel wohl zu Anfang auch so geklungen hat?

Sie versuchte es ein weiteres Mal. Schrecklich.

Sie ließ sich auf dem Bett nieder und dachte nach, die Geige noch in ihrer Hand. Eine neue Strategie musste her. Vorsichtig nahm sie den Bogen zwischen zwei Fingern und ließ das Rosshaar sanft über eine einzelne Saite gleiten. Der Ton, der dabei entstand, war ein anderer, jedoch nicht minder furchtbar als der erste.

Jemand klopfte.

»Herein«, murmelte Marybeth halblaut.

Die Tür öffnete sich und Aschepfeil trat ein, eine filigrane, schwarze Geige und einen Bogen in den Händen haltend.

»Eure Hoheit, wenn Ihr erlaubt«, begann Aschepfeil mit einer angedeuteten Verbeugung. »Euer Violinspiel klingt wie ein Haufen feliner Jämmerlinge auf dem Weg zum Brunnenschacht. Mit Eurer Erlaubnis würde ich mich Euch gern als Lehrer zur Verfügung stellen. Wie es der Zufall will, beherrsche ich das Instrument, welches Ihr erlernen wollt, meisterlich. Falls Ihr eine Kostprobe wünscht …«

Marybeth nickte eifrig. »Sie müssen mir nichts demonstrieren, Aschepfeil. Ich nehme Ihre Hilfe gern an.«

Er senkte sein Haupt, wobei einige schwarze Strähnen über sein Gesicht fielen. »Sehr wohl. Nun, Eure Majestät, möchte ich Euch bitten, mir einen Augenblick lang genau zuzusehen.« Er klemmte das Instrument unter sein Kinn. »Wichtig ist, dass Euer Kopf die Violine festhält. Sie muss auch noch unter Eurem königlichen Kinn klemmen, wenn Ihr Euren Griff lockert.« Demonstrativ streckte er die Hände zu beiden Seiten aus und hielt die Geige einzig mit der Kante seines Unterkiefers fest. »Kommen wir nun zum Bogen. Er ist etwas überspannt, das solltet Ihr lockern. Ihr dürft ihn zudem nicht einfach nur so halten. Legt Euren Zeigefinger glatt auf die Oberseite. Seht Ihr den Metallpunkt dort? Das ist der sogenannte ›Frosch‹, der sollte von Eurem Finger abgedeckt sein – ja, genau so!«

Im Verlauf des Abends zeigte Aschepfeil Marybeth etliche Griff- und Streichtechniken, ebenso wie einige Fingerpositionen auf dem Griffbrett. Zwar war sie noch immer weit davon entfernt, einen Ton hervorzubringen, der auch nur ansatzweise gut klang, durch Aschepfeils Hilfe wurde es aber hörbar besser.

»Für heute soll es das gewesen sein, junge Königin«, bestimmte der Hausdiener später und legte seine Geige auf Marybeths Bett ab, um ihr zu helfen, ihr eigenes Instrument zurück in den Koffer zu packen. »Ich hoffe, ich konnte Euch weiterhelfen. Wenn Ihr möchtet, können wir jeden Abend ein wenig üben.«

»Das wäre mir sehr recht«, antwortete Marybeth und konnte ein seltenes Lächeln nicht verbergen.

»Nun, wenn ansonsten nichts weiter ist, würde ich mich nun wieder meinen anderen Pflichten widmen.«

»Einen Moment noch«, bat Marybeth, stockte dann aber kurz. Geziemte es sich für sie, einem Dienstboten persönliche Fragen zu stellen? Andererseits interessierte es sie, wer die Leute waren, mit denen sie dieser Tage unter einem Dach schlief. Sie schüttelte leicht den Kopf und sprach weiter. »Heute zu Tisch haben wir uns alle etwas kennengelernt. Herr Strohschleier meinte, das wäre für uns alle wichtig. Wären Sie bereit, mir nun auch etwas mehr über sich zu erzählen? Beispielsweise, wie lange sie schon für die Familie Strohschleier arbeiten?«

Aschepfeil stockte den Bruchteil einer Sekunde, ehe er seine sonst perfekte Haltung begradigte und das übliche leichte Schmunzeln zeigte. »Eure Majestät, nehmt das bitte nicht falsch auf, aber meine Vergangenheit geht nur mich etwas an. Da ich aber nicht so sein möchte, antworte ich zumindest auf Eure andere Frage. Ich arbeite bereits seit knapp über zwanzig Jahren für Bram Strohschleier. Davor habe ich fünf Jahre für seinen Vater gearbeitet, bis dieser starb.«

»Seit fünfundzwanzig Jahren«, stellte Marybeth verwundert fest. »Ich hätte nicht damit gerechnet, dass Sie älter als fünfunddreißig sind. Haben Sie bereits mit zehn Jahren angefangen, hier zu arbeiten? Kinderarbeit ist in den Westreichen verboten, müssen Sie wissen, auch wenn sich in Loras niemand daran hält.«

Aschepfeil lachte auf. »Ich bin tatsächlich älter als fünfunddreißig und habe nicht mit zehn Jahren angefangen, zu arbeiten. Aber danke schön für das Kompliment.«

»Wie kam es zu der Entscheidung, für Strohschleiers Vater zu arbeiten?

Aschepfeil zuckte mit den Achseln. »Ich brauchte kurzfristig Geld und die Familie Strohschleier hat mir eine großzügige Entlohnung geboten, das tun sie heute noch. Außerdem hat sich gezeigt, dass die Strohschleiers eine Familie sind, die den vollen Umfang meiner Talente zu schätzen wissen. Ein Arrangement, welches mir stark entgegenkommt. »

»Welche Talente meinen Sie?«

»Ihr meint abgesehen von meinen offensichtlichen Fertigkeiten im Kochen, Backen und Violine spielen? Sagen wir einfach, ich bin der perfekte Hausdiener für einen Mann wie Herrn Strohschleier. Ebenso für die Leute, die ihn umgeben.«

»Danke, Aschepfeil.« Marybeth seufzte. »Ich wünschte, ich würde Euren richtigen Namen kennen. Aschepfeil ist seltsam. Das klingt eher nach einem Gegenstand als nach einem Menschen.«

Aschepfeil offenbarte Marybeth ein verstohlenes Schmunzeln. »Ich sagte es Euch schon einmal, meinen wahren Namen erfährt ebenso niemand wie meine Geschichte. Wenn Euch das leichter von der Zunge geht, könnt Ihr es aber machen wie Cat und Feri und mich einfach ›Ash‹ nennen.«

»Ich mag keine Abkürzungen.«

»Wer mag die schon. Aber manchmal vereinfachen sie Dinge. Wenn Ihr also wollt, könnt Ihr mich ruhig so nennen.«

»Wir werden sehen«, antwortete Marybeth. »Ich glaube, für den Augenblick bleibe ich bei Aschepfeil.«

Kapitel 9 – Alles dem Volke und ein alter Feind

arybeth wickelte den Mantel enger um ihren Leib. Es war kalt. Es war bereits der achtzehnte Tag der Wahlvorbereitungen. Schon seit den frühen Morgenstunden stand sie am Marktplatz und wurde eingeschneit. Und trotz der dicken Wolljacke, dem Schal und der Mütze, die Noura ihr geliehen hatte, fror sie. Aber sie wollte ihren Teil leisten.

Zumindest die Gefahr durch die Stadtwache war weitestgehend gebannt. Sie hatten die Suche nach ihr aufgegeben, zumal ihr die Ausweispapiere, die Strohschleier ihr beschafft hatte, ein gewisses Maß an Sicherheit boten. Woher auch immer er sie beschafft hatte.

»Nehmen Sie das. Wählen Sie Bram Strohschleier«, forderte sie mit bebender Stimme und reichte einem Passanten ein bedrucktes Flugblatt.

»Danke, kein Interesse.« Er ging weiter, ohne den gebotenen Zettel anzunehmen.

»Du musst etwas zugänglicher wirken, Vicky«, mahnte Noisy Cat, die auf der entgegengesetzten Straßenseite stand und deren Stapel bereits viel kleiner war als Marybeths. Sie hatten mit der gleichen Anzahl begonnen.

»Ich gebe mein Bestes.«

Eine ältere Frau näherte sich und Marybeth wagte einen weiteren Versuch. »Werte Bürgerin von Zartbitter, darf ich Ihnen dieses Flugblatt überreichen, zusammen mit dem Appell, bei den kommenden Wahlen Bram Strohschleier Ihre Stimme zu geben?«

»Es sind komische Leute auf den Straßen«, murmelte die sichtbar wohlbetuchte Dame und blickte sie verwundert und kopfschüttelnd an. Sie erhöhte ihre Schrittgeschwindigkeit, während sie, ohne das Pamphlet anzunehmen, an Marybeth vorbei stolzierte.

»Das war vielleicht ein wenig übertrieben«, rief Cat und musste sich sichtlich ein Lachen verkneifen. »Mach dir nichts draus. So kurz vor der eigentlichen Wahl sammeln wir eh bestenfalls noch ein oder zwei Wähler.«

»Ich würde es trotzdem gern besser machen«, antwortete Marybeth geknickt.

»Dann schau mal her, du musst einfach ganz natürlich und freundlich wirken.« Tänzelnd stellte sie sich einem leger gekleideten Halbling in den Weg. »Guter Mann, wissen Sie schon, wem Sie heute Nachmittag Ihre Stimme geben? Nein? Dann nehmen sie das hier. Möglicherweise ist Bram Strohschleier auch Ihr idealer Repräsentant!«

Der Mann bedankte sich und nahm die Wahlwerbung an.

Ein weiterer Spaziergänger näherte sich und Marybeth versuchte es mit demselben Tonfall und denselben Worten, die sie einen Augenblick zuvor bei Noisy Cat beobachtet hatte. Sie hatte Erfolg.

Sie sah eine weitere Gestalt durch den Schnee waten und wollte gerade einen Zettel vom Stapel nehmen, als sie erkannte, dass es Aschepfeil war. Er nahm eine Tasse aus einem Beutel, der an seiner Seite hing, und drückte sie Marybeth in die Hand. Dann holte er einen metallenen Behälter aus derselben Tasche und goss eine dampfende Flüssigkeit hinein.

»Hier, zum Aufwärmen. Mit freundlichen Grüßen von meinem Herrn.«

Marybeth nahm das Getränk dankbar an und nippte daran. Bitterer Geschmack drang in ihren Mund und beinahe hätte sie das ekelhafte Gesöff ausgespuckt. »Was ist das?«

»Das ist zwergischer Kaffee. Nicht einfach zu bekommen hierzulande, aber er wärmt den Körper und weckt den Geist.«

»Es schmeckt scheußlich.«

Die Mundwinkel des Dieners zitterten, als stünde er kurz davor, in Gelächter auszubrechen, doch er fing sich wieder. »Man gewöhnt sich an den Geschmack. Vertraut mir, es hilft.«

»Ash«, rief Noisy Cat von der anderen Straßenseite und eilte zu ihnen hinüber. »Wie läuft's?«

»Wir haben auf eigene Initiative eine Umfrage gemacht. Es sieht gut aus. Es ist überaus wahrscheinlich, dass der Herr die Wahlen gewinnt.«

»Das ist wunderbar«, jauchzte die Highlanderin, während sie ihrerseits eine dampfende Tasse Zwergenkaffee in Empfang nahm. »Ah, Kaffee. Der kommt mir genau richtig.«

»Es kommt noch besser«, verkündete Aschepfeil und ein seltsam belustigter Ausdruck trat auf sein Gesicht. »Folgendes könnte auch für Euch von Interesse sein, ›Vicky‹. Wir haben heute mit einem Vertreter des Bürgermeisters von Augustines Ending gesprochen. Er und mein Herr waren sich einig, dass, im Falle eines positiven Wahlergebnisses, die Outer Realms einen selbstbewussteren Kurs gegen die Vorherrschaft der Westreiche und ihres Prinzregenten fahren werden.«

Marybeth blickte ihn verdrossen an. »Es ist nicht gut für mich, wenn mein Königreich seine Vasallen verliert.«

Aschepfeil rieb sich die Schläfe. »Denkt nach, Vicky, und achtet auf den Subtext. Wir emanzipieren uns von Loras – für den Augenblick – aber auch wir wissen, dass niemandem damit geholfen ist, wenn sich die Outer Realms langfristig aus den Industrienationen und den Westreichen zurückziehen. Sagen wir es einmal so: Meister Strohschleier hat eine sehr klare Vorstellung, mit welchem Herrscher er in Zukunft zusammenarbeiten will. Oder eher, mit welcher Herrscherin.«

Marybeth schwieg. Bedeuteten diese Worte das, was sie glaubte, verstanden zu haben? Wollte Strohschleier ihre Position als Königin unterstützen?

Aschepfeil verstaute die Stahlkanne wieder in seiner Tasche und verneigte sich leicht vor Marybeth und Catriona. »Nun, meine Damen, dann möchte ich Sie nicht länger in Beschlag nehmen. Bis die Wahlen heute Nachmittag beginnen, warten sicher noch eine Menge potenzielle Wähler auf euch. Ich wünsche Ihnen einen guten Tag.«

Marybeth wachte auf, als ihre Zimmertür geöffnet wurde. Sie hatte geschlafen wie ein Stein. Nachdem sie gestern den gesamten Tag im Schneegestöber verbracht hatte, war die Erholung dringend nötig gewesen, doch jetzt war sie voller neuer Energie.

»Guten Morgen, Marybeth«, flüsterte Noura, Strohschleiers Mätresse, mit ihrem starken Sa'Talbin Akzent und stellte sich nahe an den Rand des Bettes. »Mein Herr hat mich zu Euch geschickt. Heute wird vor dem Rathaus das Wahlergebnis verkündet und er möchte, dass Ihr dabei seid.«

»Warum soll ich bei der Kundgebung dabei sein?«

Noura lächelte. »Ich weiß es nicht. Ich denke, er hält große Stücke auf Euch. Er hat ein Treuegelöbnis zur Königin der Westreiche in seine Amtsantrittsrede aufgenommen. Vielleicht möchte er, dass Ihr sie hört, sollte die Wahl auf ihn fallen.«

Marybeth nickte. »Ich werde da sein. Werden Sie auch kommen?«

Noura schüttelte den Kopf. »Das kann ich nicht.«

»Wieso nicht?«

»Aus demselben Grund, aus dem ich nicht die offizielle Gemahlin meines Herren sein darf. Sieh mich an. Meine Hautfarbe, meine Erscheinung. Es ist offenkundig, woher ich stamme.

Aufgrund der magischen Fähigkeiten vieler Angehöriger meines Volkes stehen mir die Türe der Westreiche nicht sehr weit offen.«

»Oh«, sagte Marybeth, »ist das schwer für Sie?«

»Manchmal schon«, gab die anmutige, dunkelhäutige Frau zu und setzte sich auf die Bettkante.

»Ich weiß, wie es ist, ausgegrenzt zu werden. Es tut mir leid, dass Sie dasselbe erleben müssen.«

»Das ist nicht Eure Schuld, Königin Marybeth. Ihr habt diese Regeln nicht gemacht. Ich hoffe einfach, dass es in Zukunft besser wird.«

Nachdem Marybeth aufgestanden war und Noura ihr bei der Auswahl möglichst unauffälliger Kleidung geholfen hatte, frühstückte sie und machte sich pünktlich auf den Weg zur Wahlverkündung. Die Kapuze ihres Mantels tief in ihr Gesicht gezogen, was aufgrund des Wetters niemandem besonders auffiel, stellte sie sich am Rande der Zuschauermenge auf. Es war unangenehm. Solche Ansammlungen von Menschen bereiteten ihr noch immer Probleme. Sie trat einen weiteren Schritt zurück und richtete ihren Blick tapfer auf das aufgebaute Podest.

Ein junger Mann mit einem flammend roten Schnurrbart und einer Erscheinung, die sie entfernt an Arthur erinnerte, stellte sich auf und schaute ins Publikum. »Werte Bürger von Zartbitter, liebe Gäste«, begann er, »wir haben uns heute hier eingefunden, um die Ergebnisse der Wahlen um das Amt des Stadtschulzes zu verkünden.«

Marybeth bemerkte, wie sich einige Personen, die besonders weit vorn in der Reihe standen, eifrig Notizen machten. *Die Presse … typisch.*

»Für das Amt des Schulzes nominiert, standen drei verdiente Bürger unserer wunderbaren Stadt zur Auswahl: der Großindustrielle Bram Strohschleier, die menschliche Adelige Tabetha Morris und unser Richter, der ehrwürdige Walt Ochsenblum. «

Eifriges Geflüster ging durch die Menge, während sich von weiter hinten Hufgetrappel näherte. Das Geräusch irritierte Marybeth und sie versuchte, sich noch mehr auf das Geschehen am Podest zu fokussieren.

»Das Ergebnis war wie folgt. Die niedrigste Anzahl der Stimmen hatte Richter Ochsenblum mit nur sieben Prozent. Weitaus mehr hatte Miss Morris mit einundvierzig Prozent. Ich darf also verkünden, dass mit einer Mehrheit von zweiundfünfzig Proze-«

»Macht Platz da«, hörte Marybeth eine harsche Stimme in ihrem Rücken, blickte sich um und sah die Quelle des Lärms. Sie erschrak. Diese Uniform kannte sie. Zudem trugen sie die goldenen Insignien des Königshauses. Es waren Royal Guards aus Loras. Männer von Onkel George.

Ihren inneren Impulsen widerstehend, schob sie sich weiter in die Menschenmasse. Sie durfte nicht gesehen werden.

Die Reiter ritten an ihr und dem Rest der Schaulustigen vorbei. Es waren vier an der Zahl, drei Royal Guards und ein Mann in einem modischen Anzug mit Pelzüberzug. Es schien, als suchten sie gar nicht nach ihr. Sie machten vorn am Podest Halt und sprachen hitzig zuerst mit dem Stadtschreier, dann mit den wild gestikulierenden Kandidaten für das Amt des Stadtschulzes.

Aufregung ging durch die Massen und die Menschen unterhielten sich erregt miteinander. Was war hier los?

Marybeth versuchte etwas zu erkennen, aber die Sicht war durch die anderen Menschen stark eingeschränkt. Dieser Mann im Anzug. Er kam ihr auf unangenehme Weise vertraut vor. War das …? Nein, das durfte einfach nicht …

Es dauerte etliche Minuten, dann trat der Stadtschreier wieder vor die aufgewühlte Menge. »Nun, wie es scheint, gibt es eine Planänderung von oberster Stelle. Meine Damen und Herren, begrüßen Sie mit mir den neuen, vom Prinzregenten selbst auserwählten Stadtverwalter von Zartbitter: Lord Fitzgerald Grellon vom Royal Court aus Loras.«

Arthur klopfte heftig an die massive Eichentür. Obwohl sie sich nun bereits eine Weile kannten, war es das erste Mal, dass er Fletcher an dessen Privatadresse besuchte. Die Umstände erforderten es.

Zeit, dachte Arthur, sie läuft und läuft, schreitet immer weiter vor. *Ob mein ›Fehlen‹ wohl einer der Gründe für Vaters Entscheidung ist, das Geschehen in Zartbitter selbst in die Hand zu nehmen?*

Arthur war sich sicher, dass sein Vater mittlerweile Kenntnis über Arthurs Abwesenheit in der Baronie erlangt hatte. Zwar hatte er seinem Diener Lawrence klare Anweisungen hinterlassen, ihn angewiesen, Gerüchte über eine Erkrankung in die Welt zu setzen, dennoch: Wie viele Verhandlungen konnte man absagen, wie viele Würdenträger versetzen, ohne, dass es irgendwann auffiel?

Nein, realisierte Arthur, sein Vater würde es wissen oder zumindest eine Vermutung haben.

Der Detective öffnete und blickte Arthur verblüfft an. »Arthur, welch Überraschung. Haben Sie etwas aufgeschnappt, das uns bei unserem Fall weiterhelfen könnte? Haben Sie etwa eine Idee, wo sich das Schloss zu unserem Schlüssel befindet? Treten Sie ein.«

Arthur schüttelte den Kopf und reichte ihm lediglich den versiegelten Brief, den er mitgebracht hatte. »Nein, diesbezüglich habe ich keine Neuigkeiten. Ich hatte auch nicht vor, Sie lange aufzuhalten. Hier, nehmen Sie das. Legen Sie das bitte dem Haftrichter vor.«

Fletchers Gesicht nahm einen argwöhnischen Ausdruck an. »Was ist das?«

»Eine Bürgschaft und sechs Thanats in Banknoten. Ich verbürge mich für Miss Feri Byrne und mache ein Angebot zur Zahlung einer großzügigen Kaution.«

»Einige könnten das als Bestechung sehen. Warum tun sie das?«

»Ja, ich weiß«, gab Arthur zu, »aber es ist dringend nötig. Miss Byrne muss aus der Haft entlassen werden. Haben Sie nicht mitbekommen, was heute geschehen ist?«

»Sie meinen den Abbruch der Wahlen und die Ernennung eines Stadtverwalters auf Befehl der Krone – ein Lord Grellon?«

Arthur schüttelte den Kopf. »Das ist nicht einfach irgendwer. Lord Grellon ist einer der engsten Speichellecker meines Vaters und er war tief involviert in die Intrigen gegen Marybeth. Wenn er hier ist, bedeutet das nichts Gutes. Es ist wichtig, dass Marybeth jemanden hat, dem sie vertrauen kann, und so schwer mir das auch fällt: Miss Byrne scheint mir eine solche Person zu sein.«

»Wenn die Angelegenheit so dringlich ist, warum sprechen Sie nicht mit Byrne? Möglicherweise ist sie jetzt bereit, Ihnen weitere Informationen zum Verbleib Ihrer Cousine zu geben. Sie könnten selbst auf sie achtgeben.«

Arthur verneinte abermals. »Nein, ich bezweifle, dass sie Genaueres weiß. Zudem ist es zu gefährlich, wenn Marybeth und ich zusammen gesehen werden. Mein Vater würde sofort davon erfahren und Marybeth wieder in das Sanatorium bringen lassen.«

Fletcher seufzte. »Ich muss das kurz sacken lassen. Kommen Sie bitte herein.«

Arthur nickte resigniert. »In Ordnung.«

Er folgte Fletcher in ein bequem eingerichtetes Wohnzimmer. Das Bureau hatte bei der Unterbringung offenbar nicht gespart.

Fletcher gebot ihm, Platz zu nehmen, dann verschwand er in der Küche, um einen Tee aufzubrühen.

Wenige Minuten später kam er wieder, reichte Arthur eine Tasse und ließ sich ihm gegenüber in einen Sessel fallen. »Also gut. Hätten Sie mich vor einigen Wochen um mein Mitwirken gebeten, hätte ich Sie festnehmen lassen und sofort Meldung gemacht, Prinz hin oder her. Nun, da ich die Details kenne, und Sie mittlerweile ausreichend gut einschätzen kann, habe ich beschlossen, dies nicht zu tun. Wenn Sie mir garantieren, dass Königin Marybeth nicht derart von Sinnen ist, wie Ihr Vater es propagiert, dann muss ihr meine Loyalität gelten und nicht dem falschen Regenten.«

Arthur spürte, wie ihm ein Stein vom Herzen fiel. »Danke, vielen Dank!«

»Ich nehme an, Sie haben Ihren Brief unter echtem Namen und Siegel aufgesetzt?«

»Ja, natürlich«, erwiderte Arthur.

»Dann muss ich Sie warnen. Ihr Einmischen in die Bestrafung einer Kleinkriminellen aus Zartbitter wird Fragen aufwerfen. Ich denke, Sie haben gute Chancen, dass ihr Angebot angenommen und Miss Byrne auf freien Fuß gesetzt wird, aber früher oder später wird Ihr Vater davon erfahren. Insbesondere dann, wenn jetzt einer seiner engsten Kontakte ein Auge auf Zartbitter hat.«

Arthur atmete tief ein, dann wieder aus. »Ja, ich weiß. Und das Risiko ist es mir wert.«

»Auch, wenn Ihr eigener Vater gegen Sie arbeiten wird?«

»Vor allem dann.«

»Gut. In diesem Fall werde ich dem Haftrichter dieses Schreiben überbringen. Ich mache mich sogleich auf den Weg, damit wir keine Zeit verlieren. In der Zwischenzeit habe ich aber eine weitere schlechte Nachricht.«

Arthur erstarrte. Noch mehr schlechte Kunde war das Letzte, was er brauchte. »Was ist es?«

Fletcher reichte ihm einen aufgerissenen Umschlag. »Sehen Sie selbst. Ich mache mich auf den Weg zum Richter. Wir sprechen, wenn ich zurück bin.« Er nahm einen Mantel vom Haken, zog ihn über, nickte Arthur zum Abschied zu und ließ ihn allein in der Wohnung.

Arthur blickte das Dokument perplex an. Es trug das gebrochene Siegel des Loras Vigilance Bureau und war explizit an Detective Ian Fletcher adressiert. Er nahm den Brief hinaus und überflog ihn hastig. Mit jedem Wort verstand er die Aufregung des Detectives einen Deut mehr.

Geehrter Detective Fletcher,

Wir haben Ihre Kunde über die Vorkommnisse in Zartbitter erhalten und sind zutiefst beunruhigt. Sowohl das plötzliche Ableben des ehemaligen Schulzes, als auch der offenkundig magische Verschluss eines Zugangs auf dem Mount Oakenheart sind überaus verdächtig.

Leider sieht das auch die Inquisition der Kirche des Einen so. Wir müssen Ihnen hiermit bedauerlicherweise mitteilen, dass Ihnen der Fall entzogen wird. Das Vigilance Bureau ist nicht länger in die Ermittlungen involviert, stattdessen wird die Inquisition nunmehr die Untersuchungen übernehmen und den Untergrund mit ihren Mitteln ausräuchern, insbesondere im Falle einer magischen Beteiligung.

Detective Fletcher, wir erwarten ihre Rückkehr nach Loras und ihren abschließenden Bericht in spätestens zwei Wochen. Gelder für den Umzug werden Ihnen an der Zentralbank von Zartbitter ausgezahlt, wenn Sie dieses Schreiben vorlegen. Die Organisation überlassen wir Ihren fähigen Händen.

Hiermit verbleiben wir.
Mit freundlichen Grüßen,
Chief Constable Ernest P. Vallenford

Als er den Teil über die Inquisition las, zuckte Arthur zusammen. Die Bilder der verbrannten Leiber vor der Kathedrale des Einen drängten sich schmerzhaft in seinen Geist. Für Fletcher bedeutete dieses Schreiben, dass ein Großteil seiner Arbeit der letzten Monate umsonst gewesen war. Für Zartbitter bedeutete es eine Zeit des Feuers und des Blutes.

Kapitel 10 – Eskalation und blutige Hände

Marybeth saß im Wohnzimmer des Hauses Strohschleier. Sie alle waren dort, abgesehen von Feri, und hielten eine Krisensitzung.

»Es ist einfach unerhört, wie Ravenwood sich erdreistet, unsere Belange zu manipulieren«, schwadronierte Bram sicher das zehnte Mal an diesem Tag. »Ich fasse es nicht. Ein Lorasianer an der Spitze von Zartbitter, zudem ohne Wahlen! Die Outer Realms waren stets ein freies Land mit freien Männern und Frauen. Dieses Vorrecht ist uns nun genommen worden.«

»Ich habe es immer gesagt. Der Norden der Westreiche sollte frei sein«, warf Noisy Cat ein.

»Das ist Unsinn. Wir brauchen Loras, die Flatlands und die Barony ebenso wie sie uns. Aber diese ewige Einmischung …«

»George is'n Penner«, grunzte Barro und dann mit einem kurzen Blick zu Marybeth: »Nichts für ungut, Vicky.«

»Ich bezweifle, dass du dich bei ihr entschuldigen musst, Barro«, antwortete Noisy Cat, bevor Marybeth eine Gelegenheit dazu bekam. »Ihr hat er schließlich genauso übel mitgespielt.«

»Das ist wahr«, murmelte Strohschleier nachdenklich. »George hat weder seinen Verbündeten noch seiner Familie Loyalität erwiesen. Jetzt ist die Frage … wem schwört Ihr Eure Treue, Königin Marybeth?«

Marybeth war verblüfft. Derart unverblümt war sie noch nie etwas derart Weitreichendes gefragt worden. »Ich … ich weiß nicht, was Sie meinen.«

»Nun«, begann der alte Halbling grimmig. »Auch wenn es für uns gerade nicht so gut läuft, wir haben Euch die Treue gehalten. Haben Euch bei uns aufgenommen, Euch beschützt. Wie sieht es bei Euch aus? Seid Ihr eine Freundin? Werdet Ihr uns zur Seite stehen, wenn Ihr jemals die Chance dazu erhalten solltet?«

»Was meinen Sie mit ›wir‹ ?«

»Uns alle, die wir hier anwesend sind. Wir waren die Freunde, die Ihr in der Not brauchtet, also sagt: Seid Ihr auch unsere Freundin?«

Marybeth zitterte und wickelte eine Haarsträhne um ihren Ringfinger. »Ja, natürlich. Ich bemühe mich, Euch allen gerecht zu werden.«

»Also werdet Ihr zu uns stehen, wenn es gegen George und seinen unsäglichen Vertreter zum Äußersten kommt? Wir können auf Euch zählen, ebenso wie Ihr umgekehrt bei der Rückerlangung Eurer Macht auf unsere Unterstützung zählen könnt?«

Marybeth schwieg. Tausend Gedanken und dutzende Fragen überschlugen sich in ihrem Kopf. Was verlangten sie von ihr? Was bedeutete das alles? Doch eigentlich lag alles offen vor ihr. Diese Leute waren für sie da gewesen, als niemand sonst es war. Sie hatten sie aufgenommen wie ihresgleichen und wollten ihr helfen, das Leid, das Onkel George ihr und ihrem Volk angetan hatte, wiedergutzumachen. Es konnte nur eine Antwort geben. »Ja.«

Der Halbling nickte zufrieden. »Gut, dann ist es an der Zeit, dass wir Euch etwas offenbaren. Wir werden diese Dreistigkeit nicht hinnehmen. Der Gesandte des Bürgermeisters von Augustines Ending und ich sind uns einig: Die Outer Realms werden den Kampf aufnehmen, wenn auch vorerst nur politisch. In welcher Form wir das werden, das wissen wir noch nicht genau, aber Ihr als eigentliche Königin von Loras seid ein wichtiges Glied in dieser Kette. Wenn wir Euch die Treue halten, Eure Position stärken und Ihr uns im Gegenzug dafür garantiert, dass unsere Belange nicht vergessen werden, dann ist unsere Lage trotz allem besser als jemals zuvor. Ihr seid der wichtigste Grundpfeiler unserer Zukunft.«

Marybeth errötete. »Ich werde mein Bestes geben, mich würdig zu erweisen.«

»Das habt Ihr schon allein mit Euren Worten«, antwortete Strohschleier ernsthaft und richtete sich dann an die gesamte Gruppe. »Liebe Freunde. Ich weiß, wir haben einen Rückschlag erlitten. Dennoch möchte ich euch bitten, keine übereilten Handlungen zu begehen. Wir müssen uns bedeckt halten und unsere Verbindungen stärken. Wenn die rechte Stunde geschlagen hat, werden wir den falschen Stadtverwalter unseres Landes verweisen, aber wir müssen geduldig sein. Marybeth, was wisst Ihr über diesen Lord Grellon? Ihr sagtet, ihr hättet eine gemeinsame Vergangenheit?«

Marybeth nickte. »Lord Grellon ist ein enger Vertrauter meines Onkels. Er hat mich bei meiner Krönungszeremonie vor dem Volk blamiert und George dabei unterstützt, mich zu entmündigen und ins Sanatorium zu sperren. »

»Wisst Ihr noch etwas über ihn?«

»Nur wenig. Seine Familie gehört dem Adelsstand an und er ist Teil des königlichen Hofstaats von Loras.«

»Dann möchte ich noch den Rest meines Kenntnisstandes ergänzen«, verkündete der Halbling und stand auf. »Lord Grellon ist der Erstgeborene der Grellon-Familie, die ihre Finger hauptsächlich auf dem Spielbrett der Metallindustrie hat. Für George war er somit der ideale Verbündete, für Marybeth aufgrund ihrer Bemühungen für die einfachen Arbeiter ein natürlicher Feind. Grellon hat den Ruf, gierig und korrupt zu sein. Für Reichtum und politische Macht würde er nahezu alles tun.

Das macht ihn zu einem gefährlichen, aber berechenbaren Gegner.«

Aus einer Ecke des Raumes trat Aschepfeil hervor. »Wenn Ihr gestattet, Herr, aber wieso regeln wir die Angelegenheit nicht ähnlich wie …« – er warf Marybeth einen skeptischen Blick zu – »beim letzten Mal?«

Strohschleier schüttelte vehement den Kopf. »Nein. Das wäre nicht gut. Letztes Mal war es notwendig, um überhaupt etwas in Bewegung zu setzen. Dieses Mal hingegen würde es nur unnötige Aufmerksamkeit auf uns ziehen.«

Aschepfeil neigte sein Haupt und zog sich zurück.

»Nein, Freunde« setzte der Halbling ein weiteres Mal an, »wie ich bereits sagte, müssen wir in diesem Fall geduldig sein und vorschnelle Aktionen meiden. Wir werden unser Recht bekommen.« Langsam drehte der Halbling sich vor dem Feuerschein des Kamins wieder der Runde zu und sein Blick heftete sich an den Oger. »Herr Barro, für Sie habe ich eine besondere Aufgabe.«

Barro schaute überrascht auf. »Wie kann ich helfen?«

Der Halbling, dessen Gesicht geradezu diabolisch beleuchtet war, taxierte ihn grimmig. »Das werden wir gleich unter vier Augen besprechen. Nur eines vorab: Sie sollten sich auf eine kleine Reise einstellen.«

Die alten Stufen knackten vernehmlich, während Arthur die steile Treppe zu den Zellen hinunterging. Es hatte einige Tage gedauert, aber nachdem sie den Verdacht des Terrorismus gegen Miss Byrne fallengelassen und eine Kaution wegen des Überfalls auf die Pfandleihe bezahlt hatten, war der Haftrichter endlich zu einer vorzeitigen Aufhebung der Haft bereit gewesen. Ihre Entlassungspapiere hatte Arthur heute erst in Empfang genommen.

Weitere Zeit zu verlieren, wollte er unbedingt vermeiden. Er saß ohnehin schon auf glühenden Kohlen. Wenigstens konnte er sicher sein, dass er davon gehört hätte, wäre Marybeth unterdessen irgendwo aufgegriffen worden.

Am Fuße der Treppe angelangt, zeigte er dem Kerkermeister das Schreiben des Haftrichters, bekam den Schlüssel und wurde in den Gefangenentrakt vorgelassen. Nach kurzer Suche fand er die Zelle von Miss Byrne.

Als Feri ihren Besucher bemerkte, stand sie überrascht auf und kam an die Tür.

»Arthur! Sowas aber auch, womit habe ich denn Ihre Anwesenheit verdient, hier in meinem bescheidenen Heim mit Gitterstäben vor dem Ausgang?«

»Gute Nachrichten«, teilte er ihr mit und schloss ohne Umschweife die Tür auf. »Sie sind frei, Miss Byrne.«

Feri schaute verwundert auf. »Was, wie …? Wie kommt das denn auf einmal?«

»Sagen wir, ich habe den Mühlen der Justiz etwas auf die Sprünge geholfen«, erklärte er ihr gedämpft.

Sie blickte ihn irritiert an. »Was? Wieso haben Sie das denn getan?«

»Die Lage hat sich geändert. Mein Vater hat einen offiziellen Stadtverwalter eingesetzt, und Loras Royal Guards patrouillieren jetzt durch die Stadt. Marybeth braucht jemanden, auf den sie sich verlassen kann. Jemand, der möglichst nicht ich bin.«

»Also Sie holen mich hier raus, damit ich mich um Ihre Cousine kümmere?« Sie dachte einen Augenblick darüber nach.

»Wie haben Sie es gemacht, wie haben Sie meine Freilassung erwirkt?«

Arthur schwieg.

»Sie haben Geld dafür bezahlt, oder?«

Arthur sagte abermals nichts dazu.

»Mein lieber Schwan, es ist Ihnen wirklich ernst, mh? Nun, dann danke, schätze ich.«

»Sie brauchen mir nicht zu danken. Kümmern Sie sich nur um Marybeth. Sorgen Sie dafür, dass es ihr an nichts fehlt.« Arthur hielt einen Moment inne, dann kramte er etwas Geld aus dem Inneren seiner Manteltasche hervor.

Feri beobachtete ihn argwöhnisch.

Er reichte es ihr. »Hier. Stecken Sie das ein. Sie werden es sicher brauchen. Mit diesem Geld sollten Sie und Marybeth bequem einige Monate überbrücken können.«

Feri machte große Augen. »Ich glaube, ich muss mich bei Ihnen entschuldigen, Arthur. Meine Anschuldigung an Sie war falsch. Marybeth scheint Ihnen wirklich etwas zu bedeuten.«

»Das tut sie.«

Feri nickte. »Mir auch. Sie können sich nicht vorstellen, wie viel.« Sie steckte das Geld sorgsam in ihre Hosentasche, ehe sie sich ein letztes Mal an Arthur wandte. »Seien Sie unbesorgt. Ich werde gut auf Marybeth aufpassen, das verspreche ich.« Sie streckte ihm eine verschmutzte Hand entgegen.

Arthur schaute sie ernst an und schlug ein. »Ich nehme Sie beim Wort.«

ᕲ ᕲ ᕲ

Marybeth war froh, nach den Tagen in ihrem Zimmer im Haus Strohschleier wieder an die frische Luft zu kommen. Zwar war es nur ein einfacher Botengang, doch zumindest war es etwas anderes, als tagein tagaus dieselben vier Wände anzustarren.

Sie hatte die Brücke, an der Kenneth stationiert war, beinahe erreicht. Verstohlen blickte sie auf die Mauern der Fischfabrik, die zwar ein Stück entfernt lag, aber trotzdem gut mit bloßem Auge erkennbar war. Auf eine seltsame Weise vermisste sie die Arbeit dort. Zwar hatte ihr die Tätigkeit selbst nur mäßig gefallen, die tägliche Routine und das Miteinander mit den Kollegen hatten ihr jedoch mehr Spaß gemacht, als sie es selbst zunächst gedacht hätte. *Dieses Kapitel ist Geschichte, Marybeth. Du wirst nicht mehr in der Fabrik arbeiten. Deine Ziele sind andere,* säuselte die leise Stimme ihres Verstandes in ihrem Kopf und sie wandte den Blick ab.

Sie hatte die Brücke erreicht. Kein Kenneth weit und breit. Misstrauisch überquerte sie den Fluss und schaute sich auf der gegenüberliegenden Seite um. Auch hier wurde sie nicht fündig. Sie wollte gerade zurückgehen, als sich die Tür eines der Wachhäuschen öffnete.

Zwei Männer traten hinaus und als Marybeth ihre roten Uniformen sah, erstarrte sie. Instinktiv drehte sie sich auf dem Absatz um und wollte in die entgegengesetzte Richtung fliehen, als auch hier ein Royal Guard aus dem Schatten trat. »Wir haben uns schon gedacht, dass Ihr hier auftaucht, Eure Majestät. Wir haben Eure Spur bis zu der alten Fischfabrik dort drüben verfolgt. Es war nur eine Frage der Zeit, bis wir Euch hier finden. Ihr braucht jetzt keine Angst mehr haben, Eure Majestät. Wir sind da. Nun ist alles wieder in bester Ordnung und wir können Euch in Sicherheit bringen.«

Marybeth kreischte. Überforderung machte sich in ihr breit und wollte aus ihr hervorbrechen wie ein tosender Sturm. Sie schloss ihre Augen. Unfähig, gegen diesen Drang anzukämpfen, zählte sie die Schritte der Uniformierten, als sie plötzlich einen Stich an ihrem Oberarm spürte. Panisch öffnete sie die Augen, merkte aber schon, wie alles um sie herum verblasste. Das Letzte, das sie wahrnahm, bevor sie in die Schwärze der Bewusstlosigkeit entglitt, war ein kurzer, dünner Pfeil, der aus ihrem Oberarm ragte. Dann verschwamm ihre Sicht.

Es war ein sonniger Tag ohne Schnee. Nachdem die Tür der Wachtmeisterei hinter ihr zugeknallt war, saugte sie die frische Winterluft in ihre Lunge. Es tat unglaublich gut, nach den Wochen im feuchten Kerker endlich wieder die vertraute Brise der Outer Realms zu spüren. Beinahe zärtlich breitete Feri die Arme zu beiden Seiten aus und streckte sich. *Süße Freiheit, wie sehr hast du mir gefehlt. Mögest du eines Tages auch mein geliebtes Highoak besuchen.*

Sie passierte die Brunnenstraße, den Schusterweg und den Marktplatz. Es war offener Verkauf und viele bunte Stände zierten die Fläche rund um den Stadtbrunnen herum. Nahezu alles wurde hier feilgeboten, von frischem Fisch bis zu exotischen Kräutern oder gar Schuhen für den nahenden Frühling.

Feri nahm sich einen Augenblick, um zusammen mit den Bürgern *ihrer* Stadt die Auslagen zu betrachten. Markttag in Highoak – Irgendwann würde es soweit sein. Aber was sollte sie nun zuerst tun? Nach Hause gehen und eine Mütze Schlaf in ihrem eigenen Bett genießen? Allerdings hatte sie Arthur etwas versprochen. Die Chance, dass sie Vicky bei sich zu Hause antraf, war gering. Wahrscheinlicher war, dass einer ihrer Freunde sich ihr in der Zwischenzeit angenommen hatte. Wahrscheinlich Barro oder Cat. *Ein Besuch in der Fabrik wäre ein guter Anfang*, überlegte sie. *Beide waren tagsüber für gewöhnlich dort anzutreffen.*

Pfeifend machte sie sich auf den Weg. Sie überquerte den Markt, passierte einige der engen Sträßchen und Alleen, bis sie beinahe an der Brücke nach Wasserkant angekommen war.

»... die Königin doch einfach auf die Schulter. Sie ist ohnehin völlig weggetreten.«

Feri fuhr zusammen. Die Königin ... Dieser Gesprächsfetzen war mehr als auffällig. Mit einem mulmigen Gefühl im Bauch schlich sie weiter voran, darauf bedacht, so viel wie möglich von der Unterhaltung mitzubekommen, und kauerte sich hinter ein hüfthohes Mauerstück vor einem alten Brauhaus.

»Und was sollen die Leute denken, wenn ich einfach mit einem jungen Mädchen über der Schulter durch die Stadt marschiere?«

»Vielleicht, dass du deine verdammte Arbeit machst?«

»Sei kein Trottel, Jeff. Wir sind keine Stadtbüttel und die Bevölkerung der Stadt kann uns sowieso schon nicht leiden.«

»Na, dann verschlimmern wir es hiermit sicher auch nicht. Also wird's bald? Wir sollten sie schnellstmöglich zu Lord Grellon bringen.«

Der Angesprochene murrte etwas Unverständliches, dann setzten sie sich in Bewegung.

Feri hatte genug gehört, doch das allein reichte nicht, sie musste es sehen. Sie tastete sich umsichtig weiter an der Mauer vor, um einen Blick auf das Geschehen zu erhaschen.

Es waren drei Männer in roten Uniformen. Einer von ihnen trug ein Mädchen auf den Schultern, dessen blonde Lockenpracht schlaff herabhing. Das Kleid, welches sie trug, erkannte Feri nicht. Als der Soldat sich jedoch etwas drehte und ein Stück des Gesichts des Mädchens freigab, bestand kein Zweifel mehr. *Verdammte Scheiße, sie haben Vicky!*

Feri durfte keine Zeit verlieren. Sobald die Royal Guards sich ein Stück entfernt hatten, preschte sie los. Vergessen war ihr Plan, die Fabrik zu besuchen, vergessen war die Unterhaltung mit Barro und Cat. Es gab nur einen Ort, an dem sie jetzt Hilfe bekommen konnte, ohne die ganze Stadt in Aufruhr und sich selbst in Gefahr zu bringen.

Sie rannte, so schnell sie konnte, bis sie atemlos an der Tür ihres Finanziers zum Stehen kam. Mit allerletzter Kraft schlug sie den Türklopfer dreimal gegen das dunkle Eichenholz.

Es dauerte nur wenige Sekunden, dann öffnete sich die Tür und eine vertraute Gestalt mit rabenschwarzen, langen Haaren blickte steif auf sie herab.

»Feri, wie ich sehe, konnten Sie sich aus der Haft befreien.«

»Keine Zeit«, keuchte sie. »Ash, wo ist Strohschleier?«

»Mein Herr ist gerade außer Haus. Er wird erst in ungefähr einer Stunde wieder hier sein.«

»Zu lange! Marybeth … sie wurde gefangen. Die Loras Royal Guards …!«

»Durchatmen!«, gebot der Diener mit fester Stimme. »Beruhigen Sie sich. So helfen Sie niemandem weiter. Bitte kommen Sie herein und erzählen Sie mir, was geschehen ist!«

»Also gut«, antworte Feri zerknirscht. Dann straffte sie sich und folgte dem Diener in das vertraute Anwesen.

ᚼ ᚼ ᚼ

Schwerfällig öffnete Marybeth ihre Augen. Ihr Kopf dröhnte und sie fühlte sich so schummrig wie bei starkem Fieber. Sie blickte sich um. Wo war sie?

»Ah, wer sagt's denn. Eure Majestät, Königin Marybeth wacht aus ihrem Schlummer auf, wie schön.«

»Wo bin ich? Wer sind Sie?«

»Seid Ihr mittlerweile derart im Wahn, dass Ihr Euch wirklich nicht an mich erinnert, oder ist das eine Nebenwirkung der Betäubung? Ich bin es, Lord Grellon, ein alter Freund Eures lieben Herrn Onkel und Ihr seid hier in meinem neuen Büro. Ihr werdet mich doch nicht vergessen haben?«

»Grellon …«, hauchte Marybeth, deren Sinne noch immer wie betäubt waren.

»Du liebe Güte, Ihr scheint von diesem kleinen Betäubungspfeil aber ganz schön beeinträchtigt zu sein. Kein Wunder, eigentlich benutze ich die bei der Jagd auf Großwild. Aber sei es drum, in diesem Zustand seid Ihr ohnehin viel umgänglicher.«

Marybeth bemerkte, wie sie vor sich hinbrabbelte, konnte aber weder die Silben selbst noch ihren Inhalt richtig koordinieren.

»Eine gezähmte Irre, ein stillgelegtes, verrücktes Weibsbild. Hätten die in dem Sanatorium damit gearbeitet, wäre es gar nicht erst so weit gekommen. Ich sollte diesen Anwendungsbereich patentieren lassen.«

»Unfug«, stöhnte Marybeth verwaschen.

»Was habt ihr gesagt?«, fragte Lord Grellon mit einer gefährlichen Nuance in seiner Stimme.

»Unfug …«, wiederholte Marybeth langsam. Jeder einzelne Laut benötigte Konzentration.

»Wisst Ihr, wo ich Euch hier so sitzen sehe, möchte ich Euch eines sagen. Mir hat Eure rechthaberische, sonderbare Art nic gefallen. Keine Ahnung, was der alte König Harold in Euch gesehen hat, aber George tat recht daran, Euch einzusperren. Ich hätte es genauso gemacht, wenn ich nicht sogar eine endgültigere Lösung für das Problem gesucht hätte. Eigentlich solltet Ihr seiner Weichherzigkeit danken.«

»George ... hat Loras ... nur geschadet. George ist ... ein Verräter an seinem ... Volk. Sie ... sind ... ein Verräter ... an Loras ... und der Krone.«

Bedächtig trat Grellon einen Schritt näher. »Wisst Ihr, was ich beim Anblick Eurer schönen Locken immer schon gern getan hätte?«

»Nein ...«, antwortete Marybeth trüb.

»Das hier«, fauchte Grellon, packte sie an den Haaren, riss ihren Kopf empor und schlug sie mit der Stirn auf die Tischplatte.

Der Schmerz pochte in Marybeths Stirn, ihre Sicht verschwamm weiter, doch sie konnte nicht schreien. Zu weit entglitten war ihr Geist.

Marybeth verlor nicht ihr Bewusstsein, doch was nun geschah, setzte sich bestenfalls in abgerissenen Fetzen in ihrer Erinnerung fest.

Sie hörte panische Schreie aus dem Vorzimmer, das Klirren von Glas. Ein Schatten stürmte durch die Tür in das Büro, eine dunkle Gestalt, die lange schwarze Schliere hinter sich herzog. Das Geräusch eines Gegenstandes, der surrend durch die Luft geworfen wurde, und das Keuchen eines bestürzten Lord Grellon. Ein Messer steckte tief in seinem Hals, den er gurgelnd umklammerte, ehe er auf der Stelle zusammenbrach. Blut, es war einfach überall, so viel Blut. Dann spürte Marybeth eine weiche Umarmung, roch den vertrauten Geruch, den sie wochenlang vermisst hatte. Sie wurde hochgestemmt, sah ein schemenhaftes rötliches Flackern. Was dann geschah, wusste sie nicht, aber ihre nächste Erinnerung war der Flur im Haus Strohschleier, wo sich sofort eine kleine Schar Menschen um sie versammelte, ehe sie erneut ihr Bewusstsein verlor.

Kapitel 11 – Dornen und Heilige

Schon zum zweiten Mal an diesem Tag besuchte Arthur die Wachtmeisterei von Zartbitter. Ein Bote war gekommen und hatte ihn im Namen von Fletcher ersucht, am Abend in seinem Büro zu erscheinen. Nun war es schon deutlich später als geplant, die zweiundzwanzigste Stunde hatte bereits geschlagen. Arthur hoffte aber, den Detective trotzdem noch dort anzutreffen.

Noch bevor Arthur eintrat, hörte er unbekannte Stimmen hinter der Tür.

»Keine Chance. Die Geschehnisse im Rathaus sind Verschlusssache und gehen nur die Royal Guards und uns etwas an.«

»Also hatte das, was auch immer dort geschehen ist, etwas mit Magie zu tun?«, fragte eine Stimme, die Arthur eindeutig Fletcher zuordnen konnte.

»Diese Informationen sind nicht Ihre Sache. Halten Sie sich aus den Angelegenheiten der Inquisition raus.«

»Schon verstanden. Dann werdet Ihr jetzt diese Falltür auf dem Mount Oakenheart untersuchen, die ich gefunden habe? Wie wollt ihr diese überhaupt aufbekommen? Ich denke, es wäre besser, wenn ich mitkäme. Immerhin habe ich sie entdeckt und mittlerweile auch ein persönliches Interesse an dem Fall entwickelt.«

»Nein, das würde nichts bringen. Und zum Öffnen des Zugangs, ob magisch oder nicht, benötigen wir Sie ebenfalls nicht, dafür haben wir Mittel und Wege. Sie sind bei der Sache außen vor.«

Arthur hörte das Trampeln vieler Füße auf dem alten Holzboden und eine Sekunde später öffnete sich die Tür. Zehn oder elf in weiße Gewänder gehüllte Männer mit grimmigen Gesichtern und mehr Bewaffnung, als Arthur in seinem Leben jemals in den Händen gehalten hatte, marschierten an ihm vorbei, ohne ihn eines Blickes zu würdigen.

Arthur betrat das Büro. Ian wirkte frustriert und zupfte mit seiner linken Hand an seinen krausen Haaren, während er mit der rechten auf einem Blatt Papier herumkritzelte. »Arthur«, rief er erfreut, als er seinen inoffiziellen Ermittlungspartner erblickte. »Schön, Sie zu sehen. Um ehrlich zu sein, ist es ein wahrer Lichtblick, nach dem Gespräch, das ich eben hatte.«

»Die Inquisitoren?«

»Mhh … scheinheilige Mistsäcke …«, grummelte Fletcher.

»Lassen Sie die das bloß nicht hören.«

»Bin ja kein Idiot. Egal. Ich habe wichtige Informationen in der Sache Ernteflut. Ich habe mich ein wenig umgehört und offenbar hat ein Mann, dessen Beschreibung ziemlich genau auf den verblichenen Jim Ernteflut passt, vor ungefähr vier Jahren ein Schließfach beim Postamt in Wasserkant erworben. Dachte, da Sie in dieser Sache mit mir zusammengearbeitet haben, würden Sie gern mit mir dorthin gehen, um nachzusehen, ob wir wohl das Schloss zu unserem mysteriösen Schlüssel gefunden haben.«

»Nichts lieber als das«, antwortete Arthur hocherfreut. »Es wäre mir eine Ehre.«

»Das freut mich, zu hören.«

Fletcher stand auf, nahm seinen Mantel vom Stuhl und zog ihn eilig über. Dann verließen sie die Wachtmeisterei und ließen sich von einem Stadtbüttel, dessen Schicht gerade vorbei war, mit der Kutsche bis nach Wasserkant mitnehmen. Vor dem Postamt stiegen sie ab und verabschiedeten sich von dem erschöpften Mann.

Ob wir hier um diese Uhrzeit noch etwas erreichen?, fragte sich Arthur und versuchte einen Blick in die dunklen Fenster des Gebäudes zu werfen. Er konnte kaum etwas erkennen. Fletcher hingegen schien sich keine Gedanken darüber zu machen. Er zückte seine Dietriche und begann, damit das Schloss zu bearbeiten.

Plötzlich ging innen ein Licht an und ein hutzeliger, alter Mann öffnete die Tür.

»Jungs, ich muss euch sagen, wenn ihr versuchen wollt, hier einzubrechen, habt ihr echt keine gute Arbeit geleistet.«

»Verzeihung, wir wussten nicht, dass noch jemand hier ist«, entschuldigte sich Fletcher und zeigte dem Alten seine Dienstmarke. »Detective Fletcher vom Loras Vigilance Bureau. Und das da ist mein Partner Arthur … Prince.« Er deutete auf Arthur. »Wir benötigen Zugriff auf eines ihrer Schließfächer.«

»Verzeihen Sie«, erwiderte der Postbeamte, »aber wir haben keine Zweitschlüssel zu den Fächern. Wenn Sie eines von ihnen überprüfen wollen, benötigen Sie selbst einen.«

»Den haben wir. Sie müssen uns nur Zutritt gewähren.«

»Verdammte Ostküsten-Büttel. Meinen, sie können hier tun und lassen, was sie wollen … irgendwann …«, murmelte der Mann wenig verständlich, ließ sie aber eintreten und zeigte ihnen auf Fletchers Nachfrage hin das Schließfach B387.

»Sind Sie bereit, Arthur?«

Arthur nickte.

Der Detective ließ den Schlüssel ins Schloss gleiten. Er passte perfekt und das Fach öffnete sich ohne weitere Probleme. In seinem Inneren lag lediglich ein verstaubter Brief.

Fletcher nahm ihn heraus. Während er ihn überflog, wurde er bleicher und bleicher. »Verdammt«, murmelte er und Arthur bemerkte, wie seine Hände zitterten. »Wir müssen die Inquisitoren warnen, sonst laufen sie geradewegs in eine Falle. Und wir haben das gerade erst möglich gemacht!«

»Ian, was ist los?«

Er reichte ihm mit bebenden Fingern das Papier. »Lies selbst.«

Arthur nahm das Dokument und las es aufmerksam Zeile um Zeile. Als er fertig war, sah er Fletcher bestürzt an. Auch aus seinem Gesicht war jegliche Farbe entwichen. »Verdammte Scheiße!«

Arthur hatte keine Zeit zu verlieren. Zu viele wertvolle Sekunden waren bereits verschwendet worden. Er verließ die spärlich beleuchteten Gassen von Bergseit und machte sich daran, die finstere Flanke des Mount Oakenheart zu erklimmen. In seiner Hand trug er eine Öllaterne, die er von einer Hausfassade gestohlen hatte.

Bitte lass es noch nicht zu spät sein, dachte er erbittert, während er ohne Rücksicht auf seine eigene Sicherheit die Steigung erklomm.

Sie alle waren in Gefahr, wie er nun wusste. Die Inquisitoren, die Stadt, Marybeth ... gerade Marybeth. Wahrscheinlich war Fletcher längst bei der Wachtmeisterei angekommen und hatte Alarm geschlagen. Mit etwas Glück war Marybeth bereits in Sicherheit. Hoffentlich ging es ihr gut!

Er legte noch einen Zahn zu und versuchte, auf dem steilen Hang Halt zu finden. *Wie hatte ich nur so dumm sein können? Wie hatte ich nur so unfassbar dumm und naiv sein können?*

Langsam kam Marybeth wieder zur Besinnung. Ihr Kopf schmerzte – offenbar hatte sie eine Beule – und sie hatte seltsame Dinge geträumt. Von Mord, Totschlag, Blut und einer Flucht, die eigentlich keine gewesen war. Wo war sie? Was war geschehen? Mühsam quälte sie sich in eine sitzende Position und warf ihren schläfrigen Blick durch den Raum. *Kamin. Rotes Samtmobiliar. Der Rauchersalon? Porzellanvasen, Gemälde, eine kleinwüchsige Person mit verschwommenem Gesicht?*, zählte sie ihre Beobachtungen im Geiste auf und rieb dann ihre Augen. *Ah, natürlich – Strohschleier.* Marybeth entspannte sich etwas. Sie war in Sicherheit. Es musste alles ein sonderbarer und viel zu realer Traum gewesen sein.

»Marybeth. Gut, Sie sind wach.«

»Hallo, Meister Strohschleier.«

»Dafür ist jetzt keine Zeit. Es hat schon lange genug gedauert, bis Ihr wieder einigermaßen zu Besinnung gekommen seid. Diese Betäubung hätte wahrscheinlich auch ein Pferd von den Hufen geholt.«

Betäubung, Zeit, wovon spricht er da? Schemenhaft erinnerte sich Marybeth an ihren Traum. Hatte sie da nicht auch einen Betäubungspfeil abbekommen?

»Marybeth, ich flehe Euch an. Ihr müsst auf die Beine kommen, jetzt!« Der Tonfall des alten Halblings klang ungewohnt hilflos und gehetzt.

»Was ist denn los?«

»Könnt Ihr Euch etwa an gar nichts erinnern? Ihr wurdet von den Royal Guards entführt und von diesem Lord Grellon misshandelt. Miss Byrne und Aschepfeil haben Euch da rausgeholt. Grellon hat diese Rettungsaktion das Leben gekostet. Die ganze Stadt ist in Aufruhr. Jeder weiß jetzt, dass Ihr noch hier seid und Mitverschwörer habt. Unter diesen geänderten Bedingungen kann ich leider weder Euch weiter bewirten, noch Aschepfeil in meinen Diensten behalten. Ihr müsst dringend hier weg. Für meinen Ruf und eure eigene Sicherheit.«

Marybeth schreckte sofort hoch. Also war all das kein Traum gewesen. Die Verwirrtheit, das Blut, das schmerzverzerrte Gesicht des sterbenden Lord Grellon – das alles war echt gewesen. *Feri!* »Wo ist Miss Byrne?«

»Sie ist mit Noura, Miss McDougal und Aschepfeil im Keller und packt den notwendigen Proviant zusammen. Wir sollten zu ihnen gehen.«

Marybeth nickte und stand auf. Sie folgte dem Halbling durch die Flure seines Hauses und eine steile Wendeltreppe hinunter in die unterirdischen Bereiche des Gemäuers. Es roch nach feuchtem Staub und Erde. Seltsame Geflechte hingen vereinzelt von der Decke herab. Fußboden und Wände wirkten uneben und als kämen sie aus einer gänzlich anderen Zeitepoche als der Rest des Hauses.

Als sie die anderen erreichten, sprang Feri sofort auf und rannte zu Marybeth hinüber. Ehe sie sich versah oder auch nur dafür wappnen konnte, wurde sie umarmt und ihr Gesicht mit Küssen übersät. »Vicky. Meine Vicky. Ich habe mir solche Sorgen gemacht.«

Marybeth war verwirrt und wusste nicht, was sie sagen sollte. Völlig gehemmt, riss sie sich los. »Danke«, war das Einzige, was sie leise hervorbrachte, aber Feri schien sich nicht daran zu stören.

»Jetzt wird alles wieder gut, Vicky. Alles wird wieder gut.«

»Ich möchte Euch nur ungern unterbrechen«, meldete sich Strohschleier zu Wort, »aber wir haben nur begrenzt Zeit. Ich bin sicher, die Royal Guards oder die Stadtbüttel werden schon bald hier auftauchen und Fragen stellen. Bis dahin solltet ihr über alle Berge sein und keine Spuren mehr auf euch verweisen.«

»Wie ist der genaue Plan?«, fragte Aschepfeil mit seiner ruhigen, bedächtigen Stimme.

»Der Tunnel. Ihr nehmt den Tunnel über den Berg und flieht dann nach Nordosten in die Highlands. Ich habe ein Schreiben für euch aufgesetzt. Miss McDougal verwahrt es bereits sicher zwischen ihren Habseligkeiten. Bringt dieses Dokument zu Jarl McCallahan nach Brightcoast. Er ist ein enger Freund von mir und wird wissen, was zu tun ist. Jetzt kommt es hart auf hart. Der Krieg – unser Krieg – steht kurz bevor. Und wie es scheint, werden wir ihn an der Seite von Königin Marybeth führen.«

»Was wirst du in der Zwischenzeit tun, Geliebter?«, fragte Noura mit ihrer dunklen Stimme und ihrem unverkennbaren Akzent.

»Ich werde die Spuren beseitigen, die zu euch führen, und versuchen, das Chaos in der Stadt zu ordnen. Wir müssen jetzt schnell handeln. Prinz George darf keine Gelegenheit bekommen, sich ein weiteres Mal in unsere Belange einzumischen. Wenn seine Boten kommen, muss die Stadt bereits abgeriegelt und die Outer Realms vereint gegen ihn verbündet sein.«

»Kommt Noura mit uns?«, fragte Marybeth überrascht.

Noura lächelte sie an, doch in ihrem Ausdruck lagen Bitterkeit und Wehmut. »Es bleibt mir nichts anderes übrig. Für den Augenblick ist es auch für mich zu gefährlich in Zartbitter. Sieh mich an. Ich bin anders. Auch wenn ich keine Magierin bin, man würde Gründe finden, mir etwas anzutun.«

Marybeth nickte. »Ich verstehe.«

»So, die notwendigsten Dinge sind allesamt verstaut«, meldete sich Noisy Cat, die gerade dabei war, einen prall gefüllten Beutel zu verschließen. »Ich schlage vor, dass ...«

Der Boden vibrierte und ein lauter Knall erschütterte das Gebäude. Er schnitt der Highlanderin das Wort ab.

»Was war das?«, fragte Feri erschrocken und blickte sich um.

»Das klang, als käme es aus dem Tunnel«, knurrte Catriona und zog einen langen, gebogenen Dolch aus einer Falte ihres Rocks.

»Aschepfeil, McDougal. Ihr seht nach, was im Tunnel vor sich geht.«

Aschepfeil öffnete seine Tasche und entnahm ein schwarzes Kurzschwert, dessen Klinge nahe dem Griff mit gebogenen Dornen zu einem martialischen Folterinstrument geschmiedet worden war. Zum ersten Mal realisierte Marybeth, dass dieser Mann nur wenige Stunden zuvor einen Menschen getötet hatte. Sie wurde blass. Dieser Gedanke war ... erschreckend. Etwas stimmte nicht. Hatte sie eine falsche Abzweigung genommen? Wo war sie hier hineingeraten?

Der schwarzhaarige Diener ging zu einem in die Wand eingelassenen Weinfass und drückte den Zapfhahn nach unten. Es klirrte in der Tiefe unter ihnen, als würde sich eine ausgefeilte Maschinerie in Bewegung setzen, dann schwang die Vorderseite des Fasses nach innen auf. Ein Geheimgang!

Aschepfeil nahm eine Laterne von der Wand und schlich gemeinsam mit Noisy Cat Seite an Seite hinein. Marybeth hörte ihre Schritte im Tunnel verklingen. Nach einigen Minuten kehrten sie zurück.

»Wir sind den Weg ein ganzes Stück weit gelaufen, aber da war nichts«, ächzte Cat, und japste hörbar nach Luft. »Keine Ahnung, was das für ein Knall war, aber drinnen ist uns nichts Verdächtiges aufgefallen.«

»Wunderbar«, antwortete Strohschleier und rieb sich die Hände. »Dann sollten wir keine weitere Zeit verlieren. Die Gelbjacken könnten jederzeit vor der Tür stehen. Je früher ihr von hier fort seid, desto besser.«

Feri reichte Marybeth ihren Geigenkasten und einen Rucksack, dann strich sie ihr aufmunternd durch die Haare. »Hier, deine Sachen, Vicky. Ich habe sie für dich zusammengepackt.«

»Alles klar, haben wir dann alles?«, fragte Catriona, die es offenbar kaum erwarten konnte.

»Wir sind abreisebereit. Wenn mein Herr den Startschuss gibt, können wir gehen.«

»Natürlich«, wisperte Strohschleier. »Verschwindet von hier. Seht zu, dass ihr die Königin in Sicherheit bringt.«

Aschepfeil verbeugte sich, nahm seine Taschen auf und stürmte, allen anderen voran, in die Weiten des Tunnels. Catriona folgte, die ängstlich dreinblickende Noura an ihrer Hand. Zuletzt gingen Marybeth und Feri, die ebenfalls einander festhielten, während sie in die tiefe Schwärze vordrangen.

Es war stockfinster und der Geruch erinnerte Marybeth an Verwesung und nasse Erde. Mehrfach hatte sie das Gefühl, die Wände näherrücken zu sehen, doch wann immer die Angst sie zu übermannen drohte, drückte Feri ihre Hand ein wenig fester und beruhigte sie. Etliche Minuten folgten sie Aschepfeil durch die Finsternis, bis sie in eine große Kaverne kamen. Aschepfeil hob eine Hand und bedeutete der Gruppe, sich ruhig zu verhalten. Inmitten der dunklen Höhle brannte eine einzelne Lichtquelle. Geschlossen näherten sie sich dem flackernden Licht.

»Eine Lampe«, stellte Noisy Cat verwundert fest. »Was bedeutet das?«

»Es bedeutet, dass wir hier nicht allein sind«, knurrte der Diener und zog sein Kurzschwert erneut.

Ein unnatürliches Klatschen erklang und hallte als Echo von den Wänden wider und wider.

»Gut gemacht. Wir sind gerade mal einen Tag hier und ihr seid direkt in unsere Falle getappt. Das nenne ich gut abgepasst.«

»Wer sind Sie?«, rief Aschepfeil und versuchte, den Sprecher auszumachen, doch die Seiten des Raumes ertranken in vollkommener Dunkelheit.

»Wir sind Inquisitoren der Kirche des Einen. Ergebt Euch, und Ihr werdet einen gerechten Prozess bekommen.« Der Mann kicherte bösartig. »Natürlich wird dieser zu eurer Pfählung und Verbrennung führen.«

Noisy Cat prustete. »Ein nettes Angebot, aber wir müssen leider ablehnen. Ich mache euch einen Gegenvorschlag. Zeigt euch, und wir klären das Auge in Auge.«

»Ich hatte gehofft, dass ihr so etwas sagt.«

Plötzlich nahm Marybeth Bewegung von allen Seiten wahr. Mindestens zehn Personen kamen mit gezückten Waffen – Armbrüsten, Hellebarden und Vorderladerpistolen – auf die Gruppe zu. Etwas surrte durch die Luft, flog knapp an Marybeths Gesicht vorbei und blieb mit einem dumpfen Aufschlag in Feris Rucksack stecken.

»Wir werden um einen Kampf nicht herumkommen!«, schrie Aschepfeil und wehrte einen Angreifer behände mit seinem Kurzschwert ab. »Gebt alles, was ihr habt. Wenn ihr es schafft, türmt in Richtung des Ausgangs!«

Ein weiterer Bolzenschuss verfehlte Marybeth um Haaresbreite und Feri blickte sie schockiert an. Mit einem wütenden Aufschrei zog sie ein kleines Schnitzmesser aus ihrer Tasche und wollte damit auf den Schützen losstürmen, als schlagartig der gesamte Boden erzitterte. Sowohl die Inquisitoren als auch Marybeths Gruppe blickten sich verwirrt um.

Als der Boden ein weiteres Mal erschüttert wurde, wusste Marybeth genau, was passieren würde. Sie hatte das schon einmal erlebt. »Lauft!«, schrie sie und stürmte in Richtung Nordosten in den Gang. Einer ihrer Angreifer, ein großgewachsener Mann, bei dem Marybeth einen langen, verfilzten Haarkranz zu erkennen glaubte, stellte sich ihr in den Weg. Er bekam ihren Geigenkasten zu fassen und zog daran. Als der Boden ein weiteres Mal erbebte, traf Marybeth eine Entscheidung. *Entschuldige, Arthur*, dachte sie gequält, dann ließ sie ihr Instrument los und sprang zur Seite. Keine Sekunde zu früh. Da, wo der Kirchenmann und sie noch vor einem Augenblick gestanden hatten, bohrte sich eine gewaltige Dornenranke aus dem Boden und schlug wild um sich. Marybeth zog sich weiter in den hinteren Teil des Raums zurück und ihre Augen suchten panisch nach jeder Bewegung, die auf Freund oder Feind hindeutete. Sie fingerte nervös an ihren Haaren herum, als sie ihre Violine nahe dem angreifenden Gewächs auf dem Boden entdeckte. Dann polterte es, dicht gefolgt von angstverzerrten Hilferufen. Sie schaute auf und sah, wie zwei der Inquisitoren von der Ranke erwischt und gegen die Höhlenwände geschleudert wurden. Einmal und noch einmal. Ihre Knochen brachen und ihre Schmerzensschreie verebbten sofort. Staub rieselte von der Decke.

»Ihr glaubt wohl, ihr könntet uns mit eurer verfluchten Hexerei Angst einjagen. Wir sind die Inquisition! Das hier ist unser Tagewerk!«

Die Rage der Inquisitoren wuchs ins Unermessliche. In einem sonoren Singsang beteten sie ihre Psalmen nieder, während ihre Schwertstreiche und Bolzen die Luft zerrissen und das metallische Klirren aneinanderschlagender Klingen Marybeth in den Ohren schmerzte. Ihr Gehirn fühlte sich an, als würde es jeden Augenblick explodieren. Es war die schiere Vielzahl an Reizen, sie zerrten ihre Aufmerksamkeit von einem

Winkel des Raums zum anderen – und das mehrmals jede Sekunde.

Ein Schmerzenslaut erreichte Marybeths Ohr und zwang sie, sich in die Richtung zu wenden. Aschepfeil war es gelungen, einen der Inquisitoren mit einem gezielten Stich unters Kinn direkt vor die Tore des Einen zu befördern. Er wich den Hieben zweier weiterer Gotteskrieger aus, machte eine elegante Rolle rückwärts und entzog sich so ihrer Angriffslinie, dann entwich er zu Marybeth in den engen Schacht, dicht gefolgt von Catriona, die ebenfalls einen Angreifer niedergestreckt hatte.

»Feri, Noura, gebt acht!«, rief Marybeth, die sah, wie die verbliebenen Inquisitoren ihre Armbrüste ausrichteten.

Feri reagierte sofort, ließ sich auf den Boden fallen und entging sowohl einem Schlag der tollwütigen Ranke als auch den Bolzen der Inquisition. Marybeth lächelte ihr erleichtert zu, schaute zu Noura und erstarrte. Wo eben noch ihr hübsches Gesicht gewesen war, steckten jetzt fünf Armbrustbolzen in ihrem Schädel. Sie taumelte zurück und stürzte zu Boden, wo sie regungslos liegen blieb. Sie war tot.

Feri blickte sie fassungslos an. Sie brüllte vor Zorn auf, packte ihr Messer an der Klinge und schleuderte es mit aller Wucht von sich. Begleitet von einem lauten Schmerzensschrei, blieb es im Auge eines Inquisitors stecken.

»Feri, du kannst nichts mehr für sie tun. Rache ist schön und gut, aber die Ranke wird immer unkontrollierter. Du musst zu uns kommen, schnell!«, rief Noisy Cat ihrer Freundin zu.

Feri drehte sich zähnefletschend zu ihr um. Purer Hass war in ihr Gesicht gemeißelt.

»Cat hat recht. Noura ist tot. Wir brauchen dich, deine Familie braucht dich und Marybeth braucht dich auch. Der Weg ist gerade frei. Komm zu uns.«

Feri warf den Inquisitoren einen gequälten Blick zu, dann glätteten sich ihre Gesichtszüge. Wie eine junge Füchsin rollte sie sich unter einem Schlag der Dornenranke hinweg in Sicherheit und erreichte die Überlebenden ihrer Gruppe gerade im rechten Moment. Der Schlag der Ranke hatte die Höhlendecke abermals mit voller Wucht getroffen. Es knirschte und ächzte, als würde die Welt jeden Augenblick auseinanderbrechen, dann stürzte die Kaverne über der Pflanze und den Inquisitoren zusammen und hinterließ nichts als Verwüstung und eine gewaltige Staubwolke.

»Wir müssen hier weg, schnell«, ermahnte Aschepfeil die anderen hustend.

»Glaubst du, sie werden folgen?«, fragte Cat verwundert.

»Nein, ich bezweifle, dass jemand den Einsturz überlebt hat. Aber ich traue der Stabilität des Tunnels nicht länger. Je früher wir hier rauskommen, desto besser.«

Schweigend setzten sie ihren Weg fort. Keiner von ihnen wollte etwas sagen. Noura war tot, dabei hatte ihre Reise gerade erst begonnen.

Marybeths Inneres fühlte sich betäubt und kraftlos an. Entsprechend düster waren ihre Gedanken. *Es hätte ebenso gut Feri treffen können. Oder mich selbst. Was geschieht nur mit mir? Wohin führt all das?*

Nach einigen Minuten stieg der Weg stark an.

»Wir haben den Mount Oakenheart erreicht«, erklärte Feri Marybeth, als hätte sie danach gefragt, doch nichts lag ihr ferner.

Sie dachte fast gar nichts und stellte auch keine Fragen mehr. Ihr Gehirn war in den Überlebensmodus gewechselt. Sie war hochkonzentriert und nahm selbst die kleinsten Details ihrer Umgebung wahr, ihr Interesse an den Umständen hingegen war beinahe erloschen.

Zusammen bewältigten sie den Aufstieg in aller Eile, kletterten durch eine enge Luke ins Freie und fanden sich einige Augenblicke später in der eisigen Kälte des Winters wieder. Es war windig und es schneite.

Marybeth atmete tief durch. So beängstigend ihre Situation auch war, es tat gut, die Höhlen hinter sich gelassen zu haben. Sie schaute sich rasch um und ließ ihren Blick den Abhang hinunter gleiten. Die Dunkelheit erschwerte die Sicht, doch sie glaubte, das Highoak Memorial zu erkennen.

»Los, verschwenden wir keine Zeit«, stieß Aschepfeil aus. »Wir können bis zum Morgengrauen in Auburn Mill sein und dort einen günstigen Wagen erstehen, der uns nach Brightcoast bringt.«

Feri fiel ihm ins Wort. »Wir haben gerade Noura verloren. Haben wir nicht einen Augenblick Zeit, um durchzuatmen?«

Aschepfeil schüttelte den Kopf. »Es tut mir aufrichtig leid, aber diesen Luxus können wir uns nicht leisten. Wir müssen schnellstmöglich von hier verschwinden, sonst sind wir alle in Gefahr, allen voran eure Freundin Königin Marybeth.«

Feri spuckte wütend aus, dann nahm sie sich sichtlich bemüht zusammen. »Also gut. Machen wir uns auf den Weg. Aber wehe, jemand spricht unterwegs auch nur ein Wort mit mir!«

☙ ☙ ☙

Röchelnd vor Anstrengung erreichte Arthur die Gedenkstätte auf dem Mount Oakenheart. Die Nacht war ruhig. Nichts zeugte davon, dass etwas Schreckliches geschehen sein könnte. Das schenkte ihm Mut.

Nur noch ein kleines Stück, beruhigte er sich selbst und machte sich an den weiteren Anstieg, doch je näher er kam, desto offensichtlicher wurde es, dass niemand oben an der Falltür war. Das konnte nur eines bedeuten …

Als er die Stelle erreichte, bestätigte sich sein Verdacht. Der Zugang war geöffnet worden.

Er horchte in den dunklen Schacht hinein. Es war mucksmäuschenstill. *Hoffentlich ist nichts passiert.* Einen Augenblick lang haderte Arthur mit sich selbst, dann fasste er einen Entschluss. Er schob sich durch die Öffnung, bis er mit seinen Füßen Halt fand, dann ließ er los und fand sich einen Augenblick später in einem düsteren, grob gemauerten Tunnelsystem wieder. »Also gut, Arthur, jetzt oder nie«, murmelte er leise, doch auch das konnte nicht über seine Angst hinwegtäuschen. Zum Glück hatte er die Laterne.

Vorsichtig bewegte er sich mehrere Minuten den engen Gang entlang, bis er verblüfft innehielt. Er war in eine Sackgasse gelaufen. Hatte er etwa eine Abzweigung übersehen?

Er besah sich das Ende des Schachts und realisierte, dass der Durchgang erst vor kurzer Zeit zusammengebrochen sein musste. Er stellte seine Laterne ab um, einer Ahnung folgend, die schweren Steine beiseitezuschieben. Er spürte etwas Weiches an seinen Fingern. Schnell entfernte er weitere Felsen. Es war eine menschliche Hand. Eine verdammte, menschliche Hand!

Arthur ließ sich neben ihr auf den Boden fallen und warf verzweifelt den Kopf in den Nacken. *Durchatmen, Arthur, einfach durchatmen.*

Als Arthur sich einigermaßen gefangen hatte, holte er seine Laterne und beäugte die eingeklemmte Hand genauer. Sie war haarig und verschrumpelt, gehörte wahrscheinlich zu einem Mann jenseits der vierzig und hielt mit eisernem Griff etwas umklammert, eine Art Gebetskette.

Also einer der Inquisitoren, realisierte Arthur. Es war zu spät. Die uralten Mächte der Natur hatten ihnen ein grausames, gewalttätiges Ende bereitet.

Frustriert begab Arthur sich auf alle viere. Er konnte die Männer nicht einfach hier liegen lassen. Mühsam zog er mehrere Steine weg, doch die Verwüstung nahm kein Ende. Plötzlich sah er zwischen den Felsen etwas Goldenes, das den Schein seiner Lampe reflektierte. Er kroch an die Stelle, räumte zwei schwere Brocken aus dem Weg und zog an dem filigran gearbeiteten Griff, welcher sich ihm offenbarte. Er kam ihm schmerzlich vertraut vor. »Bitte nicht«, flehte Arthur in die leblose Stille des Tunnels hinein, doch es war genau, wie er befürchtet hatte. In seinen Händen hielt er die Überreste von Marybeths Violinenkasten.

Völlig ausgelaugt und gebrochen lehnte Arthur sich an die Höhenwand.

Marybeth…

Was sollte er nur tun? War sie ein Opfer des Einsturzes oder gar des Rachefeldzugs ihrer vermeintlichen Freunde? Würde dieser trostlose Korridor tief unter der Erde die letzte Ruhestätte seiner Cousine werden, der wahrscheinlich aufrichtigsten Person, der er je das Glück hatte, begegnen zu dürfen?

Ohne wirklich zu wissen, warum, holte er den Brief aus seiner Manteltasche, den er gemeinsam mit Fletcher in Erntefluts Schließfach gefunden hatte, und las ihn sich ein weiteres Mal aufmerksam durch.

Lieber Jim,

Die Vorkehrungen sind getroffen. Wir haben uns in Al Tamva versammelt und stehen für den Rundum-Schlag gegen die Industrienationen zur Verfügung. Der namenlose Sultan ist informiert und hat den Plan abgesegnet.

Wie geplant, wird das Schiff, mit dem du übersetzt, einem schrecklichen Piratenangriff zum Opfer fallen. Das sollte dir etwas Zeit verschaffen, dich mit uns zu treffen und das weitere Vorgehen im Detail zu planen.

Richte meiner Cousine Ferelith bitte aus, dass ihr Wunsch, dich zu begleiten, nicht erfüllt werden kann. Es ist schlichtweg zu gefährlich und sie ist noch viel zu jung für den Krieg. Zudem braucht der Untergrund eine Oakenheart-Druidin vor Ort und es ist immer besser, wenn eine von uns sich fernab des Stammes aufhält, um im Fall der Fälle das Überleben unserer stolzen Tradition zu sichern.
Richte Feri trotzdem meine Grüße aus,
Für die Erde, die Eicheln und die Wurzeln Highoaks,
Gwynreth Oakenheart

Arthur sank in sich zusammen. Seine Kräfte und Willenskraft hatten ihn vollständig verlassen. Was hatte er nur getan? Aus seiner Angst um Marybeth heraus hatte er sie beschützen wollen und sie damit noch tiefer in die Fänge des Untergrunds gejagt. Wie hatte er Feri Byrne, oder besser ›Ferelith Oakenheart‹, nur seine Cousine anvertrauen können, einer völlig Fremden. Ihre tatsächlichen Absichten lagen jetzt natürlich auf der Hand. Sie hatte Marybeth manipuliert. Sich ein Werkzeug erschaffen. Und nun war Marybeth entweder tot oder in der Gewalt von ihr und ihren Komplizen.

Aber bestand somit nicht ein letzter Funken Hoffnung für Marybeth? Ferelith und ihr Untergrund brauchten Marybeth, oder? Also würden sie sie nicht einfach sterben lassen, solange es in ihrer Macht stand, etwas dagegen zu tun. *Ich kann sie immer noch retten*, dachte Arthur und presste seine Kiefer so fest aufeinander, dass seine Zähne schmerzten. *Ich lasse Marybeth nicht im Stich. Nie wieder! Wenn sie noch lebt, werde ich sie finden!*

Arthur bündelte den letzten Rest seiner Beherrschung und richtete sich auf. Er durfte jetzt nicht aufgeben. Er musste etwas tun.

Er nahm seine Laterne und machte sich schnellen Schrittes auf den Weg zurück zum Ausgang der Tunnel. Wenn sie die Inquisition bekämpft hatten, mussten sie durch den Tunnel gekommen sein. Und wenn sie den Tunnel durch den Zugang nahe der Gedenkstätte verlassen hatten, dann musste es Spuren geben. Niemand konnte über die schlammige Anhöhe entfliehen, ohne zumindest einige Fußabdrücke zu hinterlassen. Jetzt musste er sie nur noch finden.

Arthur wusste, wie verzweifelt sein Unterfangen war. Er hatte keine Wechselkleidung, keinen Proviant und nur wenig Geld bei sich. Doch er musste es versuchen – für Marybeth. Sie war schon viel zu lange allein gewesen!

Kapitel 12 – Pistolen und Schnitte

Marybeth spürte, wie Feri sanft ihre Hand drückte.

»Wir haben es gleich geschafft, Vicky. Bis zum Wegstein, dann machen wir eine Pause.«

»Wir sind die Nacht und den Tag über gelaufen. Jetzt haben wir Abend. Mir tun die Füße weh«, stellte Marybeth nüchtern fest und sah zu Boden.

»Uns allen«, rief Cat von weiter vorn. Sie stiefelte an Aschepfeils Seite voraus und war einige Schritte von Marybeth und Feri entfernt. »Aber wir müssen uns ranhalten. Wir müssen so schnell wie möglich nach Auburn Mills und von dort aus weiter in die Highlands.«

»Wir werden dort ein Pferdegespann und eine Kutsche erstehen«, erklärte Aschepfeil mit ruhiger Stimme. »Je früher wir die Realms verlassen, desto besser. Ich habe permanent das Gefühl, dass uns jemand folgt.«

Cat zuckte die Schultern. »Also ich hab' keinen gesehen.«

Marybeth stimmte ihr insgeheim zu, empfand es aber nicht für notwendig, das zur Sprache zu bringen. Auch sie hatte nichts wahrgenommen, abgesehen von den wenigen Tieren, die ihnen auf ihrem Marsch durch die Wälder begegnet waren.

»Du brauchst keine Angst zu haben, Vicky«, flüsterte Feri Marybeth von der Seite zu, die ihr Schweigen offenbar missverstanden hatte.

»Ich habe keine Angst.«

Feri stockte und wirkte überrascht, sogar beinahe pikiert. »Tut mir leid, Vicky. Ich dachte …«

»Ich habe keine Angst, weil ich nicht glaube, dass da jemand ist«, erklärte Marybeth in einem sanfteren Tonfall und erwiderte den Händedruck ihrer Freundin.

Feri schüttelte den Kopf. »Aschepfeil hat recht. Es könnte durchaus sein, dass uns jemand auf den Fersen ist. Gründe genug gibt es dafür. Was die Behörden betrifft, haben wir die Königin von Loras entführt und zudem einen Trupp der Inquisition auf dem Gewissen.«

»Die Inquisitoren haben uns grundlos angegriffen. Zudem wurden die meisten von ihnen nicht von uns getötet, sondern von der Ranke.«

»Das werden nicht alle so sehen, Vicky.«

»Ich frage mich …«, überlegte Marybeth, ließ den Satz aber unvollendet.

»Was fragst du dich?«, fragte Feri sanft.

»Was hat es mit dieser Ranke auf sich? Ich habe einen solchen Angriff schon einmal erlebt, damals bei der Zeremonie an der Gedenkstätte. Die Ranke ist definitiv magischen Ursprungs. Ich habe früher viel über Magie gelesen. Sie geschieht nicht einfach. Jemand muss sie wirken, entweder in der Gegenwart oder der Vergangenheit. Und sie benötigt Energie.«

Feri schwieg einen Moment. »Welche Schlüsse ziehst du daraus?«

»Der Magier muss in der Nähe gewesen sein.«

»Wenn ich etwas einwerfen dürfte«, rief Aschepfeil von weiter vorn, während er behände, dicht gefolgt von Noisy Cat, eine steile Anhöhe erklomm. »Die einsame Eiche von Highoak ist ein uraltes Heiligtum des Oakenheart-Druidentums. Mächtige Naturmagie treibt in den Ästen dieses Baumes und den Gräsern um ihn herum ihr Unwesen. Ich würde mir nicht zu viele Gedanken um die Anwesenheit eines Magiers machen.«

»Aber wenn der Ort einfach nur verhext wäre und der Zauber sich aus seiner Magie nährt, müsste die Ranke dann nicht immer dort wüten? Sie schien so … gezielt anzugreifen.«

Feri ließ Marybeths Hand los und strich sich einige strähnige, rote Haare aus dem Gesicht. »Vicky … wir müssen uns jetzt auf das Wesentlich-«.

»Wer sagt's denn? Aschepfeil hat recht!«, rief Noisy Cat vom Gipfel des Hügels hinunter und schnitt Feri das Wort ab.

»Was?«, fragte diese überrascht und schaute hinauf. »Was meinst du damit, Cat?«

»Da ist ein Kerl. Sieht aus wie ein einsamer, zerlumpter Wanderer. Aber es scheint, als würde er etwas suchen. Und er folgt unserer Fährte ziemlich genau. Könnte ein Zufall sein. Möchte aber nicht drauf wetten.«

»Scheiße«, zischte Feri leise und nahm erneut Marybeths Hand. »Keine Angst, Vicky. Ich passe auf dich auf.«

»Wieso glaubst du ständig, ich hätte Angst?«, fragte Marybeth und runzelte die Stirn. Ihre Freunde verhielten sich sonderbar. Selbst sie erkannte das.

Feri erhöhte den Druck in ihren Fingern. »Vielleicht, weil ich selbst Angst habe.«

»Wovor hast du Angst?«

»Das weißt du wirklich nicht?«

Marybeth schüttelte den Kopf.

Feri seufzte. »Für dich mag eine Entdeckung nicht besonders gefährlich sein. Für uns würde es bedeuten, dass man uns bei nächster Gelegenheit aufknüpft. Allein schon deinetwegen.«

»Meinetwegen? Warum? Ich bin freiwillig geflohen.«

»Marybeth…«

Abermals wurde Feri von Noisy Cat unterbrochen. »Es scheint, als folgt uns dieser Kerl tatsächlich. Er blickt immer wieder in unsere Richtung. Kann leider sonst kaum etwas über ihn sagen. Seine Kleidung sieht aus, als wäre er gerade aus dem Matsch gekrochen.«

»Auch wenn ich dies ungern täte, ich könnte ihn wohl mit einem Bolzen erwischen«, schlug Aschepfeil vor. »Meinen Bogen habe ich nicht dabei, jedoch habe ich eine Handarmbrust im Gepäck.«

»Nein«, entschied Feri, bevor jemand anderes etwas sagen konnte. »Es soll niemand unnötig verletzt werden. Wir wissen nicht einmal, wer der Kerl ist. Womöglich ist er nur ein Landstreicher, der sich etwas zu essen erhofft.«

»Ich könnte das herausfinden«, merkte Noisy Cat an. »Ich bin in der ganzen Sache deutlich weniger tief drin als ihr. Wenn Mr. Schlammschleicher wirklich ein Büttel oder so sein sollte, dann schaffe ich es schon, mich rauszureden und ihn auf die falsche Fährte zu locken. Und wenn nicht … tja, umso besser.«

»Von mir aus, aber erst, wenn wir Auburn Mills erreicht haben. Es sind nur noch wenige Stunden von hier. In der Stadt ist es etwas sicherer. Wir warten dann auf dich, Cat?«

»Ach was. Ihr besorgt eure Kutsche und macht euch wie geplant auf den Weg nach Brightcoast. Ich komme schon klar. Es fährt eine Eisenbahn dorthin. Wir können uns einfach da treffen.«

Marybeth merkte deutlich, dass die Idee Aschepfeil nicht gefiel. Er schwieg einige Sekunden, als würde er über etwaige Alternativen nachdenken, dann schüttelte er resigniert den Kopf. »Also gut, Cat. Jemand sollte sich unseren Verfolger mal genauer ansehen. Und du hast recht, du bist unsere beste Option. Dann kommt jetzt. Wir sollten noch vor Anbruch der Dunkelheit dort sein, wenn wir noch einen gescheiten Händler antreffen wollen.«

Marybeth blickte überrascht zu Feri. »Also keine Pause am Wegstein?«

Feri seufzte. »Es sieht wohl nicht danach aus. Tut mir leid, Vicky.«

Als er die südwestlichen Ausläufer der Kleinstadt Auburn Mills erreichte, war Arthur vollkommen erschöpft. Sofern die Mechanik seiner Taschenuhr noch sauber lief, war es beinahe zweiunddreißig Stunden her, dass er das letzte Mal geschlafen hatte. Nacht und Tag war er gewandert, seine Augen stets nach Spuren suchend auf den Boden geheftet. Er war voller Schlamm und auch seine Haare starrten vor Dreck. Seine Kleidung war nicht einmal mehr ein Fall für die Waschküche.

Er ließ sich bibbernd auf einer Bank unter einem hölzernen Pavillon nieder. Einen Augenblick verschnaufen …

Arthurs Blick wanderte durch den urigen, kleinen Ort. Es war die nördlichste Siedlung der Outer Realms. Wenn man von hier aus der Straße nach Brightcoast folgte, überquerte man nach wenigen Stunden die Grenze zu den Restfall Highlands. Ob Marybeth sie bereits erreicht hatte? Zumindest wusste er mittlerweile, dass sein Gefühl ihn nicht getäuscht hatte. Marybeth lebte. Er hatte sie zwar nur aus weiter Entfernung gesehen, aber er war sich sicher. Sie schien den anderen völlig ergeben zu folgen. Kein Wunder. Wahrscheinlich hatte sie keine Ahnung, mit wem sie unterwegs war.

»Guten Abend.«

Arthur drehte sich um und sah in das Gesicht einer hübschen, aschblonden Frau, die sich neben ihn auf die Bank gesetzt hatte. Sie trug eine exzentrische Kombination von Kleidungsstücken: Den klassischen Kilt der Highland-Bewohner, einen langen Wildledermantel und eine dicke, karierte Wolldecke, welche sie um ihre Schultern gehüllt hatte. Ihr gesamtes Erscheinen wirkte sonderbar. Arthur kannte die Frau nicht und hätte es gern dabei belassen, allerdings war es unwahrscheinlich, dass sie sich grundlos neben einen schmutzigen und wahrscheinlich übelriechenden Herumtreiber setzte.

»Den wünsche ich ebenso«, murmelte Arthur und wickelte sich tiefer in seine verdreckte Anzugjacke. »Kann ich etwas für Sie tun?«

»Du könntest mir sagen, wer zum Teufel du bist und was du im Schilde führst.«

Arthur runzelte seine schlammverkrustete Stirn. »Was meinen Sie damit?«

»Lass mich ganz offen sein, Mister. Mir fiel auf, dass du eine Gruppe Reisender verfolgt hast. Was wolltest du von ihnen? Du trägst keine Uniform, bist also weder Büttel noch Soldat. «

»Entschuldigen Sie, Miss, aber das ist meine Sache. Außerdem gehen Sie weder mein Beruf noch meine Ziele etwas an.«

Die Frau lächelte spöttisch und machte dann eine plötzliche Bewegung mit ihrem Arm. Arthur spürte, wie sich etwas Hartes in seine Seite drückte. Er blickte hinab und erkannte erschrocken den Lauf einer kleinkalibrigen Handfeuerwaffe. Er spürte, wie ihm das Herz in die Hose sackte.

Wieso jetzt?, dachte Arthur resigniert. Er fühlte sich halb erfroren, völlig am Ende seiner Kräfte und definitiv außerstande, sich im Notfall zu verteidigen.

»Das sehe ich anders. Du hast die falsche Gruppe verfolgt. Unsere Angelegenheiten sind unsere Sache. Es gefällt uns nicht, wenn uns jemand dabei in die Quere kommt.«

Verdammt, was sollte er jetzt tun? Nach Hilfe rufen? Mit einem Blick in das finstere Gesicht der fremden Frau entschied er sich hastig dagegen. Er musste Zeit gewinnen. »Sind Sie eine Mitreisende der Gruppe?«

Sie lächelte spitz und presste die Waffe noch fester gegen seinen Leib. »Könnte man so sagen.«

Arthur sog die Luft ein. Wenn diese Frau eine Begleiterin von Feri Byrne war, dann war auch sie brandgefährlich. Er musste seine Worte sorgsam wählen. Die Waffe, die schmerzhaft gegen seine Taille stieß, bekräftigte diesen Eindruck. Sollte er es mit der Wahrheit versuchen? Aber diese Leute hassten die Königsfamilie. Es war nicht unwahrscheinlich, dass sie ihn, sobald er sich zu erkennen gab, sofort niederschoss. Das wäre zwar auch für sie ein nicht unerhebliches Risiko, doch er wollte es lieber nicht riskieren.

»Ich bin Ihnen gefolgt, weil ich gehofft hatte, mich Ihnen anschließen zu können«, log Arthur schließlich.

Die Frau zog skeptisch eine Braue hoch. »Unfug.«

»Überhaupt nicht. Ich habe Sie und Ihre Begleiter von Weitem gesehen und dachte, es könne nicht schaden, gemeinsam zu reisen. Die Straßen sind überaus gefährlich dieser Tage.«

Die Frau lockerte den Druck mit der Pistole etwas, ließ sie jedoch nicht sinken. »Du behauptest also, nichts weiter als ein einfacher Wanderer zu sein, ja?«

»Das tue ich.«

»Wie heißt du?«

»Prince. A-«, Arthur unterbrach sich selbst. Mit seinem Vornamen und dem erfundenen Nachnamen, den Fletcher ihm gegeben hatte, konnte man nicht einmal einen Schwachkopf täuschen und diese Frau wirkte argwöhnisch genug. »Alois Prince. Ich bin ein wandernder Dichter.«

Das Detail hatte gesessen. Er hatte sie überrascht.

Die Frau verzog nachdenklich ihren Mund. »Ein Dichter also. Gut, trage ein Gedicht vor. Überzeug' mich.«

Mist, damit hätte ich rechnen müssen, verfluchte Arthur sich in Gedanken und bemühte sich, etwas aus einem der Gedichtsbände seiner Kindheit aus den tiefsten Winkeln seines Gedächtnisses hervorzukramen.

»Los, ich warte«, forderte die Dame und fuchtelte mit ihrer Waffe beunruhigend nahe an seinem Körper herum.

»Ja, ja, geben Sie mir einen Moment. Die Muße ... ich bin Künstler, Sie verstehen?« Er atmete tief durch. »Winterkalt.« Leider hatte es nur für einen peinlichen, alten Kinderreim gereicht. »Der Schnee fällt weit und weiß. Sommersonn, die uns wärmt so heiß. Unter ging sie im braungelben Herbstesregen, doch im Frühjahr kommt erneut ihr Segen.«

Die Fremde blickte ihn mitleidig an. »Das war scheiße. Andererseits haben Sie nicht behauptet, ein *guter* Dichter zu sein, mh?« Sie überlegte kurz. »Sie machen mir einen wenig beeindruckenden und ziemlich harmlosen Eindruck. Ich werde Ihnen nichts tun. Dieses Mal.« Sie strich mit dem Lauf ihrer Waffe spielerisch lasziv seinen Körper hinauf, bis er kalt gegen Arthus Adamsapfel drückte. »Wenn ich dich in Brightcoast sehe, wie du dich in unserer Nähe herumtreibst, oder du so dumm bist, aufzustehen und die Büttel auf mich zu hetzten, dann blase ich dir die Birne weg. Klar soweit?«

»Ganz klar«, sagte Arthur kleinlauter, als er es beabsichtigt hatte. Seine fehlende Souveränität enttäuschte ihn selbst, wenngleich sie nicht zuletzt seinem erbärmlichen Zustand geschuldet war, und er fühlte sich in seine Kindheit im Haus seines Vaters zurückversetzt. Es war kein gutes Gefühl.

»Wundervoll«, hauchte die Frau spitzbübisch, zog ihre Pistole zurück und sicherte sie. »Ach, übrigens ... ich an deiner

Stelle würde hier nicht in nasser Kleidung auf den Tod warten. Besorg' dir lieber ein Zimmer, sonst erfrierst du.«

»Ich habe nicht genug Geld bei mir.«

Sie schaute ihn mitleidig an. »Kein Wunder. Bei deiner ›Dichtkunst‹. Hier, nimm das.« Sie öffnete die Brosche, welche die Wolldecke zusammenhielt, die ihre Schultern wärmte und reichte ihm den weichen Stoff.

Arthur blickte sie verwirrt und überrascht an. »Ich danke Ihnen, Miss …«

»Einfach Cat«, winkte die Frau ungeduldig ab. »Siehe es als eine kleine Entschädigung für meine klaren Worte. Ich wollte dir eine Warnung aussprechen, nicht, dass du hier draußen krepierst.«

»Aber Sie haben mich eben noch mit einer Waffe bedroht!«

Sie grinste schelmisch. »Und da du kein Schwachkopf bist, wirst du sicherlich deine Konsequenzen daraus ziehen. Jetzt wünsche ich einen angenehmen Abend, Mister.« In einer reichlich übertriebenen Geste hauchte sie ihm einen Kuss zu, dann ging sie erhobenen Hauptes in die entgegengesetzte Richtung.

Arthur blieb schweigend sitzen. Erst jetzt spürte er, wie schnell sein Puls ging und wie sich viel zu spät das Adrenalin in seinem Kreislauf bemerkbar machte. Es war ein Albtraum. Dieses Weib hatte seinen Standpunkt deutlich klargemacht, aber konnte er jetzt einfach aufgeben und seine Cousine sich selbst überlassen?

Die Frau hatte Brightcoast erwähnt. Also waren sie dorthin unterwegs. Er durfte jetzt allerdings nicht vorschnell handeln, sonst machte sie ihre Drohung noch wahr. Es blieb ihm nichts anderes übrig, als Marybeth und ihren Entführern einen Vorsprung einzuräumen. Arthur wickelte sich eng in die Wolldecke und schloss seine Augen. *Diese Anstrengung, der lange Marsch… Nur etwas Schlaf. Nur ein kleines bisschen Schlaf…*

Marybeth starrte in den Spiegel. Er war leer. Kein Spiegelbild blickte ihr entgegen, nur der leere Baderaum des Sanatoriums. Doch sie war nicht allein. Ihre Mitpatienten standen neben ihr. Sie trugen Jacken aus schwerem Leder, deren Arme auf dem Rücken miteinander vernäht waren, und standen an einer langen Reihe aus Waschbecken. Ihr Nebenmann schaute verzückt in das reflektierende Glas und seine roten Haare standen wirr in alle Richtungen. Sie versuchte, einen Blick auf sein Gesicht zu erhaschen, doch es gelang ihr nicht. Egal, wie sie sich bewegte, er wich aus. Doch dann, plötzlich, wandte er sich ihr grinsend zu. Es war das Gesicht ihres Cousins, doch seine Züge waren vom Wahnsinn verzerrt. Auch die anderen Patienten drehten ihre Köpfe in ihre Richtung. Jeder von ihnen trug Arthurs Gesicht, seine roten Haare. Und jeder von ihnen grinste.

Schreiend sprang Marybeth zurück und spürte die festen Griffe der Aufseher unter ihren Armen. Verwirrt blickte sie nach links — der große Blonde, der ihr bereits häufig aufgefallen war, hielt sie fest umklammert. Sie wandte sich in die entgegengesetzte Richtung und erstarrte. Eine rothaarige Frau mit Sommersprossen, die Schiebermütze frech auf ihrem kurzen, fransigen Haar, taxierte sie mit einem strengen Blick. Feri …

Der Boden bebte. Wölbte sich bedrohlich empor, dann brach er auf und-

»Alles in Ordnung dahinten? Dieses Schlagloch habe ich nicht gesehen, verzeiht mir bitte.«

Marybeth schlug binnen einer Sekunde ihre Augen auf und blickte abermals in Feris Gesicht. Ihre Augen waren geschlossen, die Lippen dafür leicht geöffnet. Ganz offensichtlich schlief sie noch.

Marybeth setzte sich auf und sah zu Aschepfeil hinüber, der jeder Erschöpfung zum Trotz stoisch die Zügel des kleinen

Planwagens in der Hand hielt, den sie in der Stadt erstanden hatten. »Wo sind wir?«

»Mh …«, brummte Aschepfeil für seine Verhältnisse sehr wortkarg. »Schaut nach links. Seht Ihr die aufgewühlte, stürmische See?«

Marybeth kletterte nach vorn zum Kutschbock und streckte den Kopf hervor. Ihre Augen folgten den Anweisungen Aschepfeils. Tatsächlich fiel der Weg zu ihrer Linken steil ab und endete in einem scharfen Kliff, an dem sich monströse Wellen brachen. Es regnete und entfernte Blitze erhellten immer wieder den Horizont.

Die Kutsche wackelte und ächzte, während Aschepfeil darum bemüht war, sie sicher über den engen Klippenpfad zu manövrieren.

»Das ist das Geißelmeer«, murmelte Aschepfeil. »Es ist der beunruhigendste Ort dieser Welt, wenn Ihr mich fragt. Kein Mensch hat es je überquert und ich wette, nichts und niemand kann da draußen überleben, außer vielleicht die Marelliden unter der Meeresoberfläche.«

»Hört das Seefahrerherz am End' auf zu pochen, reißen spitze Zähne das Fleisch von den Knochen. Das ist der Grund, dass dort schwimmt kein Boot, die Marelliden des Geißelmeers, sie bringen den Tod«, rezitierte Marybeth einen Text aus ihrer Kindheit, der ihr automatisch bei seinen Worten in den Kopf gekommen war.

Aschepfeil drehte überrascht seinen Kopf zu ihr. »Ihr kennt den Marelliden-Shanty?«

»Ja«, gab Marybeth zu, »ich habe in einem Buch von ihm gelesen. Die Marelliden haben mir früher Angst gemacht.«

»Das sollten sie auch«, stimmte Aschepfeil ihr ernsthaft zu. »Niemand, der noch bei klarem Verstand ist, würde jemals versuchen, das Geißelmeer zu überqueren. Wie du schon sagtest:

Die Marelliden des Geißelmeers bringen den Tod. Und wenn sie es nicht tun, dann erledigen das die Sturmböen oder die Riesenwellen.«

»Sie haben nicht auf meine Frage geantwortet«, bemerkte Marybeth.

»Ihre Frage?«

Sie nickte. »Ich fragte, wo wir uns gerade befinden.«

»Um ehrlich zu sein, bin ich selbst nicht sicher«, flüsterte Aschepfeil. »Ich kann es nicht abschätzen. Jeder Hügel, jeder Stein und jede Welle sehen hier gleich aus und ich bin völlig erschöpft.«

Das war keine gute Nachricht. »Soll ich Sie an den Zügeln ablösen?«

Aschepfeil schüttelte den Kopf. »Nein. Ihr kennt den Weg noch weniger als ich. Zudem bezweifle ich, dass Ihr jemals selbst eine Kutsche geführt habt. Seht mir meine Offenheit und Sturheit bitte nach.«

»Sie haben recht. Kann ich sonst etwas für Sie tun?«

Es kam nicht sofort eine Antwort. Tatsächlich hatte Marybeth das Gefühl, dass Aschepfeil zögerte. Doch dann nickte er. »Öffnet bitte meine Tasche. In ihrem Inneren befinden sich einige Messer. Bringt mir bitte eines davon.«

Wozu benötigt er denn jetzt ein Messer, fragte sich Marybeth verwirrt, erfüllte die ihr gestellte Aufgabe aber gewissenhaft.

»Danke, Eure Majestät. Legt Euch noch etwas hin. Ich werde uns sicher nach Brightcoast bringen, darauf gebe ich Euch mein Wort.«

»Sind Sie sicher, dass ich nicht-«

»Ja«, antwortete Aschepfeil ungewöhnlich streng. »Bitte legt euch wieder hin und überlasst mich meinen Gedanken. So kann ich mich am besten wachhalten.«

Etwas in seinem Ton zwang Marybeth, seinem Willen zu folgen. Sie legte sich wieder neben Feri. Einen kurzen Moment zögerte sie, dann nahm sie ihre Hand. Es fühlte sich gut an, sie nahe bei sich zu wissen. Sie spürte, wie die Last der Einsamkeit von ihr wich. Aschepfeil hatte recht, sie sollte noch etwas schlafen. Sie war noch immer so unglaublich müde.

Aus ihrem Augenwinkel glaubte sie, zu sehen, wie Aschepfeil sich murmelnd mit seinem Messer in den Finger schnitt. Das musste die Erschöpfung sein. Wieso sollte jemand so etwas tun? *So ein Unsinn, Marybeth,* flüsterte ihre Gedankenstimme besänftigend, während sie langsam in die Welt der Träume entglitt.

҉ ҉ ҉

»Steh' auf, Mann, Auburn hat keinen Platz für Penner und Bettelbrüder. Mach' dich vom Acker.«

Arthur öffnete seine Augen und blickte in das mürrische, runde Gesicht eines korpulenten Mannes mit grauem Schnurrbart. Arthur musste sich ein Schmunzeln verkneifen, als sein müdes Gehirn sofort das Bild eines Walrosses aus einem seiner Schulbücher hervorrief.

»Verzeihen Sie, Sir. Ich bin kein Bettler, nur ein Wanderer.«

»Nenn's, wie du willst, aber auf der Bank pennen darfst du trotzdem nicht.«

»Verzeihung. Soll nicht wieder vorkommen.«

»Gut«, brummte der Mann, nahm eine Harke und machte sich daran, die Grasfläche, um den Pavillon herum zu bearbeiten.

»Sagen Sie, Sir. Wie gelange ich von hier schnellstmöglich nach Brightcoast?«

»Ist 'ne Reise, Junge. Das schaffste mit 'nem schnellen Pferd in knapp zwei Tagesreisen. Siehst aber nicht so aus, als ob du dir eins leisten könntest.«

Arthur wollte widersprechen, doch als er seinen schlammigen Arm hob, musste er sich eingestehen, dass der Mann recht hatte. Tatsächlich hatte er nahezu kein Geld bei sich. Er hatte bei ihrer Freilassung alles Miss Byrne gegeben, schließlich war er nicht davon ausgegangen, derart überstürzt abreisen zu müssen, und hätte sich jederzeit neues Geld von Lawrence schicken lassen können. »Gibt es noch andere Möglichkeiten?«

Der Mann dachte nach. »Wenn du ein paar Silvers übrig hast, kannst du zum Bahnhof nördlich der Stadt gehen. Da fährt 'ne Lok nach Brightcoast, einmal am Tag, wenn man den schweren Maschinen traut. Geht sogar etwas schneller als mit'm Gaul. Mich würden aber keine zehn bis an die Zähne bewaffneten Oger-Söldner in so ein Teufelsteil hineinbringen. Nay, mein Junge, das ist nichts für mich. Aber ich bezweifle eh, dass sie dich so mitfahren lassen in dem Aufzug.« Der Mann hob seinen Blick und beäugte den Angesprochenen unbedarft, bis seine Augen an der goldenen Kette hängen blieben, die Arthurs Taschenuhr mit seiner Jacke verband.

Die Uhr selbst ragte nur wenig über die Oberkante von Arthurs Brusttasche hinaus.

»Den Klunker da«, sagte der Mann und zeigte auf das Schmuckstück, »das Teil kannste bei Clauss verkaufen. Das ist unser Krämer, gleich da vorn, die Straße entlang. Bin mir sicher, für das Teil kriegst du ein paar anständige Klamotten und 'ne Fahrkarte für die Eisenbahn.«

Arthur zog seine Taschenuhr hervor und betrachtete sie bedauernd. Der Mann hatte recht. Sie war das Einzige von Wert, was er in diesem Moment bei sich trug. Wenn er sich von ihr trennte, könnte er seine Weiterreise nach Brightcoast bezahlen.

Er bedankte sich und machte sich auf den Weg zu dem genannten Händler, aus dessen Geschäft er wenig später mit einem schlecht sitzenden roten Hemd und einer grauen Leinenhose, die lediglich von einer grünen Schärpe gehalten wurde, hinaustrat. Er sah aus wie die Karikatur eines Piraten. *Des schlechtesten Pirats aller Meere*, fügte Arthur in Gedanken hinzu, während er zu Fuß in jene Richtung aufmachte, die der Händler ihm als Weg zum Bahnhof beschrieben hatte. Auch wenn er aussah wie Kapitän Rotebäck aus dem berühmten Groschenroman, er durfte sich von derlei Eitelkeiten nicht ablenken lassen – es galt einen Zug zu entern und eine blondgelockte Jungfrau in Nöten zu retten. Ironischerweise entsprach das im Wesentlichen auch der Handlung von Kapitän Rotebäck. Zumindest die Kampffähigkeiten des Piraten wären ihm durchaus willkommen gewesen. Die Drohungen der bewaffneten Frau in der Nacht hallten noch deutlich in seinen Ohren nach und er konnte nicht behaupten, dass ihm dies keine Kopfschmerzen bereitete.

⛥ ⛥ ⛥

»Vicky, Vicky, wach auf«, bohrte sich Feris Stimme in Marybeths Traumwelten hinein.

Sie öffnete langsam ihre Augen. Die Müdigkeit ihrer Reise steckte noch immer in ihren Knochen. »Was ist los?«, murmelte sie und hatte Mühe, sich zu orientieren.

»Ich wollte dich aufwecken! Die Outer Realms liegen hinter uns, wir sind in Sicherheit. Und sieh nur!« Sie deutete geradeaus aus dem Planwagen hinaus nach vorn.

Marybeth kletterte zum Kutschbock und begrüßte Aschepfeil, der überraschend erfrischt wirkte, dann blickte sie konzentriert nach vorn.

Sie führen einen steilen Klippenweg hinauf, der sichtbar noch einige Wegstunden für sie bereithielt. In der Ferne am Ende des Weges konnte sie unter den kreisenden Möwen eine riesige Stadt ausmachen, die ehrfurchtgebietend zwischen den grasbewachsenen Highlands, dem felsigen, grauen Klippenpfad und dem stürmischen Ozean lag. Ihre weißen Mauern glänzten im Sonnenlicht, und ein großer, runder Turm reckte sich aus ihrem Häusermeer hinaus in den Himmel.

Sie kannte diese Stadt, war in der Vergangenheit sogar bereits hier gewesen. Brightcoast, das Juwel der Highlands. Sie hatten ihr Ziel beinahe erreicht.

Kapitel 13 – Uniformen und weite Sicht

Das Innere des Zuges wirkte im Vergleich zu denen, die Arthur aus seiner Heimat gewohnt war, eher schlicht und funktional. Missgünstigere Menschen hätten es möglicherweise sogar als heruntergekommen bezeichnet.

Er blickte aus dem Fenster. Die Berglandschaft der Restfall Highlands zog still, aber eindrucksvoll an ihm vorbei wie die Beine eines schlafenden Riesen. Eines viel zu großen Riesen, dessen Extremitäten so lang waren, dass die Reise an ihnen vorbei den gesamten Tag benötigte. Wieso musste das so lange dauern?

Seufzend zog er seinen Geldbeutel. Er zählte die Münzen, die der Verkauf seiner Taschenuhr ihm eingebracht hatte. Viele waren nach dem Kauf der Fahrkarte und dem Verschicken eines Eilbriefs nach Sanctum nicht übrig geblieben. Hoffentlich reichten sie für einen Schlafplatz und Nahrung für die nächsten Tage – zumindest lange genug, bis sein Diener Lawrence ihm antwortete und das benötigte Bargeld nach Brightcoast schickte.

Lawrence… hoffentlich kam er zurecht. Arthur hatte nie eingeplant, derart lange wegzubleiben, insbesondere da die Geschehnisse der letzten Zeit politisch zunehmend unbequem wurden. Gerade jetzt bräuchte die Barony ihren Viscount, aber er konnte Marybeth nicht im Stich lassen. Und Ärger würde es ohnehin geben. Es war mittlerweile ausgeschlossen, dass die Spione, die sein Vater sicherlich auch in Sanctum beschäftigte, ihm nicht unterdessen von dem besorgniserregenden Fortbleiben des Prinzen berichtet hatten. Nein, George wusste mittlerweile definitiv Bescheid, und nach den jüngsten Ereignissen würde selbst ein geistiger Blindgänger wie er die richtigen Schlüsse gezogen und entsprechend reagiert haben.

Arthur stand auf. Die Gedanken an die Situation bereiteten ihm Kopfschmerzen. Sicher war es besser, sich im Zug etwas die Beine zu vertreten. Er schob sich an der alten Dame vorbei, die schnarchend auf dem Platz neben ihm zusammengesackt war, und ging den schmalen Korridor zwischen den Sitzbänken entlang. *Diese Eisenbahn wirkt wirklich etwas schäbig*, dachte Arthur wie zur Bestätigung seiner Gedanken von vor wenigen Minuten. Selbst der Bodenbelag, eine Art Vliesteppich, sah abgenutzt aus und hatte unzählige Löcher und Verschmutzungen.

Am Ende des Ganges angekommen, öffnete er die Abteiltür und fand sich im Freien auf der Übergangsplattform über den Pufferbohlen wieder. Er füllte seine Lungen mit der frischen Bergluft.

Auf einmal drang ein schrilles Pfeifen in Arthurs Ohren, dicht gefolgt von einem grellen Quietschen. Ein Ruck ging durch den Zug und er wurde zunehmend langsamer, bis er ganz anhielt. Undefinierbare Rufe erklangen, ebenso wie die Hufe von galoppierenden Pferden. Was passierte hier?

Plötzlich hörte er eine tiefe Männerstimme. »Hörst du mir nicht zu, alter Narr?«, brüllte sie jemanden an.

Erschrocken horchte er auf. Wurden sie etwa überfallen, hier und jetzt, mitten im nirgendwo?

Er spitzte die Ohren und vernahm eine weitere, leisere Stimme, konnte ihre Worte jedoch nicht verstehen. Sein Herz schlug ihm bis zum Hals.

Einer inneren Eingebung folgend, wandte er sich um und griff an die Sprossen der Leiter, die dem Eisenbahnpersonal den Zugang zum Dach ermöglichte. So leise wie möglich kletterte er daran empor und reckte oben angekommen vorsichtig seinen Hals, um sich ein Bild über die Lage zu verschaffen.

Er selbst befand sich an der Hinterseite des ersten Waggons. Vor diesem befand sich lediglich die Lok selbst. Sie wurde von einem Bataillon uniformierter Reiter flankiert. Arthur erkannte die Uniformen: Es waren Soldaten der Loras Imperial Army, begleitet von gut einem Dutzend Krieger in weiß-roten Kutten.

Verdammt!, dachte Arthur schockiert, als sein Verstand realisierte, was das alles zu bedeuten hatte. Die Zeit der Ruhe und Vorsicht war vorbei. George machte ernst.

»Ich sag's nochmal!«, rief die unverständliche Stimme von eben, die sich als die des Lokführers entpuppte, »Ihr habt kein Recht, diesen Zug anzuhalten. Dies ist nicht Loras, wir sind in den Restfall Highlands. Wir sind ein eigenständiges Land!«

»Schweig still! Die Highlands sind ein eigenständiger Staat, ja, aber regiert werdet ihr von der Königin – oder wie in diesem Fall, von ihrem rechtmäßigen Vertreter. Zudem werden wir von Inquisitoren der Kirche begleitet. Prinzregent Ravenwood hat uns eine umfassende Legitimation mitgegebenen. Diese umfasst notfalls den Einsatz von Gewalt. Ich an deiner Stelle würde lieber kooperieren«, antwortete ein Mann in grauer Offiziersbekleidung.

»Machen Sie, was Ihnen gefällt, Sir. Aber ich werde das melden!«, zeterte der Lokführer wütend.

Der Offizier lachte, ebenso wie einige seiner Männer. »Wenn es Ihnen Freude bereitet. Leute? Durchsucht den Zug. Ihr wisst, wie die Verdächtigen aussehen. Ein rothaariges Luder, ein langhaariger, mörderischer Bastard und wie unsere irrsinnige Königin aussieht, muss ich hoffentlich niemandem erst erklären.«

Seine Männer grölten Beifall und setzten sich in Bewegung in Richtung der Waggons. Nur ein Mann, er trug ebenfalls graue Offiziersbekleidung, blieb stoisch stehen und taxierte den Anführer des Trupps.

»Sie mögen das Kommando über diese Operation haben, Marshall Girbert. Solange ich jedoch den höheren Rang bekleide, dulde ich in meiner Gegenwart keine üble Nachrede Ihrer Majestät. Ich kenne Königin Marybeth persönlich, ebenso wie viele andere Mitglieder der königlichen Familie. Ich kann Ihnen versichern, dass ›irrsinnig‹ ein völlig unangebrachtes Wort für sie ist.«

»Haben Sie sich nicht so. Sie sind zu steif, Kensington. Man sollte meinen, dass Sie die Zeit im Süden unter Ogern und Zwergen etwas lockerer gemacht hat.«

Kensington? Arthur reckte seinen Kopf noch etwas weiter, um mehr erkennen zu können. Er traute seinen Augen nicht. Dort unten stand tatsächlich Lord-Admiral Kensington. Derselbe Kensington, der seinerseits einer der engsten Vertrauten seines Onkels, des verstorbenen Königs Harold gewesen und Marybeth gegenüber stets positiv eingestellt gewesen war. Das konnte seine Chance sein.

»Dieses Urteil steht anderen als Ihnen zu, Girbert. Wäre ich Sie, würde ich meine Zunge im Zaum halten. Sie wollen doch nicht, dass ich Sie melde, oder?«

»Nein, natürlich nicht«, erwiderte Girbert.

»Natürlich nicht, was?«, fragte Kensington.

»Natürlich nicht, Sir!«

»Gut so.« Kensington wandte sich an den Lokführer. »Verzeihen Sie das Verhalten des Marshalls. Wir werden unsere Durchsuchung so schnell wie möglich durchführen und Ihre Weiterfahrt nicht länger verzögern als nötig.«

Plötzlich zerrte jemand an Arthurs Bein.

»Was treibst du da oben, Rotschopf? Wolltest du dich etwa aus dem Staub machen? Komm sofort da runter.«

Arthur blickte nach unten und erstarrte. Einer der Soldaten, die den Zug durchsuchten, hatte sein Fußgelenk gepackt und schaute grimmig zu ihm hoch.

Verdammt. Was sollte er jetzt machen? Nach ihm austreten und fliehen? Wenn er erschossen werden wollte, war das sicher eine gute Idee.

»Komm jetzt runter, sonst helf' ich nach«, knurrte der Soldat und verstärkte seinen Griff.

Arthur stöhnte. Er hatte keine Wahl. Vorsichtig stieg er die Sprossen der Leiter hinab.

Nachdem er unten angekommen war, betrachtete der Soldat ihn prüfend. »Na sowas. Du bist zwar ein Rotschopf, aber ganz sicher kein Mädchen. Du bist keiner der Gesuchten. Warum wolltest du türmen? Was hast du zu verbergen?«

»Kensington«, stotterte Arthur. Er hatte seine Antwort eleganter artikulieren wollen, doch die Aufregung und der Schreck hatten seinen Verstand zu stark aufgewühlt.

»Bitte, was?«, fragte der Soldat stirnrunzelnd.

»Lord Kensington. Ich spreche nur mit ihm.«

»Du hast Nerven, Bursche. Erst willst du das Weite suchen, dann glaubst du, ich lasse dich einfach zu einem meiner Offiziere.«

»Ich habe Informationen. Über Marybeth. Über die Ereignisse in Zartbitter. Aber ich werde mit niemandem sprechen, außer mit Kensington. Darauf gebe ich Ihnen mein Wort.«

Der Soldat kniff seine Augen misstrauisch zusammen. »Du weißt aber 'ne ganze Menge, mh? Wer zum Teufel bist du, Junge?«

Arthur wusste, dass es vernünftig wäre, diplomatisch zu antworten, jedoch konnte er die Entladung seiner Unruhe und des aufkeimenden Zorns nicht länger aufhalten. »Das geht sie einen feuchten Kehricht an, Sir. Bringen Sie mich zu Kensington, oder ich werde Sie persönlich zur Rechenschaft ziehen.«

Etwas an der Selbstverständlichkeit in seinen Worten oder der Festigkeit seines Tonfalls schienen das befehlsgewohnte Armeehirn des Uniformierten zu erreichen und einen Schalter darin umzulegen. »Gut«, knurrte dieser vorsichtig. »Wenn diese Informationen so wichtig ist, könnte ich Ärger bekommen, wenn ich sie ignoriere.«

Er lockerte seinen Griff, ohne jedoch loszulassen, und eskortierte Arthur durchs Abteil zu einem der Ausgänge.

Arthurs Gedanken überschlugen sich. Was sollte er jetzt tun? Er hatte im Affekt danach verlangt, zu Kensington vorgelassen zu werden. Ihm war nichts Besseres eingefallen und immerhin kannten sie sich. Doch war Kensington nicht stets ein aufrechter Soldat gewesen? Wem galt letztlich seine Loyalität – dem Prinzregenten oder der Königin? Wie viel durfte er ihm sagen?

Viele seiner Mitreisenden blickten sich um und beobachteten, wie Arthur von dem Soldaten nach draußen geleitet und hinüber zu den wartenden Offizieren gebracht wurde. Eine besonders dreiste Schaulustige stand sogar auf und stellte sich in die noch offene Abteiltür, um einen besseren Blick zu haben. Arthur war es egal. Er hatte gerade größere Sorgen.

Als sie die beiden berittenen Soldaten erreichten, blickte Marshall Girbert zu Arthur hinab. Er war ein unsympathischer Mann. Groß, bullig, mit einem brutalen Ausdruck in seinem Gesicht, der von einer langen, schlecht verheilten Narbe, die über seine Wange bis zu seiner Oberlippe reichte, unterstrichen wurde.

»Wer ist dieser Kerl, warum bringen Sie ihn zu mir, Fähnrich?«

Der Soldat, der Arthurs Arm umklammert hielt, salutierte. »Ich weiß es nicht, Sir. Der Junge war gerade im Begriff zu fliehen, als ich ihn vom Dach auflas. Er verlangt, mit Lord Kensington zu sprechen.«

»Mit Lord Kensington? Klingt mir nicht sehr wahrscheinlich. Sicher wollte er Eindruck machen. Wir sollten ihn in Ketten legen. Wenn er fliehen wollte, hat er etwas zu verbergen.«

Noch während der Marshall sprach, betrachtete Kensington Arthur und ein Ausdruck der Erkenntnis stahl sich in sein Gesicht. »Marshall Girbert, da dieser Junge ersuchte, mit mir zu sprechen, möchte ich mich der Sache persönlich annehmen.«

»Mit Verlaub, Kensington, aber ich habe das Komman-«

»Dieser Bursche gehört eindeutig nicht zu den Gesuchten. Er ist für Sie also nicht von Belang. Ich möchte mir anhören, was er zu sagen hat.«

Girbert schien, als bräuchte er einen Moment, um zu einer Entscheidung zu gelangen. Dann zuckte er die Achseln. »Von mir aus. Dann knöpfen Sie ihn sich eben vor, Lord-Admiral. Soll mir recht sein.«

Kensington wandte sich Arthur zu. »Ich nehme an, es geht um ein Gespräch unter vier Augen?«

Arthur nickte stumm.

»Gut«, sagte Kensington und stieg geübt von seinem Pferd. »Marshall. Ich erwarte, dass Ihre Männer die Inquisitoren im Auge behalten und ihre Aufgabe gewissenhaft erfüllen. Der Zug wird in spätestens einer Stunde weiterfahren, aber nicht bevor ich wieder hier bin. Sind sie damit einverstanden?«

»Eigentlich-«, knurrte der Marshall gereizt, bevor er ein weiteres Mal vom Lord-Admiral unterbrochen wurde.

»Ich erwähne noch einmal Ihre fehlende Disziplin und die Beleidigung unserer Königin. Wünschen Sie, sich mit mir anzulegen?«

»Nein, Sir.«

»Wunderbar. Dann wäre ja alles geklärt. Bis gleich.« Er lächelte süffisant, dann nickte er Arthur zu. »Folgt mir.«

Arthur und Kensington marschierten den Zug entlang bis zu dessen Ende. Erst als sie hinter der Eisenbahn und außerhalb von Girberts Sicht waren, hielten sie an und Kensington machte eine leichte Verbeugung.

»Eure Königliche Hoheit.«

Arthur nickte. »Sie haben mich also erkannt, Kensington.«

Dieser nickte. »Ich habe einen Augenblick gebraucht. Die Kleidung, das wirre Haar, der Bartansatz. Verzeiht mir, Sir.«

Arthur schüttelte den Kopf. »Es gibt nichts zu verzeihen, Lord Kensington. Hört zu. Wir haben nicht allzu viel Zeit. Es ist wichtig, dass ich mit dieser Eisenbahn nach Brightcoast gelange. Marybeth wurde vom Untergrund entführt. Am besten wäre es, wenn Sie und Ihre Männer sofort mit aufbrechen!«

Kensington starrte ihn mit offenem Mund an. »Unseren Informationen nach, hat Königin Marybeth in einem Moment der geistigen Umnachtung gemeinsame Sache mit dem Untergrund gemacht und einen hochrangigen Adeligen getötet, den der Prinzregent als Statthalter nach Zartbitter entsandt hatte.«

Arthur traute seinen Ohren nicht. »Was zur …? Das kann nicht sein. Marybeth hat niemanden ermordet und sie ist auch nicht ›umnachtet‹. Denkt nach, Kensington, Sie wissen das!«

»So wurde es uns mitgeteilt. Eine Bekanntgabe an das Volk ist bislang noch nicht erfolgt. Marshall Girbert und sein Trupp sollen zusammen mit der Inquisition nach den Flüchtigen suchen. Marybeth soll geschnappt und zum Prinzregent gebracht werden, damit er und ein Ausschuss der Industrienationen über ihren Status als Königin entscheiden können.«

Arthur knurrte wütend. »Also hat mein Vater es immer noch nicht aufgegeben. Er will sich immer noch mit Lug und Trug die Krone erschleichen.«

»Es steht mir nicht zu, etwas dazu zu äußern, Sir.«

»Sie wissen es, Lord Kensington. Sie waren damals dabei. Sie haben die Wünsche König Harolds selbst gehört, und wie sehr mein Vater sie missachtet hat. Sie haben erlebt, wie er Marybeth mit seinen Intrigen verdrängt hat.«

Lord Kensington schwieg beharrlich, doch seine Miene sagte alles. Tief vergraben unter dem Befehlsgehorsam des Soldaten stimmte Kensington Arthur zu.

»Hören Sie zu. Sie müssen mir helfen. Wenn Sie mit Ihren Leuten nach Brightcoast reiten und mir helfen, die Verräter des Untergrunds zu suchen, könnte ich mit Marybeth reden. Wir können diese Sache aufklären. Sie ist keine Mörderin. Wenn sie Marybeth zu meinem Vater bringen, wird er alles dafür tun, sie zu zerstören. Er wird die Königin stürzen. Sie sind ein verdienter Soldat. Ihre Loyalität sollte der Königin gelten. Das sage ich, Prinz Arthur, als Mitglied der Königsfamilie und Sohn des falschen Regenten. Sie müssen mir Glauben schenken!«

Kensington seufzte. »Ich kann eine solche Entscheidung nicht treffen. Ich habe nicht das Kommando über diese Soldaten. Meine Befehlsgewalt ist hier an Land sehr begrenzt. Der Marshall hat diese Aufgabe zugewiesen bekommen, nicht ich. Und über die Inquisitoren kann ich ohnehin nicht entscheiden.«

Das ergab Sinn. Kensington war Lord-Admiral der Marine. Seine Aufgaben fanden in Übersee statt und waren üblicherweise keine internen Angelegenheiten der Westreiche. Wozu diente also seine Anwesenheit?

»Wenn Sie mir die Frage gestatten«, begann Arthur nachdenklich, »wieso sind Sie dann hier?«

Kensingtons Gesicht nahm einen stolzen Ausdruck an. »Es war meine eigene Entscheidung. Ich habe mich von meinen sonstigen Aufgaben freistellen lassen, um diese Operation zu begleiten. Ich war dort gewesen, bei der Mission gegen den Feenhügel vor einigen Jahren, als der Untergrund unsere Feinde unterstützt hat. Und ich habe Männer verloren, viele gute Männer. Es ist mir ein Anliegen, anwesend zu sein, wenn diese Hochverräter endlich zerschlagen werden.«

Der scharfe Ton, mit dem Kensington seine letzten Worte betonte, verschaffte Arthur ein Gefühl, als hätte sich schlagartig ein Haufen Steine in seinem Magen gebildet. »Also werden Sie nach Brightcoast gehen und mit aller Härte zuschlagen? Egal, was aus meiner Cousine wird?«

Kensington stierte ihn unnachgiebig an. »Es tut mir leid, Eure Hoheit. Brightcoast ist im Augenblick für uns tabu. Seit zwei Tagen entscheidet der Rat der Jarls über einen Austritt der Restfall Highlands aus den Westreichen. Sture Narren. Sie haben die Stadt abgesperrt und ihre Verteidigung stark aufgestockt. Soldaten aus Loras sind dieser Tage nicht willkommen.«

Etwas an dieser neuen Information beruhigte Arthur. Ihm blieb also noch etwas Zeit, Marybeth auf eigene Faust dort herauszuholen. »Lord Kensington«, sagte Arthur ruhig und bedacht. Er musste sein nächstes Anliegen sehr überlegt formulieren, denn es war von äußerster Notwendigkeit. »Ich muss Sie dennoch um etwas bitten.«

»Was kann ich für Euch tun, Eure Hoheit?«

»Ich kann Sie nicht dazu zwingen, sich gegen den Prinzregenten zu stellen. Jedoch haben Sie der Königin Ihre Treue geschworen, also hoffe ich, dass Sie bereit sind, in ihrem Interesse zu handeln. Ich möchte Marybeth helfen. Lassen Sie mich zurück in diesen Zug steigen. Bürgen Sie für mich bei diesem Marshall Girbert. Denken Sie sich irgendeine Geschichte aus, aber sorgen Sie dafür, dass ich mitfahren darf. Und bitte sagen Sie niemandem etwas. Zumindest vorerst. Behalten Sie unsere Unterredung für sich, ebenso wie alles, worum ich Sie gebeten und was ich Ihnen erzählt habe.«

Kensington überlegte eine ganze Weile. Dann schüttelte er den Kopf. »So wie Ihr es vortragt, kann ich es nicht mit meiner Loyalität vereinbaren.«

Arthur ließ den Kopf hängen. »Ich verstehe.«

»Ich mache Euch einen Gegenvorschlag. Ich lasse Euch mit diesem Zug mitfahren, aber nicht allein. Ich komme mit Euch. Das wird definitiv einige Fragen aufwerfen, da ich jedoch auf eigene Faust und ohne offiziellen Befehl hier bin, geht es niemanden etwas an. Ich habe noch einige persönliche Bekleidungsstücke in meiner Satteltasche. Ohne die Uniform sollte es kein Problem werden, mich in Brightcoast zu bewegen.«

Arthur dachte darüber nach. Das klang ... akzeptabel. So hatte er Hilfe bei der Suche nach Marybeth, zumal der Lord-Admiral den Ruf eines ausgezeichneten Soldaten genoss. Außerdem brauchte er sich so zunächst keine Sorgen um die Soldaten zu machen. »Ich bin einverstanden.«

Lord Kensington nickte. »Ich werde den Marshall über meine Abreise informieren. Geht bereits zurück zum Abteil, ich werde dafür Sorge tragen, dass Girbert die Sache auf sich beruhen lässt, meine Habseligkeiten packen und mich Euch dann anschließen.«

Arthur nickte. »Also dann, bis gleich.«

Eine Horde Soldaten in den stechend grünen Gardeuniformen der Restfall Highlands begleitete den sonst unauffälligen Pferdewagen, in dem Feri und ihre Begleiter saßen, in Richtung des riesigen, weißen Turms. Gebieterisch ragte er aus dem Zentrum der Stadt empor, wie ein strenger Herrscher, der seinen Blick über all seine Untertanen zugleich schweifen ließ. Sie hatten sie bereits erwartet.

Strohschleiers Telegramm hatte McCallahan, den Jarl von Brightcoast lange vor ihnen erreicht und er hatte seine Stadtwachen angewiesen, nach ihnen Ausschau zu halten. So hatte es ihnen zumindest der große, bärtige Wächter am Tor erzählt.

Feri saß neben Marybeth, die gedankenverloren an ihren Haaren herumspielte, im verdeckten Teil des Wagens. Irgendwann wurde es ihr zu viel und sie legte eine Hand um Marybeths Finger.

»Beruhig dich, Vicky. Du machst mich ganz wahnsinnig.«

»Verzeih. Ich wollte deine geistige Verfassung nicht beeinträchtigen. Ich fühle mich nur seltsam, so als hätte ich Angst, aber ohne wirklich welche zu verspüren.«

»Du bist nervös. Das ist kein Wunder. Nur der Henker weiß, was uns hier in Brightcoast nun erwartet. Strohschleier ist mit diesem McCallahan befreundet. Aber ob das reicht …?«

»Wieso sollte der Henker wissen, was uns in Brightcoast erwartet?«, fragte Marybeth überrascht.

Feri lächelte, beugte sich vor und küsste Marybeths Stirn, die zwar zuerst zurückschrecke, die Geste dann jedoch über sich ergehen ließ. »Das sagt man doch nur so. Eine Redewendung.«

»Mir wäre unwohl, wenn der Henker etwas mit unserem weiteren Weg zu tun hätte«, gab Marybeth zu und begann wieder, an ihren Haaren herumzuspielen.

Feri ließ sie gewähren. »Mir auch, Vicky. Aber egal, was passiert, wir halten zusammen. Als Freundinnen, in Ordnung?«

»Du bist meine Freundin, ich bin deine Freundin«, erwiderte Marybeth und nickte.

Eigentlich wollte Feri die Frage zurückhalten, die in ihrem Inneren schlummerte, doch etwas sagte ihr, dass dies vielleicht der einzige Moment war, sie zu stellen. Sie spürte, wie ihre Hände schwitzig wurden. »Weißt du, worüber wir uns seit der Nacht meiner Verhaftung noch nicht unterhalten haben?«, flüsterte sie wesentlich zaghafter, als sie es selbst von sich kannte.

»Das ist eine unmögliche Frage«, murmelte Marybeth abgelenkt. »Wir haben uns über viele Dinge nicht unterhalten. Zum Beispiel über die Herstellungsprozesse von Bergkäse, über die Handelsbeziehungen zwischen dem Outer Realm und den Flatlands oder über deinen Haarschnitt.«

Feri schmunzelte leicht. »Nein, so war das nicht gemeint. Du läufst ja wirklich gerade auf Hochtouren, Vicky. Wir haben nicht über uns gesprochen. Über die Küsse. Über das, was zwischen uns läuft.«

»Ja, das stimmt. Auch darüber haben wir nicht gesprochen. Ich würde lieber über den Bergkäse sprechen.«

Feri verdrehte die Augen. »Konzentrier' dich doch mal kurz. Bitte. Für mich.«

Marybeth wandte den Blick von Aschepfeils Rücken ab und blickte Feri in die Augen. »Ich habe Angst, darüber zu sprechen, Feri. Du bist mir wichtig. Es fühlt sich gut an, in deiner Nähe zu sein, und alles kribbelt. Wie Übelkeit. Schöne Übelkeit. Es ist seltsam und schwer zu erklären.«

»Vicky, ich fühle für dich doch genauso. Warst du denn noch nie verliebt?«

Marybeth senkte den Blick. »Also ich habe gelesen, dass sich die Höhenluft auf den Reifeprozess von Bergkäse auswirken kann. Angeblich soll auch die Ernährung der Kühe eine Rolle spielen. Ich glaube aber, das ist Blödsinn.«

Feri seufzte, legte schweigend eine Hand auf Marybeths Bein und strich es sanft entlang. Marybeth zuckte, zog es aber nicht zurück. Dann, wie aus dem Nichts, hob auch Marybeth ihre Hand und legte sie ungelenk auf Feris Oberschenkel.

Feri hob ihren Blick und stellte fest, dass Marybeth dasselbe tat. Sie spürte Wärme in ihrem ganzen Leib. Hätte man ihr vor einigen Monaten davon erzählt, dass sie ausgerechnet Königin Marybeth … aber egal. Was zählte, war lediglich der Augenblick. Jeder davon war kostbar, denn irgendwann würde einer alles zerstören. Feri wusste das. Irgendwann würde die Wahrheit die Illusion zerstören und alles läge zerstört zu ihren Füßen. Rückblickend wünschte sie, sie hätte von Beginn an mit offenen Karten spielen können. Doch ein solcher Luxus war ihr nicht vergönnt. Zudem hatte Strohschleier ihr sehr klar gesagt, wie die Sache ablaufen musste und was für sie alle auf dem Spiel stand. Sie hatte nie eine Wahl gehabt. Es hatte nie eine faire Chance für sie gegeben.

Dieser Moment, nur das Hier und Jetzt zählt, Feri…

Den plötzlichen Halt des Wagens ignorierend, beugte sie sich vor, wollte Marybeth küssen. Ihre Lippen warteten schon voller Erwartung, doch dann durchbrach Aschepfeils Stimme den Moment.

»Verzeiht, wenn ich die Stimmung trübe, aber wir sind da. McCallahan erwartet uns schon.«

Jarl McCallahan war ein imposanter Anführer, schon wie er in der Pforte zu seinem Arbeitszimmer stand – ein Mann, der sogar Aschepfeil um mehr als eine Kopflänge überragte. Sein roter Vollbart war mit Pomade zu zwei mächtigen Zacken frisiert, die fast bis zu seiner Brust reichten. Seine lange Mähne ließ er offen über seine wuchtigen Schultern hinabhängen, wie kein Adeliger von Loras es sich jemals wagen würde. Er trug eine purpurne, edel bestickte Tunika, deren Kragen von einem weißen Fuchsfell geschmückt wurde, dessen Kopf an der linken Schulter mit eingearbeitet war. Er bot einen Eindruck von Stärke und Macht, was durch seine Größe und stattliche Statur noch untermauert wurde.

Aschepfeil neigte leicht sein Haupt. »McCallahan, es ist mir eine Freude, Euch wiederzusehen.«

»Die Freude ist ganz meinerseits, Aschepfeil ... oder Lord Ashbury, wie ich Sie meinen Bediensteten gegenüber angekündigt habe. Nichts für ungut, mein Lieber, aber Ihr Name ist etwas ... extravagant. Auffällig.«

Aschepfeil lächelte. »Lord Ashbury ... ich bin schon unter weitaus schlimmeren Namen gereist. Dieser hier gefällt mir sogar. Mein Jarl, darf ich Euch meine Begleiterinnen vorstellen? Ich bin mir sicher, mein Herr hat Euch bereits gewissenhaft unterrichtet. Die junge Dame mit den blonden Locken, das Mädchen, das wir Vicky nennen, ist in Wahrheit keine Geringere als Königin Marybeth. Ich bin mir sicher, Ihr hättet sie ohnehin erkannt.«

Der Jarl nickte. »Selbstredend. Es mag ihr vielleicht nicht bewusst sein, aber früher, zu Harolds Zeiten, bin ich ihr gelegentlich bei Hofe begegnet. Ich würde sie überall wiedererkennen. Der Rotschopf muss dementsprechend Miss Byrne sein. Strohschleier hat sie in seinem Brief erwähnt.«

»Hat er Euch auch von ihrer ... Familie berichtet?«, fragte Aschepfeil vorsichtig.

Feri ballte die rechte Hand hinter ihrem Rücken zur Faust, mit der anderen hielt sie Marybeths Hand. *Red nicht zu viel, Ash …*

»Ja, in der Tat. Hierzu stand etwas in dem Schreiben und er bat mich, diese und einige weitere Angelegenheiten ausschließlich mit Ihnen zu besprechen, Aschepfeil.«

Scheiße, kann hier auch irgendjemand mal subtil bleiben? Mit einem mulmigen Gefühl warf Feri einen flüchtigen Blick zur Seite. Wie befürchtet, blickte Marybeth sie fragend an. Hilflos zuckte sie mit den Achseln und kam sich ein weiteres Mal unaufrichtig vor. Nur zu gerne hätte sie ihrer Freundin alles gesagt, es sich von der Seele geredet. Doch sie konnte nicht. Zu viel stand auf dem Spiel. Nicht zuletzt ihre Freundschaft … oder was auch immer das hier war.

Zum Glück verblieben sie nicht bei diesem gefährlichen Thema. »Wo stecken eigentlich die beiden anderen Weiber?«, fragte der Jarl so laut, als wollte er sie dazu auffordern, aus ihrem Versteck hinauszukriechen, und blickte sich um.

Aschepfeil ließ seinen Kopf hängen. »Wir wurden in den Katakomben unter dem Mount Oakenheart von Inquisitoren angegriffen. Noura, die Geliebte meines Herrn, hat es nicht geschafft. Wir sollten ihn baldestmöglich davon unterrichten. Er verdient es, davon zu erfahren. Sie war ihm sehr wichtig.«

»Ich verstehe«, antwortete McCallahan bedächtig und wirkte auf einmal deutlich sanfter. »Das tut mir sehr leid. Und was ist mit Catriona McDougal? Hat sie es ebenfalls nicht geschafft?«

Aschepfeil schüttelte den Kopf. »Sie wird bereits auf dem Weg hierher sein. Sie hat sich in Auburn Mills um einen Verfolger gekümmert und wollte mit der Eisenbahn nachreisen.«

Der Jarl nickte zufrieden. »Das beruhigt mich etwas. So vorlaut Catriona auch ist, sie wäre ein herber Verlust gewesen.«

Er räusperte sich. »Wie dem auch sei. Ich habe meine Diener angewiesen, Zimmer im Turm für euch herrichten zu lassen. Liebend gerne würde ich mich den gesamten Abend mit euch austauschen, allerdings habe ich noch einige Dinge abzuarbeiten. Angelegenheiten, die mein Amt leider mit sich bringt.«

»Ich verstehe. Darf ich dennoch fragen, wie es für den Augenblick weitergeht?«, fragte Aschepfeil und die Erschöpfung ihrer Flucht machte sich langsam in Form von Resignation in seiner Stimme bemerkbar.

»Selbstverständlich. Ich hätte euch dazu ohnehin noch ein paar Worte gesagt. Natürlich habe ich mir vor eurer Ankunft viele Gedanken gemacht. Die Depesche von Meister Strohschleier hat mich weitestgehend in seine Pläne eingeweiht und er hat mich darin um meine Unterstützung gebeten. Als Jarl von Brightcoast dient meine Pflicht in allererster Linie meiner Stadt und meinen geliebten Highlands. Ich werde tun, was für sie das Beste ist. Die Frage, vor der ich nun stehe, ist: Was ist das Beste?« Er machte eine Pause und schaute ihnen nacheinander in die Augen. »Ihr bietet mir … einige neue Optionen, die nicht nur mich, sondern auch die Jarls der anderen Stämme angehen. Ohnehin sind sie derzeit bei mir zu Gast, da wir über die Zukunft der Highlands und die Weiterführung der Verträge mit Loras zu entscheiden haben. Die Anwesenheit der Königin ist eine Änderung der Begebenheiten, die wirklich weitreichende Möglichkeiten mit sich bringt. Sie könnte gleichermaßen eine wertvolle Geisel, eine starke Legitimation unserer Ansprüche oder auch ein äußerst gefährlicher, politischer Flüchtling innerhalb unseres Landes sein. Der Prinzregent wird früher oder später von ihrer Anwesenheit erfahren und es wird Konsequenzen geben, ganz egal, wie wir entscheiden. Umso wichtiger ist es, mit Vernunft und Bedacht vorzugehen. Ebenso müssen wir uns sicher sein, dass die Königin uns gegenüber loyal eingestellt ist, wenn wir eine Zusammenarbeit in jedweder Form überhaupt in Betracht ziehen sollen.«

Feri runzelte die Stirn. Was zum Teufel meinte er damit?

Aschepfeil schien sich dieselbe Frage zu stellen. Vorsichtig schaute er auf. »Ihr klingt, als hättet Ihr etwas Bestimmtes im Sinn«, hakte er vorsichtig nach.

»Fürwahr. Vor langer Zeit gab es einen Brauch, eine Art Zeremonie, die ein neuer König durchlaufen musste, ehe ihm die Stämme der Highlands folgten. Es war eine Art uralter Vertrag zwischen einem Herrscher und denjenigen, die seiner Weisheit anvertraut wurden. Seit dem großen Krieg wurde diese Tradition meines Wissens nicht mehr vollzogen – hauptsächlich, da die Kirche des Einen sie als heidnischen Aberglauben abtut.«

Das erste Mal in diesem Gespräch meldete sich Marybeth zu Wort. »Sie wollen, dass ich diese Tradition wieder aufleben lasse.«

»Ihr habt es erfasst, Eure Majestät«, antwortete McCallahan ernst und neigte sein Haupt. »Das ist meine Bedingung. Nicht mehr und nicht weniger. Beugt Euch unserer Kultur und unseren Gebräuchen. Beweist uns, dass Ihr mehr seid als der Thronbesetzer George, und ihr alle steht unter meinem Schutz. Darauf gebe ich Euch mein Wort. Und ich verspreche, dass sich die Versammlung der Jarl morgen Nachmittag noch über Eure Ansprüche beraten wird, meine Königin.«

»Welchen Prüfungen werde ich mich stellen müssen?«, fragte Marybeth ruhig.

»Ihr werdet morgen mehr darüber erfahren, Eure Majestät. Jemand anderes, Klügeres als ich, wird Euch in die Details einweisen.«

»Euer Wort auf Schutz und Unterkunft bedeutet viel, mein Jarl«, mischte sich Aschepfeil ruhig zurück in das Gespräch. Er hatte einen Hauch diplomatischer Finesse in seiner Stimme. »Aber haltet Ihr das für möglich? Werden die Jarl Marybeth als ihre wahre Königin akzeptieren und sich unmittelbar gegen den Prinzregenten der Westreiche stellen?«

Einige Sekunden lang herrschte ein unangenehmes Schweigen. »Sie sind ein guter Mann, Aschepfeil. Sie stehen für Ihre Verbündeten ein. Das gefällt mir. Ich möchte ehrlich mit Ihnen sein. Viele von uns warten schon lange auf eine Gelegenheit, sich gegen George und seine stümperhafte Politik, seine Streitsucht und seine horrenden Steuern zu stellen. Es sind unsere Söhne, die bei dem unnötigen Krieg im Süden ihre Leben ließen, unsere Bauern, die auf den heimischen Feldern verhungern, während die Adeligen in Loras fetter und fetter werden. Es denken aber nicht alle so. Einige von uns sind vorsichtig und fürchten die Konsequenzen, die eine Spaltung von den Westreichen und von Loras mit sich brächte. Selbst mit den Outer Realms an unserer Seite ist es ein großes Wagnis, sich gegen die anderen Länder unseres Völkerbunds zu stellen. Seit dem Krieg ist unsere militärische Stärke begrenzt. Wir lecken noch immer unsere Wunden. Wenn Sie also eine ehrliche Antwort erwarten, Aschepfeil, dann lautet diese: Ich weiß es nicht. Die Entscheidung könnte auf die eine oder andere Weise ausfallen.«

»Ich danke Euch für Eure Ehrlichkeit, mein Jarl«, sagte Aschepfeil mit einer Verbeugung. »Ohnehin seid Ihr unsere einzige Hoffnung. Eine andere Wahl haben wir nicht. Wir müssen also darauf hoffen, dass die Dinge sich zum Guten wenden.«

Der Jarl strich mit groben Fingern durch seinen Bart, dann trat er einen Schritt vor und legte Aschepfeil eine Hand auf die Schulter. »Kommen Sie später noch einmal in mein Arbeitszimmer, Aschepfeil. Dann können wir frei sprechen und uns über alles austauschen. Wäre das in Ihrem Sinne?«

»Sehr wohl, Sir.«

»Wunderbar«, antwortete McCallahan und rieb sich die Hände. »Ein Diener wird Sie gleich durch das Gebäude führen und Ihnen Ihre Zimmer zeigen. Ich wünsche Ihnen einen angenehmen Tag, eine gute Nachtruhe und blicke dem morgigen Tag zugegeben selbst mit einer gehörigen Portion Neugierde entgegen.«

Mit diesen Worten drehte er sich um, verschwand in seinem Arbeitszimmer und schloss die Tür hinter sich.

⧂ ⧂ ⧂

Marybeth stand auf der Aussichtsplattform auf der Spitze des Geißelbrecherturms und blickte über die Stadt. Sie betrachtete ihre Umgebung stets objektiv und pragmatisch, doch selbst für sie war die Aussicht von atemberaubender Schönheit. Hier oben trafen sich die Eindrücke von Welten und vereinten sich zu einem Wirbelsturm der Wahrnehmungen. Im Westen peitschten die tosenden Stürme des Geißelmeers. Blitze erleuchteten den Himmel und riesige Wellen klatschten voller Gewalt an die Flanken des Gebirgskliffes. Doch auf halbem Weg in Richtung Norden brachen die Winde und Gezeiten wie in einer geraden Linie. Die See wurde ruhig, ihre Farbe heller und durchscheinender. Hier war die Grenze, welche das Geißelmeer von der Kristallinen See trennte, als hätte eine höhere Gewalt, ein Gott oder die Natur selbst entschieden, dass das Chaos endete und die Ordnung begann. Ein Blick in den Nordosten ließ selbst mit bloßem Auge in weiter Ferne die gigantischen Bergspitzen von Amarrfjöll erkennen, dem eisigen

249

Kontinent der Zwerge. Sobald sie ihre Augen jedoch noch etwas weiter in Richtung Osten über ihr eigenes Land gleiten ließ, sah sie auch hier, wie sich die Landschaft zu grasbewachsenen, grünen Bergen erhob, von deren Gipfeln man selbst noch auf den gewaltigen Turm hinabblicken konnte.

Einzig der Süden bot eine eher triste Aussicht. Der steinerne Gebirgspfad, auf dem sie nach Brightcoast gelangt waren. Eine Straße, ein breites Feld voller Steine, Bahngleise. Grau in Grau. Diesen Weg waren sie entlanggekommen. Er führte von der Vergangenheit in die Gegenwart. Eine Gegenwart der Unsicherheit, denn noch immer war nichts entschieden. McCallahan hatte kaum Zeit für sie gehabt. Er hatte ihnen Zimmer im Turm zugewiesen und ihnen für heute vorläufiges Asyl zugesichert. Sie durften sich in der Stadt frei bewegen. Doch seine langfristige Unterstützung hatte er ihnen nicht zugesichert, stattdessen würde eine Versammlung darüber entscheiden. Fremde Menschen, die sicher nichts als Argwohn gegenüber ihren Nachbarn aus dem Süden hegten, angesichts der politischen Lage dieser Tage. Und dann war da noch die Sache mit der Zeremonie …

Marybeth schloss ihre Augen. Wann würde sie endlich wieder Ruhe haben, eine Zuflucht, vielleicht sogar eine Art Zuhause? Sogar das Sanatorium wäre ihr gerade lieber als diese Ungewissheit. Sie vermisste Arthur. Und sie trauerte um Noura, was Marybeth selbst am meisten wunderte. Zwar hatte sie die Sa'Talbinerin kaum gekannt, jedoch lag das Gefühl ihres Verlustes wie ein Schleier über allem, was geschah. Es war schlimm, eine offenherzige und freundliche Seele so sterben zu sehen.

Die Luke in der Mitte der Aussichtsplattform öffnete sich knarzend. Marybeth schreckte auf, drehte sich herum und sah, wie Feri ihren Kopf hinausstreckte.

»Mir wurde gesagt, dass ich dich hier finden würde. Einer der Diener hat beobachtet, wie du hier hinaufgekommen bist.«

»Hat euer Besuch beim Bahnhof etwas ergeben?«, fragte Marybeth, war jedoch nur halbherzig daran interessiert.

Feri schüttelte den Kopf. »Noch keine Spur von Cat. Aber der heutige Zug ist auch noch nicht eingetroffen. Wir haben am Schalter eine Nachricht für sie hinterlassen. Sie wird sich dort erkundigen, da bin ich sicher.«

Marybeth nickte. »Das ist gut.« Sie zögerte, doch dann drang noch etwas über ihre Lippen: »Feri ... ich möchte dich etwas fragen.«

»Klar«, sagte Feri, schob sich aus der Luke hinaus nach oben und stellte sich neben Marybeth, die sofort ihre Hand ergriff.

»Ich habe Angst, Feri. Ich weiß nicht, was noch passiert. Ich weiß nicht, was der Plan ist. Ich habe das Gefühl, keine Kontrolle zu haben.«

»Niemand hat je Kontrolle, Vicky. Kontrolle ist nur eine Illusion. Schlimme Dinge können immer passieren.«

Marybeth schwieg einen Augenblick, bevor sie antwortete. »Aber was machen wir hier? Wie geht es jetzt weiter? Seit unserer Flucht hatte ich keine Zeit, richtig nachzudenken. Das habe ich nachgeholt, doch ich stoße an meine Grenzen. Ich verstehe nichts davon. Wieso sind wir an diesem Ort? Was machen wir hier? Wie geht es jetzt weiter? Warum ist es so wichtig, dass morgen alle Jarls dabei sind, wenn wir mit McCallahan sprechen?« Mit jedem Wort redete Marybeth sich mehr in Rage. »Was wird aus mir, Feri?«

Feri legte einen Arm um Marybeths Schultern. »Es ist an der Zeit, dass ich dir etwas Wichtiges sage. Meine Freunde und ich ...« Sie unterbrach sich und blickte in die Ferne.

Marybeth beäugte ihre Freundin verwirrt, während ein leichter Wind Feris kurze, rote Haare in Unruhe versetzten. Wie hübsch sie war, doch etwas belastete sie, oder? Marybeth war sich nicht sicher. Sie war nie besonders gut darin gewesen, die Gefühle anderer Menschen einzuschätzen. Sie war nicht wie Feri, die sie zutiefst für diese Gabe bewunderte. »Feri?«, fragte Marybeth nach einigen Sekunden vorsichtig.

Diese erwachte aus ihrer Starre, seufzte und schüttelte dann den Kopf. Sie sah unglaublich müde aus. »Wir alle stehen an deiner Seite und haben vieles getan, um dir zu helfen. Wir sind nicht nur hier, um Zuflucht zu erbetteln, sondern, um die Maske fallenzulassen. Am morgigen Tag werden wir dich offiziell als die vorstellen, die du bist. Und wir erbeten die Unterstützung der Restfall Highlands für ein Bündnis. Ein Bündnis mit den Outer Realms, an deren Spitze jetzt hoffentlich endlich Strohschleier steht, um dich zu unterstützen.«

Marybeth sah überrascht auf. »Es soll bei alledem um mich gehen?«

Feri schloss die Augen und nickte. »Du bist … besonders, Marybeth. Ich glaube an dich. Und meine Freunde, einschließlich Strohschleier, tun dies ebenfalls. Wenn die Jarls sich auf deine Seite stellen und sich von den Westreichen lossagen, dann sind wir frei von deinem Onkel und seinem Verrat. Dann entscheidest nur noch du selbst. Und wir helfen dir dabei. Als Berater und als Freunde.«

»Wieso tut ihr das alles für mich? Ich habe den Faden verloren. Ich verstehe nicht mehr, wer ihr seid. Und wer du bist.«

»Wir sind deine Freunde. Ich bin deine Freundin.«

Marybeth fühlte sich beklemmt und verwirrt. Sie nahm eine Haarsträhne und drehte sie in Windeseile auf ihren Zeigefinger. »Aber wer seid ihr noch? Ihr alle seid sehr vertraut miteinander. Aschepfeil, Barro, Cat, Strohschleier und du. Was steckt wirklich hinter alledem?«

Feris Blick wanderte einige Sekunden lang in die Ferne, ehe sie antwortete. »Ich … ich kann dir das im Augenblick nicht erklären, Marybeth. Aber das werde ich – zu gegebener Zeit. Ich verspreche es dir. Wir alle sind Verbündete und Gefährten. Nur dieser Punkt ist wichtig. Und vor allem sind wir deine Freunde. Wir werden dir helfen, dass die Jarls dich als Königin anerkennen.«

»Wieso sollten die Jarls so etwas tun? Die Menschen mögen mich nicht. Sie halten mich für sonderbar.«

»Ich tue das nicht«, beteuerte Feri. »Keiner von uns tut das. Wir sehen in dir nur eins. Einen besonderen Menschen und eine Freundin. Außerdem bist du nicht nur die Königin von Loras. Du bist auch die Königin der Restfall Highlands. Bisher machte das keinen Unterschied, da Loras die gesamten Westreiche kontrolliert … aber jetzt? Wir müssen es versuchen, Vicky.«

Marybeth fühlte Erschöpfung und eine enorme Last auf ihren Schultern. »Wieso glaubst du, dass die Jarls überhaupt daran interessiert sind?«

»Sie beraten bereits jetzt, ob sie sich von Loras lossagen wollen. Die Königin auf ihrer Seite zu haben, gibt ihnen eine weitere Legitimation. Sie entsagen nicht ihrer Herrscherin, nicht ihrem Gesetz, sondern nur dem falschen Regenten. Es gibt ihnen andere Möglichkeiten. Obendrein sind die Restfall Highlands und die Outer Realms uralte Weggefährten. Wir haben eine Verbindung. Zur Natur, zum Land, zur Heimat. Du hast sicher von deinen Lehrern davon gehört, aber einstmals wurden all diese Länder von eng miteinander verwandten Stämmen geführt, welche noch die alten Wege ohne den Einfluss der Kirche des Einen beschritten.«

Marybeth nickte. »Ich verstehe das. Du hoffst, dass die Jarls sich mit dieser alten Freundschaft überzeugen lassen. Und mit mir. Und du bist dir sicher, dass Zartbitter mitzieht?«

»Ja«, erwiderte Feri knapp. »Hätte Strohschleier versagt, wären wir hier gar nicht erst empfangen worden. Wir müssen vertrauen. Schon jetzt wird der verschlagene, alte Halbling der neue Schulze von Zartbitter sein und die Stadttore gegen Loras versperrt haben.«

Marybeth blickte Feri dankbar an. Jedes ihrer Worte hatte eine Wirkung, die sie nicht verleugnen konnte. Sie beruhigten sie und machten ihr Hoffnung. »Was werden wir tun, wenn all unsere Pläne aufgehen sollten? Wenn die Outer Realms und die Highlands sich vereinen und ich …« Sie stockte.

»… wenn du endlich wirklich eine Königin bist?«, vollendete Feri Marybeths Satz und lächelte. »Das wirst dann allein du entscheiden, Majestät Vicky die Erste.« Sie verbeugte sich verspielt. »Aber ich werde dabei an deiner Seite stehen.«

Marybeth spürte Feris Atem auf ihrer Wange und wandte ihr langsam das Gesicht zu. Ihre Lippen berührten sich. Erst zaghaft, dann fordernder. Marybeth nahm die Berührungen von Feris Händen wahr, die ihren zierlichen Körper entlangstrichen, doch sie wehrte sich nicht. Es war ungewohnt, aber es war nicht schlimm. Etwas daran gab ihr gleichermaßen das Gefühl, gesehen und gefühlt zu werden. Sie fühlte Feris Zunge, die vorsichtig über ihre Unterlippe strich. *Sonderbar, sonderbar, sonderbar.* Doch sie öffnete ihren Mund und ließ es zu.

Beinahe eine Ewigkeit standen sie inmitten der Aussichtsplattform auf der Spitze des Geißelbrecherturms. Die See im Westen peitschte, Amarrfjöll im Norden regte sich unheilvoll aus dem Ozean und die Berge im Osten beobachteten sie. All das war egal. Sie waren vereint. Vereint in einer Umarmung, deren Tiefe Marybeths Herz noch tiefer berührte als die gespielten Noten eines Streichorchesters. Ihre Lippen berührten sich. Feris linke Hand lag auf Marybeths Taille, die rechte strich zärtlich ihre Wirbelsäule hinab bis zum Steiß, während Marybeths Arme ihre Freundin eng an sich drückten. Irgendwann löste sich Feri sanft von ihr.

»Komm mit, meine Königin«, flüsterte sie und streichelte mit einer Hand sachte über Marybeths Gesicht. »Wir haben eine lange Reise hinter uns. Wir haben es verdient, uns endlich etwas auszuruhen.«

»Ich weiß nicht …«, murmelte Marybeth noch immer berauscht von den Gefühlen. »Ich möchte bei dir sein und nicht allein in meinem Zimmer.«

Feri lächelte und strich eine Locke aus Marybeths Gesicht. »Na, dann hast du aber Glück gehabt.«

Marybeth schaute auf. »Wieso?«

»Weil ich auch überhaupt nicht vorhatte, dich allein in dein Zimmer gehen zu lassen. Komm. Wir legen uns etwas hin, Königin meines Herzens.«

Kapitel 14 – Grüne Wiesen und dunkle Wurzeln

Es war bereits spätabends, als der Zug, in dem Arthur und Kensington saßen, im Zielbahnhof einfuhr. Sie hatten in der Zwischenzeit nicht viel gesprochen und eine seltsame Anspannung lag zwischen ihnen in der Luft. Sie hatten dasselbe Ziel und doch so verschiedene Absichten. Arthur war unsicher, wie er die derzeitige Situation bewerten sollte.

Die Eisenbahn hielt mit einem lauten Pfeifton an, die Türen öffneten sich und Arthur sprang mit einem Satz auf den fast menschenleeren Bahnsteig – nur um sich eine Sekunde später abzuwenden und durch den Strom der aussteigenden Passagiere hindurch zurück in das Abteil zu klettern. Diese drängten sich nörgelnd an ihm vorbei. Es war ihm egal. Die Frau war hier, dasselbe blonde Miststück, das ihn bereits in Auburn Mills bedroht hatte, diese ›Cat‹.

Kensington blickte ihn fragend an, wartete aber, angelehnt an den rostigen Stahl des Waggons.

Erst als sich die meisten Mitreisenden entfernt hatten, wagte Arthur es, wieder auszusteigen.

»Eure Hoheit?«, fragte Kensington stirnrunzelnd.

»Nur eine ehemalige … Gespielin«, log er. »Von meinem letzten Besuch der Highlands.« Das Letzte, was er brauchte, war, dass Kensington als loyales Mitglied der Armee die möglicherweise beste Spur zu Marybeth festnahm und aus blinder Loyalität den örtlichen Behörden auslieferte, womit er unweigerlich auch ihre Tarnung aufgeben würde. Cat war gefährlich, das wusste er. Aber die Gelegenheit war zu gut, um sie verstreichen zu lassen.

»Ich verstehe, Sir.«

Die Antwort fiel in Kensingtons üblichem neutralen Tonfall aus, jedoch übersah Arthur nicht das Verdrehen der Augen. Er konnte sich nur zu gut vorstellen, was gerade im Kopf des Soldaten vorging. ›Noch so ein verwöhnter Adelsbalg und seine Liebschaften‹. Eine wichtige Lektion: Gelegentlich konnte das Erfüllen von Klischees von Nutzen sein.

Arthur blickte sich um und entdeckte die Frau am anderen Ende der Bahnhofshalle. Sie stand am Schalter und war in ein Gespräch mit dem hiesigen Bahnhofsbeamten vertieft.

Er durfte ihre Spur jetzt nicht verlieren. Doch weder konnte er Kensington die Wahrheit sagen, noch fiel ihm auf die Schnelle eine glaubwürdige Lüge ein, weshalb sie irgendeine Frau verfolgen sollten. *Wie löse ich das am besten …*, überlegte Arthur, bis ihm eine Idee kam, die sogar für ihn selbst geradezu beschämend war. Als ihm nichts anderes einfallen wollte, seufzte er leise. Dann widmete er sich Kensington erneut in seiner unleidlichen Rolle als verzogener Schürzenjäger und mit einer gehörigen Portion versteckten Schamgefühls. *Wenn ich doch nur ein Quäntchen schauspielerisches Talent in mir hätte …*

»Jetzt, wo ich darüber nachdenke …«, bemerkte Arthur mit einem gespielt leichtfertigen Unterton, »es ist bereits spät. Ich gehe nicht davon aus, dass unsere Suche heute noch von Erfolg gekrönt sein wird. Ich habe einige wirklich gute Erinnerungen an das Mädchen und würde gerne einen Versuch wagen, sie anzusprechen. Warum gehen Sie nicht vor und reservieren uns Zimmer? Bei meiner letzten Reise nach Brightcoast hatte ich eine exzellente Unterbringung im Nordviertel der Stadt. ›Zur Kristallsicht‹ hieß das Etablissement.«

Kensington blickte ihn argwöhnisch an. »Sir?«

»Versteht mich nicht falsch, Lord Admiral. Ich nehme unsere Aufgabe hier durchaus ernst. Keinem ist es wichtiger, Marybeth zu finden als mir. Aber … ach, ein weitgereister

Mann wie Sie weiß doch, wie diese Dinge so sind.« Er hasste sich mit jedem seiner Worte mehr. Kensington würde nie im Leben auf eine derart jämmerliche Finte hereinfallen.

Tatsächlich taxierte der Admiral ihn mit unverhohlenem Argwohn. »Ihr seid ein wichtiger Mann und man sagt, Ihr wäret auch klug und vernünftig. Macht Ihr Euch keine Sorge, dass jemand die Gelegenheit beim Schopfe packt und Euch übel mitspielt?«

Arthur merkte, dass seine Hände langsam schwitzig wurden, aber es gab kein Zurück mehr. Jetzt, wo er die Scharade begonnen hatte, musste er sie auch zu Ende bringen. Er zuckte so beiläufig wie möglich mit den Achseln. »Ich komme schon seit einer ganzen Weile allein zurecht. In diesem Aufzug erkennt mich zudem niemand so schnell und die Lady ist wirklich hübsch.«

Der Offizier rümpfte die Nase. »Es steht mir nicht zu, Eure … Absichten … zu hinterfragen oder Eure fehlende Vorsicht anzuprangern, Sir. Ich werde eine Droschke ins Nordviertel nehmen und zwei Zimmer in dem von Euch genannten Gasthof reservieren. Ich gehe davon aus, Euch morgen früh bei voller Aufmerksamkeit und Konzentration beim Frühstück anzutreffen?«

Arthur zwinkerte verschwörerisch und kam sich bei jeder Geste lächerlicher vor. »Sie können sich auf mich verlassen, Lord Admiral. Wenn alles gut läuft, bin ich morgen frischer als der Morgentau und achtsamer als ein Bluthund. Oh, und noch etwas. Darf ich mir Ihren Hut leihen? Er würde mir hervorragend stehen und gibt mir trotz der minderwertigen Bekleidung etwas Klasse.«

Kensington reichte ihm den breitkrempigen Zylinderhut, nickte ihm zu, salutierte und marschierte los.

Uff, dachte Arthur. Er konnte sich kaum vorstellen, dass Kensington es geschluckt hatte, aber wie es schien, würde er sich nicht weiter in die Angelegenheit einmischen. Aus der Entfernung hörte er ihn etwas murmeln. Zwar konnte er die genauen Worte nicht verstehen, doch er nahm ohnehin nicht an, dass diese besonders schmeichelhaft für ihn gewesen wären. *Sei es drum.* Den Luxus, auf seinen Ruf bei jedem einzelnen Untergebenen zu achten, hatte er gerade nicht.

Arthur wartete, bis Kensington außer Sicht war, behielt dabei jedoch auch die Frau im Auge. Er rieb sich über seinen mittlerweile deutlich präsenten Bart. Dass Kensington ihm wirklich abnahm, dass er in diesem Zustand eine Dame umschmeicheln wollte … wenn er es ihm überhaupt geglaubt hatte.

Er setzte sich den Hut auf den Kopf und zog ihn tief ins Gesicht. Als er aus dem Augenwinkel beobachtete, dass sich die Frau verabschiedete, setzte auch Arthur sich in Bewegung. In einigem Abstand folgte er, bis sie in eine der Droschken stieg, die seitlich des Bahnhofs auf späte Kundschaft warteten.

Mit einem wehmütigen Gedanken an das wenige Geld, das sich noch in seinem Beutel befand, stieg er seinerseits in eine Kutsche mit Runddach und bat den Fahrer, ihnen zu folgen. Der Kutscher, ein alter Mann mit wuchtigem Backenbart, warf ihm einen verstohlenen, misstrauischen Blick zu, sagte aber nichts. Stattdessen tat er wie geheißen und folgte dem Gespann, in dem die Frau reiste, in einigem Abstand.

Sie passierten mehrere weiß gepflasterte Straßen, hunderte altehrwürdige Häuser, deren Fassaden aufwendig mit den traditionellen Schutzrunen der Highlander verziert waren, einem Aberglauben, den nicht einmal die Kirche des Einen jemals hatte brechen können.

Nach einiger Zeit erreichten sie den berühmten Geißelbrecherturm. Hier hielt das Gefährt seiner Zielperson und sie stieg aus.

Während sich der Frau zwei in altmodische Kettenhemden und Waffenröcke gekleidete Wachmänner in den Weg stellten, bat Arthur seinen Fahrer ein Stück weiter um den Turm herum zu fahren, und dort auf ihn zu warten. Eilig gab er ihm einige nicht abgezählte Münzen als Anzahlung, dann stahl er sich aus dem Wagen. Er hielt sich nahe der Mauer, während er um das gewaltige, rund gebaute Wahrzeichen von Brightcoast schlich. Als er nahe genug herangekommen war, um sie ungesehen zu belauschen, ging er hinter einer Säule des Torhauses in Deckung.

»Entschuldigen Sie, Miss. Es ist egal, zu wem sie gehören wollen und dass Sie hier geboren und aufgewachsen sind. Jarl McCallahan schläft bereits und ohne seine Zustimmung lassen wir niemanden in den Turm.«

Sicher einer der Wächter, vermutete Arthur.

»Das habe ich begriffen. Dann hol mir Aschepfeil her. Laut meinen Informationen soll er hier im Turm sein«, zeterte die Frau. Einige Worte klangen beinahe wie ein wütendes Fauchen.

Eigenartig, grübelte Arthur. *Was zur Hölle ist ein Aschepfeil und was will sie mitten in der Nacht damit?*

»Entschuldigen Sie, aber wir haben hier keine ›Aschepfeile‹, Madam. Sie scheinen reichlich verwirrt zu sein«, antwortete der Wächter, der offenbar ebenso verwundert war wie Arthur.

»Aschepfeil. Oder Ash. Oder weiß der Schinder, welchen Namen er sich jetzt wieder ausgedacht hat. Groß, dünn, lange schwarze Haare, meist elegant gekleidet. Klingelt da was?«

»James, ich glaube, sie spricht von diesem Lord Ashbury, dem der Jarl das Südzimmer im dritten Stock gegeben hat. Die

Beschreibung passt«, bemerkte eine zweite Stimme, die offenbar zu einem weiteren Wachmann gehörte.

Der Angesprochene seufzte. »Es ist spät am Abend. Wir können nicht die Gäste des Jarls behelligen, nur weil ein aufgebrachtes Weibsbild, das nicht einmal den richtigen Namen kennt, es verlangt.«

Die Frau knurrte. »Dann lasst es. Aber ich verspreche Ihnen, das wird ein Nachspiel haben. Lord Ashbury wird außer sich sein. Und wenn erst der Jarl davon hört … da werden Köpfe rollen.«

»James … Mir kamen unsere Gäste ohnehin von Anfang an komisch vor. Erst die Anweisungen des Jarls, nach ihnen Ausschau zu halten. Dann diese Geheimnistuerei, … ich sag' dir, irgendetwas stimmt hier nicht. Tun wir lieber, was sie sagt.«

James schnaubte. »Also gut, du Feigling. Aber du trägst die Verantwortung dafür, wenn das Ärger gibt. Dann geh los und hole diesen Ashbury her.«

Arthur hörte die schnellen Schritte des zweiten Wächters, als dieser die Treppen innerhalb des Turms hinauflief.

James und die Frau schwiegen. Es dauerte wenige Minuten, bis ein weiteres Mal die Geräusche von Stiefeln auf altem Holzboden ertönten. Diesmal allerdings von mehr als einem Paar.

»Miss McDougal, wie schön, Sie zu sehen. Wir hatten Sie bereits zu früherer Stunde erwartet«, sagte eine ruhige, wohlklingende Stimme, die Arthur bisher nicht kannte.

»Ash. Zum Glück. Ich dachte schon, diese Holzköpfe würden mich hier draußen vor dem Turm übernachten lassen. Heute ist alles schiefgelaufen. Der Zug wurde von lorasianischen Soldaten und Inquisitoren gestoppt und auf links gedreht. Sie suchen nach euch. Zum Glück weiß niemand von mir …«

»Und was war mit unserem Verfolger?«

»Mh?«, machte die Frau überrascht.

»Die Schlammgestalt aus dem Wald, kurz bevor wir Auburn Mills erreichten, wegen der du dortgeblieben bist. Ich nahm an, du hättest nachgesehen, wer-«

»Ach so, natürlich. Nur ein armer Tölpel. Will ein Dichter sein und hat sogar etwas von seiner 'Kunst' zum Besten gegeben. Der Kerl kann froh sein, wenn er nicht verhungert, sag' ich dir. Auf jeden Fall ist er aber keine Gefahr für uns. Nur ein törichter Landstreicher.«

Ihr Gegenüber schwieg einen Moment. »Gut, ich muss Ihrem Urteil wohl vertrauen.«

»Ich will ja nicht drängeln«, quengelte die Frau, die Arthur nun als Miss McDougal in seinem Kopf gespeichert hatte, »aber kann ich jetzt endlich mit rein. Ich friere mir hier draußen den Hintern ab. Meine Füße tun weh und ich will ins Bett.«

»Wir haben es Ihnen doch bereits gesagt, wir können Sie nicht reinlassen. Egal, welcher Gast unseres Herrn für Sie spricht, solange er nicht einwilligt, haben wir unsere Befehle«, warf Wächter James ein, bevor Lord Ashbury antworten konnte.

»Sie hören es, Miss McDougal. Wir sind hier zu Gast. Die Regeln müssen befolgt werden. Nehmen Sie das hier.« Etwas klimperte. »Davon können Sie ein Nachtquartier bezahlen. Vicky wird am Nachmittag vor der Versammlung der Jarls sprechen.«

Vicky, realisierte Arthur. *Den Namen hat auch diese Feri Byrne verwendet.* Er schauderte, als er sich in Gedanken korrigieren musste. *Ferelith Oakenheart, das ist ihr richtiger Name.* Nichtsdestotrotz lag auf der Hand, dass sie von Marybeth sprachen. Und was sie sagten, klang alles andere als gut. Behielt der Lord Admiral etwa recht und Marybeth war noch immer freiwillig mit diesen Kriminellen unterwegs? Nach allem, was geschehen war? Nach Lügen und Mord? Hatten sie seine Cousine derart geschickt manipuliert oder hatte all das Üble, das Marybeth durch Arthurs Vater und die Adeligen von Loras erfahren hatte, einen schrecklichen Wandel in ihr ausgelöst? Arthur wollte nicht länger darüber nachdenken. Er sammelte sich und richtete seine Aufmerksamkeit wieder auf das Gespräch. Jede Information war wertvoll.

»Zuvor erwarten sie, dass sie das Treuegelübde der Alten ablegt, wie es vor vielen Jahren einmal üblich war. Vicky gegenüber haben sie ein großes Geheimnis daraus gemacht. Warum auch immer, vielleicht hoffen die Jarls, sie damit zu überrumpeln, oder wollen sie damit auf die Probe stellen. Aber ich kenne diesen Brauch. Ich habe ihn vor vielen Jahren schon einmal gesehen. Ein anderer König, eine andere Zeit. Sie wird zur vollen Mittagsstunde an dem Runenmenhir über dem alten Hügelgrab einen Eid sprechen, während Uriae im Zenit über der Kristallinen See und Manae im Süden blass über den Gebirgsspitzen erkennbar ist.«

»Warum erzählst du mir den ganzen Quatsch?«, fragte McDougal genervt. »Ich bin zwar Highlanderin, aber nicht abergläubisch!«

Ashbury antwortete langsam und ruhig. »Ich erzähle Ihnen das, weil ich es für sinnvoll halte, wenn Sie dort zu uns stoßen, Miss McDougal. So können Sie an dieser wichtigen Zeremonie teilnehmen und danach in aller Ruhe bei McCallahan vorstellig werden. Ist das für Sie annehmbar?«

Cat stöhnte laut auf. »Habe ich denn eine Wahl?«

»Ich bedauere, dass ich für den Moment nicht mehr helfen kann«, antwortete Ashbury geduldig und rang Arthur damit unfreiwillige Bewunderung ab.

Er selbst hätte längst unhöflicher reagiert.

»Also gut«, gab die störrische Highlanderin klein bei. »Ich schätze, dann sehen wir uns morgen. Hoffe, für die paar Münzen kriege ich was ohne Ratten und Bettwanzen.«

»Sie werden zurechtkommen. Ich wünsche eine gute Nacht.«

Auch die Wächter verabschiedeten sich halbherzig, bevor die schwere Tür des Turms ins Schloss fiel und die Frau sich lautstark meckernd davonmachte. Das war für Arthur das Signal. Ohnehin hatte er bei Weitem genug gehört. Er war seinem Ziel nun näher als je zuvor. Voller Aufregung und Optimismus schlich er sich das Mauerwerk entlang zurück zu seiner Kutsche. Tatsächlich hatte der Fahrer Wort gehalten und auf ihn gewartet.

»Bringen Sie mich in die Nordstadt, Kutscher«, befahl Arthur, während er einstieg. »Gasthaus ›Zur Kristallsicht‹.«

Kensington würde hocherfreut sein, dass Arthurs Techtelmechtel bereits so früh beendet wurde und er auf diese Weise doch noch an genügend Schlaf kam.

»Was, im Namen aller Könige, habt Ihr Euch dabei gedacht? Eine Untergrund-Terroristin und dann auch noch alleine! Ihr als Mitglied der königlichen Familie! Und ich Hornochse lasse Euch auch noch gehen, obwohl mir klar war, dass irgendetwas faul ist.« Kensington blickte Arthur aus wütenden Augen an. »Eure Hoheit«, setzte er widerwillig nach, gerade noch rechtzeitig, um seiner fast zwanghaften Einhaltung der höfischen Etikette gerecht zu werden.

»Ich weiß, dass das ein Risiko war. Es war mir schlichtweg zu unsicher, ob Sie diese Verbrecherin nicht festnehmen oder gleich über den Haufen schießen«, antwortete Arthur zerknirscht. Er hatte gehofft, den Admiral mit seinem Enthusiasmus anstecken zu können. Dem war offenbar nicht so.

»Unfug. Ich bin kein hochrangiger Offizier geworden, indem ich leichtsinnig und unbeherrscht agiere. Ihr beleidigt mich, Eure Königliche Hoheit.«

»Verzeihen Sie bitte. Aber seht, die Informationen, die ich beschaffen konnte, waren das Risiko wert. Zumindest, wenn wir jetzt aufhören, Zeit zu verlieren, und uns langsam auf den Weg machen.« Arthur blickte elend auf die Zeiger der prachtvollen Standuhr, die nicht weit von ihnen im Zimmer des Admirals stand.

»Welche Informationen haben wir denn, Sir? Wie viele dieser Terroristen sind dort? Wie viele Highland-Krieger? Ist die Kooperation zwischen dem Jarl und dem Untergrund gesichert? Wie gehen wir vor, wenn wir ertappt werden?« Der Offizier klang geschäftsmäßig, dennoch schritt er nervös auf und ab.

»Von den Terroristen werden neben dieser Miss McDougal vermutlich dieser Lord Ashbury und die Oakenheart-Druidin anwesend sein. Von Kriegern weiß ich nichts und was den Rest betrifft, so habe ich ebenfalls keine Ahnung.«

»Und auf Basis dieser Informationen sollen wir uns ins Getümmel werfen? Sir, Prinz oder nicht, aber Ihr verlangt von mir, alles zu gefährden, wofür ich mein Leben und meine Karriere lang einstand.«

»Wir haben keine andere Wahl«, stellte Arthur fest.

»Wir könnten Loras informieren und Verstärkung anfordern. Eine offizielle Verhandlung.«

»Ich bitte Sie. Sie wissen, weshalb mein Vater Marybeth nicht bekommen darf. Und Sie sind Ihrer Königin gegenüber verpflichtet. Außerdem würde das ewig dauern.«

»Ich bin dem rechtmäßigen Regenten von Loras und den Westreichen gegenüber verpflichtet. Im Augenblick ist das Euer Vater, wenn auch nur stellvertretend. Alles andere stützt sich ausschließlich auf Eure Aussagen und Spekulationen.«

»Kensington, bitte. Denken Sie nach. Sie waren damals dabei. Sie kennen meinen Vater. Und sie kannten Harold … und Marybeth.«

Der Offizier schwieg.

»Was ist, wenn Marybeth auf diesem Ritual etwas angetan wird? Sie selbst haben gesagt, dem Untergrund ist nicht zu trauen. Jetzt Verstärkung aus Loras anfordern, militärisch vorgehen, das könnte das Leben der Königin gefährden. Wir haben für so etwas keine Zeit.«

Kensington nickte widerwillig. »Fürwahr. Dem Untergrund ist alles zuzutrauen. Einer von ihnen hat im Krieg etliche meiner Männer ins Verderben geschickt, ohne auch nur zu zögern. Und er hat mir dabei ins Gesicht gelächelt. Treulose, verlogene Hunde ohne Ehre und Anstand allesamt.«

Arthur fuhr vorsichtig fort. »Sie stimmen also zu, dass jeder Augenblick, den Marybeth mit ihnen verbringt und insbesondere ein Tag wie heute große Gefahr für meine Cousine, Ihre Königin bedeutet?«

Kensington nickte erneut steif.

»Dann müssen wir zumindest nachsehen. Die Situation im Auge behalten.«

»Ja, das sollten wir wohl«, knurrte Kensington und verzichtete diesmal vollständig auf jede Etikette.

Arthur atmete erleichtert aus. »Also können wir uns endlich auf den Weg machen?«

Kensington starrte ihn an. »Was machen wir, wenn man uns festnimmt?«

Arthur zuckte mit den Achseln. »Das darf nicht passieren.«

»Das kann es aber, Eure Hoheit. Wir benötigen einen Plan.«

Arthur wusste nicht, was er darauf antworten sollte. Er hatte weder einen versteckten Trumpf im Ärmel noch hilfreiche Kontakte oder wenigstens die Geldmittel zu einer Bestechung. »Vertrauen Sie Ihrer Königin, Kensington«, flüsterte Arthur leise, aber eindringlich. »Wenn man uns schnappt, müssen wir mit offenen Karten spielen. Dann kommt alles auf sie an – und den Jarl.«

»Also bleibt nur zu hoffen, dass Eure Cousine wider Erwarten noch auf unserer Seite steht und unsere politischen Ränge uns vor dem Schlimmsten bewahren.« Es war keine Frage. Kensington stellte es lediglich nüchtern fest.

»So ist es«, erwiderte Arthur knapp.

»Ich hoffe inständig, dass Ihr in allem recht behaltet, Eure Hoheit. Ich riskiere hier mein gesamtes Lebenswerk. Meine Stellung, mein Ansehen, einfach alles. Und ich würde es weder für Euch noch allein für Königin Marybeth tun, solange ihre Loyalität nicht geklärt ist. Ich tue es im Vertrauen an meinen wahren König, Harold. Ich muss an seine Einschätzung glauben.« Kensington seufzte. »Wissen wir, was genau ihre Pläne sind?«, fragte er, nachdem er einen Moment nachdenklich innegehalten hatte.

»Es soll irgendein abergläubischer Ritus abgehalten werden. Eine Tradition der Highlander, mit der Marybeth die Treue ihrem Volk gegenüber unter Beweis stellen soll.«

Der Miene des Lord Admirals spannte sich an. »Das klingt nicht gut ... sie wollen doch nicht ...« Er blickte Arthur ernst an. »Wurde etwas von einem Eid gesagt? Dem sogenannten Treuegelübde der Alten?«

Arthur nickte. »Ja, genau. So haben sie es genannt.«

Er sprang auf. »Dann habt Ihr recht und wir müssen sofort los.«

Von der plötzlichen Meinungsänderung des Soldaten überrascht, blickte Arthur diesen verwirrt an. »Wieso? Was hat es mit diesem Eid auf sich?«

»Ich habe mich nach dem Attentat Erntefluts ausgiebig über den Oakenheart Stamm und dessen Magie informiert«, erklärte Kensington in einem knurrenden Tonfall. »Das Treuegelübde der Alten ist ein naturmagisches Ritual, welches früher von den Königen der Highlands begangen wurde. Hierbei arbeiten ein Priester und ein Druide zusammen und binden die Seele eines Menschen über dessen Blut an die Erde des Landes. Es ist ein bindender Fluch. Sollte sich derjenige, der ihn eingeht, jemals bewusst gegen die Interessen seines Volkes und der Highlands wenden, dann wird ihm ein schreckliches Schicksal widerfahren. Es ist kein Aberglaube. Es ist echte und somit verbotene Magie. Und die verdammten Inquisitoren verschwenden ihre Zeit an den Gleisen. Wir haben keine Zeit!«

Arthur starrte ihn schockiert an. Nie hätte er damit gerechnet, dass die Lage derart ernst war. »Dann machen wir uns sofort auf den Weg!«

Kensington nickte. »Das machen wir.«

»Ich hab' Hunger!«, maulte Noisy Cat, die neben Marybeth in der Kutsche saß, am nächsten Morgen und stellte damit ihr ohnehin bereits angespanntes Gemüt auf eine zusätzliche Probe.

»Wieso hast du nichts gegessen?«, fragte Marybeth desinteressiert und beobachtete aus dem Fenster, wie die berühmten, weißen Bauwerke Brightcoasts an ihr vorüberzogen.

»Der da ist schuld«, fauchte Cat und zeigte auf Aschepfeil, der ihr gegenüber neben Feri auf der anderen Sitzbank saß. »Elender Geizkragen. Der Betrag, den er mir gegeben hat, war gerade ausreichend für ein ärmliches Zimmer – und ich musste dafür bereits feilschen! An ein Frühstück war da nicht zu denken.«

»Immerhin mussten Sie die Nacht nicht im Freien übernachten, Miss Catriona. Seien Sie froh«, antwortete Ash ruhig. »Wir dürfen unsere geringen Ressourcen nicht überstrapazieren. Zumindest nicht, solange wir noch keine Klarheit darüber haben, wie es weitergeht.«

»Ach, sei ruhig, Ash. Du musstest dein Nachtlager ja nicht mit Ungeziefer teilen und mit leerem Magen auf euch warten.«

Marybeth schnaubte leise, nahm eine Haarspitze und zwirbelte sie zwischen Daumen und Zeigefinger. Es ging bereits die ganze Zeit so. Beinahe wünschte sie sich, Noisy Cat wäre noch etwas länger fortgeblieben. Stattdessen hatte sie aber bereits am Torhaus des Geißelbrecherturms gestanden, als sie sich zusammen mit Feri und Aschepfeil auf den Weg zu der bereitgestellten Droschke gemacht hatte. Ihre Gedanken entglitten, während die Straßen, Brücken und Alleen Brightcoasts ineinander verschwammen.

»Vicky, alles in Ordnung?«, Feri stupste Marybeth von vorn an.

Marybeth schreckte auf. Wie lange war sie in Gedanken gewesen? »Ja. Alles gut. Ist etwas passiert?«

»Nein, natürlich nicht, Dummerchen«, kicherte Feri, »aber du sahst aus, als seiest du eingeschlafen.«

»Ich habe nachgedacht«, antwortete Marybeth kurz angebunden.

»Über etwas Bestimmtes?«

»Nein.«

Feri beäugte Marybeth prüfend. »Du bist heute ziemlich still. Kann es sein, dass dir etwas auf der Seele liegt?«

Marybeth musste einen Augenblick darüber nachdenken, doch die Antwort lag ebenso auf der Hand, wie es unnötig war, sie auszusprechen. Natürlich bereiteten ihr einige Dinge Kummer. Aber was half es, darüber zu klagen?

Marybeth schwieg.

»Schau mal dort«, wisperte Feri und deutete aus der Kutsche hinaus.

Sie fuhren gerade an einem hohen Stahlzaun vorbei, hinter dem Marybeth eine atemberaubende Parkanlage erkennen konnte. Sattes, grünes Gras und bunte Blumen zierten trotz der kalten Jahreszeit den Boden. Mehrere kleine, mit Efeu bewachsene Felsen säumten einen geraden Weg, der von einem elegant gearbeiteten Tor mitten durch den Garten hindurchführte und an einem gewaltigen, aufrecht stehenden Stein endete.

»Spürt ihr das auch?«, fragte Feri und ihre Stimme war beinahe nur ein Hauch, verglichen mit der starken Böe ihrer sonstigen Redegewandtheit.

»Spüren wir was?«, fragte Noisy Cat und blickte Feri an, als habe sie den Verstand verloren.

Auch Marybeth wusste nicht, was Feri meinte.

Aschepfeil hingegen nickte und blickte mit einem gelassenen Ausdruck auf die Grünanlage. »Dies hier ist ein uralter Ort. Einst war er heilig. Dieser Stein ist der Runenmenhir. Er galt früher als die Verbindung zwischen dem Menschen und der Natur, eine Art natürlichem Leiter für Wunder.« Er lächelte geheimnisvoll. »Seht ihr die Hügel hinter dem Menhir? Die Häuptlinge der Highlandstämme und sogar einige der ersten Könige der Westreiche wurden in ihrem Inneren zur ewigen Ruhe gebettet. Es liegt Macht in diesem Ort, ähnlich wie im alten Oakenheart-Tempel, der heute als Gedenkstätte von Zartbitter missbraucht wird. Ich denke, das ist es, was Sie fühlen, Miss Feri.«

»Ich habe vom Runenmenhir gehört«, flüsterte Feri voller Ehrfurcht. »Meine Mutter hat mir davon erzählt. Von den Legenden, die um ihn ranken.«

Aschepfeil schmunzelte. »Legenden, Gerüchte, Wahrheiten. Meistens haben sie alle drei den gleichen Ursprung. Für den Augenblick können wir ihnen nicht weiter nachjagen, denn wir sind angekommen. Hier am Menhir wird unsere junge Königin der Tradition folgen und ihrem Titel endlich wieder jene Ehre verleihen, die ihm vor Jahrhunderten genommen wurde. Seht. McCallahan ist auch schon hier.«

Fast gleichzeitig blickten sie sich in die Richtung um, in die Aschepfeil deutete. Tatsächlich stand der Jarl von Brightcoast, die Hände in die Hüften gestemmt und begleitet von dreien seiner Krieger, am Eingang der Parkanlage.

An der Seite des Jarls stand neben seiner Leibwache auf einen krummen Gehstock gestützt ein alter Mann. Seinem faltigen Gesicht nach war es gut möglich, dass er seinen neunzigsten Winter bereits überschritten hatte. Marybeth schätzte ihn sogar noch älter ein. Sein spärliches Haar war schlohweiß und hing strähnig bis zu seinen Ellenbogen hinab, ohne jedoch effektiv die Kopfhaut zu verbergen.

Auch der Alte trug einen Bart, jedoch wirkte seiner verwahrlost und ungepflegt und er reichte beinahe bis zu seinen Knien. Seine Kleidung war weit weniger elegant als die McCallahans: Sie bestand hauptsächlich aus einer erdfarbenen, zerschlissenen Robe und einem Seil, mit dem diese in der Körpermitte fixiert wurde. Auf seinem Haupt trug er einen zarten, grünen Kranz, zwischen dessen Blätter rote und schwarze Beeren hervorlugten.

»Wer ist dieser alte Mann?«, fragte Marybeth, der solche Überraschungen suspekt und unangenehm waren.

»Ich habe keine Ahnung, Vicky«, gab Feri leise zu.

Marybeths Blick wanderte zu Aschepfeil, aber auch dieser schüttelte den Kopf.

»Ich weiß es auch nicht. Nicht, dass du gefragt hättest«, bemerkte Noisy Cat. »Kommt. Steigen wir aus. Dann erfahren wir's vielleicht.«

Sie öffnete die Kutschentür und sprang mit einem Satz nach draußen, ohne dabei das Trittbrett zu benutzen. Aschepfeil folgte ihr, sah dabei jedoch deutlich eleganter aus als sie. Als Nächstes war Marybeth an der Reihe. Sie rutschte auf dem Sitz hinüber und kletterte hinab. Aschepfeil reichte ihr eine Hand, doch sie nahm die Hilfe nicht an. Das hatte sie nie gebraucht, sie würde auch heute nicht damit anfangen.

Zuletzt stieg Feri aus der Kutsche. Als der fremde, alte Mann sie sah, stahl sich ein breites Grinsen auf sein vom Alter gezeichnetes Gesicht.

»Oh, was sehen meine alten Augen da. Ferelith? Bist du es wirklich, Ferelith?«

Feri stellte sich an die Seite von Marybeth und blickte den Alten überrascht an. »Woher kennst du meinen Namen?«

Auch Marybeth war verwundert. Ferelith. Diesen Namen hatte sie ihr nie genannt. Jetzt, wo sie es hörte, war Marybeth klar, dass sie darauf hätte kommen können, dass Feri nur eine Abkürzung für etwas ist. Dennoch versetzte es ihr einen Stich, dass ihre Freundin es ihr nie erzählt hatte.

»Dir mag es vielleicht nicht klar sein, Ferelith, aber wir kennen uns seit langer Zeit. Ich bin es, der alte Domnhall. Viele nennen mich auch Domnhall die Krähe. Sicher haben deine Eltern dir von mir erzählt. Wir hatten einst viel miteinander zu tun.«

Feri schüttelte den Kopf. »Ich habe nie von einem Domnhall gehört. Sie irren sich. Mein Vater ist außerdem gestorben, als ich noch ein kleines Mädchen war. Und meine Mutter …«

»Eildh. Eilidh und Ruairidh. Das waren deine Eltern, richtig?«

Feri starrte ihn mit offenem Mund an.

»Als du geboren wurdest, Ferelith, kamen deine Eltern zu mir. Sie wollten, dass ich dir meinen Segen gebe, bevor sie mit dir in den Süden aufbrachen. Das war das letzte Mal, dass ich sie gesehen habe. Eigentlich wollten sie ein Schiff über den Ozean der Träumer nehmen. Mit dir zu deinen Vettern in die Sa'Talbin-Wüste gehen. Mit dem Tod deines Vaters kam dann wohl alles anders. Es tut mir leid. Sie waren gute Leute.«

»Das waren sie«, bestätigte Feri immer noch verdutzt.

»Domnhall ist einer der letzten Priester der alten Wege«, erklärte McCallahan, dem die in der Luft liegende Unsicherheit und die fragenden Blicke offenbar unangenehm wurden. »Leider hat die Kirche des Einen ganze Arbeit geleistet, die Kultur unseres Ahnen zu verdrängen. Doch das soll nun ein Ende haben.«

»Was genau wird jetzt ein Ende haben? Und wie?«, fragte Marybeth, die verwirrt aus dem Hintergrund trat. »Und was hat das alles mit mir und diesem Ort zu tun?«

»Wenn wir einen neuen Weg gehen – und über nichts Geringeres werden wir heute entscheiden müssen – dann werden wir das endlich wieder auf unsere Art tun«, fuhr der Jarl unbeirrt fort. »Niemand Fremdes wird uns je wieder vorschreiben, wie wir zu leben und was wir zu glauben haben. Kein König von Loras, der sich einen Teufel um meine geliebten Highlands schert. Und genau deswegen sind wir jetzt hier.« Er klopfte dem Alten auf die Schulter. »Domnhall, schau dir dieses blonde Mädchen genau an. Das ist Königin Marybeth Victoria von Loras. Die Ziehtochter und Thronerbin des verstorbenen Königs Harold. Die Vereinigung der Jarls möchte, bevor eine Entscheidung getroffen wird, dass diese Königin ihren Wert, ihre Treue und ihre Toleranz für unsere Gebräuche unter Beweis stellt. Sie soll den Segen der alten Wege empfangen und das Treuegelübde ablegen.«

Der alte Priester runzelte die Stirn. »Es ist über vierhundert Jahre her, dass zuletzt ein König das Treuegelübde gesprochen hat. Diese Art von Eid geht weit über eine einfache Zeremonie hinaus. Ich muss es euch noch einmal fragen, mein Jarl. Seid Ihr sicher?«

Marybeth trat unruhig von einem Bein aufs andere und erwischte sich dabei, wie sie sich abermals durch ihre Locken fuhr. Die ganze Situation war unangenehm, grotesk, falsch. Man forderte Dinge von ihr, die sie weder verstand noch wollte. Aber hatte sie eine Wahl?

Sie schaute zum Himmel, aber da waren keine Vögel, die sie beobachten konnte. Sie betrachtete die wenigen Bäume, doch kein Blatt löste sich von ihnen. Sie blickte auf den Boden, wo sie eben noch unzählige Blüten gesehen hatte, doch nun fanden ihre Augen keine einzige. Hier war nichts als die triste Realität. Eine Realität, der sie sich würde stellen müssen.

»Ja, wir sind sicher«, sprach McCallahan mit festem Ton. »Wenn Königin Marybeth unsere Galleonsfigur sein möchte, dann geben wir uns nicht länger mit einem einfachen Wort zufrieden. Wir wollen etwas Handfestes.« Er hielt einen Moment inne, ehe er ruhiger weitersprach. »Ich nehme an, du erinnerst dich an die heiligen Worte, Krähe?«

Der Alte nickte langsam. »Ich habe sie von meinem Vater gelernt, der sie von seinem Vater auf dessen Sterbebett erfuhr. Wir haben stets gewusst, dass wir sie eines Tages wieder brauchen würden, und ich habe auf diesen Tag gewartet. Ich nehme an, Ihr wisst, was ich dafür benötige, mein Jarl? Dass ich die Verflechtung unmöglich allei …«

McCallahan legte ihm eine Hand auf die Schulter und unterbrach ihn damit. Er deutete auf Feri. »Sie wird dir assistieren. Sie hat, was du benötigst.«

»Wie auch schon ihr Vater«, krächzte Domnhall leise und nickte ergiebig. »Also gut.«

»Entschuldigung, aber was meint ihr?«, fragte Feri. Sie wirkte beunruhigt.

»Ich denke, das wissen Sie bereits, Miss Byrne«, antwortete McCallahan in einer Tonlage, die klar aussagte, dass weitere Rückfragen gerade unerwünscht waren.

Feri blickte sich hilfesuchend zu Aschepfeil um, doch dieser schüttelt zaghaft den Kopf.

»Irgendwann musste sie es erfahren. Es tut mir leid, Feri. Du wirst es tun müssen.«

Marybeth war vollkommen verwirrt. Wer musste etwas erfahren? Etwa sie? Und was musste sie erfahren? *Feri, was geht hier vor?*, dachte sie gequält und drehte sich zu ihr um, doch bevor sie die Frage aussprechen konnte, spürte sie einen ungewöhnlich festen Griff um ihren Arm. Sie wandte ihren Kopf in die andere Richtung und erblickte zu ihrer Überraschung den alten Priester.

»Ich sehe das Verlangen nach Antworten in dir, Kind. Und du wirst sie bekommen. Doch nun ist die Zeit zum Geben, nicht zum Nehmen. Die Sonnen haben ihre Position fast erreicht. Deine persönlichen Gefühle müssen warten, wenn du dem Ruf des Landes gefolgt und dich als wahre Königin würdig erwiesen hast.«

Marybeth spürte, wie Tränen in ihre Augen drangen. Sie wollte ihre Haare greifen, irgendetwas beobachten, Dinge zählen, schreien, irgendwas. Doch anstelle dessen nickte sie. »Ich werde die Königin sein, die mein Volk verdient. Ich werde würdig sein.«

»Dann kommt mit, Königin Marybeth, Ferelith. Eure Begleiter dürfen mitkommen, solange sie etwas Abstand wahren. Es ist an der Zeit, das Ritual abzuhalten.«

Aufregung beschrieb nicht einmal annähernd die Gefühle, die in Arthurs Inneren wüteten. Es war beinahe Mittag. Sie waren spät dran.

»Kommen Sie, Kensington. Das hier ist die Straße, die der Wirt genannt hat. Wir dürften den Park vor diesem Hügelgrab jeden Augenblick erreichen!«

»Eure Hoheit, ich nehme an, wir haben ihn bereits gefunden.« Kensington deutete auf eine Stelle, ein Stück weiter geradeaus. An einem grün überwucherten Torbogen inmitten eines langen Zauns standen drei schwer bewaffnete Stadtwachen und hielten grimmig die Passanten auf Abstand.

Verdammt, dachte Arthur, *wieso habe ich daran nicht gedacht?*

»Habt Ihr Vorschläge, Hoheit?«

Arthur überlegte einige Sekunden, während sie an den hohen Stahlgittern anhielten und verschnauften. »Ich muss zugeben, ich bin überfragt«, antwortete er schließlich. »Aber wir müssen uns etwas einfallen lassen. Wir sind Marybeth so nah. Wir können sie jetzt nicht im Stich lassen.«

»Das Areal wird von Wachen geschützt, Eure Hoheit. Und weder Eure Autorität als Viscount der Copperblood Barony noch meine als Lord Admiral von Loras wird uns hier derzeit etwas nutzen.«

Arthur schwieg. Was konnte er in dieser Situation tun? Er blickte durch die Gitterstäbe des Zauns hindurch und suchte nach Marybeth. Es dauerte nicht lange, bis er die zierliche Gestalt mit blonden Locken in ihrem ganz und gar nicht hoheitlichen Aufzug entdeckte. Sie war umgeben von Personen. McCallahan, der Jarl von Brightcoast, unverkennbar durch seinen auffälligen Bart und seine Körpergröße, stand neben ihr. Auch erkannte er Feri Byrne und das Miststück McDougal.

Zusätzlich zu den ihm bekannten Gestalten standen noch ein hochgewachsener, schlanker Mann in einem weißen Frack und ein heruntergekommen wirkender, alter Mann bei Marybeth. Wobei Letzterer eher neben ihr kniete.

»Sie haben schon angefangen«, knurrte Kensington und spähte ebenfalls düster in Richtung der kleinen Zeremoniengesellschaft.

»Marybeth spricht, glaube ich. Das muss dieser Eid sein.«

Arthur kniff seine Augen zusammen und versuchte, mehr zu erkennen. Plötzlich zog eine rothaarige Gestalt, die er unschwer als die Oakenheart-Druidin identifizierte, ein Messer.

»Verdammter Mist«, fluchte Arthur. »Ich glaube, jetzt kommt der Teil mit dem Blut!« Er sprintete los.

»Bei allen Königen Thanatiens und der Westreiche, was habt Ihr vor, Hoheit?«, brüllte Kensington ihm hinterher. »Ihr könnt nicht einfach an den Wachen vorbeirennen – die machen kurzen Prozess mit Euch! Tut das nicht!«

Arthur ignorierte die Rufe von Kensington und rannte auf die Bewaffneten zu. An den hektischen Schritten hinter ihm erkannte er, dass der Lord Admiral ihm folgte.

»Was soll das Geschrei, Junge? Ihr habt hier nichts verloren. Private Gesellschaft«, rief ihm einer der Männer wütend entgegen und zog einen Säbel.

Arthur nahm all seinen Mut zusammen. *Ich komme, Marybeth.*

Es ging so schnell, dass er gar nicht realisierte, wie es ihm gelang, aber er schaffte es, unter der Klinge des Torwächters hindurch zu tauchen und an den beiden anderen Kriegern vorbeizurauschen. Jeden Selbstschutz vergessend rannte er auf die üppige, grüne Wiese der Parkanlage. Aus dem Augenwinkel nahm er wahr, dass Kensington sofort zum Angriff übergegangen war, um ihm Zeit zu verschaffen. Er hatte den Soldaten mit dem Säbel entwaffnet und wehrte mit dessen Waffe die Hiebe der anderen ab. Ein loyaler Soldat bis zum Schluss, das würde er ihm nicht vergessen.

Im Lauf sah Arthur, dass Byrne sich Marybeth zuwandte und die Spitze der Klinge gegen ihre Armbeuge richtete. Was für eine Teufelei führte diese verlogene Druidenhure im Schilde?

Als er erkannte, dass Marybeth ihren Arm hob und ihr Kleid, ebenso wie ihre zarte Haut, langsam an der Schneide von Feris Klinge entlang zog, schrie er auf. »Marybeth – nein!«

Es war zu spät. Marybeth zuckte zusammen und rotes Blut tropfte hinab auf den Boden.

Alle drehten sich zu ihm um außer die Druidin, die sich auf den Boden kniete und murmelnd eine Hand über die Stelle erhob, auf welche Marybeths Lebenssaft getroffen war.

»Arthur!«, rief Marybeth überrascht, doch sofort traten ihre Begleiter zwischen sie.

Die Oakenheart stand indes auf. Unter ihrer Berührung hatte das Blut angefangen, grün zu leuchten, und sich zu einem dünnen Rinnsal geformt, das ergeben in Richtung des verwitterten, alten Menhirs floss. Zu beiden Seiten der Flüssigkeit entwuchsen dem Boden Gänseblümchen, deren Blätter Rot und Grün verfärbt waren. Auch die Runen, welche in die steinerne Oberfläche des Menhirs graviert waren, leuchteten zunehmend in einem beunruhigenden Grün. All das beachtete keiner. Es schien niemandem aufzufallen, außer Arthur, dessen Sinne genährt von Adrenalin Bestleistungen vollbrachten. Die Druidin hatte ihr Werk erfüllt. Schwankend ging sie ein paar Schritte vorwärts und schloss zu ihren Verbündeten auf.

»Das ist der Kerl aus Auburn Mills!«, brüllte McDougal und zog ihre Pistole.

»Tut ihm nichts! Tut ihm bitte nichts! Er ist mein Cousin Arthur!«, schrie Marybeth, die durch Arthurs Erscheinen offenbar nichts von der Beschwörung ihrer Weggefährtin mitbekommen hatte. Ihre Stimme war erfüllt von einer Panik, die Arthur noch nie bei ihr vernommen hatte.

Aus dem Augenwinkel erkannte Arthur, wie Ferelith die Glieder ihrer Finger bewegte – rhythmisch und wellenförmig. Der Boden unter seinen Füßen fing an zu vibrieren.

»Marybeth! Sie haben dich belogen und in eine Falle gelockt! Du darfst ihnen nichts mehr glauben, nichts tun, was sie sagen! Feri Byrne ist eine manipulative Hexerin!«

Plötzlich, mit der Gewalt eines Felssturzes, brach die Erde unter ihm auf. Eine Ranke wie die, die damals das Highoak Memorial verwüstet hatte, packte ihn, schlang sich eng um seinen Leib, sodass jegliche Luft aus seinen Lungen gepresst wurde und hob ihn in die Höhe. Er versuchte zu schreien, doch es war zwecklos.

»Feri!«, kreischte Marybeth und stürzte als Einzige nach hinten. »Was passiert hier?«

Sie bekam keine Antwort. Anstelle dessen peitschte das tödliche Gewächs mit Arthur im Klammergriff durch die Lüfte und er spürte nichts außer der schrecklichen Angst vor dem Tod.

»Ferelith! Halte ein! Lass diesen Jungen hinunter. Das hier ist nicht der rechte Weg.« Die raue Stimme gehörte zu dem zerlumpten, alten Mann, welcher der Zeremonie beigewohnt hatte.

»Ich hätte es dir erzählt, Vicky!«, schrie Feri gegen den Lärm der Geschehnisse an. Ihre Stimme klang verzweifelt und als wäre sie den Tränen nahe. »Ich wollte es dir sagen, schon so oft! Jetzt ist alles vorbei!«

»Was bedeutet das – die Ranken, Arthur, alles? Was wolltest du mir erzählen?« Marybeths Stimme klang schockiert und verständnislos gleichermaßen.

Arthur konnte nicht atmen. Er bemerkte, wie sich seine Wahrnehmung zusehends verschlechterte. Von oben sah er verwaschen, dass sich am Zaun zur Parkanlage etliche Menschen versammelt hatten. Der Mann, den er an seiner Stimme als Jarl McCallahan erkannte, brüllte einige Befehle und seine Wachleute hatten alle Hände voll damit zu tun, die Schaulustigen zurückzuhalten. Kensington lag am Boden. Er war wahrscheinlich tot oder bewusstlos. Der Mann mit dem weißen Frack lief zu Feri Byrne und umklammerte ihren Arm. Er redete vehement auf sie ein. Dann, plötzlich, lockerte die Ranke ihren Griff, zog sich langsam in den Boden zurück und ließ Arthur schwer atmend und der Ohnmacht nahe auf dem Rasen zurück. Seine Sicht war stark verschwommen, sein Puls raste, sein Kreislauf stand kurz vor dem Kollaps.

An den Schritten erkannte er, wie sich Menschen näherten. Dann hob jemand seinen Kopf und presste sein Gesicht an sich. Marybeth …

Sie sagte nichts, aber er erkannte ihren Geruch, ihre Art, sich zu bewegen.

Arthur vernahm die Stimme von Ferelith. »Vicky … es tut mir so-«

»Halt dich fern von meinem Cousin! Wer auch immer du bist, was auch immer du bist, halt dich fern! Du hättest ihn fast ermordet!« Marybeths Stimme klang klar und fernab von ihrer üblichen tonlosen Sprechweise. Im Gegenteil: sie war so erregt, wie ein Mensch nur sein konnte. Sie hatte sich so verändert …

»Vicky … bitte …«

»Mein Name ist Marybeth. Ich mag keine Abkürzungen.«

»Marybeth. Lass es mich dir erklären. Bitte.« Arthur konnte es nicht sehen, aber so brüchig wie die Stimme der Oakenheart klang, war er sich sicher, dass sie weinte.

»Sprich.«

Arthur hörte einen Schritt.

»Keinen Schritt näher. Sprich von dort, wo du jetzt stehst. Erkläre es mir, Feri Byrne!«

»Dann fange ich wohl genau damit an«, flüsterte Feri traurig. »Feri Byrne ist nicht mein Name. Ich heiße Ferelith Oakenheart, Tochter von Ruairidh Oakenheart, dem Druiden. Ich bin eine der Letzten meines Stammes. Die Letzte, die in den Westreichen verblieben ist.«

»Du warst es von Anfang an, oder, Ferelith Oakenheart?. Die Ranke beim Memorial. Du warst dort. Und du bist mir gefolgt. Es war kein Zufall, dass du mich vor den Schlägern in der Gasse gerettet hast.«

Ferelith schwieg einige Augenblicke, bevor sie antwortete. »Du hast recht. Wir wollten dich bei diesem Angriff entführen.«

»Was bedeutet ›wir‹?«, fragte Marybeth, doch Arthur wusste, dass sie die Antwort bereits kannte.

»Alle unsere Freunde. Alle, die hier versammelt stehen — und viele mehr. Wir sind Teil des Untergrunds von Highoak, Marybeth. Wir sind diejenigen, die man Terroristen, Meuchelmörder und Schlimmeres nennt. Aber bei dir habe ich eine Chance gesehen, einen besseren Weg. Ich wollte dir nichts antun. Ich habe dich gerettet, dich bei mir aufgenommen. Dir zugehört. Ich war deine Freundin.«

»Alles, was du mir je gesagt hast, war eine Lüge. Eine Freundin hätte mir die Wahrheit gesagt. Du warst niemals meine Freundin! Ich habe keine Freunde. Ich bin sonderbar. Ich dachte, du wärst anders. Aber du wolltest mich benutzen!«

»Nein, Marybeth. Am Anfang war es so. Aber ich habe dich kennengelernt. Wir sind Freundinnen geworden … und mehr. Ich wollte es dir sagen. Ich wollte dir alles sagen. Aber ich durfte nicht. Und ich hatte Angst. Ich hatte so große Angst, dass du mich hasst! Bitte, Marybeth, vergib mir.«

»Du wolltest mich benutzen«, sagte Marybeth erneut und Arthur hörte beinahe die Tränen, die an ihrem Gesicht hinabliefen. »Du wolltest mich benutzen. Du warst keine Freundin, du bist keine Freundin, ich habe keine Freundin, ich bin seltsam, sonderbar, einsam, allein, nicht liebenswert!«

Arthur bemerkte, wie Marybeth ihren Griff lockerte. Sein Kopf sackte zurück auf den Erdboden.

Er hörte ihre Schritte. Sie entfloh der Situation.

Jemand, wahrscheinlich die Druidin, weinte geräuschvoll.

Lass mich nicht allein, Marybeth, wollte er ihr nachrufen, aber ihm fehlte die Kraft, die Worte auszusprechen. Er spürte, wie jemand anderes sein Handgelenk ergriff und nach seinem Puls tastete.

»Fasst ihn nicht an!«, hörte er Marybeths hysterische Stimme aus weiter Entfernung. Er hatte sie niemals zuvor so erlebt. »Wenn ihm jemand auch nur ein Haar krümmt, dann werdet ihr es alle bereuen. Das schwöre ich euch! Ich werde euch alle umbringen lassen. Jeden Einzelnen von euch. Ihr werdet alle leiden! Lasst ihn in Frieden!«

»Lasst ihn los«, hörte Arthur eine tiefe, männliche Stimme. Er glaubte, dass es sich erneut um die Stimme McCallahans handelte, aber sicher war er nicht.

»Ma … Mary …«, versuchte Arthur zu stöhnen, doch es misslang.

»Sie ist weggelaufen. Aber macht Euch keine Sorgen, Euch wird nichts geschehen. Einer meiner Männer ist auf dem Weg, einen Arzt zu holen. Wir werden Euch und Euren Begleiter wieder zusammenflicken. Für Marybeth. Für den Frieden.«

Ein weiteres Mal versuchte Arthur mühsam einige Worte herauszupressen, doch wenn überhaupt ein Laut seine Lippen verließ, so konnte er ihn zwischen Fereliths verzweifelten Schluchzern nicht wahrnehmen. Ihm entglitt sein Bewusstsein und nichts außer der Schwärze der Gedankenlosigkeit verblieb in ihm.

Kapitel 15 – Blutmagie und rollende Räder

Marybeth rannte einen grasbewachsenen Hügel hinauf. Sie wusste nicht, wie weit sie gelaufen war. Sie wusste nicht, was mit Arthur geschehen war, und konnte auch nicht daran denken. Weder die Schritte noch die Minuten oder das Schreien der Möwen am Himmel hatte sie gezählt, auch wenn es sie danach verlangte. In ihr wütete ein Sturm der Gefühle und ihr Arm schmerzte von der Schnittverletzung, die Feris Klinge darauf hinterlassen hatte. Sie wusste nicht, wie sie mit alledem umgehen sollte.

Sie stolperte und bemühte sich vergebens um Halt, dann landete sie unsanft mit ihrem Hintern auf der Wiese. Tränen schossen ihr in die Augen. Nicht wegen des Sturzes, nicht aufgrund von Schmerzen. Sie konnte weiter fliehen. Das, wovor sie weglief, war kein Gegner, dem sie mit einer ausreichenden Geschwindigkeit und Ausdauer entwischen konnte, es war in ihr.

Wie hatte Feri sie derart belügen können? Wieso? Wieso hatte sie es getan? Wieso hatte sie sich auf ihre Küsse – auf ihre Freundschaft – eingelassen, wenn all dies nichts als ein abgekartetes Spiel gewesen war?

Natürlich hatten Feri und die anderen ihr geholfen! Natürlich standen sie ihr bei! Marybeth war alles gewesen, was diese Leute brauchten. Mit der Königin in ihren Reihen hatten sie eine Argumentationsbasis, eine echte Legitimation. Selbst, wenn dank George niemand Marybeth ernst nahm, hätten sie es selbst im schlimmsten Fall auf mannigfaltige Weise für sich nutzen können. Sie war benutzt worden. Sie war benutzt, manipuliert und beinahe zu einer Waffe gemacht worden. Und sie war darauf hereingefallen. Sie, die sich immer als intelligent und unnahbar gesehen hatte.

Sie hatte ihr Volk verraten. Viele waren verletzt worden, einige sogar getötet. Nun erkannte sie, warum. Sie hatte es zu verantworten. Zwar unwissentlich, aber einer Königin unwürdig. Ihr Onkel hatte sie zurecht in ein Sanatorium verbannt. Die Königsfamilie arbeitete für das Volk. Sie, Marybeth, war Teil der Königsfamilie. Sie hatte versagt.

Zwischen Tränen und zerrupften Locken blickte sie auf die Landschaft, die sich vor ihr erstreckte. Sie befand sich beinahe auf der Spitze der Anhöhe. Vor ihr erstreckte sich ein abfallendes, grünes Panorama aus niedriger werdenden Hügeln, weißem Fels und dem hellgrünen Rasen, der unerbittlich den Jahreszeiten trotzte. Sie erkannte die Straße, konnte ihr mit bloßen Augen ein ganzes Stück weit folgen, ehe sie in einem steil abfallenden Hang verschwand.

Was soll ich jetzt tun?, fragte sich Marybeth. Alles an dieser Situation war seltsam. Schmerzhaft. Es gab so vieles, vor dem sie hätte wegrennen wollen. So viele Impulse, denen ihr Geist nachgeben wollte. Aber er tat es nicht. Er war vielleicht das erste Mal in ihrem Leben vollkommen fokussiert. Sie war gefangen in der Gegenwart, doch diese war eine grausame Folter.

»Darf ich mich zu Euch setzen, Eure Majestät?«

Marybeth erschrak fürchterlich. Sie hatte keinerlei Schritte gehört. Sofort sprang sie auf, verlor um ein Haar erneut den Halt, fing sich aber und wandte sich der Stimme zu.

Aschepfeil stand ein Stück oberhalb von ihr und blickte sie mit einer so tiefen Ruhe in seinen Augen an, dass wider ihren Willen etwas von Marybeths Aufregung von ihr abfiel.

»Bleiben Sie weg von mir, Aschepfeil. Bitte. Auch Sie sind einer von denen. Auch Sie haben mich die ganze Zeit betrogen.« Marybeth wandte den Blick ab und versuchte, ihre Tränen zu verstecken. Warum konnte sie sich nicht zusammenreißen?

Aschepfeil lächelte. »Das stimmt aber nicht ganz. Ich habe Ihnen nicht alles erzählt, das stimmt. Ich habe aber zu keiner Zeit gelogen. Ich habe stets betont, dass es Dinge über mein Leben gibt, die ich Ihnen nicht erzähle.«

Marybeth wollte etwas erwidern, doch ihr fiel darauf nichts ein. Groteskerweise hatte er recht, wenngleich sie nicht sicher war, ob sich dadurch irgendetwas änderte.

»Was wollen Sie?«, presste sie schließlich heraus.

»Mit Euch sprechen, Eure Majestät. Denn ich glaube, das, was ich zu sagen habe, wird Ihnen helfen.«

Marybeth nahm eine dicke Strähne ihrer Haare, drehte an ihr und drückte auf ihr herum. »Wie ist mit Arthur geschehen? Geht es ihm gut?«

»Es wird sich um ihn gekümmert, Majestät. Er ist außer Gefahr und in guten Händen.«

Sie spürte, wie trotz allen berechtigten Argwohns Erleichterung über sie kam. Aber was war, wenn auch das wieder eine Lüge war? Wenn sie erneut nur in Sicherheit gewogen wurde? »Wie kann ich Ihnen vertrauen, Aschepfeil?«

»Ich gebe Euch mein Wort darauf, Eure Hoheit, als Ehrenmann und als Freund. Aufrichtig von Diener zu Königin, Eure Majestät.«

»Nennen Sie mich Marybeth. Ich bin keine Majestät. Ich habe versagt. Ich habe in allem versagt. Das Volk hat eine Bessere als mich verdient.«

Aschepfeil kam näher und legte ihr eine Hand über die Schulter.

Marybeth zuckte zusammen. Weder war sie auf eine Berührung vorbereitet gewesen, noch hätte sie gerade beim reservierten Aschepfeil damit gerechnet. Es war sonderbar, aber es fühlte sich nicht falsch an.

»Das stimmt nicht, Marybeth. Ich habe schon viele Menschen kennengelernt in meinem Leben. Gute Menschen, schlechte Menschen. Weise Herrscher wie König Harold und Stümper wie seinen Bruder. Ihr habt nicht versagt. Ihr seid in die Irre geleitet worden. Und mein Anteil daran tut mir leid.«

»Warum? Sie haben getan, was ihrer Ansicht nach das Beste für ihre Heimat und ihre Freunde ist.«

»Aber ich habe nicht das Beste getan, was ich für eine Freundin tun konnte«, antwortete er und blickte Marybeth ernst in die Augen.

Meinte er das aufrichtig? Marybeth wusste nicht mehr, was sie glauben durfte – was sie glauben *konnte*. »Werden Sie mir erzählen, was genau geschehen ist? Ich habe das Gefühl, am Ende eines falschen Weges zu stehen. Und jetzt, da ich hier bin, möchte ich Gewissheit.«

Aschepfeil schmunzelte sanft. »Am Ende seid ihr eben doch nicht sonderbar, Marybeth. Ihr fühlt, wie jeder fühlen würde. Euer Herz schmerzt, Euch quälen Fragen. Ihr seid nicht kalt oder fixiert Euch auf die falschen Dinge, wie man es Euch nachsagt. Ihr seid nur ein Mädchen.«

Marybeth schwieg. Sie würde nicht sprechen, ehe sie keine Antwort erhalten hatte.

Als nach einer Minute noch immer keine Worte aus Marybeths Mund gekommen waren, räusperte sich Aschepfeil leicht. »Nun gut. Ich denke, Ihr habt Euch das Recht verdient, zu wissen, was genau geschehen ist. Wie ihr jetzt wisst, ist Feri Byrne in Wahrheit Ferelith Oakenheart, die letzte Oakenheart-Druidin in den Westreichen und Teil des Untergrunds. Wir haben uns einer großen Sache verschrieben: Wir wollen die Magie in dieses Land zurückbringen. Wir wollen, dass die Verfolgung von Magiern und magischen Wesen endet. Das ewige Morden durch die Kirche des Einen. Und wir wollen unser Reich zurück. Das Reich des Oakenheart-Stammes.«

»Aber Sie sind kein Oakenheart, Aschepfeil. Was haben Sie mit alledem zu tun?«, fragte Marybeth und musterte ihn mit einer Mischung aus Argwohn und Verwirrung.

»Ich werde Euch auch auf diese Frage antworten. Bitte erlaubt mir aber, mich diesem komplexen Thema erst am Ende meiner Ausführungen zu widmen.«

Marybeth nickte. »Was ist mit dieser Ranke? Was genau ist sie? Warum kontrolliert Feri sie? Ich verstehe, warum Feri sie beim Memorial benutzt hat – oder gegen meinen Cousin. Aber wieso hat sie uns in den Tunneln alle damit in Gefahr gebracht?«

»Hat sie das denn?«, fragte Aschepfeil nachdenklich. »Hat sie uns gefährdet, oder hat sie vielmehr ein Meisterwerk an Präzision und Vorsicht vollbracht, indem sie die Inquisition ausschaltete, ohne dass Ihr auch nur einen Verdacht geschöpft habt?«

Der Gedanke, wie viel Mühe Feri in die Täuschung investiert hatte, versetzte Marybeth einen weiteren Stich. »Aber warum dann nicht in anderen Situationen? Wieso hat sie sich nicht aus dem Gefängnis befreit und warum wurde sie überhaupt verhaftet?«

»Weil Ferelith eine Druidin ist, keine Magierin. Sie hat eine Verbindung zu der natürlichen Magie unserer Welt. Sie wurde aber nicht von der Manae berührt. Sie kann keine Zauber wirken, zumindest nicht im eigentlichen Sinne. Was sie kann, ist, die Macht der Natur dazu zu verwenden, natürliche Vorgänge zu manipulieren. Denkt nach, Marybeth, an welchen Orten habt Ihr die Ranke gesehen?«

Marybeth dachte einen Augenblick darüber nach. »Zweimal in direkter Nähe zum Highoak Memorial, einmal beim Menhir«, stellte sie sachlich fest.

»Orte mit einer reichhaltigen Geschichte. Orte, in denen starke Kräfte schlummern. Ferelith hat diese dazu genutzt, die Wurzeln der Pflanzen zum Wachstum anzuregen und ihre Bewegungen zu steuern. Während ihrer Zeit im Gefängnis hatte sie aber weder Zugang zu einer solchen Macht, noch kam sie mit der Natur in Berührung. Dort und auch an jedem anderen gewöhnlichen Ort war Ferelith nicht mehr als eine einfache Bürgerin.«

»Aber warum habt ihr sie dann nicht befreit? Der Untergrund ist so gut vernetzt. Sogar Greggo hat es geschafft, sich irgendwie aus der Gefangenschaft zu befreien.«

Aschepfeil nickte. »Tatsächlich haben wir auch das zu verantworten. Nachdem Kenneth von Feris Gefangennahme informiert wurde, hat er sofort reagiert und Greggo laufen lassen. Es war wichtig, dass Ihr nicht nach Bergseit zurückkehren konntet, sonst hättet ihr möglicherweise niemals den Kontakt zu Strohschleier und den Rest unserer Gruppe hergestellt. Schlimmstenfalls hätte man Euch aufgelesen und zu Eurem Onkel gebracht. Das konnten wir nicht zulassen.«

»Ja, so etwas habe ich mir jetzt schon gedacht«, gab Marybeth zu. »Aber was ist mit Feri? Sie haben mir bisher nicht gesagt, weshalb sie zurückgelassen wurde.«

»An ihrer Gefangennahme waren höhere Kreise beteiligt. Sie wurde als mutmaßliche Terroristin gesucht, ausgeschrieben von den höchsten Stellen. Hätten wir sie befreit, wäre die Angelegenheit in aller Munde gewesen. So wie es war, hatte ihre Gefangennahme aber sogar ein Gutes. Als ich Strohschleier den Weg geebnet und den alten Schulze aus dem Weg geräumt hatte, gab es somit eine weitere Zeugin neben ›Stadtbüttel‹

Kenneth, die bezeugen konnte, dass niemand dort gewesen war. Ein unlösbares Rätsel und ein Mysterium für die Presse und das Volk.«

Marybeth wich einen Schritt zurück. »Sie waren das? Sie haben den Schulze ermordet?«

Aschepfeil nickte eisern. »Ich bin nicht stolz darauf, aber es stimmt. Es war notwendig.«

»Aber warum? Es hieß doch, der Schulze wäre selbst ein Teil des Untergrunds!«

»Weil wir es inszeniert haben. Strohschleier hat keine Kosten gescheut. Er hat ein riesiges Waffenlager errichtet – und Beweise dort platziert, die ausreichten, um den Schulze aus seinem von Wachen gesicherten Anwesen fort und in den von uns unterwanderten Gefangenentrakt hineinzubringen. Von da an war es leicht. Wir sorgten dafür, dass Kenneth in der entsprechenden Nacht den Wachdienst innehatte. Danach musste ich nur noch hinein, die Tat vollbringen und wieder hinaus.«

»Aber wie …?«, fragte Marybeth entsetzt. »Das Gefängnis wird doch sicher von mehr als nur einer Person bewacht. Wie sind Sie überhaupt bis dorthin gekommen?«

»Über die Jahre habe ich mir viele … verstohlene Talente angeeignet, Marybeth. Aber ihr habt recht. Der Weg durch den Vordereingang wäre mit Sicherheit waghalsig und gefährlich gewesen. Ich musste eine weniger schöne Möglichkeit dafür wählen.«

Marybeth fühlte, wie ihr Herz schneller und schneller klopfte. Sie stand allein mit einem Mörder auf dem Hügel, und er erzählte ihr offen von seinen Taten. Würde sie diesen Tag überleben oder würde er auch sie dahinschlachten? Und was konnte ein Mann wie er für noch weniger schön halten, als das, was er ohnehin schon getan hatte?

»Warum haben Sie es getan? Warum töten Sie?«

»Weil ich gut darin bin. Und weil es sein musste. Versteht bitte, dass ich niemals ›gerne‹ töte, Marybeth. Und eigentlich töte ich niemanden, der es nicht auch verdient hat. Zwiebeltracht war leider eine schreckliche Ausnahme. Er war kein schlechter Kerl, stand aber unseren Zielen im Wege. Mit ihm als Schulze hätte sich in Zartbitter niemals etwas geändert. Er musste Platz machen für Strohschleier. Leider kam uns dann aber Euer Onkel dazwischen.«

»… dessen Gesandten Sie ebenfalls umgebracht haben.«

Aschepfeil zog das erste Mal pikiert die Augenbrauen zusammen. »Um Euch zu retten, Marybeth. Glaubt mir, ich habe vieles dafür riskiert und selbst heute kann ich noch nicht sagen, wie sich diese Sache auf meine Zukunft auswirken wird. Unmittelbar für Strohschleier werde ich nicht mehr arbeiten können. Diese Verbindung darf niemals hergestellt werden, wenn wir nicht alles riskieren wollen.« Aschepfeils Tonfall wirkte deutlich gereizt.

»Und warum haben Sie mich gerettet?«, fragte Marybeth kleinlaut. Der plötzliche Ausbruch hatte sie erschreckt. »Wenn ich das richtig verstehe, hat das Strohschleiers Plänen eher geschadet.«

»Weil unsere Pläne nicht alles sind. Natürlich wäre es auch für uns ein großes Problem gewesen, wäret Ihr auf einmal wieder in Georges Klauen gewesen. Aber der Grund, weshalb ich Euch gerettet habe, war ein anderer.«

Marybeth schwieg und lauschte aufmerksam.

Aschepfeil wartete einige Sekunden, ehe er fortfuhr. »Ihr müsst verstehen, Marybeth, auch ich war immer anders. Ihr habt eben die Frage gestellt, wie ich ungesehen in das Gefängnis von Zartbitter gelangen konnte. Sicher habt Ihr Euch auch bereits gefragt, wie ich Euch, als ich Euch vor dem Speichellecker Eures Onkels rettete, in Strohschleiers Anwesen transportiert habe?«

Marybeth nickte stumm. Als Aschepfeil ein Messer aus seinem Gürtel zog, sprang sie einen Satz zurück und blickte ihn voller Panik an. Was tat er?

Aschepfeil hielt die Klinge aufrecht und drückte seinen Zeigefinger auf ihre Spitze, sodass ein einziger Blutstropfen an ihr hinablief. Dann schloss er seine Augen, spitzte die Lippen und pustete gegen die von seinem Lebenssaft benetzte Waffe. Das Blut folgte dem Atem.

Marybeth traute ihren Augen nicht. Sie war so verwirrt, dass sie nicht einmal daran dachte, noch weiter vor ihm zurückzuweichen.

Die rote Flüssigkeit breitete sich in der Luft aus, teilte sich auf und bildete Gestalten. Sie wirkten menschlich. Eine Gestalt, die an einen Mann erinnerte,ein Kleinkind, eine Frau. Das Kind und seine Mutter hatten spitze Ohren.

»Nicht nur Ferelith ist zu mehr in der Lage, als das bloße Auge sehen kann, Marybeth«, flüsterte Aschepfeil stockend. »Ich bin mehr als ein einfacher Diener und auch mehr als ein Mörder.«

In Bewegungen, die viel zu fließend für die von lebendigen Menschen waren, rannten die Gestalten und blickten immer wieder zurück, als flohen sie vor etwas, und kauerten sich dann auf den Boden, ehe sich die Szene in ein undefinierbares Gewaber verwusch.

Marybeth hatte das Gefühl, ihre Beine gäben jeden Augenblick nach. »Das ist Blutmagie, oder? Die Kirche predigt gegen sie. Ich habe davon gelesen. Sie ist verboten. Sogar das Bündnis verurteilt sie, weil sie Leben kostet.«

»Das stimmt«, flüsterte Aschepfeil. »In diesem Fall aber nur mein eigenes und auch nur Sekunden davon. Sekunden von vielleicht eintausend Jahren, die mir noch bleiben.« Er machte eine kleine Pause, um Marybeth die Gelegenheit zu geben, etwas zu sagen, doch nichts dergleichen geschah. Bedächtig schob Aschepfeil seine Haare zurück und offenbarte die vernarbten Löcher, wo einstmals seine Ohren gewesen waren. »Ihr habt mich einmal gefragt, wer ich bin und was mir passiert ist. Und gerade habe ich Euch einen kleinen Teil davon gezeigt. Ich bin kein einfacher Mensch, Marybeth. Aber mein Vater fand einen Weg, meine ›Abnormität‹ zu verstecken.«

»Sie sind ein Elf, oder?«, fragte Marybeth vorsichtig.

»Ich selbst nenne mich einen Sidhe«, antwortete Aschepfeil knapp. »Aber ich weiß, dass dies ein Kunstwort aus Geschichten für Kinder ist. Lügenmärchen der Kirche trifft es wohl besser. Sie handeln von mörderischen, bösen Elfen, die in der Nacht in die Dörfer kommen, die Menschen im Schlaf erdrosseln und ihre Kinder stehlen. Ich fand diesen Ausdruck immer passend.«

»Aber es gibt keine Sidhe«, stellte Marybeth fest und warf ihm einen unruhigen Blick zu. Sie verstand nicht, in welche Richtung das Gespräch führte.

»Es gibt mich«, entgegnete Aschepfeil. »Ich wurde als Sohn eines menschlichen Vaters, einem Adeligen in Zartbitter – oder Highoak, wie es damals noch hieß – und einer Hochelfe geboren. Damals waren die Elfen noch in den Westreichen beheimatet und hatten einen losen Kontakt zu den Menschen, der gelegentlich zu unerwarteten Früchten führte, zu Früchten wie mir. Es war eine andere Zeit, ich wurde wenige Jahre vor dem großen Krieg geboren. Zu einer Zeit, als die Kirche erst begann, sich nicht nur gegen Hexer und die Magie zu wenden, sondern auch gegen jene Lebewesen, die von Natur aus mit ihr verbunden sind.«

Marybeth schaute ihn mit großen Augen an. »Der große Krieg. Das ist über vierhundert Jahre her!«

Aschepfeil nickte. »Deine Lehrer haben dich offensichtlich gut unterrichtet. Die Lebensspanne eines Elfen übersteigt die eines Menschen bei Weitem. Ich weiß nicht, wie viele Jahre ich auf dieser Welt habe. Ich finde aber, für meine vierhundert Jahre habe ich mich vorzüglich gehalten.« Er schmunzelte matt.

Marybeth entgegnete nichts. Ihr stand gerade weder der Sinn nach Witzen, noch hatte sie die Ruhe dafür.

Aschepfeil machte eine Geste in Richtung der Blutmagie. Die tiefroten Schlieren verliefen und formten sich dann erneut zu einer kurzen Szene. Sie zeigte erneut die Gestalt der Frau, aufgespießt auf einen Spieß, während Flammen an ihr hochzüngelten. Die Signatur der Kirche des Einen.

Der Halbelf fuhr fort. »Als die Kirche und ihre ekelhaftesten Anhänger, die Inquisitoren, schließlich nach Zartbitter kamen und die Macht an sich rissen, bekamen meine Eltern Panik. Mein Vater versuchte, meine Mutter und mich zu verstecken. Leider gelang es ihm nicht. Die Elfen sind Freigeister, Marybeth. Meine Mutter wollte sich nicht einfach verkriechen. Sie unternahm heimliche Ausflüge, wanderte im Mondschein durch die Wälder oder erkundete die Stadt. Sie wurde gefangen und bei lebendigem Leibe verbrannt.«

Gegen ihren Willen verspürte Marybeth Mitleid mit Aschepfeil. Seine Stimme klang fest und klar, doch sie wusste genau, wie es war, seine Eltern früh zu verlieren.

Aschepfeil nickte in Richtung der brennenden Frau und sie verformte sich zu einem beleibten Mann, der auf einen Tisch gestützt sein Getränk zum Mund führte, während ein Kind an seinem Hemd zog. Plötzlich zerschlug er das Behältnis an der Tischplatte, hob eine der großen Scherben auf, griff dann seinen Sohn bei einem seiner Ohren und setzte das primitive Schnittwerkzeug daran an. Anschließend flackerte die Szene mehrfach auf, als bildete sie eine seltsame Synergie mit den Gefühlen Aschepfeils, dessen Miene finsterer aussah als der schwarze Mond, dann versickerte das Bild.

»Nur ich und mein Vater waren übrig. Zum Glück stellte die Inquisition keine Verbindung zwischen meiner Mutter und ihm her, jedoch war es nur eine Frage der Zeit, bis sie auch mich in die Finger bekämen. Nun sah ich als Kind nicht großartig anders aus als andere Kinder. Ich war etwas größer und vielleicht auch etwas hübscher als sie, das einzige wirklich verräterische jedoch waren meine spitzen Ohren. Ihr habt gesehen, was geschehen ist.«

Marybeth nickte zitternd. Sie hatte noch immer ein Gefühl von Gefahr, doch etwas an der Geschichte packte sie. Sie wollte sie zu Ende hören. In weiter Ferne hörte sie ein dumpfes Geräusch. Es klang wie ein Jagdhorn. Doch sie blendete es aus.

»Nachdem er es getan hatte, hörte er auf, mich zu verstecken. Stattdessen trank er viel, versuchte seine Gefühle zu betäuben und hörte zunehmend auf, der Mensch zu sein, den ich als meinen Vater liebte. Später blieb von ihm nicht mehr übrig als ein in der Vergangenheit gefangener Tyrann, der mich regelmäßig verprügelte.« Mit einem weiteren Fingerzeig bildete das Blut in der Luft die Miniatur eines Schlachtfelds, dessen Truppen sich aus Schützengräben heraus gegenseitig mit Musketen beschossen. »Ich habe mich früh von meinem Vater verabschiedet und als der große Krieg kam, habe ich Zartbitter verlassen und an der Seite der Elfen und Fae gegen die Truppen der Menschen gekämpft. Ich habe vieles gesehen und erlebt. Ich war sogar bei der finalen Schlacht um Augustines Ending dabei und bin zusammen mit Augustines verfluchten Truppen in den Süden der Westreiche geflohen.«

Ein Teil der Krieger von Aschepfeils Kriegszene wurde von etwas getroffen. Sie alle brachen zusammen, rissen sich transparent-rote Haut von den Muskeln und verformte sich zu riesenhaften Wölfen, die sich wild auf die eigenen, unverwandelten Kameraden stürzten. Aschepfeils Blick wurde ernst. Er blies Luft über den Rücken seiner Hand in Richtung der Szene. Das Bild verzerrte sich, löste sich zunehmend auf und rieselte dann als blutroter Staub zu Boden.

Mit den verfluchten Truppen in den Süden, wiederholte Marybeth seine Worte in Gedanken. Das bedeutete doch … »Sie haben in Thanatien gelebt? Wie konnten Sie dort überleben? Es wimmelt dort von verwilderten Hexern, Werwölfen, Vampiren …«

Aschepfeil rieb sich die Hände und nickte. »Und ich war einer von ihnen. Ein alter Hexenmeister nahm mich auf und unterrichtete mich in der Blutmagie. Trotz meiner elfischen Abstammung verfüge ich über keine starke magische Begabung. Mein Mana reicht nicht einmal für einen einfachen Lichtzauber aus. Die Blutmagie hingegen lässt mich weit über meine eigenen Kräfte hinausgehen. Habe ich das Lebenselixier meines Gegners an der Klinge, kann ich im Schatten wandeln, vermag ich es sogar eins damit zu werden. Niemand kann mich sehen. Und durch meine Zeit mit den verbliebenen Oakenhearts und ihren Fähigkeiten habe ich gelernt, auf magischem Wege schnell von Ort zu Ort zu ziehen. Alles, was ich benötige, ist eine Leiche … oder einige Tage meines eigenen Lebens. Auf diesem Weg bin ich ins Gefängnis und wieder hinausgelangt. Und so habe ich auch Euch gerettet.«

»Dafür mussten Sie sehr schnell handeln, oder …?« Marybeth hatte ein mulmiges Gefühl. »Der Preis für meine Rettung wurde mit Ihrer eigenen Lebenszeit bezahlt, oder?«

Er taxierte Marybeth mit einem Ausdruck, der Ernst und unterdrückten Stolz in sich trug, ging aber nicht weiter auf die

Frage ein. »Wie dem auch sei, … meine Fähigkeiten im Kampf und das, was der alte Griswald mir über die Blutmagie beigebracht hat, haben aus mir einen wertvollen Verbündeten gemacht. Wertvoll genug, als dass sogar die Vampire mich akzeptiert haben. Meine Zeit in Thanatien war von deutlich weniger Problemen gezeichnet, als Ihr es sicher denkt.«

Wieder erklang aus weiter Ferne ein Horn. Es schien näherzukommen, doch Marybeths Aufmerksamkeit galt allein Aschepfeil.

Dieser atmete tief durch, ehe er weitersprach. »Hört, Marybeth, ich will Euch nicht mit meiner langen Lebensgeschichte langweilen. Ich habe Thanatien eines Tages an der Seite einer zwergischen Söldnerin verlassen, einer Freundin. Wir haben eine Weile Seite an Seite gekämpft und die Welt bereist. Dann starb sie. Die Waffe, durch die sie niedergestreckt wurde, besitze ich heute noch. Sie ist ein Andenken an sie. Einsam und verwirrt brach ich in meine alte Heimat auf. Mir war klar, dass mein Vater und alle, die ich je gekannt hatte, nicht mehr unter den Lebenden weilten. Zu viel Zeit war vergangen. Dennoch zog mich etwas zurück nach Highoak. Vielleicht war es die Vorsehung.« Er unterbrach sich und blickte eine Zeit lang in die Ferne. »Ich erfuhr vom Untergrund. Von den Zielen, die diese Gruppe hat. Von ihrem Streben nach Gerechtigkeit. Dass es ihnen um Außenseiter geht, Außenseiter wie mich. Ich suchte den Kontakt und schloss mich ihnen schließlich an. Von diesem Moment an änderte sich mein Leben. Ich war kein verlorener Kämpfer mehr, ich war ein Teil einer wichtigen Sache, eines höheren Ziels. Zudem gab mir der alte Strohschleier, Brams Vater, eine Arbeit und ein Dach über dem Kopf.« Er atmete tief ein. »Niemand sucht sich aus, als wer oder was er geboren wird, Marybeth. Ihr habt Euch nicht ausgesucht, die ›besondere‹ Prinzessin oder Königin zu sein. Ihr habt Euch nicht ausgesucht, von anderen verachtet zu werden. Ebenso wenig wie ich. Was denkt Ihr nun?«

Marybeth brauchte lange, bis sie eine Antwort fand. Nicht, weil ihr deren Inhalt nicht von Beginn an klar gewesen wäre. Sie vermochte es nur nicht, sie in Worte zu fassen. »Ich diente immer meinem Volk«, begann sie leise und mit bebender Stimme. »Ich habe ihm immer gedient. Mein Volk sind nicht nur die Adeligen, die viel Geld in das Königshaus investieren. Mein Volk sind auch die einfachen Leute. Jeder von ihnen. Für mich sind auch Sie Teil meines Volkes. Sie sind nicht unwichtig.«

Aschepfeil lächelte. »Danke, Königin Marybeth. Es bedeutet viel, dass Ihr das sagt.«

»Ein Geheimnis verschweigen Sie mir noch immer«, konstatierte Marybeth und richtete einen abschätzenden Blick auf Aschepfeil.

Diesmal wirkte Aschepfeil verunsichert. »Welches Geheimnis glaubt Ihr, habe ich Euch verschwiegen?«

»Ihren wahren Namen. Sie haben ihn mir damals nicht gesagt und ich weiß ihn noch immer nicht.«

Aschepfeil atmete tief ein, dann seufzte er. »Malcolm. Ich heiße Malcolm.«

Marybeth sah ihn überrascht an. Das war alles? Weshalb machte er daraus solch ein Geheimnis? »Malcolm? Wirklich?«

»Es tut mir leid, wenn Ihr einen schicken Elfennamen oder eine sonstige Kuriosität erwartet habt, Eure Majestät. Ich wurde nach meinem Vater benannt – was auch der Grund ist, weswegen ich mit diesem Namen abgeschlossen habe. Es wäre mir also lieb, wenn wir bei ›Aschepfeil‹ blieben. Und bitte verratet es niemandem.« Seine Worte klangen eindringlich, aber er lächelte zaghaft.

»Das Geheimnis Ihres Namens ist bei mir sicher«, versprach Marybeth, senkte dann ihren Blick und ließ sich ins

Gras fallen. Er setzte sich neben sie und gemeinsam starrten sie eine lange Zeit in die Ferne.

Die Zeit verging langsam und träge, Marybeth und Aschepfeil saßen schweigend nebeneinander. So seltsam es auch war, immerhin war auch Aschepfeil Teil der Verschwörung, in die sie hineingezogen worden war, aber seine Anwesenheit beruhigte sie.

»Ich weiß nicht, was ich jetzt tun soll, Aschepfeil«, flüsterte Marybeth irgendwann und kratzte sich nervös mit ihren Fingernägeln über den Handrücken. »Ich sehe meine Ziele nicht mehr. Ich weiß nicht einmal, ob ich jemals welche hatte oder ob es nur die anderer Menschen waren.« Ein Teil von ihr wollte dieses Leben weiterführen, wollte Teil dieser Gemeinschaft sein und ihre Freunde behalten. Und dieser Teil war mächtig, aber sie war auch sehr verunsichert.

»Erinnert Ihr Euch noch an die erste Lebensweisheit, die ich mit Euch teilte?«, fragte Aschepfeil bedächtig.

Marybeth überlegte. »Die persönlichen Ziele eines anderen müssen nicht immer schlecht für mich sein?«

Aschepfeil nickte. »In Eurem Fall zählt es sogar beidseitig. Ich weiß, Ihr seid verletzt und enttäuscht – aber denkt nach. Durch uns braucht Ihr nicht länger im Schatten Eures Onkels zu wandeln. Ihr werdet nicht länger unterdrückt. Natürlich handeln wir nicht uneigennützig. Wir setzen Hoffnungen in Euch. Wir alle hoffen, dass durch Euch bessere Zeiten anbrechen. Gemeinsam können wir es möglich machen. Wir können uns gegenseitig helfen. Zumindest, wenn Ihr es zulasst. Und wenn Euer Cousin nicht zu einem Problem wird.«

Arthur ..., dachte Marybeth traurig. Hoffentlich hatte Aschepfeil recht und es ging ihm gut. Sie hätte nicht weglaufen dürfen. Eine tiefe Erschöpfung machte sich in ihr breit und

Marybeth hatte das Gefühl, dass jeder Funken Energie in ihr davon verschlungen wurde. Wie sollte sie sich nur entscheiden? Sie sah Probleme, viele davon. Arthur war keines von ihnen. »Arthur ist mein Freund«, erklärte sie langsam. »Er wird kein Problem sein. Er wird niemals ein Problem sein. Ich kann ihm vertrauen und er vertraut mir. Über ihn müssen wir uns keine Sorgen machen, niemals.«

Aschepfeil nickte und hatte einen leichten Ausdruck von Zufriedenheit in seiner Miene, dann wurde er wieder ernster. »Ihr sagt, darüber müssen wir uns keine Sorgen machen. Das klingt, als gäbe es etwas anderes?«

»Ich diene meinem Volk. Wenn wir uns gegen meinen Onkel stellen, wird es Krieg geben. Menschen werden sterben. Ich will helfen, nicht zerstören.«

»Das wollt Ihr«, stimmte Aschepfeil ruhig zu. »Und ihr habt es Eurem Volk geschworen. Der Eid, den ihr abgelegt habt, ist bindend. Er wird Euch sehr deutlich zeigen, wenn Ihr vom richtigen Weg abgekommen seid. Und er wird über Euch richten, wenn Ihr ihn völlig verlasst.«

Marybeth nickte bedächtig. »Etwas Ähnliches habe ich mir bereits gedacht. Ich mag naiv sein, Aschepfeil, aber ich bin nicht dumm. Mit den Informationen, die Sie mir jetzt gegeben haben, ergibt alles einen Sinn.«

»Ihr verachtet uns nicht wegen des Schwurs?«

»Nicht Ihr habt ihn gefordert, sondern der Jarl von Brightcoast«, erinnerte Marybeth den Halbelfen.

»Das ist nur die halbe Wahrheit«, flüsterte Aschepfeil und schaute vorsichtig auf. »Strohschleier war es, der diese Idee erstmalig hatte. Er war es auch, der den Jarl darauf gebracht hatte. Er hat mir am Abend unserer Ankunft alles darüber erzählt. Und ich muss gestehen, Marybeth, dass ich nicht einmal versucht habe, ihn davon abzubringen. Ihr müsst verstehen, wie wichtig Ihr für unsere Sache-«

»Schon gut«, unterbrach ihn Marybeth fest und zögerte einen Moment nachdenklich. »Die Antwort lautet dennoch nein. Ich verachte euch nicht. Ich verstehe es. Und es ändert nichts. Den Schwur, den ich vor dem Runenstein geleistet habe, habe ich mir schon vor langer Zeit selbst gegeben. Ich bin Teil der königlichen Familie. Wir sind Diener des Volks. Mein Leben gehört all diesen Menschen. Ich würde mich nie bewusst gegen sie wenden. Aber wie kann meine Regentschaft etwas Gutes werden, wenn trotzdem Menschen durch sie sterben?«

»Menschen sterben auch jetzt, Marybeth«, erklärte Aschepfeil umsichtig. Er wirkte erleichtert. »Euer Onkel ist eine Zumutung als Herrscher. Ihr habt es gehört. Aufstände überall, die Menschen verhungern, die Arbeiter können ihre Familien nicht ernähren. Ihr habt recht, ein Krieg wird Opfer fordern. Doch möglicherweise werden diese Opfer verhindern, dass noch viel mehr Leid entsteht.«

»Das setzt voraus, dass ich ein besserer Herrscher bin als mein Onkel«, stellte Marybeth fest.

»Das steht völlig außer Frage.«

Die Festigkeit, in der der erfahrene Aschepfeil das sagte, berührte Marybeth und machte ihr Mut, doch noch etwas belastete ihr Gemüt. »Sie haben recht. Wir könnten voneinander profitieren. Und ich würde es tun, wenngleich ich nach alledem keine steuerbare Marionette mehr sein werde. Trotzdem würde ich mit euch zusammenarbeiten. Aber selbst wenn ich mich dafür entscheide und … Königin … bin; Sie haben gehört, was der Jarl sagte. Wir haben keine Soldaten. Wir sind Loras in einer Auseinandersetzung schutzlos ausgeliefert. Ich würde meinem Volk nicht helfen. Ich würde es in den Tod schicken.

Unter diesen Voraussetzungen kann ich es nicht tun. Auch in Anbetracht des Eides nicht.«

Erneut erklang das Horn und wieder wirkte es, als wäre es deutlich nähergekommen. Überrascht stellte Marybeth fest, dass Aschepfeil leicht grinste. Diese plötzliche Fröhlichkeit passte überhaupt nicht zu ihm.

»Ich hatte gehofft, dass Ihr etwas Derartiges sagen würdet!«, sagte er und seine Stimme klang plötzlich ganz anders, leichter, befreit von der Melancholie, die eben noch in ihr gewesen war.

»Warum-«

»Ihr habt gerade gesagt, dass Ihr unter gewissen Bedingungen weiter mit uns zusammenarbeitet.« Er lachte hell auf und kramte in einer Tasche seines Mantels nach etwas.

Marybeth folgte ihm irritiert mit ihren Augen. »Nein, ich habe erklärt, warum ich nicht-«

»Ja, ich habe jedes Eurer Worte gehört und verstanden, Marybeth. Aber ihr würdet, wenn wir eine realistische Chance hätten.« Er fand, wonach er offenbar gesucht hatte, und reichte es Marybeth. Es war ein ausklappbares Fernrohr. »Blickt hindurch. Richtet es auf die Straße nach Süden.«

Wieder erklang das Horn.

Marybeth schaute einige Sekunden durch das Fernglas, doch sie entdeckte nichts, was auch nur annähernd interessant war. Gerade wollte sie ihre Arme senken, als die breiten Köpfe zweier Ochsen am Abhang sichtbar wurden, gefolgt von ihren Körpern, die wiederum in einem Gestell eingebunden waren, das einen gewaltigen Kutschwagen zog. Dem ersten Wagen folgte ein zweiter, dann ein dritter und ein vierter. Plötzlich war die gesamte Straße gefüllt von unzähligen Wagen.

»Was ist das?«, raunte sie und erntete ein weiteres Lachen Aschepfeils.

»Der Klang von Ogerhörnern! Ich hatte darauf gehofft, dass sie kommen werden. Natürlich hatte ich aber auch schon ein paar Informationen … Seht, Eure Majestät, wer dort unten auf dem Kutschbock des zweiten Wagens sitzt.«

Marybeth schwenkte das Fernglas zu dem genannten Fahrzeug und erkannte zwei vertraute Gesichter. Barro und sein Bruder saßen nebeneinander und sie schienen … zu singen?

»Das sind Barro und Boss Mralk!«, rief Marybeth aus. Sie war vollkommen verwirrt. »Was geht hier vor, Aschepfeil? Warum passiert das – und warum passiert es gerade jetzt?«

Aschepfeil klopfte ihr vorsichtig auf die Schulter. »Der Zeitpunkt ist Zufall, das schwöre ich. Auch wenn ich es wusste, seit das Signal zum ersten Mal ertönt ist.« Er verbeugte sich spielerisch vor Marybeth. »Eure Majestät, Königin Marybeth, ich präsentiere Euch Eure gewünschten Soldaten. Den Grund für die Reise, auf die Strohschleier Barro geschickt hat.«

Marybeth war sprachlos. Eilig wickelte sie eine Haarsträhne um ihren Finger, sie hörte das Kreischen der Möwen. Einmal, zweimal, dreimal … sie hörte das Rumoren der schweren Ogerwagen. Wie viele es waren, vermochte nicht einmal sie zu zählen. Die Oger-Karawane, die mächtigste Söldner-Armee der gesamten Welt! Möglichkeiten … es gab so viele Möglichkeiten.

Aus dem Augenwinkel nahm sie wahr, wie Aschepfeil aufstand.

»Kommt Ihr mit? Wir sollten Barro und die Oger begrüßen. Sie einweisen. Ich denke, es gibt einiges zu besprechen.«

»Ich brauche einen Augenblick«, antwortete Marybeth mit belegter Stimme. Sie war im positiven Sinne völlig außer sich.

Aschepfeil nickte ihr zu und sprang in seiner eleganten Leichtfüßigkeit den Abhang hinab in Richtung der Ogerkarawane.

Marybeth blickte ihm hinterher. Die gesamte Straße und ein großer Teil der grasbewachsenen Streifen neben ihr waren überfüllt von den gewaltigen Ogergespannen.

Aschepfeil hatte recht. Sie hatte ihre Entscheidung getroffen und aufgrund ihrer Tragweite würden wohl die Chronisten des Reiches entscheiden, ob es eine gute oder eine schlechte gewesen war. Nur sie hatte es in der Hand, dass sich ihre Existenz und die Leben sämtlicher Bürger ihres Reiches ändern würden. Sie allein konnte alles zum Besseren wenden. Sie hatte in den vergangenen Wochen viel gelernt. Sie hatte gelebt und gekämpft, geliebt und gelitten. Sie war nicht mehr die Marybeth, die sie früher gewesen war. Ihre Zeit als Sonderling der Königsfamilie war vorbei. Sie war so viel mehr als das, ebenso wie Aschepfeil stets mehr gewesen war als der Bastard einer Elfe. Sie würde es allen beweisen.

Mit der Unterstützung der Highlands, der Outer Realms mitsamt der Oger und vielleicht – dank Arthur – der Copperblood Barony hatte sie einen nicht unerheblichen Teil ihres Reiches hinter sich. Sie konnte ihrem Onkel die Stirn bieten. Sie konnte frei sein. Auch wenn ihre aufkeimende Beziehung mit Feri in jenem Moment ein Ende gefunden hatte, wo diese beschlossen hatte, unehrlich zu ihr zu sein – eines wurde Marybeth nun klar:

Von nun an brachen andere Zeiten an. Vielleicht gab es Momente, in denen sie sich allein fühlen würde, enttäuscht, verlassen. Aber das bedeutete nichts, denn eines hatte sich geändert: Sie war die Königin des Volkes, eine Gleiche unter Gleichen. Als solche wäre sie vieles – aber niemals wieder einsam!

Epilog

1862 m.Z., Wavewander Tag 21, Königlicher Palast von Loras Prinzregent George saß ungeduldig an seinem Arbeitstisch. Die hypothetische Krone saß dieser Tage besonders schwer auf seinem Haupt.

Nie war es genug. Warum war es nie genug? Er arbeitete sich ab, aber das verdammte Volk war niemals zufrieden. Immer wollten sie mehr. War ihnen denn nicht bewusst, dass all die Dinge, um die er sich kümmern musste, Geld kosteten? Der Krieg gegen die Manalande, die Aufrüstung der Industrie, die Unterhaltung seines Hofstaats. All dies war teuer, aber je mehr Steuern er forderte, desto wütender war das Volk. Einige Adelige tuschelten bereits über Bauernaufstände im Norden und alle sprachen über die mögliche Emanzipation der Restfall Highlands.

Es klopfte.

»Herein!«, rief George genervt.

Die Tür öffnete sich und ein Mann mit vertrautem Gesicht trat ein und salutierte.

»Major Girbert. Wie ich sehe, kehren Sie von den Hinterwäldlern im Gebirge zurück. Ich nehme an, Sie haben ihre Aufgabe erfüllt und bringen mir meine … geliebte Nichte, das arme Ding?«

»Um ehrlich zu sein«, druckste der Soldat herum, den George eigenständig für diese Aufgabe ausgewählt hatte, »haben wir unsere Aufgabe nicht erfüllen können.«

Georges Miene verfinsterte sich. »Was suchen Sie dann hier, Major? Ich erwarte Ergebnisse und Sie vernachlässigen Ihre Pflicht? Ich sollte Sie umgehend …«

»Mit Verlaub, Eure Königliche Hoheit«, unterbrach Girbert den wütenden Prinzregenten und blickte nervös zu Boden.

»Wir wurden aufgemischt. Wir wurden mitten in der Nacht in unserem eigenen Lager angegriffen. Es waren Oger und Soldaten aus Brightcoast. Die Inquisitoren und die Überlebenden meiner Truppe wurden gefangen genommen. Ich allein wurde zurückgeschickt, um Euch diese Botschaft zu überbringen.« Er reichte George mit zitternder Hand einen Umschlag.

»Oger, Soldaten aus Brightcoast? Was erlauben diese Barbaren sich? Diesmal sind sie zu weit gegangen! Diesmal sind sie eindeutig zu weit gegangen!«, wütete George, ehe sich seine Aufmerksamkeit auf den noch immer wartenden Major richtete. »Soldat. Sie haben versagt. Ich entziehe Ihnen den Rang des Majors und beurlaube Sie von Ihrem Dienst. Wegtreten. Und seien Sie froh, dass Sie so glimpflich davongekommen sind.«

Girbert schluckte hörbar und verbeugte sich, dann verließ er wackelig den Raum.

George schüttelte den Kopf. Gab es außer ihm denn nur inkompetente Narren im Reich?

Er öffnete eine Schublade seines Schreibtischs, nahm einen silbernen Brieföffner hinaus und schob ihn in den Umschlag, der ihm soeben überreicht worden war.

In seinem Inneren befand sich ein mit dem Siegel der Stadt Brightcoast versehener Brief. Er las ihn aufmerksam und jedes Wort fühlte sich an wie ein Schlag in sein erhabenes Gesicht.

Eure Hoheit,

Es ist meine Pflicht, Euch im Anschluss an die kürzliche Versammlung der vereinten Jarls der Restfall Highlands zu informieren, die am ersten Tag des Monats Wavewander im Jahr 1862 in Brightcoast stattfand.

Mit einer deutlichen Mehrheit haben die Jarls beschlossen, dass die Restfall Highlands ihren Austritt aus dem Völkerbund der Westreiche erklären. Diese Entscheidung spiegelt den Wunsch wider, unsere nationale

Eigenständigkeit zu betonen und eigenverantwortlich eine zukünftige Ausrichtung zu wählen.

Ferner haben der Stadtrat von Augustines Ending und der Schulze von Zartbitter beschlossen, ein Bündnis mit den Restfall Highlands einzugehen, was den Austritt des freien Reichs ›Outer Realms‹ aus den Westreichen zur Folge hat.

Die Hintergründe dieser Entscheidung sind untrennbar mit den bestehenden Thronansprüchen verbunden. Ein erheblicher Teil der Jarls sowie führende Persönlichkeiten in Augustines Ending und Zartbitter erkennt Prinzregent George nicht länger als rechtmäßigen Regenten an. Stattdessen schließen sie sich unter dem Banner von Königin Marybeth Victoria von Loras zusammen, deren legitimen Anspruch auf die Herrschaft über das Königreich Loras sie anerkennen.

Ein weiterer bedeutender Schritt in dieser Umstrukturierung ist die Entscheidung von Viscount Arthur Ravenwood, dem Vorsteher der Copperblood Barony, sein Lehen bei Prinzregent George zu beenden und stattdessen Königin Marybeth Victoria von Loras als neue Lehensherrin zu dienen.

Infolge dieser Entwicklungen hat die Versammlung beschlossen, dem Königreich Loras den Krieg zu erklären, sollte der Prinzregent George Ravenwood nicht innerhalb einer Frist von sechs Monaten eine saubere Amtsübernahme für die rechtmäßige Königin ermöglichen. Dieser Schritt basiert auf der Überzeugung, dass die rechtmäßige Herrschaft Königin Marybeth Victoria von Loras gebührt, die sie von ihrem Vater geerbt hat. Ihre Ansprüche müssen erhört und respektiert werden.

Ich hoffe, dass diese Informationen und die Aufforderung zu einer friedlichen Beilegung der Erbfolgestreitigkeiten Euch in einer angemessenen Zeit erreichen.

Mit Hochachtung,

Jarl McCallahan

Im Namen der vereinten Jarls der Restfall Highlands

Unter dem Jarl hatten drei weitere Personen das Dokument gegengezeichnet. Eine Unterschrift, einfach und gut leserlich, erkannte er nicht, konnte sie aber unschwer als ›B. Strohschleier‹ entziffern. Daneben stand Marybeths voller Name mitsamt all ihren Titeln geschrieben, schnörkellos, sauber und gerade. Eine Schrift, die seine Nichte perfekt repräsentierte. Die letzten Insignien waren George schmerzhaft vertraut. Er musste nicht einmal darüber nachdenken, zu wem die gebogenen Lettern A. J. W. R. gehörten. Ein Vater kannte die Handschrift seines Sohns.

George spürte, wie Wut in ihm hochkochte. Er zerriss das Schreiben, presste es zu einer Kugel zusammen und warf es in eine Ecke des Raums, danach ließ er sich in seinen Stuhl fallen.

Er hatte die Restfall Highlands und die Outer Realms verloren, fast die Hälfte der Landmasse seines Reichs – und schlimmer noch: Sein eigener Sohn hatte ihn verraten. Sein Sohn war schon immer ein Taugenichts gewesen, ein Tagträumer und ein Idealist. Aber nie hätte er gedacht, dass Arthur sich eines Tages gegen ihn stellen würde. Das war alles dieses verdammte Gör schuld. Sie hatte ihm den Kopf verdreht, ihn in ihren Irrsinn mit hineingezogen. Er hatte es immer befürchtet. Nicht umsonst hatte er sich immer die größte Mühe gegeben, dem Kontakt zwischen den beiden einen Riegel vorzuschieben.

Nur die Ruhe, George. Du bist klug, ein Macher und ein Stratege. Du wirst auch diese Situation meistern, beruhigte er sich selbst. Eines war klar: Sie alle würden es bitterlich bereuen, seine Autorität untergraben zu haben und ihm in den Rücken gefallen zu sein.

ENDE

Nachwort

»The Marybeth Chronicles 2 – Einsam« ist ein Fantasy/Steampunk-Roman im Rahmen des »Martyria«-Universums.

Interesse an mehr? Check this out!

Weitere Veröffentlichungen

The Marybeth Chronicles 1 – Ungerührt (Novelle, Trilogie, Erster Band)

ISBN (Softcover): 978-3347936782

Tales of Martyria – Zwischen Clan und Ehre (Roman, Trilogie, Erster Band)

ISBN (Hardcover): 978-3347955332, ISBN (Softcover): 978-3347955325

Martyria Stories vol. 1 (Deutsche Ausgabe) – Schwefelstein

ASIN: B0BZ53B35T

Martyria Stories vol. 1 (Englische Ausgabe) – Sulfurstone

ASIN: B0C3XT9G9H

Über den Autor

Simon van de Loo wurde am 26.11.1991 in Düsseldorf geboren. Schon in jungen Jahren entwickelte er ein starkes Interesse an belletristischen Texten.Während seiner Schulzeit entdeckte er seine Liebe zum Fantasy-Genre und begann im Alter von etwa 10 Jahren seine ersten Geschichten zu schreiben.

Im Jahr 2015 begann er dann mit dem Projekt »*Steamworks&Fangs*«, einem jugendlichen Cross-over aus Fantasy und Coming-of-Age-Drama, welches jedoch nie vollständig fertiggestellt wurde.

Simon van de Loo's Schreibstil zeichnet sich durch einen aktiven Einsatz von Beschreibungen und Metaphern sowie tiefe Einblicke in die Gedankenwelt seiner Protagonisten aus. Nach einer längeren Pause, in der er seinem Beruf in der Altenpflege nachging und Vater wurde, fand er 2022 die Inspiration, um wieder an einem großen Romanprojekt zu arbeiten. So entstanden »*Tales of Martyria*«, ein Steampunk/Fantasy-Epos mit einem ausgeprägten Sinn für die psychologischen Aspekte seiner Charaktere – und die »*Martyria Stories*«, eine Reihe von Novellen und Kurzgeschichten, welche sich in der selben Welt abspielen.